j'agis pour les forêts*!

IGB Édition soutenant ***Reforestaction***,
l'impression originale de ce roman
a permis de planter 20 arbres.

œil pour œil

DU MEME AUTEUR

Les femmes ne plaisantent pas avec l'amour. LBS Édition. 2020.
Délivrez-vous de la tentation. LBS Édition. 2021.

JEAN-PIERRE LEVAIN

œil pour œil

IGB EDITION

Photographie de l'auteur : Bevalot photographe. Besançon
Illustration de couverture : Philippe Poiret
ISBN : 978-2-491770-44-0

Cet ouvrage est une œuvre de fiction qui révèle néanmoins certains aspects autobiographiques. Ainsi les noms, lieux et actions peuvent relever de l'imaginaire ou illustrer le passé de l'auteur. Cependant toute ressemblance avec des personnes inconnues, vivantes ou décédées, des évènements ou des situations serait pure coïncidence.

À Nicole et Nicolas

Chaque pas, chaque démarche apporte une révélation nouvelle
et presque toujours le rythme s'accélère
pour finir par une révélation brutale.

Georges Simenon
La Guinguette à deux sous

1

Nixon et Reagan

Tout le monde était présent pour l'enterrement du vieux. Aucun des invités ne se serait risqué à rater pareil événement, même si la mort du patriarche était toute symbolique. Henri Cuvier, directeur et propriétaire des laboratoires pharmaceutiques du même nom, n'était pas encore décédé. Il s'était seulement résolu à céder le contrôle de son entreprise à l'âge canonique de soixante-dix-huit ans. Pas facile de lâcher la barre d'un véritable empire construit de ses propres mains en un demi-siècle d'activité frénétique. Surtout quand l'enthousiasme et l'esprit de conquête semblaient ne pas avoir pris une ride depuis le début de l'aventure. Ce qui n'était pas le cas de la fatigue et des douleurs articulaires qui lui rappelaient quotidiennement l'approche de ses quatre fois vingt ans.

L'être humain est une drôle de machine, se demandait-il souvent. *Le corps vieillit, la résistance diminue, le souffle s'amenuise. Mais l'esprit reste le même tant que la stimulation est là pour le maintenir en éveil.* Chaque matin il se surprenait en se rasant de découvrir l'image que lui renvoyait le miroir ; vieil homme davantage flétri qu'il ne l'imaginait au sortir de la nuit. Les rides profondes et les traits chiffonnés marquaient son visage, alors qu'intérieurement, il se sentait toujours aussi bouillonnant qu'auparavant. L'illusion reposait, il le savait bien, sur la permanence du désir qui ne faiblissait jamais si on lui laissait la liberté de s'épanouir. Et de ce côté, il y a bien longtemps qu'il laissait libre cours à son imagination, véritable antidote à la dépression et au stress.

Il s'était toujours comporté en esthète sensible à la beauté du monde, à l'élégance des réalisations humaines, à l'harmonie des courbes féminines qu'il considérait comme de magnifiques paysages qui l'émouvaient depuis toujours et réjouissaient bon nombre de ses rêveries. Aussi loin qu'il se souvienne, il avait toujours idolâtré le corps des femmes. Ce voyeurisme civilisé remontait bien avant l'explosion pulsionnelle de l'adolescence. Son plus vieux souvenir datait de sa dernière année d'école maternelle quand il se perdait déjà dans la contemplation des jambes de son institutrice, puis dans celles des amies de sa mère, avant de s'intéresser plus sérieusement aux filles de son âge. Jamais de toute sa vie, il ne s'était autorisé le moindre mot ou geste déplacé avec une femme. Ce qui aurait durablement abîmé la dévotion quasi-religieuse qu'il leur portait. Il n'entendait pas aujourd'hui renoncer à un bien aussi précieux qui valait pour lui tous les élixirs de jouvence, DHEA comprise. Ceci étant, le désir était une chose, la capacité à le satisfaire en était une autre. L'âge invitait avec lui son lot de misère.

Sa décision était sans appel. Dès demain, le pouvoir reposerait intégralement entre les mains de son fils. Henri Cuvier avait beaucoup hésité à transmettre les rênes de l'entreprise à Alain son aîné. Ce n'était sans doute pas le plus intelligent de ses deux enfants, mais le seul à partager *a minima* les valeurs philanthropiques qui avaient, tout au long de sa vie, guidé ses choix. Antoine était plus ambitieux, mais restait davantage un financier plaçant systématiquement la rentabilité en tête de ses préoccupations. Le vieux craignait pardessus tout l'éclatement de son groupe et n'accordait qu'une confiance relative à ses deux fils pour pérenniser son œuvre une fois qu'il ne serait plus là. C'est pourquoi, il avait affecté tous ses actifs à une fondation actionnaire qui détenait la majorité du capital. Alain et Antoine gardaient chacun douze pour cent du total. Bien loin d'une majorité nécessaire à la modification des structures de la société. Bien évidemment, ni l'un ni l'autre n'avaient apprécié cette décision qu'ils avaient perçue comme un manque flagrant de confiance à leur égard.

Le vieux s'en moquait, il n'en avait toujours fait qu'à sa tête. La page était maintenant tournée définitivement. Bien sûr, il garderait le même fauteuil au conseil d'administration. Personne, pas même Alain n'avait souhaité se l'approprier. Mais il n'était pas dupe, son temps touchait à sa fin, son avis serait maintenant purement consultatif. Au mieux il deviendrait une espèce de vieux sage qu'on consulterait à la manière d'un oracle qu'on écoute par respect des anciens sans nécessairement tenir compte de ses avis, encore moins de ses avertissements. Les symboles, aussi puissants soient-ils, finissent toujours par être transgressés.

Heureusement il y avait Hélène, la femme d'Alain. Il se reconnaissait en elle davantage qu'en ses fils. Pharmacienne et biologiste comme lui, elle pilotait une équipe de recherche spécialisée dans le génotypage microbien à l'intérieur du pôle : « Biologie médicale » jusqu'ici dirigé par son mari. Travailleuse infatigable ayant une bonne vision de l'avenir, elle était totalement dévouée à l'entreprise. Hélène avait toutes les qualités pour diriger le groupe. Le vieux en aurait bien fait son successeur. Il était persuadé, depuis toujours, qu'elle possédait non seulement les compétences, mais aussi le tempérament nécessaire pour assurer la relève.

Il avait finalement renoncé face à l'énorme conflit familial que cette décision n'aurait pas manqué de provoquer. Jamais ses fils ne l'auraient acceptée, persuadés, en bons petits-bourgeois biberonnés aux valeurs catholiques, que les liens du sang étaient indéfectibles et que l'héritage leur revenait de droit. Il l'avait fait non pour préserver ses enfants mais, avant tout, pour protéger sa société d'une guerre familiale qui l'aurait mise à mal. Il se contenterait de conseiller à son héritier de fils de promouvoir Hélène à la tête du pôle. Le fait qu'elle soit son épouse ferait grincer quelques dents, mais il n'en avait cure. Il n'était pas certain pour autant qu'elle accepte le poste. Pas sûr qu'elle soit prête à renoncer à une activité de recherche qui la passionnait pour un travail de direction. Pas sûr non plus qu'elle se reconnaisse elle-même les qualités nécessaires à cette nouvelle fonction. Ce dont ne doutait pas un instant le vieux qui avait toujours eu le nez fin pour détecter les nouveaux talents. D'autant plus qu'aux dernières nouvelles l'harmonie du ménage n'était pas au beau fixe et que sa belle-fille avait sans doute d'autres chats à fouetter en ce moment.

Une des raisons des fréquentes disputes et des bisbilles qui perturbaient leur couple s'appelait Chloé. C'était la fille qu'Hélène avait apportée dans ses valises. La dot pour son mariage, disaient les mauvaises langues. Chloé, huit ans, née de père inconnu avait hérité d'un caractère bien trempé. Elle frictionnait presque quotidiennement avec son beau-père qui le lui rendait bien. Alain, dans l'impossibilité d'avoir des enfants, avait espéré faire coup double en épousant la mère et adoptant la fille. Manque de chance, il arrive que les meilleures intentions se fracassent sur le mur des réalités. Il y a des mayonnaises qui se refusent à prendre quels que soient les efforts du cuisinier et ces deux-là s'insupportaient mutuellement. De plus, la petite n'avait peur de rien, ce qui compliquait l'équation et mettait régulièrement Alain en rogne, tant les insubordinations de la gosse étaient fréquentes.

Tout le contraire du vieux qui adorait la gamine. Et bien sûr Chloé n'était pas en reste et le lui rendait bien. Comme la plupart des enfants savent le faire avec les représentants de la génération des grands-parents en allant droit à l'essentiel, sans trop se soucier des convenances ou de l'apparence physique des personnes âgées. Elle adorait se promener avec lui et le patriarche était le seul, mis à part Hélène, à ne pas s'agacer des questions incessantes qu'elle lui posait. Il lui répondait toujours avec la sincérité d'un scientifique lui expliquant patiemment les choses de la vie avec des mots simples sans jamais biaiser ou se réfugier derrière des faux-semblants. Il l'avait reprise quand spontanément elle l'avait appelé papy ; lui expliquant que cela ne pouvait être le cas puisqu'il n'avait aucun lien avec son père. Elle l'avait touché au cœur quand elle avait répliqué qu'elle le savait parfaitement, mais que le père de sa mère était mort et qu'elle avait quand même bien besoin d'un papy. S'il était d'accord, il ferait très bien l'affaire. Il n'avait pas su dire non et elle lui avait sauté au cou pour parapher l'accord.

Le vieux avait prévu de passer dans chacun des sites de productions pour saluer une dernière fois le personnel. Il savait qu'une petite fête serait systématiquement organisée en son honneur et qu'il n'échapperait pas à la traditionnelle allocution de départ qu'il imaginait déjà interminable et ennuyeuse à souhait. Impossible cependant d'échapper aux discours louangeurs et longuement préparés des chefs de service ou délégués syndicaux qui s'imaginaient généralement que la taille de leur éloge devait paraître aussi longue que la carrière de l'intéressé. Il avait horreur de ça. Rien de plus pénible que ces panégyriques sans fin, surtout quand ils ressemblaient à s'y méprendre à une véritable oraison funèbre. Il demanderait à sa secrétaire d'envoyer un mémo encourageant chacun à privilégier le moment festif autour d'un verre et la nécessité concomitante de rogner les discours.

Ses fils connaissaient la répugnance de leur père pour les mondanités. Ils avaient néanmoins insisté pour organiser une petite réception pour fêter son départ. Elle se ferait en comité restreint et ne concernerait que le premier cercle des dirigeants du groupe ainsi que leurs épouses ou conjoints. Ce qui impliquait, outre les cinq directeurs des différents pôles, le DRH ainsi que les responsables des secteurs environnement et qualité. La table était dressée pour quatorze couverts dans la pièce de réception de la demeure familiale. Le menu était commandé à un traiteur de luxe qui fournissait une serveuse et un serveur, parité oblige. Au programme : tartare d'huîtres et Saint Jacques en entrée, puis pommes de ris de veau aux épices douces, fromages et bien sûr dessert sans oublier les mignardises à volonté avec le café.

Seule Chloé était furax et faisait les cent pas dans l'immense salle. Elle n'avait pas eu l'autorisation de participer à la fête. Sa mère s'était montrée inflexible. Le statut de son allié n'avait pas suffi à infléchir la décision maternelle. Sa permission courait jusqu'à vingt-et-une heures trente. C'était nul. Elle savait qu'après le repas, il y aurait de la musique et un bal et elle aurait bien aimé danser elle aussi. Son beau-père lui avait fait remarquer que la fête était réservée aux grandes personnes et que, comme Cendrillon, elle risquait d'être transformée en paysanne, si elle dépassait l'heure fatidique et que tout le monde se moquerait d'elle. *Ce que les adultes peuvent dire comme connerie*, pensa-telle. Ce qui était un de ses gros mots préférés, sans qu'elle n'eût encore osé le formuler explicitement à quiconque.

Les deux guignols firent irruption dans la pièce au moment où Alain se levait pour prendre la parole. Ils avaient des allures à la Bud Spencer et Terence Hill, sauf que le gros avait le visage de Nixon et le plus mince celui de Reagan. Les masques, à la manière d'une cagoule, recouvraient l'intégralité de leur tête en un sourire forcé qui prenait la forme d'un rictus. Reagan arborait une espèce de redingote qui lui arrivait aux genoux. Il avait un microphone intégré devant sa bouche qui était fixé par un fil de fer à son chapeau melon en feutre noir. Nixon était tête nue. Il était vêtu d'une veste en cuir sur un tee-shirt fatigué à l'effigie d'Iron Maiden qui tendait sur son ventre proéminent. Il tenait une kalachnikov flambant neuve qui n'avait pas l'air d'un jouet avec son chargeur courbe de quarante cartouches. Les deux hommes portaient des gants en cuir fin. Leur intrusion n'avait pas eu l'effet escompté, beaucoup supposant que leur entrée en scène faisait partie de l'animation prévue pour la soirée. Grave erreur.

Chloé aussi avait d'abord pensé à une farce comme aimaient en faire les grandes personnes, même si elle trouvait les deux gugusses plutôt inquiétants. Elle amorça un mouvement de repli en direction des bras protecteurs de sa mère Juste au moment où Nixon lâcha une brève rafale en direction du plafond. Le bruit fut assourdissant et tétanisa la plupart des invités aussi bien hommes que femmes. Des morceaux de plâtres et des éclats de verre arrachés au lustre en cristal piquetèrent la table obligeant les convives à se baisser tout en se protégeant la tête avec les bras et les mains. Les premiers cris résonnèrent à moitié étouffés. Des chaises se renversèrent. Aucune possibilité de fuite, les deux hommes se tenaient devant la double porte, bloquant toute sortie. Les invités se pressèrent à l'autre bout de la pièce dans une illusoire tentative d'augmenter la distance entre eux et les assaillants. Bizarre comme la peur réactive l'instinct grégaire.

Un silence de mort tomba dans la salle. Le regard du vieux accrocha le vénérable Verney Carron calibre 12 à chiens apparents qui était accroché à une patère à côté du portrait de son grand-père. Malheureusement, il n'était pas chargé et n'avait pas dû servir depuis un demi-siècle. Lui-même n'avait jamais été chasseur. Pourtant il aurait bien voulu sentir l'arme entre ses mains pour liquider à la chevrotine ces deux salopards.

Totalement hystérique, Isabelle Bornand, la femme du directeur du pôle cosmétique s'escrima sur l'espagnolette d'une porte-fenêtre, ouvrant sur la terrasse. Elle fut sèchement interpellée. L'homme parlait à travers un modificateur de voix qui donnait à son ordre un timbre caverneux à la tonalité exagérément grave qui se mélangeait en une polyphonie morbide avec sa propre voix.

— Personne ne bouge, ordonna Reagan qui semblait être le chef. Ouvre cette porte et je te fais sauter le peu de cervelle dont tu fais preuve, ordonna-t-il en sortant de son dos un pistolet de petite taille.

La femme resta pétrifiée, n'osant même pas dégager sa main de la poignée. Elle ferma les yeux, incapable de réfréner les tremblements de son corps, quand l'homme appuya le canon de son arme sur son front jusqu'à lui faire mal.

— Alors ma belle, on dirait bien que tu as envie d'aller faire un tour au pays de Morphée, aller simple sans possibilité de retour. Si c'est ce que tu souhaites, tu n'as qu'un mot à dire pour que j'exauce ton vœu. Allez, parle !

— Je vous en prie…

— Alors, je te conseille de retourner avec les autres, avant que je ne change d'avis. Tout le monde s'assoit et personne ne bouge. Compris !

Et pour bien montrer qu'il ne rigolait pas, il gifla violemment la femme de sa main armée lui entaillant profondément la joue et la faisant vaciller sous la violence du choc.

— Espèce d'abruti, aboya Alain en se levant alors que Robert Bornand, le mari, se gardait bien de réagir.

Reagan furieux fondit sur lui et, le saisissant par la cravate, l'entraîna au centre de la pièce le forçant à s'agenouiller sous les regards inquiets des autres victimes terrorisées par ce qui ressemblait de plus en plus à un cauchemar.

— S'il vous plaît, intervint le vieux voyant la situation dégénérer. Je suis le propriétaire des lieux. Laissez mon fils tranquille et libérez mes invités. Prenez-vous en plutôt à moi et dites ce que vous voulez. Si c'est de l'argent, je paierai, mais maintenant laissez-nous en paix.

— La fête commence à peine que tu veux déjà nous mettre à la porte. Bien sûr que tu vas banquer vieux con, et pas qu'un peu, mais avant il faut bien que tu comprennes à qui tu as affaire.

Et, sans la moindre hésitation, Reagan tira une balle dans la tête d'Alain Cuvier qui s'affaissa mollement au sol comme si toutes ses forces vitales s'étaient échappées d'un coup par le minuscule orifice causé par la balle.

— Bande de salopards ! hurla le vieux en se précipitant vers le corps. Vous payerez pour ce que vous avez fait.

— Peut-être mais en attendant, c'est toi qui vas raquer. Approche d'ailleurs, il faut qu'on cause du montant de nos indemnités.

— Pas question de négocier avec des assassins, jamais ! Vous m'entendez…

— À ta guise, vieux fou, nous allons continuer le petit jeu

de massacre jusqu'à ce que tu acceptes.

Sans hésitation, il se dirigea vers Hélène braquant l'arme dans sa direction.

— Approche ma belle…

Puis s'adressant au vieil homme.

— Tu vois Papy, après ton fils, ça va être au tour de ta belle fille. Et puis si ça ne suffit pas, on s'en prendra à la petite. C'est ça que tu veux ?

— Arrêtez, je vous en prie. Vous avez gagné.

— Alors amène-toi qu'on discute sérieusement. Les autres n'ont pas besoin de tout entendre.

— Je vais faire ce que vous demandez.

— Voilà nos exigences, lâcha Reagan une fois que le vieux se fut suffisamment avancé. Nous voulons trois millions d'euros, peut-être pas demain pour te laisser le temps de te retourner, mais pour après-demain minuit dernier délai.

— C'est beaucoup trop court. Comment voulez-vous que je réunisse une telle somme en liquide. Cela représente au bas mot cinquante kilos en billets de cent euros.

— Qui te dis qu'on veut du liquide. Tu recevras une adresse pour virer les fonds en bitcoins. Surveille plutôt ta messagerie. Et n'oublie pas qu'on peut revenir à tout moment pour finir le boulot si tu essaies de nous gruger. Ici ou n'importe où ailleurs. Il y a suffisamment longtemps qu'on t'observe. Et crois-moi il n'y a plus aucune sécurité pour ta petite famille, nulle part.

— Inutile, je ferai le nécessaire. Quand comptez-vous me contacter ?

— Laisse ton portable allumé, on connaît le numéro.

— Maintenant allez-vous en et laissez-nous s'il vous plaît.

— Hop, hop, hop. Qui t'as dit qu'on en avait terminé ?

— Écoutez, soyez raisonnable. Je ne pourrai pas faire plus que ce que vous demandez.

— Oh que si tu vas faire plus. Il est prévu que tes laboratoires commercialisent le mois prochain un nouvel antiviral sous le nom de *Neuroclasil*. Tu vois, nous sommes bien informés. Tu vas faire en sorte de reculer cette mise en vente de quelques mois. Disons pas avant le 31 décembre.

— Mais nom de Dieu, qui vous envoie ?

— Arrête de poser des questions et fais ce qu'on te dit. Tu as bien compris pas de mise sur le marché avant le 31 décembre.

— Et qui me dis que vous nous laisserez tranquille après ?

— Pour ça, il va falloir nous faire confiance. Si tu files droit, tu n'entendras plus jamais parler de nous.

— Je vais faire le nécessaire, maintenant fichez-moi le camp…

— Pas encore gros malin, tu nous prends vraiment pour des buses. Tu comprendras qu'il nous faut une monnaie d'échange. Ce n'est pas à un vieux finaud de ton espèce qu'on va apprendre ce qu'est une transaction.

— Vos menaces suffisent. Vous n'avez besoin de rien d'autre.

— Je croyais qu'on avait fait le nécessaire pour que tu arrêtes de nous prendre pour des bisounours. C'est une piqûre de rappel qu'il te faut ?

— Alors c'est moi qui viens avec vous.

— Arrête de nous prendre pour des cons. Tu n'es pas en position de décider, et puis tu vas devoir t'occuper de virer le pognon. On prend la gamine.

— Oh non, gémit Hélène. Je vous en prie, pas elle. Prenez-moi à sa place. Je ferai tout ce que vous voudrez.

Pour la première fois Nixon ouvrit la bouche.

— Il est temps qu'on s'arrache parce que, si ça continue, je vais me mettre à chialer.

Reagan s'approcha d'Hélène qui, assise par terre, avait passé ses bras autour de la taille de sa fille et la serrait à l'en étouffer. Il appuya le canon de son arme sur son crâne en la dominant de toute sa hauteur et ajouta d'une voix calme.

— Lâche ta fille. Je compte jusqu'à cinq et à cinq la petite pisseuse n'aura plus de mère. Tu souhaites vraiment qu'elle devienne orpheline dans la même journée et qu'elle assiste à l'exécution de ses deux parents.

— Vous dites des conneries, répliqua Chloé le regard noir. Alain n'était même pas mon père.

— Alors, tu me vois ravi de ne pas t'avoir fait trop de peine. Maintenant tu viens avec nous !

Les bras se dénouèrent et l'homme tira brutalement la petite par sa queue-de-cheval. En passant devant le vieux elle osa un timide : « Papy aide-moi ».

— C'est promis Chloé, tiens bon, je vais te sortir de là et te ramener à la maison, lui répondit-il avec une assurance qu'il était loin d'éprouver.

Et s'adressant à Reagan :

— Je vire l'argent dès que j'aurai l'adresse. Mais je veux que vous relâchiez la gamine dès réception du fric. Sinon le *Neuroclasil* sera disponible dans quinze jours comme prévu.

— Marché conclu vieux con. Tu ne t'imaginais tout de même pas qu'on allait la garder en pension tout ce temps. Fais ce qu'on te dit et tout se passera bien !

Pour faire bonne mesure Nixon lâcha une dernière rafale. Reagan entraîna la fillette en la soulevant du sol par les cheveux.

Stoïque, la gamine ne gémit pas. Même pas mal !

2

Scène de crime

*C'est **fou** comme on s'habitue rapidement au luxe,* se disait Fred tout en chargeant le lave-vaisselle intégré dans l'îlot central de l'immense cuisine d'un blanc immaculé. Il avait toujours été persuadé d'avoir peu de besoins matériels et n'avait jamais versé dans une frénésie de consommation. Faire les boutiques n'était pas vraiment sa tasse de thé. Il y a peu encore, son seul bien se résumait à un trois-pièces acheté sur le tard et dont le crédit arriverait à échéance au moment de son départ en retraite. Il y avait bien sa passion pour le jazz et la retouche photographique qui l'amenait à fréquenter régulièrement les salles de concert et surtout à investir dans du matériel photo de qualité, un *MacBook Pro* dernier cri et des enceintes *Devialet* particulièrement onéreuses. Rien qu'il ne put s'offrir avec son salaire de commandant en fin de carrière au SRPJ de Lyon et les généreuses primes que lui octroyait l'état. Pour le reste, son train de vie restait celui d'un indécrottable vieux garçon. Des restos et sorties entre copains, surtout des flics. Quelques aventures également mais moins qu'il ne l'aurait souhaité et qui n'avaient jamais duré très longtemps. Peut-être n'était-il pas trop doué dans ce domaine. Des bouquins achetés le plus souvent en collection de poche ou empruntés dans les bibliothèques. Une carte de transport pour les trajets interurbain et un Duster de service pour ses déplacements professionnels.

Tout avait changé quand le destin lui avait fait croiser une deuxième fois la route d'Éva, son amour de jeunesse. Ils étaient sortis ensemble tous deux jeunes étudiants. Il l'avait retrouvée, trente ans plus tard dans le cadre d'une enquête criminelle. Lui en tant que flic à la tête d'un groupe crime, elle comme victime d'une violente agression. Blessée de trois balles dont une en pleine tête, elle avait miraculeusement survécu. Il lui avait sauvé la vie à deux reprises. Ils ne s'étaient plus quittés depuis[1].

La balle avait tracé une vilaine cicatrice en forme de virgule qui courait du haut de son œil gauche jusqu'au-dessus de sa tête laissant apparaître quelques traces de tissu cicatriciel sur lesquelles aucun cheveu ne pousserait plus. Éva envisageait une chirurgie réparatrice, lui n'était pas pour. Il aimait suivre avec son pouce cette marque qui lui rappelait la minceur de la frontière qui séparait la vie de la mort. La vie avait gagné la partie, cette fois. Il s'en était quand même fallu de peu.

Éva avait la peau naturellement bronzée. Un teint caramel qui lui avait toujours évoqué, il ne savait trop pourquoi, la beauté des îles tropicales, le chatoiement des rayons solaires quand les ombres s'étirent démesurément et que les paysages se parent d'une couleur de feu annonciatrice du crépuscule, des souvenirs de promenades aux milles odeurs entremêlés dans les marchés aux épices qu'il avait fréquenté dans ses voyages. Une invitation à la lascivité et au rapprochement des corps. Un passeport pour l'aventure. Leur retrouvaille avait, il est vrai, été particulièrement mouvementée. Éva ressemblait à présent à une femme pirate qui aurait beaucoup bourlingué avec, gravés dans sa chair, les stig-

---

1. Se reporter au premier opus : « Les femmes ne plaisantent pas avec l'amour ».

mates des violents combats qu'elle avait livrés. Il la trouvait belle, très belle. Il l'aimait. Ils devaient se marier sous peu.

Elle était également une femme infiniment riche, propriétaire d'un petit empire composé de boutiques de prêt-à-porter haut de gamme, dont elle venait de céder la griffe, mais pas les murs, à une multinationale du luxe. Sa fortune s'élevait à plusieurs dizaines de millions d'euros. Fred avait été estomaqué quand elle lui avait avoué vouloir tout partager avec lui et se marier sous le régime de la communauté de bien universelle. Il avait refusé prétextant que c'était pure folie. Elle lui avait rétorqué que sa décision était mûrement réfléchie, que ses parents approuvaient son choix, qu'elle avait failli mourir à trois reprises : truffée de plombs, étranglée et droguée. Cela faisait quand même beaucoup. Elle avait bien mérité de vivre dans l'amour et le partage si tel était son désir. Le fait qu'elle ait de l'argent n'avait quand même rien de rédhibitoire.

Que répondre à cela ? Et bien sûr il avait cédé.

Il avait été étonnamment surpris de se sentir aussi rapidement à l'aise dans leur nouvel appartement de huit pièces dont cinq chambres et trois salles de bains. Le tout dans trois cents mètres carrés habitable exposé plein sud et situé Boulevard Yves Farge. Sans compter la terrasse qui faisait presque la taille de son ancien logement avec vue sur Confluence à la jonction du Rhône et de la Saône. Il avait pris goût également à troquer régulièrement son Duster, qui commençait à fatiguer, pour une Porsche Cayenne flambant neuve qui faisait saliver d'envie Gaëlle sa jeune adjointe.

Gaëlle était capitaine au SRPJ de Lyon. Elle était non seulement son bras droit au sein du groupe crime mais surtout une enquêtrice tenace et intelligente. Elle ne tournait jamais autour du pot et fonçait droit au but. Pour faire bonne mesure, elle avait rarement sa langue dans sa poche et n'hésitait pas à dire leurs quatre vérités à qui voulait bien les entendre, tout autant à sa hiérarchie qu'à ses subordonnés. Ce qui ne lui valait pas que des félicitations tant s'en faut. Elle s'en foutait, ce n'était pas une carriériste. Fred appréciait de travailler avec elle. Il savait qu'elle lui manquerait le jour où il quitterait ses fonctions. Il avait conscience d'être un homme heureux entouré de deux femmes hors du commun. Bien peu pouvait se vanter d'avoir autant de chance.

Pour ne rien gâcher, Gaëlle était une jolie femme que qualifiait à merveille l'expression « noblesse naturelle » attribuée à Thomas Jefferson. Elle était grande, d'allure élancée, avec de longs cheveux roux, qu'elle portait le plus souvent attachés en queue-de-cheval. Laquelle se balançait de droite à gauche au rythme déhanché de sa démarche. Elle avait de grands yeux verts qui ne cillaient pas quand elle vous regardait. Fred avait été son mentor. Elle était aujourd'hui sa meilleure amie, preuve qu'une belle relation, sans ambiguïté sexuelle aucune, était parfaitement possible entre un homme et une femme. Cela ne lui posait d'ailleurs aucun problème, Gaëlle était heureuse en ménage avec un époux charmant et deux filles adorables, de plus il était fréquemment invité à dîner par le couple et appréciait Francis son mari.

Il se demandait s'il n'était pas un opportuniste de première. Incapable de dire s'il s'agissait d'un défaut, d'une faiblesse coupable ou si cela relevait, au contraire, d'une qualité à mettre au crédit d'une bonne faculté d'adaptation. Il n'était pas totalement dupe, c'était quand même plus facile d'accepter une amélioration de son statut et de son confort plutôt que l'inverse, surtout avec l'avancement en âge. Il se souvenait qu'étudiant, il avait largué Éva pour prendre la route et explorer la Turquie, l'Iran et l'Afghanistan, sans s'encombrer d'une fille constamment collée à ses basques. Il avait particulièrement adoré l'Iran, Téhéran la tumultueuse, Ispahan la magnifique. Il gardait gravé dans sa mémoire la pureté des ciels étoilés qu'il contemplait allongé sur le sable bordant la mer d'Arabie. La gentillesse des habitants et la richesse de leur gastronomie l'avaient profondément marqué. Quel destin tragique que celui de ce peuple maudit qui s'était libéré du joug d'un dictateur pour retomber aussitôt sous celui des Mollahs. Heureux européens qui ne se rendaient même pas compte de leur propre bonheur.

Fred avait réalisé, bien après coup, que son désir de voyage masquait une intolérance peut-être même une gêne à l'égard d'Éva sans doute parce que, contrairement à lui, qui était d'origine modeste, elle était issue d'une famille riche. Il avait toujours été incapable de lui rendre le dixième des cadeaux qu'elle lui offrait et n'avait jamais osé lui en parler. Le mobile était beaucoup moins glorieux que le fait de rompre les amarres pour partir à l'aventure. Il était bien décidé à ne pas reproduire deux fois la même erreur.

En tout cas, il n'était pas le seul à profiter de sa nouvelle situation. Question de solidarité masculine sans doute. Jabba avait pris ses aises encore plus rapidement que lui. Il paradait dans toute la maison comme un pacha issu d'une noble lignée. Peut-être se souvenait-il que ses ancêtres étaient de vénérés chiens de guerre qui combattaient les lions dans les arènes romaines. Son territoire n'était pourtant pas sans limites. Les chambres lui étaient formellement interdites. La partie n'était pas encore totalement gagnée pour les habitants du lieu (ou perdu pour lui). Il essayait régulièrement de s'y faufiler la nuit, profitant du sommeil de ses maîtres. Éva avait horreur de fermer la porte et, au matin, il le retrouvait souvent endormi au pied de leur lit. C'était un Mastiff de deux ans et quatre-vingts kilos qu'ils avaient recueilli et adopté suite à l'assassinat de sa jeune maîtresse. Le chien avait été blessé en tentant de la défendre et avait contribué à identifier son meurtrier par un prélèvement ADN du sang retrouvé sur sa gueule[1].

Fred se sentait un peu perdu dans ses réflexions en glissant deux tasses sous le percolateur quand retentit « Sweet Child O' Mine » des Guns N'Roses, sur son son iPhone. À cette heure, ce n'était jamais bon signe. Effectivement l'écran affichait en médaillon la photo de son adjointe. La soirée avec sa chérie semblait déjà compromise.

— Bonsoir Gaëlle…

— Salut cow-boy, j'espère que je ne vous dérange pas en plein Kama-sutra toi et ta princesse ?

— Je vois que tu tiens toujours la forme en début de soirée.

— Je fais des efforts pour ne pas te décevoir.

— Pour ta gouverne, sache que nous envisagions juste de passer aux choses sérieuses, tu sais la soirée ne faisait que commencer…

— Tu fais bien d'employer l'imparfait. Tu peux déjà faire une croix sur ta petite séance de jambes en l'air. Nous avons hérité d'un vilain meurtre chez Henri Cuvier cours du docteur Long dans le quartier de Montchat.

— Tu veux parler du fondateur du groupe pharmaceutique ?

— Lui-même, à croire qu'on nous réserve toutes les affaires qui impliquent le gratin de la ville. Ça doit être parce qu'on est les meilleurs. *A priori* les agresseurs étaient deux. Ils ont assassiné le fils aîné d'une balle en pleine tête.

— Merde, tu sais si la presse est déjà dans la boucle ?

— Pas encore, mais ça ne devrait pas traîner. La commissaire m'a déjà remonté les bretelles et le procureur nous retrouve sur zone. Il se déplace en personne. Pas surprenant, le

1. Se reporter au deuxième opus : « Délivrez-nous de la tentation ».

vieux n'est pas n'importe qui, paraît qu'il a téléphoné directement au préfet pour signaler l'agression. T'imagine la scène. On va avoir intérêt à marcher sur des œufs…

— Parle pour toi, tu connais ma diplomatie et mon sens de la mesure…

— Justement je les connais, surtout quand tu es en rogne. N'empêche qu'il va falloir faire gaffe et qu'on ne sera pas trop de deux pour tout vérifier et se protéger les miches.

— Je pense qu'on en a pour une bonne partie de la nuit.

— Et c'est pas tout, ils ont également enlevé sa petite fille.

— Nom de Dieu ! Quel âge ?

— Huit ans…

— C'est moche. J'ai horreur des enlèvements, surtout quand ce sont des enfants.

— Et moi donc, la gamine a juste un an de plus que mes filles. Je passe te prendre et on fonce.

— Comme d'habitude, tu es déjà en route ?

— Non, j'ai pris de l'avance, je suis en bas de chez toi. Je te laissais juste le temps d'enfiler une tenue décente avant de monter. Grouille-toi, ça va être un sacré raout.

— Je te coule un café. J'en ai pour deux minutes.

— Je vois que j'ai bien fait de ne pas débarquer à l'improviste. J'arrive, mais enferme le monstre. Tu sais bien que la vue d'un simple Pékinois me rend nerveuse.

— Aucun souci à te faire, Jabba t'adore.

— Oui, ben c'est pas forcément réciproque.

Fred avait laissé la porte entrouverte. Gaëlle entra sans frapper et bien sûr le chien l'attendait dans l'entrée tranquillement assis sur son postérieur la fixant de ses grands yeux noirs, que les multiples plis qui marquaient sa gueule rendaient mélancoliques. Heureusement Éva, postée à côté de l'animal, le tenait par le collier. Elle le lâcha pour étreindre

Gaëlle chaleureusement. Et bien sûr le chien, qui n'en était pas à son coup d'essai, en profita pour poser sa truffe au niveau du ventre de la policière, histoire de la saluer à sa manière. La réponse ne se fit pas attendre : une tape sur le crâne et un commentaire désobligeant : « pas touche vilaine bête ! ».

La policière avait été la première à interroger Éva quand elle était sortie du coma. Elle était revenue ensuite pour échanger avec elle, lui avait parlé de Fred se risquant même à jouer les entremetteuses, l'avait aidé à se déplacer quand, plâtrée, elle n'arrivait pas à aller seule aux toilettes. Les deux femmes avaient appris à se connaître. Elles s'appréciaient. Pour le moment, elles se dépêchaient d'avaler leur café trop chaud, à petites gorgées, essayant de ne pas trop se brûler. Pas le temps de s'asseoir. Fred déboula à son tour fixant son holster sous sa veste. Il engloutit d'un trait le petit noir sans se soucier de sa température, s'empara des clés du Cayenne les balançant à Gaëlle qui les attrapa au vol tout sourire.

— Je suppose que ça ne te dérange pas de conduire.

— J'aime ta perspicacité cow-boy. Tant qu'à intervenir dans le beau monde autant le faire avec un carrosse à la hauteur. Allez, on fonce.

Éva les regarda s'éloigner en souriant. Elle savait qu'ils faisaient un métier dangereux.

Elle appréciait leur bonne entente, espérant qu'ils veilleraient l'un sur l'autre et que cela suffirait. En attendant elle invita Jabba à l'accompagner au salon.

— J'espère que tu aimes les séries policières et pas question que tu ronfles au bout de cinq minutes comme la dernière fois.

Le chien hocha la tête.

Le portail était grand ouvert et Gaëlle s'engouffra dans l'allée bordée d'arbres centenaires avec l'impression de pénétrer dans un autre monde. Elle ralentit l'allure devant la majesté du lieu. Le parc de plus de quatre hectares vous plongeait dans un cadre intemporel. Les hauts murs d'enceintes protégeaient la propriété de tout vis-à-vis et de toute nuisance sonore. Si proche de la ville et pourtant si éloigné d'elle, une fois à l'intérieur. La demeure du dix-neuvième siècle était immense et ressemblait à un château avec un grand corps de bâtiment qui s'élevait sur trois étages et deux tourelles aux extrémités. Un escalier majestueux en pierre avec des garde-corps sculptés s'évasait à sa base en un délicat arrondi. Il permettait d'accéder à une vaste terrasse qui courait sur la partie centrale et permettait d'organiser des réceptions en plein air à la belle saison.

— La vache, lâcha Gaëlle.

Elle avait vu juste. Il y avait déjà une sacrée animation quand ils arrivèrent sur place.

Pas moins d'une quinzaine de voitures stationnaient de manière anarchique. Outre celles des invités, Fred reconnut deux véhicules de police, provenant sans doute du troisième arrondissement, le commissariat de secteur. Ce sont eux qui avaient fait appel au SRPJ comme c'était souvent le cas pour les enquêtes qui s'annonçaient épineuses. Deux fourgons de la PTS[1] étaient déjà à pied d'œuvre dont l'un avait laissé sa double porte arrière ouverte. La 308 bleue de la commissaire était garée juste derrière. Le légiste était également sur les lieux, impossible de manquer sa Mercedes-Benz SL cabriolet rouge vif de 1980.

Deux agents étaient en poste fixe en haut des escaliers et filtraient les entrées et sorties. Deux autres notaient les coordonnées de l'ensemble des invités qui avaient été transférés dans une pièce annexe plus petite ou étaient disposés des

1. Police Technique et Scientifique.

chaises afin qu'ils puissent s'asseoir et patienter le temps nécessaire. Un technicien relevait déjà leurs empreintes. Les enquêteurs prendraient ensuite leur déposition avant de les laisser rentrer chez eux. La commissaire et le procureur étaient en grande conversation dans le vestibule. Ils parlaient à voix basse afin que personne ne les entende. *Pas étonnant*, se dit Fred : *non seulement les politiques allaient faire pression pour accélérer le cours de leurs investigations, mais tous les ingrédients étaient réunis pour susciter l'intérêt du public et faire la une des médias nationaux : un meurtre en forme de règlement de compte dans la haute bourgeoisie lyonnaise, un enlèvement contre rançon, un cadre luxueux qui sentait le fric à plein nez. La presse à scandale serait la plus violente, histoire de rassasier le voyeurisme sans fond d'un lectorat qui se délecterait d'avance de voir le malheur frapper à la porte des puissants.*

— Ah vous voilà enfin, lâcha la commissaire en signe de bienvenu.

— Bonjour capitaine, bonjour commandant, heureux de vous rencontrer, engagea le procureur. Le préfet a personnellement insisté pour vous confier cette affaire. Je suppose que la résolution du meurtre de Mathieu Dubois n'y est pas étrangère, sans compter que votre femme fait partie de ses connaissances si je ne me trompe[1]?

— C'est exact Monsieur le procureur.

— Dans ce cas, tâchez d'être aussi efficace et de ne pas le décevoir. Je connais les méthodes, disons peu orthodoxes, dont vous êtes capables pour arriver à vos fins. Inutile donc de vous rappeler que j'attends de vous un strict respect des procédures et des rapports quotidiens sur mon bureau.

— C'est bien comme cela que nous l'entendions, même si, vous en conviendrez, la priorité est de retrouver l'enfant

1. Se reporter au deuxième opus : « Délivrez-nous de la tentation ».

au plus vite.

— Justement, l'enlèvement ne fait aucun doute, la vie de la fillette est en jeu et les ravisseurs ne peuvent pas encore avoir quitté la région lyonnaise. Nous sommes dans une configuration type pour déclencher le plan alerte enlèvement. Henri Cuvier n'était pas pour, mais j'ai réussi à convaincre sa belle-fille, la mère de l'enfant. Je m'en occupe personnellement. Nous devons agir rapidement chaque minute compte. J'ai chargé l'OCRVP[1] du volet enlèvement et des recherches à mener pour retrouver la gamine. De votre côté, vous vous concentrerez sur l'élucidation du meurtre. La commissaire Jacquemin coordonnera l'ensemble du dispositif.

Aurélie Lagrange pilotait les opérations avec rigueur et opiniâtreté. Elle était ingénieur au laboratoire de la PTS et dirigeait l'équipe des TSC d'une main de fer. Travailleuse infatigable, elle n'imaginait pas un seul instant qu'il n'en aille pas de même pour l'ensemble de ses collègues fonctionnaires. Tout le monde lui reconnaissait des qualités professionnelles hors pair mais aussi une personnalité exécrable qui conduisait la plupart des policiers à maintenir avec elle une distance de sécurité, aussi bien physique que psychologique, bien commode en période épidémique. Sauf que pour elle la pandémie ne cesserait jamais.

Elle était grande, maigre comme une longue asperge au physique androgyne. À cinquante ans passés, personne ne lui connaissait d'amis aussi bien hommes que femmes. Fred faisait exception. Il avait jadis usé de son autorité pour la tirer d'un mauvais pas ou plutôt d'une cellule de dégrisement avant que cela ne nuise à sa carrière. Elle ne buvait plus une goutte d'alcool depuis et lui en avait toujours été redevable. Fred s'arrangeait pour déjeuner avec elle une ou

1. Office Central pour la Répression des Violences aux Personnes.

deux fois par mois. Il appréciait son contact abrupt et en profitait pour faire le point avec elle sur les affaires en cours.

Il savait que tout n'était pas rose pour elle et imaginait facilement qu'elle avait dû être, dès l'école primaire, un bouc émissaire en butte à de nombreuses railleries. Rien ne changeait vraiment puisque les collègues l'affublaient régulièrement du surnom de *Thatcher* en référence au caractère bien trempé de la dame de fer qui alternait avec celui, plus tendre, de *Gaufrette* en raison d'une malencontreuse homonymie entre son nom de famille et une célèbre marque de gaufrier cent pour cent française.

Une fois de plus Aurélie avait sa mine des mauvais jours.

— Bonjour Gaëlle, bonjour Fred. J'ai bien peur que la scientifique ne vous soit pas d'un grand secours. Nous avons eu beau tout passer au peigne fin, nous n'avons rien ou pratiquement. Aucune trace exploitable à l'extérieur et rien de mieux ici. Les deux salopards avaient bien préparé leur coup. Des masques qui recouvraient entièrement leur tête pour ne pas semer de cheveux, des gants pour ne laisser aucune empreinte, une voix maquillée pour parer à toute reconnaissance. Ils n'ont rien laissé au hasard.

— Et concernant les armes ?

— Il s'agit d'un fusil d'assaut automatique. Un AK 47, la fameuse Kalachnikov dans sa version historique.

— Pourquoi sa version historique ? voulut savoir Gaëlle.

— En raison de son calibre d'origine qui est du 7,62 × 39, une munition éprouvée et fiable. Comme l'arme au demeurant, mais les balles sont lourdes et plutôt lentes ce qui limite leur portée à moins de deux cents mètres et rend leur trajectoire non rectiligne. Pour répondre au M16 américain, les Russes ont adapté l'arme à un nouveau calibre le 5,45×39 plus efficace quoique moins puissant que le

5,45 × 45 OTAN des forces alliées, le chargeur passant de quarante à quarante-cinq cartouches.

— Je vois, réagit Gaëlle qui n'en demandait pas tant.

— Et concernant le meurtre d'Alain Cuvier ?

— Pour ça, il va falloir demander à votre copain le légiste. À première vue, la balle n'a fait qu'un aller simple dans sa tête.

Karim Hachaoui était selon la formule consacré « un ami de trente ans ». Il était formateur à l'ENSP[1] de Cannes-Écluse quand Fred avait commencé sa carrière. Ils avaient tout de suite sympathisé. Brillant chirurgien algérien, il avait été contraint à l'exil en pleine guerre civile. Ses frasques incessantes et ses opinions politiques libérales constituaient une véritable provocation aux yeux des dirigeants du FIS[2]. Un mufti avait même fini par émettre une fatwa réclamant son exécution.

La France ne l'avait pas accueilli avec beaucoup d'égards en ne reconnaissant pas son diplôme malgré une expérience de cinq années comme titulaire en chirurgie thoracique à l'hôpital Mustapha Pacha d'Alger. Cela ne l'avait pas découragé pour autant, il s'était reconverti dans l'expertise médicale et était devenu, en une vingtaine d'années, un des maîtres incontestés du domaine. Il dirigeait depuis peu l'institut de médecine légale de Lyon (IML). À la tête d'une équipe de quatre agents et de huit médecins. Il supervisait un millier d'autopsies par an pour environ vingt mille décès sur l'ensemble de la région. Toujours tiré à quatre épingles, il opérait généralement en costume sous sa blouse de chirurgien sans oublier de prononcer quelques gentillesses à l'égard des cadavres dénudés qui attendaient d'être découpés. Son originalité ne manquait pas de provoquer quelques rumeurs concernant ses manières extravagantes, voire la solidité de sa santé mentale. Au moins sa vie n'était-elle plus

1. École Nationale Supérieure de la Police.
2. Front Islamique du Salut.

en danger.

— Je vois que ce sont mes deux flics préférés qui héritent de cette enquête, lança-t-il en se relevant pour les saluer.

Comme à son habitude, il enlaça Fred en lui donnant l'accolade. Il le faisait déjà trente ans plus tôt, bien avant que le geste ne devienne banal entre garçons. Cela avait beaucoup fait jaser à l'époque surtout dans le milieu machiste de la police. Certains bruits de couloir les concernant avaient même circulé. Tous deux en riaient encore chaque fois qu'ils en évoquaient le souvenir autour d'un verre. Gaëlle par contre se sentait souvent intimidé par ce grand bonhomme à l'allure toujours impeccable. Elle préférait généralement lui tendre la main. Pour la première fois, il s'en saisit en un baisemain un peu protocolaire qui les fit sourire tous les deux.

— Qu'est-ce que tu peux nous dire ? engagea Fred.

— Il est mort d'une balle en pleine tête, répliqua le toubib en se fendant la poire.

— Je voulais dire, qu'est-ce que tu peux nous apprendre que nous ne sachions déjà ?

— Assez peu de choses j'en ai bien peur. La balle a été tirée du haut vers le bas. La victime devait être soit en position assise, soit à genoux. Il y a suffisamment de témoins qui pourront vous le préciser. L'assassin l'a exécuté pardevant de manière à ce que le pauvre gars puisse voir ce qui allait lui arriver. La balle a pénétré en plein milieu de l'os frontal. Le tir s'est fait à bout touchant étant donné les brûlures occasionnées par la dilatation des gaz et les quelques grains de poudres qui se sont déposés sur les berges de l'orifice d'entrée. Il n'y a aucune trace de sortie.

— Aurélie nous a dit que la balle était toujours logée dans sa tête, intervint Gaëlle.

— Oui, elle a probablement rebondi contre l'os occipital

à l'arrière du crâne puis ricoché à la manière d'une boule de flipper détruisant tout sur son passage.

— Il s'agissait donc d'un petit calibre ?

— Oui sans doute du .22. Peut-être un .22 court ou une long rifle possiblement dégonflée de manière à ce qu'elle ne ressorte pas et fasse le maximum de dégâts. À mon avis, une arme pour tuer. Si je devais extrapoler, je parierais sur un crime prémédité et non pas de circonstance. Mais bon, je peux me tromper. De toute façon, je vous en dirai davantage après l'autopsie.

— Au moins, on pourra toujours dire à la famille qu'il n'a pas souffert, osa Gaëlle…

— Ça ma belle, personne n'en sait rien. C'est généralement une fable qu'on sert aux proches pour les consoler. Tout ce qu'on peut dire c'est que la mort a été rapide presque instantanée. Quant à la souffrance sa brièveté n'empêche pas qu'elle ait pu être tout aussi atroce.

3

Débuts des auditions

Le vieux était encore bel homme. De taille moyenne, mais large d'épaules, son allure le faisait souvent comparer à Anthony Quinn ou Aristote Onassis. Il trouvait la comparaison ridicule, tout le monde ressemblait à quelqu'un, mais ne faisait rien pour la contredire. Petit et râblé, il avait un physique d'ancien catcheur qui laissait penser que la bagarre ne lui avait jamais fait peur. Ses jambes étaient courtes et légèrement arquées, ses bras longs et épais. Son teint mat trahissait une origine méditerranéenne inscrite au plus profond de ses gènes. Il n'était pas du genre à fréquenter les cabines UV d'un institut de bronzage.

Son visage taillé à coups de serpes contrastait avec une expression plutôt affable. Le nez était légèrement de travers, signe d'une cloison nasale déviée résultant d'une jeunesse tumultueuse. Des yeux marron, presque noir, surmontés de sourcils abondants. Une bouche large à la courbure en forme de banane qui laissait présager un caractère jovial aux rires sonores, même si aujourd'hui ses pâles sourires exhalaient une tristesse infinie. Sa chevelure abondante entièrement blanche était taillée courte, à l'ancienne, raie à droite et cheveux rabattus sur la gauche dégageant un large front.

Le bonhomme faisant preuve d'une vitalité étonnante pour son âge. Il se déplaçait à grandes enjambées, entraînant les policiers à sa suite. Il semblait hanté par l'urgence de la situation, persuadé qu'il n'y avait pas une minute à perdre. Il les invita à entrer dans son bureau, leur maintenant la porte ouverte avant de la refermer précautionneusement derrière eux. Ce qui se dirait ne devait pas être entendu par des oreilles indiscrètes. Il marqua une légère hésitation avant de s'installer à sa place habituelle.

— Asseyez-vous je vous en prie. Je ne savais plus de quel côté me mettre. Après tout c'est vous maintenant qui dirigez cette affaire.

La pièce était spacieuse et aménagée avec soin. Elle devait être lumineuse en plein jour avec ses trois portes-fenêtres qui ouvraient sur un étroit balcon au garde-corps travaillé. Les murs étaient richement décorés avec des moulures qui s'élevaient des plinthes jusqu'au plafond. Une suspension avec des pendentifs en cristal reflétait ses multiples éclats dans un gigantesque miroir bordé d'or qui reposait sur une cheminée en marbre non moins imposante. Le bureau était entièrement marqueté avec des pieds en forme de S ornés de ferrures ouvragées en laiton. Un tapis ancien couvrait la plus grande partie du parquet Versailles en vieux chêne. Quatre fauteuils Louis quinze l'entouraient, trois d'un côté, un seul de l'autre.

— Monsieur Cuvier, je suis le capitaine Lebras du SRPJ et voici le commandant Brazier qui est en charge de cette enquête. Croyez bien que nous sommes profondément désolés de ce qui est arrivé. Nous vous présentons nos plus sincères condoléances concernant le décès de votre fils.

— Merci de votre sollicitude capitaine, mais le deuil et la peine devront attendre encore un peu. L'urgence est maintenant de sauver ce qui peut l'être. Mon comptable et mon banquier seront là d'une minute à l'autre. Ma priorité est de réunir l'argent au plus vite pour payer cette rançon et faire libérer la gosse. Et puis préserver l'entreprise ou ce qui peut l'être encore, puisque nous sommes attaqués. Tout cela sonne pour moi comme une déclaration de guerre, venir dans ma maison pour s'en prendre aux miens, me faire un odieux chantage pour que je retarde la commercialisation d'un de nos médicaments phare, tuer mon fils, enlever celle que je considère comme ma petite-fille. Je veux à tout prix sauver la vie de cette enfant. Je ne souhaite pas que la police vienne mettre son nez là-dedans pour tout faire rater.

— Je ne voudrais pas laisser s'installer un malentendu Monsieur Cuvier, recadra Fred. Le procureur nous a chargés de retrouver les auteurs de l'assassinat de votre fils. Ce sont des collègues de l'Office Central pour la Répression des Violences aux Personnes qui se chargeront de gérer l'enlèvement de votre petite-fille. Nous coopérerons étroitement avec eux, bien évidemment.

— Je ne veux même pas en entendre parler, vous m'entendez. J'ai accepté le deal des ravisseurs. Je me suis engagé à payer et je vais le faire quoi qu'il m'en coûte. Ces types sont déterminés et sans scrupule. Ils ont exécuté mon fils uniquement pour l'exemple, pour me montrer qu'ils étaient prêts à tout. Ma décision est prise, pas question de revenir là-dessus.

— Loin de nous l'idée de vous en dissuader, Monsieur Cuvier. Nous sommes là pour vous poser quelques questions et prendre la mesure de la situation.

— Oui, je comprends. Excusez-moi, je m'emballe.

— Aucun souci, poursuivons si vous le voulez bien…

— Tout d'abord, je dois avouer que je vous connais commandant ou plus exactement je connais Françoise Régnier votre future belle-mère. C'est une amie de longue date. Elle m'a beaucoup parlé de vous et c'est moi qui ai demandé au préfet à ce que l'enquête vous soit confiée. J'ai besoin de quelqu'un de confiance aux commandes et ne veux rien avoir affaire avec les guignols de la Répression des Violences aux Personnes. Je sais très bien qu'ils vont me recommander de ne pas payer la rançon.

— Écoutez, le mieux sera de le leur dire vous-même, rectifia Fred avec patience. Nous souhaitons tous que vous retrouviez votre petite-fille saine et sauve.

— Je lui ai fait une promesse et j'entends bien la tenir. Ne vous méprenez pas sur mes intentions. J'attends que vous retrouviez ces salopards et qu'ils payent pour ce qu'ils ont fait, mais après que Chloé ait été libérée. Je ne veux prendre aucun risque avec sa vie. Il y a déjà eu un mort et c'est insupportable…

— Qu'est-ce qui vous fait penser qu'il est plus raisonnable de laisser la police de côté pour le moment ? osa Gaëlle consciente que l'entretien leur échappait et qu'ils marchaient sur des œufs.

— Leur revendication tout simplement. Il ne s'agit pas simplement d'une rançon de trois millions d'euros pour libérer la petite. Il y a une deuxième exigence. Je dois surseoir à la commercialisation de notre dernier produit le neuroclasil.

— Et sinon ?

— Sinon, ils s'en prendront à nouveau à nous. Reagan nous a clairement menacés de mort, n'importe où, n'importe quand. Ce sont des tueurs et je pense qu'ils ne plaisantaient pas.

— Reagan ?

— Oui, ils portaient des masques, le gros celui de Nixon et le plus mince celui de Reagan. Vous comprenez ce que j'essaie de vous dire maintenant. Si je paye, ils devront la libérer, c'est la condition préalable au report de la commercialisation du *Neuroclasil*. Si jamais ils attentaient à sa vie ou qu'ils lui fassent le moindre mal, je ne serais plus tenu d'obtempérer et notre marché tomberait à l'eau.

— C'est pour cela que vous ne souhaitez pas mettre la police dans la boucle. Vous pensez que cette deuxième exigence constitue une garantie pour elle. Les trois millions ne représenteraient qu'un préalable pour tester votre bonne volonté si j'ose m'exprimer ainsi. L'essentiel étant pour eux d'obtenir le report de la mise en vente de ce fameux médicament ?

— Je le pense, c'est pourquoi, j'espère qu'ils libéreront la gamine une fois que l'argent sera versé. Je vous demande également la plus grande discrétion concernant ce deuxième élément. Je souhaite qu'il reste confidentiel tant que Chloé ne sera pas à nouveau parmi nous. La moindre fuite pourrait mettre sa vie en danger. Je ne tiens pas à mettre les ravisseurs en rogne. Ils n'ont souhaité négocier qu'avec moi. Vous comprenez ?

— Vous pouvez compter sur nous.

— De mon côté, je n'en ai parlé qu'à ma belle-fille. Elle seule a le droit de savoir ce qui se trame. Je lui ai demandé également de ne révéler cette information à personne.

— Quand même, réagit Gaëlle dont les comptes bancaires viraient au rouge à chaque fin de mois, trois millions ce n'est pas rien…

— Vous avez raison et je vais devoir me séparer d'actifs, peut-être d'un site de production. Vendre quelques brevets aussi sans doute, mais le neuroclasil représente potentiellement plusieurs dizaines de millions, voire plusieurs centaines si le marché nord-américain s'ouvre à nous.

— De quel genre de médicament miracle s'agit-il ?

— Il s'agit d'un médicament destiné au traitement des infections liées au VIH. Il s'attaque à une enzyme spécifique, la rétrotranscriptase qui a pour fonction de transcrire l'information génétique du virus dans le génome de son hôte.

— Et c'est quelque chose de nouveau, interrogea Gaëlle avant que le vieux ne s'enfonce dans des détails abscons.

— Non ce n'est pas nouveau, notre molécule se montre simplement plus efficace que d'autres tout en entraînant moins d'effets indésirables. En d'autres termes, elle améliore le rapport bénéfice / risque de ce qui existait jusque-là. Nous avons également beaucoup travaillé sur les process industriels pour que notre produit reste abordable.

— En résumé, il s'agit d'une avancée significative dans le traitement du VIH ?

— Oui, c'est cela. Notre produit apporte de réelles améliorations dans la prise en charge des malades. Il y a environ quarante millions de porteurs du virus de par le monde et pratiquement deux millions de nouveaux cas chaque année. En l'absence de vaccin, le traitement doit être pris tout au long de la vie. Vous comprenez pourquoi l'enjeu financier est véritablement énorme.

— Vous êtes en compétition avec de nombreux laboratoires, et si je comprends bien le rapport qualité prix de votre médicament est plutôt favorable. Tout cela ne doit pas faire que des heureux chez vos concurrents.

— Effectivement, la lutte est acharnée et chacun joue gros sur ce marché. Vous savez les sommes investies dans la commercialisation d'un nouveau médicament sont colossales. Le travail entre les premiers tests, les essais cliniques, le développement industriel et la commercialisation durent généralement de dix à quinze ans. Nous venons juste d'obtenir l'autorisation de mise sur le marché de l'ANSM[1] et de l'EMEA[2].

— Et vous devez retarder la mise en vente de combien de temps ?

1. Agence Nationale de Sécurité du Médicament.
2. European Medicines Evaluation Agency.

— Six mois, c'est une catastrophe pour nous.

— Vous imaginez qu'un concurrent aurait pu mettre sur pied une telle action criminelle ?

— Jusqu'à ce matin, je vous aurais dit non sans hésiter. La recherche médicale n'utilise pas ce genre de méthode et la compétition est saine la plupart du temps malgré l'importance des budgets. Mais l'exigence des ravisseurs semble tellement ciblée sur ce produit que je m'interroge ?

— Et bien sûr, vous ne voyez pas d'où le coup pourrait venir ? lâcha Gaëlle sans ménagement.

— Pour le moment non, mais si j'ai vent de quelque chose, je vous préviendrai immédiatement.

— Nous allons également creuser cette piste de notre côté. Nous aurons sans doute besoin de vos lumières et serons amenés à revenir vers vous prochainement.

— Ma coopération vous est bien évidemment acquise et ma porte vous sera toujours ouverte. En attendant je vous laisse à disposition le bureau de mon fils pour mener à bien vos auditions. De toute façon, il ne risque plus de l'utiliser à présent…

— Nous vous en remercions. Concernant la rançon, quelle est la date limite de versement ?

— Après-demain dimanche avant minuit, mais je compte bien régler ça dès demain. Vous comprenez ma précipitation ?

— Oui, nous comprenons, poursuivit Fred. Quelles sont les modalités de paiement ?

— En bitcoins, ils doivent m'envoyer l'adresse par SMS.

— Sans doute à partir d'un téléphone à carte prépayée et à usage unique, compléta Gaëlle, il n'y aura aucun lieu de rendez-vous et toute localisation à partir de leur téléphone sera impossible. Nous avons vraiment affaire à des professionnels.

— Cela me semble assez évident. C'est pourquoi je vous demande de ne rien faire qui puisse nuire à la libération de ma petite-fille. Rien qui puisse acculer ces salopards à se débarrasser d'elle, même si vous avez une piste sérieuse d'ici-là. Est-ce que je peux compter sur vous ? Est-ce que vous êtes avec moi ?

Fred marqua un temps d'hésitation, Gaëlle fut la plus rapide à répondre.

— Vous pouvez compter sur nous. Nous ne ferons rien qui mette la vie de votre petite-fille en danger.

— Vous savez, ce n'est que ma petite-fille d'adoption. Nous n'avons aucun lien du sang. Et pourtant jamais je ne m'étais encore autant attaché à une enfant. Elle a toute sa vie devant elle, moi j'arrive au bout de la mienne et je ferai tout pour la ramener à sa mère.

Hélène Desmarets-Cuvier était une femme brisée, grande et légèrement enveloppée, elle errait comme une âme en peine incapable de se calmer, incapable de s'asseoir. Elle portait toujours sa tenue de soirée. Longue robe noire légèrement décolletée et fendue jusqu'au genou sur le côté gauche. Ses escarpins à talon haut battaient la mosaïque byzantine du couloir en un staccato que n'aurait pas renié un écrivain débutant, tapant à deux doigts sur les touches d'une vieille machine à écrire.

Un collier à triple rang de brillants mettait en valeur un long cou et des épaules gracieuses. Ses épais cheveux noirs coupés court dégageaient l'arrondi de son visage. Yeux immenses, nez fin, bouche gourmande. Elle ne pleurait pas, mais des larmes glissaient à intervalles réguliers le long de ses joues entraînant avec elle des traces de rimmel qu'elle avait essuyées avec le dos de sa main. C'était une belle femme, du moins si on se référait à des critères datant du siècle dernier, années soixante, soixante-dix. Elle s'adressa aux deux policiers avant même qu'ils n'aient le temps d'ouvrir la bouche.

— Suivez-moi jusqu'à mon bureau ! j'ai quelque chose à vous montrer et cela devrait vous intéresser.

Ils lui emboîtèrent le pas, gravissant deux étages du grand escalier central, puis parcoururent un long couloir avant de pénétrer dans une pièce lumineuse dont le mobilier design contrastait avec la précédente. Hélène Desmarets-Cuvier tenait dans sa main une clé USB qu'elle inséra dans le port de son ordinateur portable. Elle les invita à la rejoindre pour faire face à l'écran.

— La propriété est sous vidéosurveillance et reliée à une agence de sécurité chargée d'intervenir en notre absence ou à la demande. Les caméras sont déclenchées par différents capteurs de mouvement. Il y en a une intégrée au portail d'entrée et d'autres sur le pourtour de la maison ainsi que dans le parc. Nous avons des images des ravisseurs. Je vous en ai tout de suite fait une copie.

Elle lança la vidéo au moment où un gros SUV noir se présentait à l'entrée. La grille était restée en position ouverte, sans doute en raison de la petite fête.

— C'est une BMW X5 lâcha Gaëlle qui en connaissait un rayon côté grosses bagnoles. Arrêtez le défilement. Zoomez sur la plaque, on devrait pouvoir déchiffrer l'immatriculation.

L'image était pixélisée, mais restait lisible en prenant un peu de recul. Tous trois lurent en même temps : « EZ-732-NI ». Fred sortit son téléphone pour contacter l'agent de permanence au SRPJ, lui précisant de faire une recherche SIV[1] concernant le véhicule.

— Nous connaîtrons bientôt le propriétaire du véhicule.

1. Système d'Immatriculations des Véhicules.

Vous pouvez cadrer sur le pare-brise.

Le compteur de défilement indiquait vingt heures cinq. La lumière était encore suffisante en cette période de solstice. Malgré le traitement antireflet des vitres, il était possible de distinguer suffisamment l'intérieur du véhicule pour se rendre compte que les deux guignols avaient déjà enfilé leur masque. Impossible d'observer leurs visages.

— Merde commenta Gaëlle, on pouvait s'y attendre.

Hélène Desmarets-Cuvier relança la vidéo, son doigt tremblait au-dessus du trackpad. Les deux hommes sortirent du véhicule et pénétrèrent dans la maison dont la double porte était grande ouverte. Douze minutes plus tard, ils ressortaient. Reagan tenait toujours la gamine par la queue-de-cheval, la traînant à moitié. Il la força à descendre malgré sa résistance, allant même jusqu'à la soulever du sol par moments. Il ouvrit la portière arrière gauche et la balança comme un vulgaire paquet à l'intérieur. La gosse devait être une sacrée battante car aussitôt la portière droite s'entrouvrit. Première erreur des ravisseurs, ils n'avaient pas actionné la sécurité enfant des deux côtés. La tentative était néanmoins désespérée et vouée à l'échec. Nixon veillait au grain. Il empoigna la fille et lui retourna une baffe à assommer un bœuf. Il grimpa sans se presser à la place du mort. Le SUV démarra puis franchit le portail. Il était tout juste vingt heures dix-huit.

Hélène Desmarets-Cuvier se mit à sangloter sans retenue, à croire que la digue qui retenait le flot de son chagrin s'était rompue sous la violence des émotions qui la secouaient. Gaëlle s'accroupit à sa hauteur et lui prit la main.

— Vous n'aviez pas visionné la vidéo jusqu'à son terme ?

— Non, je n'avais pas vu la fin, renifla-t-elle. Je m'étais dépêchée d'en faire une copie pour vous la remettre.

— J'ai deux filles du même âge et j'ose à peine imaginer ce que vous traversez.

— Les parents ne devraient jamais être dans l'impossibilité de protéger leurs enfants. Qu'est-ce que Chloé doit ressentir en ce moment ? Elle est si jeune. J'ai tellement peur qu'ils lui fassent du mal.

— Il ne faut pas perdre espoir, pas maintenant. Votre fille nous a montré qu'elle était bigrement courageuse. Elle compte sur vous pour la sortir de là.

Fred se saisit de son smartphone qui venait de vibrer dans sa poche.

— La voiture appartient à un certain Christian Brocard. Comme on pouvait s'y attendre elle a été déclarée volée hier. Il n'est pas trop tard pour demander la mise en place de contrôles routiers.

— Je vous en prie non. Ne faites pas ça. Ne les acculez pas à sortir leurs armes ou à se débarrasser d'elle.

— Vous êtes sûre que c'est bien ce que vous voulez ?

— Oui, Henri m'a révélé les exigences des ravisseurs. Respecter leur demande est notre meilleure chance de récupérer Chloé vivante. Je lui fais entièrement confiance et me suis rangée à son avis. Je regrette d'avoir accepté la mise en place d'un plan alerte enlèvement.

Gaëlle interrogea silencieusement son supérieur, regard en coin, front plissé.

Fred scruta à son tour Hélène Desmarets-Cuvier qui ne le quittait pas des yeux. Il soupira en signe de capitulation.

— C'est d'accord. J'en prends la responsabilité. De toute façon, ils sont sans doute déjà loin et ont probablement changé de véhicule.

Puis, s'adressant plus spécifiquement à Gaëlle :

— Ça risque quand même de secouer pas mal demain au débriefing. Mieux vaudra s'accrocher ferme au bastingage.

— Madame Desmarets-Cuvier, reprit Gaëlle avec empathie, nous souhaiterions vous poser quelques questions. Vous sentez-vous en mesure d'y répondre ?

— Oui, allez-y. De toute façon ça n'ira pas mieux demain…

— Quel est votre rôle au sein de l'entreprise ?

— Je pilote une équipe de recherche spécialisée dans le génotypage microbien. C'est nous qui avons développé puis testé l'efficacité de cette molécule. Henri a insisté pour que je prenne en charge l'ensemble du projet jusqu'à la commercialisation du médicament. Il y a longtemps qu'il souhaite me voir prendre des responsabilités au sein du groupe. Cela était totalement nouveau pour moi.

— Qui aurait dû hériter de cette mission si votre beau-père ne vous l'avait pas confiée ? interrogea Fred.

— Mon mari, c'est lui qui dirige l'ensemble du pôle « Biologie médicale ».

— Et il ne l'a pas forcément bien pris ? poursuivit Gaëlle.

— Non, pas très bien en effet…

— Madame Desmarets-Cuvier, intervint Fred, est-ce que vous connaissiez des ennemis à votre mari ?

— Il exerçait une position de pouvoir au sein du groupe. Alors forcément il ne s'est pas fait que des amis. Mais au point de l'assassiner, non je ne vois personne. Ceci étant, il ne me tenait pas toujours informé de ce qu'il faisait. Nous nous parlions moins ces derniers temps…

— Il ne vous racontait pas tout ce qui se passait, reformula Gaëlle à qui il n'était pas nécessaire de faire un dessin pour comprendre qu'il y avait du tangage au sein du couple.

— Nous avions pris un peu de distance et notre relation

n'était plus au beau fixe. Mon mari ne supportait plus Chloé. Il me reprochait sans cesse mon manque d'autorité. J'ai toujours traité ma fille comme une adulte, avec beaucoup d'exigences mais sans jamais hausser la voix. Je préfère convaincre plutôt que forcer, c'est ma manière de faire. Voyez-vous, Alain était catholique pratiquant. M'épouser avait déjà été un cas de conscience pour lui. J'ai eu Chloé à vingt-neuf ans et je n'ai jamais accepté de me marier à l'église. Cela faisait beaucoup pour lui. Je crois qu'il a toujours vécu ma fille comme un empêchement. Et, depuis peu, ses reproches se sont faits plus pressants.

— Au contraire de votre beau-père, intervint Fred. D'après ce qu'il nous a dit, il adore votre fille.

— Oui, je crois qu'il l'aime beaucoup. Je ne suis pas certaine qu'Alain le vivait toujours très bien. Peut-être un peu de jalousie, je ne sais pas. Sa relation avec Henri n'était pas simple.

— Vous vous disputiez ?

— Parfois oui, mais pas fréquemment. Mon mari n'était pas très expansif. Il prenait beaucoup sur lui de manière stoïque. Et puis, il y a des moments où sa colère pouvait exploser comme si elle le submergeait, mais il n'a jamais eu de gestes déplacés. Jamais je ne l'aurais supporté.

— Votre beau-père était au courant de vos disputes ?

— Vous savez nous vivons tous sous le même toit. Henri occupe le premier étage. Alain et moi le second et Antoine le troisième. Difficile de garder très longtemps un secret de famille dans ces conditions.

— Tout cela est ma faute, lança Isabelle Bornand sans préambule. C'est à cause de moi qu'il est mort !

Son ton était cynique, sa voix suraiguë, son débit haché. Elle marchait de long en large dans la pièce, comme une hystérique, refusant de s'asseoir. Karim Hachaoui, le légiste, avait réparé sa joue déchirée en lui posant cinq points de suture recouverts d'un pansement qui s'étendait de la pommette jusqu'à la base du menton. Il lui avait prescrit une visite de contrôle à l'hôpital, après lui avoir administré un anesthésique local. Il avait donné son feu vert à Gaëlle et Fred pour l'interroger avant que la douleur ne se réveille. Mieux valait ne pas trop tarder, elle était sur les dents. *Elle est probablement en état de choc* se dit Fred. *Quand l'adrénaline refluera, elle risque de s'effondrer*. Il la prit par le coude aussi précautionneusement que possible et la guida jusqu'au fauteuil le plus proche. Elle se laissa faire.

— Il vaut mieux vous asseoir Madame Bornand. Nous serons plus à l'aise pour bavarder.

À peine installée, sa jambe gauche, passée sur la droite, se mit à battre la mesure en un tempo rapide.

Isabelle Bornand était une élégante aux jambes gainées de soie et aux ongles parfaitement manucurés. Elle était vêtue d'une robe de soirée bleu marine portée près du corps. Elle pouvait se le permettre, elle était grande et particulièrement mince. Un décolleté en V et deux fines bretelles dénudaient des épaules et des bras constellés de taches de rousseur. Ses cheveux blonds qu'elle portait mi-longs ondulaient. Ils mettaient en valeur un visage illuminé par des yeux d'un bleu profond couleur océan. Un nez trop long l'empêchait d'être véritablement éblouissante.

— Madame Bornand engagea Fred, pourquoi dites-vous cela ?

— J'ai eu une crise de panique et j'ai tenté de m'enfuir. C'est là que Reagan m'a frappée avec son arme. Heureusement que le médecin du SAMU m'a rapidement soignée. Il m'a promis que la cicatrice serait minuscule.

— Le médecin du SAMU, réagit Gaëlle se retenant de

sourire, c'est de notre légiste que vous parlez.

— Vous voulez dire celui qui fait les autopsies ?

— Le docteur Hachaoui n'est pas seulement légiste, reprit Fred foudroyant sa collègue du regard, c'est aussi un très grand chirurgien. Vous n'avez aucun souci à vous faire. Vous voulez bien poursuivre s'il vous plaît…

— Oui, Alain, je veux dire Monsieur Cuvier a été le seul à prendre ma défense. Mon mari n'a même pas levé le petit doigt. Le tueur l'a traîné jusqu'au milieu de la pièce comme une bête qu'on mènerait à l'abattoir. Il l'a forcé à se mettre à genoux, puis l'a abattu devant tout le monde. C'était insoutenable.

— C'est Reagan qui a fait feu ? précisa Fred.

— Oui, c'est lui qui a tiré.

— Vous connaissez bien Alain Cuvier ? interrogea Gaëlle qui souhaitait changer de sujet.

— Oui, C'est un collègue de Robert, mon mari. Le groupe BioCuvier est divisé en cinq branches, chacune pilotée par un directeur. Robert dirige le pôle cosmétique, Alain la biologie médicale et Antoine le secteur vétérinaire. Les Cuvier sont des amis proches. Nous les fréquentons régulièrement.

— Et vous-même, est-ce que vous exercez une profession ?

— Non, je m'occupe de nos deux enfants de six et neuf ans et consacre le peu de temps qu'il me reste aux activités paroissiales.

— Madame Bornand, vous êtes la seule, sans compter la victime ni Henri Cuvier, à avoir été confrontée directement à l'assassin. Vous l'avez vu de près. Auriez-vous remarqué chez lui une particularité ou un signe distinctif qui faciliterait son identification ?

— Non rien, je ne vois rien, sauf qu'il avait une montre

au poignet droit.

— Mais tout le monde porte une montre, réagit Gaëlle déçue.

— Peut-être, mais il s'agissait d'une montre de luxe. Vous savez, celles qui sont carrées et ressemblent à des instruments d'aviation. Je le sais, mon mari pilote un avion de tourisme et il a la même.

— *Breitling*, tenta Fred.

— Non avec un nom composé, *Bell* quelque chose…

— *Bell & Ross* ?

— Oui, c'est cela *Bell & Ross*. Tout le monde porte peut-être une montre, mais pas forcément à plus de quatre mille euros, Madame.

— Appelez-moi capitaine s'il vous plaît, répliqua Gaëlle piquée au vif.

Elle n'appréciait pas la remarque. Encore moins le sourire radieux que lui avait retourné Isabelle Bornand avec un petit air de défi. Fred se dépêcha de poursuivre.

— C'est un détail intéressant qui peut s'avérer précieux. Est-ce que vous voyez autre chose à nous dire ?

— C'est que euh…

— Oui, l'encouragea Fred afin qu'elle poursuive.

— Non rien, c'est tout. Je ne vois rien d'autre.

— Quelle poufiasse, conclut Gaëlle dès qu'elle eut quitté la pièce. J'ai horreur des grenouilles de bénitiers qui se la pètent…

— Tu aurais peut-être pu t'abstenir de ta réflexion sur le légiste ?

— Ah non ! Si tu avais vu sa tête quand elle a dit : « Vous voulez dire celui qui fait des autopsies ? ». Si ça n'avait tenu qu'à moi, je lui aurais rafistolé sa joue à coups d'agrafeuse !

Antoine Cuvier ne leur apprit rien qu'ils ne savaient déjà. L'homme, d'une bonne quarantaine d'années, était élégant et athlétique. Il portait des cheveux à la mode des années soixante-dix et une barbe de trois jours. Pantalon à pli, blazer bleu déboutonné, chemise en soie ouverte sur un torse qu'on devinait velu. Il soignait son apparence et se déplaçait avec la souplesse féline d'un fauve de cinéma prêt à fondre sur sa proie.

Il y avait un soupçon d'affectation dans son allure dont il n'arrivait pas à se déprendre. Sans doute en raison d'un air de famille troublant avec l'acteur Alain Delon dans sa version archétypale, toujours jeune et au sommet de son art. Tout cela donnait l'impression de l'emprisonner dans un rôle parfaitement scénarisé.

— Tout s'est déroulé très vite, vous savez. Ils ont déboulé au début du repas, puis le gros, celui qui portait le masque de Nixon, a tiré une rafale en l'air. Le bruit était assourdissant. Tout le monde a eu peur et s'est réfugié au fond de la pièce. C'est à ce moment-là que j'ai réalisé qu'ils avaient l'intention de nous faire du mal.

— Et que s'est-il passé ensuite ?

— Isabelle Bornand, une de nos invités a tenté de fuir et l'autre, celui au masque de Reagan, a sorti un pistolet et l'a frappé avec. Mon frère a pris sa défense et il l'a froidement assassiné. C'était horrible.

— Vous avez idée de pourquoi votre frère s'est opposé à eux ? voulut savoir Gaëlle. C'était plutôt courageux de sa part.

— Ça, c'était Alain tout craché. Il a toujours eu un tempérament chevaleresque à vouloir secourir son prochain. Son côté catholique pratiquant n'y était sans doute pas étranger non plus. Déjà enfant, il se mettait systématiquement du côté des plus faibles. Il a toujours fait preuve de générosité. Cela n'arrangeait d'ailleurs pas toujours nos affaires…

— Que voulez-vous dire par là intervint Fred, saisissant la balle au bond.

— Il était à la tête du pôle « Biologie médicale » qui génère le plus gros chiffre d'affaires de l'entreprise et disons que la rentabilité n'était pas toujours son souci premier. Il avait parfois une approche un peu trop humaniste et n'était pas prêt à vendre nos produits à leur juste prix. Pour répondre à votre question, Je suppose qu'il n'a pas suffisamment réfléchi. Si seulement il s'était servi un peu plus de sa tête au lieu de réagir impulsivement.

— Auriez-vous remarqué un détail ou quelque chose qui pourrait nous faciliter l'identification de ses assassins ? interrogea Gaëlle.

— Malheureusement non. Ils avaient des masques. Reagan portait un jean délavé, un trois-quarts gris et un chapeau melon. Nixon était gros, avec une veste de cuir et un teeshirt à l'effigie du groupe Iron Maiden. Il n'a pratiquement rien dit. C'est Reagan qui parlait. Visiblement, c'était lui le chef. Il avait un appareil qui brouillait sa voix.

— Vous savez si quelqu'un aurait pu en vouloir à votre frère ?

— Non je ne vois personne. Alain était quelqu'un de réservé qui ne sortait pas beaucoup. Pas vraiment un profil à se faire des ennemis.

— Et professionnellement ? insista Fred.

— Non, je ne vois pas, mais mon frère et moi n'étions pas très proches. J'ai l'impression qu'ils l'ont choisi au hasard. Ça aurait pu être moi ou n'importe qui d'autre. Ils voulaient faire un exemple pour que mon père les prenne au sérieux.

— Qu'est-ce qui vous fait dire cela ? voulut savoir Gaëlle.

— Si vous voulez mon avis, l'enlèvement et la rançon ne sont qu'un prétexte… Leur véritable but est d'attaquer Bio-Cuvier en torpillant la commercialisation du Neuroclasil. Et le pire c'est qu'ils ont sans doute raison. Le report de la commercialisation de ce médicament va nous faire beaucoup de mal.

4

Avis de tempête

Gaspard Brignolles détestait son prénom. Il s'était souvent demandé comment des parents intelligents et attentionnés pouvaient affubler un enfant d'un pareil qualificatif. À leur décharge, il était quand même le cinquième d'une famille de sept. Ses géniteurs devaient sans doute être un peu débordés. Il ne voyait pas d'autres explications. Impossible néanmoins de ne pas réaliser qu'une telle dénomination attirerait inévitablement une litanie de sobriquets tous plus humiliants les uns que les autres. Et bien sûr, ça n'avait pas raté. Dès l'école primaire, il avait hérité de celui de « *péteux* » qui ne l'avait guère quitté depuis. La chance n'avait pas été de son côté. Les gènes familiaux, issus du côté maternel, en avaient fait un enfant chétif. Une éducation catholique des plus rigoureuses avait contribué à l'enfermer dans un isolement et un stoïcisme à toute épreuve. Un profil rêvé pour recevoir la moquerie de ses congénères les plus mesurés, la vindicte des autres. Comme souvent dans ces cas-là, ses seuls amis n'étaient pas beaucoup mieux lotis que lui.

Il gardait comme une blessure enfouie au plus profond de lui l'explication de texte qu'il avait dû subir dès le CP devant des camarades hilares. Comme beaucoup d'enfants stigmatisés, il n'avait pas compris le jeu de mots qu'induisait son prénom. Il avait fallu que des plus grands le mettent au parfum, ce qui avait contribué à renforcer sa honte : « *T'es con ou quoi ! T'es un péteux, parce que le gaz part* ». Insondable méchanceté de l'enfance.

Gaspard Brignolles était aujourd'hui commandant à l'OCRVP de la région Rhône-Alpes. N'importe quel psy aurait osé un lien interprétatif avec son histoire personnelle. Son service gérait les atteintes aux personnes, les viols, la pédopornographie ainsi que les enlèvements et séquestrations. Inutile de préciser que l'ouvrage ne manquait pas. Il avait gardé de son passé un physique ingrat, grand échalas d'un mètre quatre-vingt-cinq pour moins de soixante-cinq kilos. Deux kilos de moins et il aurait été bon pour la réforme.

Il s'était brillamment illustré dans l'adaptation du logiciel SALVAC[1] développé par les autorités canadiennes sur le modèle du logiciel VCAP[2] créé par le FBI. Depuis peu sur le terrain, il manquait d'expérience et avait déjà le sentiment d'être mis sur la touche. Il avait souvent l'impression que le passé se répétait à l'infini, un peu comme dans le film « Un jour sans fin[3] ». Heureusement la police avait fait de lui un autre homme. Il n'avait nullement l'intention de se laisser faire.

Le débriefing s'annonçait houleux. Chacun avait regagné sa place attendant que la commissaire daigne se produire. Comme à son habitude, elle arriva avec un bon quart d'heure de retard. Experte dans l'art de poser son autorité, elle savait se faire désirer. Impensable pour elle d'ouvrir le bal sans que l'assemblée ne soit au complet et malheur aux inconscients qui se risqueraient à ne pas être présents pour son entrée en scène.

— Bonjour à toutes et à tous, lança-t-elle, l'ordre du jour est important, je vous propose donc que nous commencions

1. Système d'Analyse des Liens de la Violence Associée aux Crimes.
2. Violent Crime Analysis Program.
3. Film de Harold Ramis avec Andie MacDowell et Bill Murray. 1993.

sans plus tarder.

Femme de taille moyenne, aux formes voluptueuses, la commissaire savait qu'elle attirait les regards aussi bien masculins que féminins. En carriériste assumée, il y a longtemps qu'elle avait intégré son potentiel érotique à sa boîte à outils professionnel. Elle était aujourd'hui vêtue d'un tailleur-pantalon particulièrement ajusté qui mettait en valeur une silhouette désirable invitant tout imaginaire fatigué à se remettre au travail sans plus tarder. À la voir, tout un chacun, comprenait mieux le rôle des pin-up en visite au front par temps de guerre.

Pour autant, les qualités de Sandrine Jacquemin ne se limitaient pas à un physique avenant. C'était une femme intelligente et déterminée. Une tête, disaient ceux qui la connaissaient bien. À seulement trente-neuf ans, elle dirigeait la Section Criminelle et de Répression du Banditisme de la police Lyonnaise. Elle n'était pas arrivée là où elle en était par hasard. Fred avait appris à la connaître et savait qu'il pouvait compter sur son soutien, du moins tant que son groupe obtenait des résultats.

Le commandant Brignolles lâcha sa bombe d'entrée de jeu.

— Ce n'était peut-être pas nécessaire de lancer une guerre entre nos services avant même le début de notre collaboration.

— Et que voulez-vous dire par là ? répliqua la commissaire qui n'appréciait pas qu'on lui vole la vedette.

— Je veux dire tout simplement que le groupe crime fait de la rétention d'informations. Qu'il se plie aux exigences inconsidérées du patriarche de la famille Cuvier. Comme si c'était lui qui dirigeait cette enquête.

— Venez-en aux faits commandant et sursoyez à vos états d'âme.

L'emploi de l'impératif fit sourire Fred qui connaissait bien la patronne. Elle ne jurait jamais, mais les formes langagières non usuelles étaient toujours chez elle le signe d'une crispation annonciatrice de la bourrasque à venir.

— Vos accusations sont gravissimes commandant et qu'est-ce qui vous rend si sûr de vous ?

— Je suis passé juste après Brazier et son adjointe pour interroger Henri Cuvier. Et figurez-vous qu'il a tout simplement refusé de me recevoir. Il ne veut absolument rien avoir affaire avec nous. Plus fort encore, sa belle-fille que le procureur avait convaincue du bien-fondé de déclencher une alerte enlèvement ne veut plus en entendre parler.

— Et c'est tout ?

— Non, le capitaine Lebras m'a fait parvenir une copie d'une vidéosurveillance plus d'une heure après l'avoir obtenue. Cette vidéo permettait d'identifier le véhicule ayant servi à l'enlèvement et nous aurait permis de mettre en place des barrages routiers pour intercepter les fuyards. Je m'élève fermement contre de telles pratiques et j'ai bien l'intention d'en toucher deux mots au procureur.

— Je n'aime pas beaucoup que nos séances de débriefing se transforment en groupe de parole commandant Brignolles. Mais puisque vous avez commencé, voyons ce que le commandant Brazier peut répondre à tout cela ?

— Ce que dit notre collègue est exact, du moins dans les grandes lignes. Je ne partage cependant pas ses appréciations un peu trop cyniques à mon goût. Il n'y a pas d'exigences inconsidérées lorsque la vie d'une enfant est en jeu. Pour moi, il s'agit de tout faire pour la sauver, même si c'est au détriment de notre enquête. Nous étions confrontés à un dilemme et devions faire un choix. Bien évidemment j'en assumerai toutes les conséquences.

— Nous n'en sommes pas encore là commandant. Expliquez-vous je vous prie ?

— Au-delà de prioriser la vie de l'enfant, il m'a semblé essentiel de préserver la confiance de la famille. Nous avons peut-être perdu une opportunité, mais je reste persuadé que nous y gagnerons sur le long terme.

— Et nous y gagnerons quoi ? réagit Brignolles qui commençait à perdre patience.

— Nous y avons déjà gagné des informations, répondit Gaëlle que le numéro de claquette du grand échalas commençait sérieusement à agacer. Nous savons que l'argent n'est pas l'essentiel de cette affaire.

— Que voulez-vous dire par là capitaine ? s'impatienta la commissaire.

— L'ultimatum posé par les ravisseurs ne comporte pas deux mais quatre temps. Non seulement ils réclament trois millions d'euros en échange de la restitution de la gamine, mais ils exigent également le report de la commercialisation du neuroclasil, un antiviral prometteur que BioCuvier s'apprêtait à mettre sur le marché.

— Mais s'ils rendent la gamine, ils n'auront plus aucune monnaie d'échange, s'obstina Brignolles. Tout cela est ridicule.

— Détrompez-vous, il y a bien une monnaie d'échange, poursuivit Gaëlle, ménageant ses effets afin de lui clouer le bec une bonne fois pour toutes.

— Et quelle est-elle ? s'enferra le malheureux.

— Leur vie tout simplement ! Les deux assassins ont menacé d'éliminer les membres de la famille Cuvier les uns après les autres. Le meurtre du fils aîné n'était qu'un préalable destiné à leur montrer ce qui allait leur arriver si Henri Cuvier refusait d'obtempérer.

— C'est pourquoi, reprit Fred, il était important de ne pas affoler inutilement les ravisseurs. Henri Cuvier nous a convaincus de ne rien tenter dans l'immédiat. Il est résolu à payer rapidement les trois millions pour récupérer la fillette.

— Souhaite-t-il également reporter la mise sur le marché de son médicament ? intervint Sylvie Le Guen qui jugeait bon d'élargir le débat, espérant que cela contribuerait à faire baisser la tension d'un cran.

À quarante-cinq ans, elle était major au sein du groupe crime. Le plus haut grade du corps d'encadrement et d'application. Largement en surpoids, réservée et profondément pudique dans sa vie privée, elle avait, au contraire, une réputation de bouledogue au travail, non parce qu'elle était petite et ronde mais parce qu'infatigable à la tâche, elle ne lâchait jamais rien.

— Oui, d'après ce qu'il nous a dit, il est prêt à leur accorder ce qu'ils veulent. Il ne veut prendre aucun risque. C'est la raison pour laquelle, il est persuadé que les ravisseurs libéreront la gamine. Il est convaincu que la demande principale porte sur le report de la mise en vente du médicament. Et non sur les trois millions.

— Mais enfin c'est un industriel, répliqua Brignolles qui s'obstinait. Rien ne dit qu'il ne vous ait pas embobiné avec ses pseudo-confidences. Face à l'énormité des enjeux financiers une gamine, qui n'est même pas de sa famille, ne pèse pas forcément bien lourd.

— Les témoignages que nous avons recueillis sur place n'étayent pas cette hypothèse, insista Gaëlle. Au contraire, il semble qu'il se soit réellement attaché à la fillette. Après tout, il est tout à fait possible que l'avancée en âge nous amène à reconsidérer certaines priorités.

— J'ai l'impression que vous lisez trop de romans à l'eau de rose, persifla Brignolles

— Et vous, trop de romans noirs…

— Si je comprends bien, intervint Œil de Lynx qui connaissait bien Gaëlle et voulait éviter un dérapage irrémédiable, cette affaire relèverait tout autant d'un chantage industriel que d'un crime crapuleux.

Victor Pierce, que tout le monde surnommait Œil de Lynx, était un élément moteur du groupe crime. Brigadier-chef et solide gaillard d'un mètre quatre-vingt-dix pour quatre-vingt-quinze kilos, il se mettait toujours en avant pour participer aux interpellations risquées et n'avait pas son pareil pour mener des interrogatoires musclés. Sportif accompli, il consacrait au moins six heures de son temps à entretenir son corps dans les salles de musculation et pratiquait l'aviron chaque week-end, été comme hiver. Séducteur impénitent, il collectionnait les conquêtes comme d'autres le font pour les bandes dessinées ou les cartes postales. Par une improbable alliance de l'eau et du feu, il s'était rapproché de Sylvie Le Guen lors d'une planque commune au cours de laquelle cette dernière avait été blessée donnant raison au proverbe selon lequel les contraires s'attirent[1].

— Vous avez raison brigadier Pierce, intervint la commissaire qui souhaitait reprendre la main. Il est possible que les implications industrielles débordent le cadre d'une simple affaire criminelle. Il va nous falloir investiguer cela. En attendant concentrons-nous sur le déroulé des faits. Dorénavant, les problèmes de coopération entre services se régleront dans mon bureau et à huis clos. Capitaine Lebras, vous voulez bien commencer s'il vous plaît.

Gaëlle s'installa à côté de son portable qui était branché au projecteur et fit dérouler la vidéosurveillance, mettant le défilement en pause sur l'arrivée des ravisseurs.

— À vingt heures cinq précises, une BMW X5 pénètre dans la propriété des Cuvier dont les grilles sont restées ouvertes en raison d'une fête organisée pour le départ en retraite d'Henri, le patriarche. Comme vous pouvez le distin-

1. Se reporter au premier opus : « Les femmes ne plaisantent pas avec l'amour ».

guer les deux individus sont masqués. Il n'est donc pas possible de les identifier.

Gaëlle s'approcha du tableau blanc métallique et y accrocha avec des aimants un tirage couleur des deux masques qu'elle fixa tout en haut.

— À vingt heures dix-huit, ils ressortent avec la gamine que Nixon frappe violemment. L'ensemble de la séquence ne dure que treize minutes. Temps qu'il aura fallu à nos deux assassins pour menacer les personnes présentes, assassiner Alain Cuvier, négocier la rançon et enlever Chloé Desmarets, fille d'Hélène Desmarets-Cuvier et belle-fille d'Alain Cuvier, la victime.

— Ils n'ont pas perdu de temps, la coupa Jérôme Delevoix. On peut penser que leur opération était minutieusement préparée.

Jérôme Delevoix était lieutenant et dernier arrivé dans le groupe. À vingt-six ans, c'était un garçon intellectuellement brillant avec un master de droit pénal en poche. Il sortait de l'école nationale supérieure des officiers de police où il avait fait preuve d'un beau parcours, notamment dans les épreuves théoriques et conceptuelles. Fred était persuadé qu'il ferait carrière dans les hautes sphères de la police. C'était un privilégié de la vie issue de la grande bourgeoisie lyonnaise avec suffisamment de réseau pour décrocher d'emblée un poste au SRPJ.

— Effectivement, l'opération était bien préparée. Nous avons interrogé successivement Henri Cuvier qui est le seul à avoir négocié avec les ravisseurs. Ces derniers l'ayant entraîné à l'écart des autres. Nous avons ensuite auditionné Hélène Desmarets-Cuvier, mère de Chloé, mais aussi responsable du projet neuroclasil au sein du département « Biologie médicale » dirigé par son mari ; puis Antoine Cuvier frère cadet de la victime.

Gaëlle afficha aux tableaux les photos 10 × 15 des différentes personnes citées : Chloé, sa mère, puis son beau-père. Elle y adjoignit enfin celles d'Antoine Cuvier ainsi que celle d'Isabelle Bornand.

— Nous avons enfin interrogé Isabelle Bornand, femme de Robert Bornand, directeur du pôle cosmétique au sein du groupe. Sous l'effet d'une crise de panique, elle a tenté de prendre la fuite et s'est fait brutalement corriger par Reagan qui apparaît comme le chef de la bande. Elle a pu nous signaler que ce dernier portait une luxueuse montre *Bell & Ross* de forme carrée au poignet droit. C'est notre légiste qui lui a recousu sa joue déchirée sur place. Les autres protagonistes n'ont pas eu d'interaction particulière avec les criminels et n'ont pas encore été entendus. Il conviendra de les convoquer pour prendre leur déposition. Même s'il est peu probable qu'ils nous en apprennent davantage.

— Nous abordons cette enquête comme toutes les autres, intervint Fred. Nous devons creuser pour en savoir davantage sur chacun des acteurs. Sylvie et Œil de Lynx, vous allez fouiller le passé des membres de la famille Cuvier et nous faire l'historique de son entreprise. Notez tout ce qui vous paraît potentiellement suspect, même si cela ne semble pas directement en lien avec notre affaire.

— Bien chef répliquèrent les deux concernés sourire aux lèvres.

— Et arrêtez de m'appeler chef. Vous savez que j'ai horreur de ça ! Jérôme, tu vas contacter l'Agence Nationale de Sécurité du Médicament et nous lister toutes les firmes qui ont déposé une autorisation de mise sur le marché pour un médicament proche du neuroclasil.

— Donc celles qui auraient un intérêt à retarder le produit de chez Cuvier…

— C'est tout à fait cela. Une fois fait, tu fouilleras leur

historique à la recherche d'éventuelles irrégularités. Léonard, tu te charges de mener les auditions restantes.

— Comme d'habitude, c'est moi qui me farcis le gros du boulot, récrimina l'intéressé.

Personne n'attacha la moindre importance à sa remarque tant sa réputation n'était plus à faire au sein du groupe. Léonard Proust était un cossard patenté souffrant d'une asthénie congénitale. Il cultivait un pantouflage, souvent dissimulé derrière de pseudos activités syndicales. Personne n'était dupe. Tout le monde savait qu'il se déclarait régulièrement malade en période d'ouverture de la pêche. Période qui allait tout de même de début mars à la mi-septembre.

C'est le moment que choisit Aurélie Lagrange pour débouler tout essoufflée telle une fusée s'apprêtant à mettre son satellite en orbite géostationnaire. Surinvestie dans son travail, elle courait tout le temps se plaignant, à qui voulait l'entendre, que les journées ne durent pas plus de vingt-quatre heures.

— Je pensais bien que je vous trouverais là, en salle de réunion. Nous avons débloqué le smartphone d'Alain Cuvier et y avons trouvé des messages susceptibles de vous intéresser.

— Tu nous racontes, l'interrompit Gaëlle impatiente.

— Non je préfère vous montrer, c'est pourquoi j'ai pris la peine de me déplacer.

Elle rejoignit la policière, inséra sa clé USB dans le port latéral du portable et ouvrit un dossier intitulé « SMSdelaVictime ». Le premier message, daté du trente mai, était pour le moins évocateur ; Aurélie n'eut besoin d'aucun artifice oratoire pour capter l'attention des participants. Il lui suffit de le projeter sur l'écran mural :

« Soumise dans ma chair, je vous appartiens exclusivement, Seigneur et Maître. Vous seul avez su faire vibrer mon

âme. Je me donnerai à vous sans retenue aucune, au seul service de vos bons vouloirs »

Suivait la photo de dos d'une femme au corps sculptural, bras levés, poignets entravés par des liens fixés au mur. Elle était tout de noir vêtue, enfin façon de parler puisque sa tenue se limitait à de hauts escarpins vernis noirs, des bas maintenus par un porte-jarretelles et un body en dentelle largement ajouré. Le vêtement pour être minimaliste n'en semblait pas moins luxueux et hors de prix. La femme ne portait pas de culotte et écartait les jambes en une pose lascive. Ses fesses rebondies étaient striées de traînées rouges laissées par une cravache. Visiblement son tortionnaire n'y était pas allé de mains mortes.

« Comment vous dire la douleur et la fièvre qui me gagnent en votre absence. L'insupportable attente. Vous me délivrez de mes tourments en prenant possession de tout mon être. »

La deuxième photo, en noir et blanc, était prise de profil, le visage tourné dans le prolongement des épaules de manière à ce que l'on ne puisse la reconnaître. Dos cambré, poitrine en avant, main droite sur la hanche en une pose provocante, main gauche tenant un fouet. Elle portait cette fois un justaucorps en vinyle dont l'encolure en V descendait jusqu'au nombril dégageant largement la courbe des seins. Une série de sangles reliait une large ceinture avec des cuissardes en cuir souple qui se terminaient par des talons aiguilles.

Aurélie Lagrange ne disait toujours rien se contentant de faire défiler alternativement les messages et les photographies. À l'issue de la septième présentation, elle se décida enfin à ouvrir la bouche.

— Nous avons relevé vingt-huit SMS envoyés au rythme d'un par jour. Tous sur le même mode un court message associé à une photographie. Je vous laisse méditer sur le huitième dont la photo est davantage explicite :

« Vous seul êtes capable d'élever mon âme au-delà des contrées ordinaires. Là où douleur et plaisir ne font plus qu'un. Je vous suivrai soumise et reconnaissante à jamais ».

La femme portait cette fois une minuscule combinaison noire. Elle était ficelée comme un rôti qu'on s'apprêtait à passer au four. La corde semblait assez épaisse et passait une dizaine de fois autour de ses cuisses en une série de nœuds reliés à d'autres liens qui lui enserraient la taille la contraignant en une position légèrement pliée. Une autre série de cordons lui entourait la poitrine juste en dessous et au-dessus des seins les écrasant comme des oranges dans un presse-agrumes. Ses liens se prolongeaient par une corde reliée à un anneau du plafond qui permettait de la hisser plus ou moins haut et qui l'obligeait à rester sur la pointe des pieds. La position devait être un véritable supplice à tenir. Sa tête était penchée en avant et ses cheveux tombaient en cascade sur son visage. Il était malgré tout possible de la reconnaître.

— Nom de Dieu ! lâcha Gaëlle. La grenouille de bénitier donne aussi dans le BDSM.

Une nouvelle audition s'imposait.

5

Confinement

La cave était sombre. Aucune ampoule ne l'éclairait. Les yeux devaient s'acclimater pour espérer y voir quelque chose. Seul un petit soupirail, surmonté d'une plaque percée de trous, filtrait les rayons du soleil. Ce qui les réduisait en une série de rais à travers lesquels Chloé observait les grains de poussières danser. Elle aimait les voir virevolter en une sarabande sans fin. Elle se demandait si chaque particule n'était pas en réalité une minuscule planète renfermant des mondes microscopiques aux personnages mystérieux. Elle se plaisait à inventer leurs histoires faites de sorcellerie et de magie avec, bien sûr, des princesses emprisonnées et des princes qui viendraient obligatoirement les délivrer. Le mot « obligatoirement » revenait systématiquement comme un élément incontournable de chaque récit.

Sa robe était légère. Elle regrettait de ne pas avoir son gilet en cachemire rose qui était chaud et aussi doux que son panda en peluche. Elle se rappelait avoir voulu faire comme maman avec sa robe longue qui lui dénudait les épaules. La sienne descendait jusqu'aux genoux. Elle avait beau serrer les bras sur sa poitrine et tirer régulièrement sur ses socquettes. Rien n'y faisait. Elle avait froid à en claquer des dents. Il y avait bien un lit de camp disposé dans un coin avec une couverture couleur caca d'oie. Mais elle grattait et sentait le vomi. Cette nuit, elle avait été obligée de se glisser dessous pour réussir à dormir tellement elle avait froid. Elle n'avait aimé ni le contact de la laine sur ses jambes, ni son odeur qui lui donnait la nausée.

La cave était humide mais de bonne taille avec un plafond voûté et un sol en terre battue. De nombreuses bouteilles étaient disposées sur un râtelier fixé au mur. Elle avait déjà regardé. Il n'y avait que du vin et de l'alcool. Rien pour elle. L'air embaumait une odeur douceâtre comme si on avait stocké des fruits qu'on aurait laissés moisir. Elle n'aurait pas craché sur une pomme ou une banane. Elle avait cherché, mais il n'y avait rien. Juste un vieux distillateur qui exhalait des relents de fruits pourris. Il était dissimulé derrière une rangée de fûts en plastique bleu. Chloé se rappelait en avoir vu un dans son livre de science. Elle savait que c'était pour fabriquer du whisky. Un alambic disait l'ouvrage.

Il y avait un seau émaillé avec un couvercle et un rouleau de papier toilette posé dessus. Elle n'avait pas compris tout de suite à quoi il pouvait bien servir, puis avait trouvé cela répugnant. Elle s'était retenue d'uriner toute la nuit, mais, au petit matin, n'en pouvant plus, elle s'était précipitée sur le pot. Pour la grosse commission, pas question. D'ailleurs si elle ne mangeait pas, peut-être n'en aurait-elle pas besoin avant longtemps ? Elle n'avait rien avalé depuis la veille et personne ne lui avait donné quoi que ce soit. Elle se demandait si elle allait mourir de faim. Se dit que non. Ils n'auraient pas pris la peine de l'enfermer autrement. Elle avait lu un livre dans lequel les méchants découpaient les cadavres en petits morceaux avant de les enfermer dans un sac. Ils y accrochaient une grosse pierre puis jetaient le tout au fond de l'eau. Et de l'eau ce n'était pas ce qui manquait à Lyon. Avec le Rhône et la Saône il n'y avait que l'embarras du choix. S'ils avaient voulu la tuer, ils l'auraient déjà fait.

Elle ne pouvait s'empêcher de ressasser ce qui s'était passé. Tout était allé si vite. Son beau-père traîné au milieu de la pièce et forcé de se mettre à genoux. L'autre qui sortait son pistolet et pouf, en un seul coup, Alain qui s'écroulait. Elle n'avait pas compris tout de suite, mais avait bien vu que personne ne lui portait secours. Et puis le sang s'était mis à couler du trou qu'il avait dans la tête pour faire une flaque sur le plancher. Elle avait senti que sa mère avait peur, tellement elle la serrait. Et c'est là qu'elle avait réalisé. Il devait être mort, mais mort pour de vrai. C'est-à-dire mort pour toujours.

Est-ce que tout était de sa faute ? Était-ce parce qu'elle ne l'aimait pas ? Qu'elle ne l'avait jamais aimé ? Elle avait bien essayé au début, mais n'y était jamais parvenue. Elle se souvenait d'avant, lorsqu'elle était petite et qu'elle vivait seule avec sa mère. Chaque fois qu'elle faisait un cauchemar, elle avait le droit de la rejoindre dans son grand lit. Elle se blottissait dans ses bras. Elle sentait sa chaleur et respirait son odeur. C'était tellement délicieux qu'elle s'endormait sans plus penser à rien. Parfois même, au réveil, il arrivait qu'elles fassent une bataille d'oreiller. Pas souvent, mais c'était arrivé. Elle s'en souvenait très bien.

Et puis son beau-père avait débarqué et elles avaient déménagé pour aller s'installer dans la grande maison de papy Henri. Elle avait bien essayé une ou deux fois de les rejoindre dans leur lit. Mais elle s'était fait disputer. Alain lui avait dit qu'elle était trop grande, qu'elle avait des peluches pour lui tenir compagnie. Sa mère s'était levée pour la raccompagner dans sa chambre. Elle lui avait caressé la tempe et lui avait dit des mots gentils, puis elle était partie. Chloé s'en souvenait très bien, elle avait pleuré en serrant fort son panda.

Souvent son beau-père se disputait avec sa mère. Elle ne se laissait pas faire et parfois le ton montait. Elle disait qu'il avait beaucoup de travail, qu'il fallait comprendre, que cela usait sa patience. Décidément elle ne comprenait pas pourquoi sa mère s'était mariée avec lui. Il lui aurait suffi de dire non pour que tout redevienne comme avant. Jamais Chloé ne les avait vus s'embrasser devant elle. Pourtant elle en était sûre, c'est ce que font les gens qui s'aiment. Tous les livres le disent, en tout cas, tous les siens. Peut-être qu'il arrive parfois que les livres se trompent. Elle avait lu également que la mort d'une personne provoque beaucoup de chagrin. Elle avait beau repenser à Alain, elle n'en éprouvait aucun. Peut-être parce qu'elle était méchante, méchante de ne jamais l'avoir aimé, méchante de ne pas même être triste.

Heureusement, qu'il y avait papy Henri. Lui, elle l'aimait beaucoup. Il était gentil, rigolo et très patient et pourtant il faisait encore un plus gros travail que son beau-père. C'était lui le grand chef qui commandait à tout le monde. Elle faisait souvent des balades avec lui dans le parc et elle pouvait tout lui dire. Des fois même plus qu'à maman quand c'était des bêtises qu'elle avait faites à l'école. Il ne se fâchait jamais, ça le faisait sourire et souvent il lui racontait comment c'était quand il avait son âge et que les maîtres avaient le droit de taper les enfants avec une règle sur les doigts, chaque fois qu'ils faisaient des erreurs. C'est avec lui que maman aurait dû se marier, même s'il était vieux. Elle était sûre qu'il n'aurait rien dit lui, si elle était venue dans leur lit. D'ailleurs il adorait lui lire des histoires et souvent elle se blottissait contre lui. En plus toutes les usines lui appartenaient. Il était très riche. Des fois les grandes personnes font des drôles de choix. Elles ne sont pas très malignes.

Elle sursauta quand la clé tourna dans la serrure, mais se força à ne pas courir se cacher en voyant la lourde porte pivoter sur ses gonds. Le gros se tenait dans l'encoignure. Chloé cligna des yeux en le regardant bien en face. Un halo de lumière l'éclairait de dos et dessinait autour de lui une espèce d'auréole lumineuse qui lui donnait un air irréel. Et pourtant, il n'avait rien d'un ange avec sa vieille veste et son tee-shirt crasseux au motif de zombie à tête de mort attaché par des chaînes. Avec son masque qui tendait sur son visage massif, il ressemblait davantage à un ogre. Il tenait un sac en papier kraft ainsi qu'une bouteille d'eau.

— Tu as faim ? gronda-t-il de sa voix enrouée, posant ce qu'il tenait sur le lit sans attendre de réponse.

— Est-ce que vous allez me tuer ? osa Chloé.

— Pas si le vieux paye ta rançon, répondit l'ogre.

— Papy Henri n'est pas si vieux que ça et il a beaucoup d'argent. Il m'a promis de me libérer.

— Alors tu n'as rien à craindre. Mange et tiens-toi tranquille.

La lourde porte se referma plongeant à nouveau la pièce dans la pénombre. Chloé s'approcha du lit et se précipita sur la bouteille d'eau. Le bouchon était scellé et difficile à dévisser. Elle l'attaqua avec l'énergie du désespoir. Il céda enfin. Jamais elle n'avait eu aussi soif. Elle but tellement vite qu'elle s'étrangla et toussa longuement. Quand elle fut désaltérée, elle ouvrit le sac en papier qui contenait un kebab et une barquette de frites. Elle commença par les frites qui étaient encore tièdes. Elle n'avait jamais mangé de kebab, sa mère n'avait jamais voulu. Rien qu'à l'odeur, elle sut qu'elle allait adorer.

La réunion de famille était programmée pour dix heures. Henri Cuvier n'était pas de bonne humeur. Il avait échangé la veille avec Rémi Lacoste, son banquier, et Hervé Delpierre, le responsable du service financier de BioCuvier. Ils avaient décortiqué les comptes de l'entreprise une bonne partie de la nuit. Le bilan n'était pas folichon. Le groupe avait pris beaucoup de risques avec le neuroclasil. Les coûts de développement et d'industrialisation avaient nécessité de gros investissements, ce qui les avait contraints à souscrire plusieurs emprunts. L'entreprise de taille familiale n'avait pas les épaules assez solides pour encaisser, dans ce contexte, une vente d'actifs. Une telle dépréciation fragiliserait dangereusement la confiance des banques dans les capacités de remboursement du groupe.

Le vieux avait été le premier à en tirer les conclusions. Il allait falloir tailler dans les biens familiaux. Il savait qu'Antoine aimait l'argent et qu'il ne serait pas facile à convaincre. À dix heures précises Delpierre et Lacoste se présentaient accompagnés de Maître Renaudeau, notaire de la famille. Henri les avait précédés dans son bureau dans lequel Hélène Desmarets-Cuvier les attendait fébrilement. Antoine se présenta enfin. La séance pouvait commencer.

— Je suppose, commença le vieux, que chacun est au courant de l'objet de cette réunion. Il s'agit de dégager le plus rapidement possible la somme nécessaire au paiement de la rançon. Nous sommes tous éprouvés par le décès d'Alain. Nous devons cependant différer notre deuil pour sauver Chloé qui, je le répète, est un membre à part entière de notre famille. D'ailleurs si ce n'avait pas été le cas, jamais elle ne se serait fait enlever. Nous sommes bien tous d'accord sur ce point ?

Hélène retenait son souffle. Les trois extérieurs opinèrent du bonnet. Antoine lâcha un : « tout à fait » de circonstance.

Bien, reprit le vieux. BioCuvier traverse actuellement une période difficile qui va nécessiter de provisionner des fonds. Nous devons donc examiner ensemble ce que nous pouvons faire.

— Si je comprends bien, renchérit Antoine, cela signifie que nous allons devoir piocher dans notre épargne, vendre quelques biens et faire un gros chèque…

Hélène n'osait pas intervenir. Le vieux opina.

— C'est effectivement ce que je m'apprêtais à dire. Je passe maintenant la parole à Maître Renaudeau. Alain n'était pas quelqu'un de très expansif. J'ignore s'il avait pris des dispositions.

— La succession est ici « *ab intestat* », engagea le notaire, ce qui signifie que le défunt n'avait prévu aucune disposition testamentaire avant son décès. Monsieur Cuvier et Madame Desmarets-Cuvier, ici présente, étaient par ailleurs mariés sous le régime de la séparation de biens. En un tel cas l'héritage ne porte que sur les biens du défunt. En l'absence d'enfant légitime et en raison de la présence en vie d'un seul parent, un quart de la succession échoit au parent restant, les trois quarts revenant à l'épouse.

— Pouvez-vous nous faire part du contenu de la succession ? demanda Antoine Cuvier. Autant savoir combien il faudra rajouter au pot ?

— Antoine, je t'en prie, rectifia le vieux, laisse maître Renaudeau terminer.

— Aucun souci, temporisa le notaire prêt à quelques concessions au regard de l'ampleur de la succession. L'inventaire comprend une participation à hauteur de trente-trois pour cent dans une SCI familiale composée d'un immeuble de rapport situé rue Sainte Hélène et évalué ce jour à un million six-cent-trente-mille euros ainsi que de trois logements étudiants d'une valeur totale de quatre-cent-vingt-mille euros. S'y ajoutent un portefeuille boursier de quatre-cent-cinquante-deux-mille euros, ainsi qu'une assurance vie au nom de son épouse d'un montant de trois-cent-dix-mille euros. Enfin le solde de son compte courant s'élève à vingt-neuf-mille-quatre-cent-dix-huit euros.

— Quelle est la valeur des actifs nets, demanda Antoine qui s'impatientait.

— Le montant de la succession s'élève à 1 474 750 euros

— Et une fois les frais de succession déduits ? insista Antoine.

— Comme vous le savez, les époux en sont exonérés. Seule la part revenant à Monsieur Henri Cuvier sera taxée, ce qui représente un peu plus de cinquante-et-un mille euros. Le montant net revenant à votre père sera donc de trois-cent-seize-mille-sept-cent-cinquante-cinq euros. Celui qui échoit à votre belle-sœur s'élèvera à un million-cent-six-mille-soixante-trois euros.

— Il nous reste donc un peu moins d'un million-six-cent-mille euros à trouver, conclut Antoine. Ce n'est pas rien. Il n'y a pas trente-six solutions, je n'en vois qu'une.

— Nous t'écoutons, relança le vieux.

— Nous sommes contraints de vendre l'ensemble des immeubles de notre SCI. La part de mon père, ajoutée à la mienne, représentent environ un million-trois-cent-soixante-six-mille euros.

— J'ai 190 000 euros d'économies s'empressa d'ajouter

Hélène, soulagée.

— Et moi, je me charge des frais annexes ainsi que des impondérables liés à l'opération, renchérit le vieux. Je te remercie Antoine. Inutile de préciser que j'apprécie à sa juste valeur ta généreuse proposition.

— Dommage que tu ne me le dises pas plus souvent !

— Maître Renaudeau vous voudrez bien rédiger au plus vite l'ensemble des actes de cessions à la banque. Nous les signerons aussitôt. Je mets l'ensemble de mon matériel informatique à votre disposition. Monsieur Lacoste, je compte sur vous pour que nous soyons prêts à virer les trois millions dès cet après-midi.

— Nous allons faire le maximum, soyez-en certain, mais cela risque d'être difficile en si peu de temps, mieux vaut compter pour le début de soirée, voire demain matin.

— Ah non ! Nous sommes engagés dans une course contre la montre. Je veux l'argent sur mon compte le plus vite possible. Pas question que ma petite-fille passe une nuit de plus à la merci de ses ravisseurs. Le temps est un facteur capital dans cette affaire. Il ne s'agit pas seulement d'une transaction financière. Nous nous battons pour sauver une vie. Ne l'oublions pas !

Hélène était morte d'inquiétude et n'arrivait pas à se calmer. Elle faisait les cent pas dans son appartement, avait nettoyé et rangé la chambre de Chloé, changé les draps, déposé son panda fétiche sur l'oreiller de manière à ce que tout soit prêt pour l'accueillir à son retour. L'attente lui semblait interminable. L'anxiété la gagnait inexorablement. Malgré tous ses efforts, de multiples scénarios catastrophes s'activaient dans sa tête sans préavis. Et si tout ne se passait pas comme prévu, et s'ils lui faisaient du mal, et s'ils se débarrassaient d'elle ? Elle se voyait déjà à la morgue devant le petit corps, imaginant le légiste dégageant le drap qui recouvrait le visage de sa fille afin qu'elle la reconnaisse. Elle n'était sûre que d'une chose. Jamais elle ne s'en remettrait.

Pourquoi lui avait-elle cédé ? Si seulement elle avait su être plus ferme, la faire manger et la coucher sans lui permettre de participer à cette maudite fête. Rien de tout cela ne serait arrivé. Le remords pilonnait ses pensées à lui en faire mal. Comme si on lui déchirait le cerveau. Elle n'avait pratiquement pas dormi la nuit dernière. Elle savait qu'elle ne pourrait pas se reposer tant qu'elle n'aurait pas retrouvé sa fille.

Elle descendit au rez-de-chaussée pour se faire couler un café. Pas question de rester là à ressasser des images douloureuses ou cultiver sa peine. Il fallait qu'elle bouge, qu'elle fasse quelque chose. Elle aurait voulu agir tout en sachant très bien qu'il n'y avait rien à faire, si ce n'est attendre. Elle trouva Henri assis à la table. Il avait démonté le vieux fusil de chasse qui était accroché à deux patères en forme de pieds de biche dans la salle de réception. Tout un jeu d'accessoires faits de brosses, chiffons, huile, graisse était disposé devant lui. Il astiquait minutieusement l'arme qui n'avait pas servi depuis longtemps. Il avait démonté le canon qu'il portait devant ses yeux pour en observer l'intérieur. Apparemment satisfait de l'examen, il imbiba de lubrifiant un écouvillon avant de le faire aller et venir plusieurs fois à l'intérieur de chaque tube à la manière d'un joueur de trombone à coulisse. Intriguée, Hélène s'assit en face de lui sans rien dire, se contentant de le regarder faire.

— Au moins cinquante ans que ce fusil n'a pas servi, lâcha le vieux. Je l'ai nettoyé et graissé. J'ai ciré le fût en noyer. Je n'ai pas trouvé un seul point de rouille. Il appartenait à mon grand-père, une arme exceptionnelle. Un Verney

Carron de 1889 fabriqué à Saint-Étienne personnalisé à son nom. Tu vois la platine est gravée d'enluminures avec ses initiales ici : LC.

— Vous chassiez ? se permit Hélène en le regardant faire religieusement.

— Louis était un grand chasseur. Moi non, je n'ai jamais pratiqué. Mais je l'accompagnais parfois quand j'étais gamin et j'avais le droit de nettoyer le fusil après. Tu vois je n'ai pas perdu la main. J'ai également récupéré dans la commode deux boîtes de cartouches qui n'ont pas l'air toute jeune.

— Et tu penses qu'elles fonctionnent encore ?

— Il n'y a qu'une façon de le savoir. Viens avec moi !

Après avoir fixé le double canon sur le fût. Il se leva et se dirigea en direction de la cave. Hélène le suivit descendant précautionneusement les marches en pierre que la patine des ans avait rendues glissantes. Elle n'y allait pratiquement jamais et fut estomaquée par la surprise que lui avait concocté le vieux. Il avait fixé à l'extrémité de l'immense salle voûtée une vieille porte en bois de chêne sur laquelle il avait punaisé deux tirages laser des visages de Nixon et Reagan. Hélène qui commençait à réaliser ce qu'il avait en tête ne put s'empêcher de réagir :

— Henri, tu plaisantes j'espère ?

— Bien sûr que non, nous avons tout juste dix-huit mètres de recul. Ce sera parfait. J'ai des cartouches avec des plombs de sept pour les petits volatiles genres pigeons, bécasses ou perdreaux. L'autre boîte ne convient pas, ce sont des chevrotines pour les sangliers. À toi l'honneur.

— Enfin Henri, je n'ai jamais tenu une arme, je ne suis pas sûre de pouvoir le faire, ni même d'en avoir envie.

— Pour une fois, tu vas m'écouter et ne pas discuter. Pense simplement que tu mets en joue les deux salopards qui t'ont pris ta fille. Ne pense à rien d'autre et dégomme-les !

Il lui tendit le fusil qu'elle empoigna.

— Et maintenant, qu'est-ce que je dois faire ?

— Déverrouille le petit levier en dessous du fut pour casser l'arme. Voilà deux cartouches. Tu les introduis puis tu refermes le fusil. C'est bien. Maintenant tu armes les deux chiens et déverrouilles la sécurité qui est derrière le pontet en la poussant vers l'avant. Appuie bien la crosse sur ton épaule. Ton œil doit suivre la ligne de visée pour ajuster ton tir sur la cible. Tu bloques ta respiration et tu appuies sur la détente.

Hélène s'exécuta. Elle visa longuement sentant la colère et la hargne la gagner. Le coup partit et déchiqueta Nixon.

— Encore insista le vieux.

Elle visa à nouveau et pressa la deuxième détente pulvérisant Reagan.

— Nom de Dieu, lâcha-t-elle.

Ses oreilles sifflaient, mais elle dut admettre que ça lui avait fait du bien. Elle rendit le fusil.

— Merci Henri. Merci pour tout. Je te serai toujours redevable pour ce que tu as fait.

— Ne dis rien s'il te plaît. Tu sais bien que mon soutien t'était acquis d'avance. J'aime Chloé comme si c'était ma fille. C'est Antoine qui m'a surpris. Il n'a fait aucune difficulté et s'est montré très généreux. C'est peut-être lui que tu devrais aller remercier.

Hélène connaissait assez peu Antoine. Elle était mariée à Alain depuis presque deux ans et le couple n'entretenait que peu de rapport avec lui. Les deux frères avaient des caractères aux antipodes et n'étaient pas très proches. Alain avait toujours été le bon élève réservé et solitaire, mais très conscient de sa valeur et plutôt bien normé. Au contraire d'Antoine, le mouton noir de la famille, dont les multiples escapades l'avaient souvent conduit aux portes de la délinquance. Heureusement Florence, la femme d'Henri, était viscéralement persuadée des bienfaits de l'éducation. Et, comme seule une mère pouvait le faire, elle n'avait jamais baissé les bras, jamais abandonné, jamais ménagé sa peine. Prête à tout pour gagner ce combat, elle n'avait pas hésité à le placer dès la fin du collège dans un internat helvète aux méthodes plutôt musclées. Elle n'avait pas su lutter aussi efficacement pour elle-même. Un cancer des os l'avait empêchée d'assister à la consécration de ses efforts. Elle était morte avant qu'Antoine ne décroche son fameux *Master of science* à l'EDHEC de Singapour.

La demeure était suffisamment vaste pour ne pas se marcher sur les pieds. Chaque appartement disposait, sur près de trois cent mètres carrés, de six à huit pièces avec deux salles d'eau et une cuisine indépendante. Ils étaient accessibles par l'escalier principal ou celui de service pour plus de discrétion. Ce qui laissait pas mal de latitude pour qui souhaitait préserver son intimité en ne croisant personne. Il n'y avait pas beaucoup de règles pour organiser la vie communautaire. Hormis pour les dîners qui se prenaient généralement en commun. Deux employés de maison, fidèles au poste depuis plus de vingt ans, s'occupaient de tout.

En montant les marches jusqu'au troisième étage, Hélène réalisait que les rares fois où elle avait rendu visite à Antoine pouvaient se compter sur les doigts d'une main. Elle avait toujours gardé une distance prudente avec lui. Peut-être parce qu'il était plutôt beau gosse avec son corps musclé, ses cheveux noirs aux reflets brillants et sa bouche sensuelle aux lèvres bien dessinées. Son regard de braise exhalait un érotisme torride capable d'hypnotiser une proie sans souci des convenances ni gêne aucune. *Une animalité à fleur de peau* se disait-elle, *une sensualité ne demandant qu'à attirer les âmes perdues*. Et Dieu sait qu'elle n'était guère plus qu'une âme en peine en ce moment.

En comparaison, Alain était loin de faire le poids. Un physique, tout en sécheresse, digne d'un coureur de fond et une calvitie déjà bien avancée ; sans compter qu'il était d'un naturel jaloux et donc, souvent suspicieux et résolument critique. Son irascibilité à l'égard de Chloé avait durablement abîmé leur relation.

La rivalité entre les frères couvait depuis l'enfance. Elle était palpable au cours des dîners où ils n'étaient généralement d'accord sur rien. Hélène s'était toujours appliquée à ne pas mettre le feu aux poudres en établissant une distance salutaire avec son beau-frère. Contrairement à sa fille, beaucoup plus curieuse, qui frappait souvent à sa porte. Chloé savait qu'il y avait une bonbonnière toujours pleine dans l'entrée et qu'Antoine la laissait se servir à discrétion.

Hélène hésita un instant avant de frapper. La porte s'ouvrit presque instantanément sur son occupant vêtu, en toute simplicité d'une chemise de sport verte en mailles et d'un pantalon de toile beige. Elle s'en voulut de fuir son regard tout en remarquant fugacement que son polo n'était pas boutonné et qu'il était pieds nus dans des mocassins de bateau. Le négligé lui allait bien.

— Ma chère belle-sœur. Que me vaut un tel honneur ou plutôt un tel bonheur devrais-je dire ?

— S'il te plaît, ne te moque pas. Je suis venue te remercier pour ton soutien. Je suis très touchée que tu aies proposé spontanément de vendre tes biens pour venir en aide à ma fille. Je ne sais pas très bien comment te le dire, mais je te serai toujours redevable de ce que tu as fait.

— Tu ne me dois rien. Ta fille met de la gaîté dans cette vieille baraque. Je l'aime bien. Elle fait partie de la famille. Pour une fois que je suis d'accord avec mon père, ce n'est pas si souvent. Pour le reste, ce n'est que de l'argent. L'entreprise est solide. On aura bien le temps de se refaire. Mais ne reste pas plantée là devant la porte. J'allais me faire couler un café. Tu es partante pour en partager un, avec moi ?

— Oui, je veux bien. La caféine m'aide à tenir debout. Je n'arrive plus à penser à rien tellement je me fais un sang d'encre. J'ai si peur qu'ils lui fassent du mal ou pire qu'ils ne me la rendent pas. Je n'arrête pas de me reprocher de l'avoir autorisée à participer à cette fête.

Elle le suivit dans la cuisine et s'assit sur un haut tabouret de l'autre côté du comptoir pendant qu'il disposait deux tasses sous la machine à café.

— C'est injuste de t'en vouloir rétrospectivement. Qui aurait pu se douter de ce qui allait se passer. Et puis, une fois de plus, je suis d'accord avec Henri. La rançon n'est qu'un moyen pour atteindre l'entreprise.

— Tu penses qu'elle reviendra ?

— J'en suis persuadé, parole de mauvais garçon.

— Tu penses à des concurrents mal intentionnés ?

— Ça, je n'en sais rien. De toute façon, il est trop tôt pour le dire. Ce sera à la police de l'établir et crois-moi, le vieux va leur mettre une sacrée pression.

Il la raccompagna avant de l'enlacer sur le seuil de la porte. Elle se laissa réconforter avant de redescendre, tout à la surprise qu'il ait osé l'embrasser fugacement au coin des lèvres. Elle comprenait mieux pourquoi elle avait, jusque-là, gardé ses distances.

Douze heures que son mari était mort. Les remords la tenaillaient.

6

Adultère

Vingt minutes qu'Isabelle Bornand marinait en salle d'interrogatoire. Robert, son mari, ne s'était pas montré très coopératif avec les OPJ venus l'interpeller. Jamais elle n'aurait imaginé qu'il tenterait de s'opposer à la police. Il avait pourtant fait montre d'une belle pugnacité, affirmant haut et fort que sa femme était encore sous le choc et qu'elle n'était certainement pas en état de répondre à leurs questions. C'était assez vrai, mais sans doute pas pour les raisons qu'il imaginait. Toujours est-il qu'il avait défié sans le moindre complexe un policier au physique de géant qui le dominait d'au moins une tête.

La situation avait bien failli dégénérer et ils auraient tous fini au poste si les enfants n'avaient pas été présents. Heureusement la coéquipière du malabar, une femme petite et boulotte, s'était montrée plus accommodante. C'est elle qui leur avait précisé qu'ils ne faisaient qu'obéir aux ordres et qu'il s'agissait d'une simple audition visant à approfondir son témoignage. Robert avait alors haussé le ton, leur rétorquant qu'il ne comprenait pas pourquoi ils voulaient l'emmener au SRPJ alors qu'ils auraient très bien pu lui poser leurs questions ici, à la maison. Il se plaindrait à leur hiérarchie. La police n'avait pas le droit de les traiter avec autant de mépris.

Bien sûr, il se trompait. La femme flic lui avait patiemment expliqué qu'ils agissaient dans le cadre d'une enquête de flagrance qui les autorisait à interroger tous les témoins de l'affaire. Que la procédure voulait que les auditions soient enregistrées. Et que non cela ne pouvait pas attendre cet après-midi, même si cela gâchait leur déjeuner. Pauvre Robert, il ne réalisait pas encore ce qui allait lui tomber sur la tête. Il était depuis toujours un homme d'ordre et d'habitude que la routine sécurisait. Isabelle Bornand savait pertinemment que, derrière la sollicitude qu'il affichait, la perturbation du repas familial le préoccupait tout autant que le bien-être de son épouse.

Avec le temps, elle le connaissait par cœur. Elle savait qu'il était incapable de se lever pour aller chercher le moindre couvert ou pour desservir des assiettes ou un plat. Sa participation aux activités ménagères se limitait à l'argent qu'il virait chaque mois sur leur compte commun ainsi qu'à la rémunération de la femme de ménage. Il allait cette fois devoir se débrouiller pour servir les enfants et cette perspective ne l'enthousiasmait probablement pas. Il y avait fort à parier que, d'ici peu, cette corvée, qu'il pensait réservée au sexe faible, ne serait plus son principal souci.

Elle savait pourquoi les enquêteurs l'avaient conduite au poste. Ils avaient découvert ses escapades et ne voulaient pas en parler devant son époux. Elle n'était pas dupe. Ce n'était ni par délicatesse à son égard ni par souci de discrétion. Simplement ils souhaitaient l'interroger en toute liberté sans s'encombrer d'un mari colérique aux réactions imprévisibles, surtout lorsqu'il faudrait aborder cette question délicate. Pourtant elle ne regrettait rien. Et si c'était à refaire, elle le referait sans hésiter. Cette improbable aventure l'avait bouleversée comme jamais rien d'autre n'avait pu le faire en quinze ans de vie commune. Elle avait conquis sa liberté en s'affranchissant de la tutelle d'un homme qui la considérait, au mieux comme un accessoire décoratif à exhiber, au pire comme une potiche écervelée tout juste bonne à s'occuper des enfants. Elle avait cédé au grand frisson de son plein gré. Elle en assumerait toutes les conséquences. Elle comprenait maintenant tout le sens du terme « aventure » qui qualifiait si justement le déferlement des pulsions érotiques au-delà de toutes convenances et engagements matrimoniaux.

Elle avait surtout rencontré le plaisir dans son extrême intensité découvrant, au plus profond d'elle-même, une seconde identité à laquelle elle ne pourrait désormais renoncer. C'était pour elle comme un nouveau monde qui s'ouvrait, une seconde vie qui débutait. Elle s'était dégagée de sa chrysalide pour terminer sa mue. La chenille laide et poilue était devenue un papillon aux couleurs chatoyantes prêt à tout, même à se brûler les ailes s'il le fallait. Elle assumait pleinement cette transformation qui faisait d'elle une femme aux multiples facettes : épouse sérieuse, mère aimante et paroissienne dévouée par-devant ; aventurière débridée, soumise et totalement inconvenante par-derrière.

Elle avait osé forniquer avec le diable et, mon Dieu, avait trouvé cela diablement bon.

Elle sursauta quand Gaëlle et Fred pénétrèrent dans la salle.

— Bonjour Madame Bornand, engagea le policier. Nous souhaiterions compléter avec vous certains points concernant votre témoignage. J'espère que votre blessure au visage ne vous fait pas trop souffrir. Si c'est le cas nous pourrons faire une pause quand vous le souhaiterez.

— Ça ira, merci.

Il tenait à la main une enveloppe au format A5 qu'il déposa devant elle sur le bureau.

— Inutile de l'ouvrir, je devine ce qu'elle contient. Je voulais vous en parler hier, mais je n'ai pas osé.

— Effectivement, je me souviens qu'en fin d'entretien, vous souhaitiez ajouter quelque chose qui n'est pas venu. Reconnaissez-vous avoir eu une relation intime avec Alain Cuvier ?

— Oui, nous étions amants.

— Depuis longtemps ? voulut savoir Gaëlle.

— Depuis presque deux mois, le quatre mai très exactement.

— Vous êtes très précise ?

— Comment oublier un événement qui a bouleversé sa vie ! Nous avions invité le couple Cuvier pour fêter l'anniversaire de mon mari. Une baby-sitter s'occupait des enfants. Nous avions pas mal bu et, j'avais bien remarqué qu'Alain me jetait subrepticement de petits coups d'œil plutôt discrets, mais répétés. J'étais flattée et je lui ai souri à mon tour…

— Et, demanda Gaëlle qui était d'une curiosité intarissable dès qu'il s'agissait d'histoires sentimentales, surtout celles qu'elle avait du mal à comprendre.

— Vous n'êtes pas obligée de nous raconter tout ça, recadra Fred. Je ne pense pas que ce soit nécessaire dans le cadre de l'enquête.

— Oh vous savez, au point où j'en suis, cela me fait plutôt du bien d'en parler avec vous. Au dessert, il a posé son pied contre le mien et nous sommes restés en contact un long moment. Et puis la soirée s'est terminée.

— Je suppose qu'il est revenu ? poursuivit Gaëlle incorrigible.

— Oui, il est repassé le lendemain après-midi. Alain était au travail, les enfants à l'école. Il n'a rien dit, nous avons évité les banalités d'usage. Il m'a simplement embrassée avec une fougue qui m'a laissé pantoise. Il s'est assis dans un fauteuil du salon et m'a demandé de me déshabiller entièrement devant lui. C'était un choc et j'étais tétanisée. Moi qui vais à l'église trois fois par semaine. C'était comme si une force extérieure s'était emparée de mon corps. Je me suis exécutée sans protester et me suis affichée totalement nue. Jamais je n'avais fait cela. Il m'a ordonné d'approcher me tendant la main pour m'inviter à s'asseoir sur ses genoux puis m'a retourné sur le ventre pour me donner ma première fessée de l'âge adulte, le début de mon initiation.

— Vous plaisantez ? ne put s'empêcher de réagir Gaëlle.

— Je vous assure que non. Vous me demandiez pourquoi je me souvenais aussi bien de cette date. Tout simplement parce que c'était la première fois que j'étais ligotée pour faire l'amour. Dans le lit matrimonial de surcroît. Nous n'avions pas de corde et j'ai été obligée de lui donner mes carrés de soie Hermès pour qu'il m'attache les chevilles et les poignets. Si vous saviez tout ce qu'on peut faire avec de simples carrés de soie…

— Je n'en doute pas un instant, se dépêcha Fred avant que Gaëlle ne demande davantage de détails. Est-ce que vous pensez que quelqu'un aurait pu avoir vent de votre liaison ? Votre mari ou Madame Desmarets-Cuvier par exemple ?

— Très franchement non, je ne pense pas. Nous étions très discrets et puis très vite Alain a loué un petit appartement que nous fréquentions régulièrement. Nous étions les deux seuls à disposer d'une clé.

— Il va falloir nous donner l'adresse de cet appartement et nous y accompagner pour une perquisition.

— Je vois que je suis loin d'en avoir terminé avec vous. Il s'agit d'un deux-pièces situé rue du Bœuf, juste au-dessus de la rue Saint-Jean. Je trouve que l'ambiance du vieux Lyon, avec ses immeubles renaissance et son cadre historique, s'harmonise particulièrement bien avec les jeux que nous y pratiquions.

— Est-ce qu'Alain Cuvier avait manifesté des signes de contrariété ou d'inquiétude ces derniers temps ?

— Non, je n'ai rien remarqué. En même temps nous ne nous retrouvions pas pour papoter ou échanger des confidences…

— Vous avait-il fait part de menaces qu'il aurait reçues ?

— Non, il ne m'avait rien dit qui aille en ce sens.

— Vos rendez-vous étaient-ils fréquents ?

— En général deux fois par semaine, le mardi après-midi et le vendredi matin. Il savait que mon mari était très occupé à ces moments-là et que nous y serions tranquilles.

— Bien, nous allons nous arrêter là pour aujourd'hui. Je vais imprimer votre déposition et vous demanderai de la relire et de la signer.

— Est-ce que mon mari devra obligatoirement être au courant de tout ce que je vous ai dit ?

— Nous ne pourrons pas lui cacher votre liaison. Il n'est par contre pas nécessaire de lui en révéler tous les détails.

— Merci de votre compréhension. Inutile de l'accabler plus que nécessaire.

Le trajet jusqu'à la rue du Bœuf ne leur prit que douze minutes. Le gros SUV emprunta le cours Gambetta en direction du pont de la Guillotière, longea la place Bellecour avant de traverser la place Antonin Gourju pour franchir ensuite le pont Bonaparte qui permettait d'accéder au vieux Lyon. Le trafic était raisonnablement fluide pour un samedi, sans doute en raison de la pause de midi. La circulation redeviendrait vite infernale jusqu'au soir. Contrairement à ses habitudes, Gaëlle ne brancha pas le gyrophare pour slalomer entre les voitures. Elle roula tranquillement, conduisant sur un filet de gaz, comme le font habituellement les chauffeurs de limousine transportant des VIP. Inutile de faire étalage de sa puissance quand on en a sous le pied. Le six cylindres hybride du Cayenne affichait quatre-cent-soixante chevaux au cumul de sa double motorisation thermique et électrique, pour un couple de sept-cent newtons-mètre.

Isabelle Bornand leur conseilla de se garer sur la place du Petit Collège. Ils étaient à deux pas et il n'y avait généralement pas d'emplacement pour stationner au bas de l'immeuble. La rue était étroite et réservée aux piétons. L'appartement était situé au troisième étage d'une construction du quinzième siècle récemment restaurée. Le rez-de-chaussée était occupé par une boutique atelier de vêtements médiévaux. Elle les précéda pour déverrouiller la lourde porte en chêne, puis les guida dans la montée d'un escalier qui s'enroulait en un élégant colimaçon. Les marches en pierres étaient tellement patinées par les ans qu'elles en étaient aussi lisses que du marbre. Le deux-pièces était spacieux et possédait le charme de l'ancien avec un plafond constitué de poutres apparentes à la française, un parquet à bâtons rompus en hêtre ciré et des murs crépis couleur crème. De lourds rideaux empêchaient la lumière de pénétrer, interdisant aux voyeurs de se rincer l'œil à bon compte tout en ménageant une ambiance intime à l'intérieur.

— Voilà, nous y sommes, engagea Isabelle Bornand un peu gênée de la situation. Est-ce que je dois faire quelque chose ?

— Non, lui répondit Gaëlle, le mieux serait de vous asseoir et d'attendre que nous ayons terminé. Nous vous solliciterons si nous avons des questions à vous poser.

Le logement n'était pas grand et tout semblait parfaitement rangé. Gaëlle et Fred commencèrent par la salle à manger dont l'ameublement se limitait à deux fauteuils une commode de style ainsi qu'une armoire Louis Philippe en acajou. Il n'y avait ni table, ni chaises, ce qui libérait de l'espace. Fred avait reconnu la pièce qui correspondait à celle en arrière-plan des photographies. Il leva la tête et repéra l'anneau solidement fixé à une poutre du plafond qui servait à suspendre un corps. Les menottes de contention, observées sur le premier cliché, étaient scellées dans le mur latéral. Leur distance devait obliger la suppliciée à écarter les bras comme si elle était en croix. L'ensemble des rangements étaient dédiés à des accessoires érotiques en grand nombre et aussi bien ordonné que des médicaments dans les rayons d'une pharmacie.

Gaëlle ouvrit le premier tiroir de la commode qui contenait des cordes pour le bondage, des colliers en cuir, une laisse, un martinet ainsi que plusieurs tapettes. Elle en sortit un gros bol en inox dont elle ne comprit pas d'emblée l'usage. Elle le présenta à Isabelle Bornand d'un air interrogatif.

— C'est pour faire du *« dog training »* lui précisa l'intéressée avec toute la pédagogie dont elle était capable face à une indécrottable béotienne qui en rajoutait. La soumise se comporte comme un animal. Elle est tenue en laisse, se déplace à quatre pattes et mange dans une gamelle posée à même le sol. Elle est punie si elle fait des bêtises. Il s'agit d'un jeu de rôle qui aide à perdre son statut d'humain afin de développer toute la docilité et l'obéissance dévolue à son maître.

— Sérieux ? répliqua Gaëlle qui ne savait quoi dire

d'autre. Décidément elle ne comprendrait jamais rien à la soumission. Un peu mal à l'aise, elle se dépêcha de remettre l'ustensile à sa place.

Elle dégagea ensuite une barre métallique, formée de deux menottes de tailles différentes à chaque extrémité, sans en comprendre la fonction. À nouveau Isabelle Bornand s'exécuta avec patience.

— Il s'agit d'une barre d'écartement qui permet de fixer solidement les poignets aux chevilles quand vous êtes à genoux. C'est une position d'offrande et d'attente.

— Et l'attente peut durer longtemps ?

— Cela dépend. Parfois plus d'une heure. Du moins tel que nous la pratiquions avec Alain.

Le contenu du troisième tiroir était plus facile à décrypter. Il comprenait en nombre bâillons et bandeaux, fouets et cravaches, badines et cannes. Tout le nécessaire pour masquer un visage, museler des cris, tout en disposant de suffisamment d'outils pour infliger de sérieuses corrections.

Le côté gauche de l'armoire renfermait des tenues diverses mais invariablement provocantes ainsi que des dessous en soie ou vinyle. Des porte-jarretelles, des bas et une collection de chaussures et cuissardes. La partie droite comprenait trois étages. De nombreux jeux de pinces, différentes chaînes et des ventouses étaient rangés tout en haut. Le rayon du milieu contenait une série de godemichés de différentes tailles certains électrifiés, d'autres non.

— Ceux-là sont marrants, déclara Gaëlle, il y en a un petit, un moyen et un gros comme dans l'histoire des trois ours.

— Ce sont des *« rosebud »* traduisit Isabelle Bornand. Il s'agit de plugs annaux en acier très mince avec une grosse boule à l'extrémité de manière à bien tenir une fois insérés. Ils existent en différentes tailles et leur intérêt vient de leur poids. Le modèle XL fait dans les cinq cent grammes. Je les porte souvent pendant de longues heures. Ils procurent des sensations très intéressantes. Vous devriez essayer.

Gaëlle se sentit mortifiée d'avoir ouvert la bouche comme si son expérience sexuelle se mesurait à l'aune d'un conte pour enfant de six ans. Elle se demanda si son envie d'explications ne lui jouait pas des tours. Peut-être, valait-il mieux ne pas savoir et s'abstenir de poser des questions. Heureusement, ils avaient presque terminé. Elle laissa de côté les nombreuses bougies disposées sur le rayon du bas. Au moins elle avait parfaitement compris qu'elles étaient réservées aux brûlures à la cire. Elle sortit enfin un dernier accessoire en forme d'éperon qui lui évoquait vaguement la roulette à pâtisserie qu'elle utilisait à la maison.

— Je vois que vous avez gardé le meilleur pour la fin, termina Isabelle Bornand de plus en plus à l'aise face à ce grand déballage. Vous en trouverez plusieurs au fond du rayon. Ce sont des roulettes de Wartemberg. Elles ont des picots plus ou moins acérés que l'on peut utiliser de différentes manières sur le dos et le ventre pour commencer. Sur la plante des pieds c'est absolument divin, je peux en témoigner. Si votre partenaire est expérimenté, il peut oser une promenade à l'intérieur des cuisses jusqu'aux grandes lèvres.

Gaëlle commençait à se sentir oppressée face à tout cet outillage sophistiqué. Elle se dit, qu'après tout, l'engin n'était pas si loin de sa propre roulette avec laquelle elle découpait des bandes de pâte pour décorer ses tartes. Fallait-il être tarte pour se laisser maltraiter de la sorte ?

Le reste de l'appartement fut vite visité. La cuisine ne contenait rien d'intéressant. Ils n'y trouvèrent que des ustensiles culinaires. Le frigo était vide hormis trois bouteilles de champagne maintenues à bonne température. La chambre était spartiate et ne contenait qu'un lit avec des barreaux métalliques pour y accrocher facilement des liens de contention en tout genre. Deux peintures de femmes martyrisées, et qui semblaient parfaitement consentantes, étaient accrochées au mur. Fred souleva le matelas, regarda dessous, décrocha les tableaux. Il n'y avait rien

— Une dernière question, demanda-t-il. Qui prenait les photos qui était dans votre smartphone ?

— C'était toujours Alain. Nous n'avions jamais invité personne à nos petites séances, même si le maître a parfaitement le droit d'offrir sa soumise à d'autres hommes. Les photos étaient pour moi. Je sélectionnais mes préférées pour lui confectionner un petit message quotidien.

— Je vois, réagit Gaëlle ne sachant que dire d'autre. Et vous n'avez jamais eu peur que votre chéri vous abandonne ligotée de la tête aux pieds ?

— Je me rends compte que vous n'êtes pas une adepte de ce genre de scénarios capitaine. Mais pour vous répondre, non je n'ai jamais eu de telles craintes. Il s'agit de jeux de rôles limités dans le temps et l'espace et qui reposent sur une confiance mutuelle absolue.

— Pourtant, réagit Fred, certaines pratiques extrêmes peuvent s'avérer dangereuses.

— C'est pourquoi, nous définissons toujours un *« safeword »*, c'est-à-dire un mot ou un geste qui intime à l'autre que le jeu est terminé, un peu comme un interrupteur qu'on peut, à tout moment, basculer en position off.

Au moment de partir, Fred eu une hésitation et revint sur ses pas.

— Encore un moment, je veux juste vérifier un détail qui me chiffonne. J'en ai pour deux minutes.

Les deux femmes le regardèrent tirer un fauteuil le long du mur pour grimper dessus.

Fred enfila une paire de gants en silicone puis saisit le couvercle du détecteur de fumée. Il lui imprima une rotation d'un quart de tour pour le débloquer. Une caméra miniature était dissimulée à l'intérieur de l'appareil. Il libéra délicatement la carte mémoire qu'il déposa avec le couvercle dans un sac à scellés.

— Nom de Dieu, jura Gaëlle, quelqu'un filmait vos parties de jambes en l'air. Reste à savoir qui peut bien être cet amateur de cochonneries. Vous êtes sûre que ce n'était pas votre amant ?

— Absolument, Alain n'avait pas besoin de dissimuler une caméra. Il pouvait filmer au grand jour tout ce qu'il désirait.

— Alors cela signifie que nous avons un sérieux problème.

Le retour s'effectua aussi silencieusement que l'aller. Chacun semblant perdu dans ses pensées. Fred attendit d'avoir déposé Isabelle Bornand devant son domicile pour contacter Aurélie Lagrange ingénieur à la PTS.

— Bonjour Aurélie, J'ai besoin de ton aide et j'ai peur que cela t'oblige à venir travailler cet après-midi.

— Dis toujours, tu sais bien que je ne peux rien te refuser.

— Je vais t'apporter un sac à scellés avec une carte mémoire et un couvercle de détecteur de fumée. Je voudrais que tu fasses une recherche d'empreintes pour les comparer à celle de Robert Bornand.

— Le mari de la femme qui s'est fait agresser ?

— Oui, c'est cela.

— Vous avez effectué un relevé de ses empreintes ou tu

souhaites que je les compare avec les données de la base des titres électroniques.

— Oui, appuie-toi sur les relevés de sa demande de passeport ou de carte d'identité. Je ne tiens pas à ce qu'il soit au courant pour le moment, a fortiori si je me plante. Si tu veux on déjeune ensemble. C'est moi qui régale, je te dois bien ça.

— C'est d'accord, je vous attends.

— Tu penses que c'est lui notre voyeur ? intervint Gaëlle dès qu'il eut raccroché.

— Pour le moment, je ne vois personne d'autre.

— C'est sûr qu'il a dû apprécier le spectacle. Dommage qu'il n'y ait pas le son sur les enregistrements.

— Pourquoi ? demanda machinalement Fred.

— Quand la poufiasse est à quatre pattes et qu'elle bouffe dans sa gamelle, la croupe toute frétillante, tu crois que son amant fait wouaf, wouaf quand il la saute en se prenant pour un clebs ?

— Je ne te sens pas encore prête à te convertir ce genre de jeux.

— Ça, tu l'as dit bouffi ! Tout cela dépasse tout simplement mes capacités d'entendement. Je n'arrive pas à comprendre en quoi torturer quelqu'un pourrait lui apporter du plaisir. Tu trouves ça normal toi ?

— Peut-être que les chemins de l'amour sont plus tortueux qu'on ne le pense généralement… *« Avoir un vice n'est pas honteux. C'est ce qui fait de nous des humains. »*.

— C'est de toi ?

— Non, tiré d'un bouquin[1] que m'a offert Éva tout récemment.

— On dirait du baratin de thérapeute à bobos désireux de sauvegarder son fonds de commerce.

— C'est, à peu de chose près, ce que raconte l'auteur.

1. James Lee Burke, La fête des fous. Édition Payot & Rivages, 2017.

7

Rançon

— **Tu crois** qu'il y a de la place pour des manifestations d'humanité dans le boulot de flic, lança Gaëlle tout en conduisant le gros SUV en direction de la demeure des Cuvier ?

— Pourquoi dis-tu cela ? Tu crains qu'on ait fait une boulette en n'organisant pas immédiatement des barrages routiers pour coincer les ravisseurs ?

— Parfois, je me pose la question. Nous avons écouté la famille et pris des risques pour donner plus de chance à leur gamine. Et si nous nous étions trompés… Si elle ne revenait pas vivante…

— Seul l'avenir nous le dira. À mon tour maintenant de te poser une question. Si tu avais été à la place d'Hélène Desmarets-Cuvier, nous aurais-tu demandés, comme elle, de ne rien faire qui puisse mettre la vie de ta fille en danger ?

— Bien évidemment, je vous aurais suppliés s'il l'avait fallu.

— Imagine maintenant que nous ayons dressé des barrages et que les ravisseurs se soient fait intercepter, disons par deux policiers ou gendarmes sur une route secondaire. Ne crois-tu pas qu'ils se seraient servis de l'otage comme bouclier pour organiser leur fuite et que le moindre incident aurait pu aboutir à une catastrophe ?

— Ce sont des tueurs sans le moindre scrupule. Ils ne

sont sûrement pas prêts à se laisser interpeller sans résister.

— Alors la réponse à ta question est oui. C'est nous qui jugeons de la dose d'humanité à injecter dans nos pratiques. Nous avons pris un risque en faisant ce choix. Nous l'avons pris sur la base de ce que nous savions et pour faire de notre mieux, en tant que policier, mais aussi en tant qu'être humain.

— Et si les choses tournent mal ?

— Alors nous nous ferons clouer au pilori, et par plus de monde que tu ne l'imagines. Peut-être même par la famille qui nous reprochera d'avoir accédé à leur demande au lieu de faire notre devoir.

— Il y a des moments où je déteste ce que nous faisons.

— Moi aussi, mais le jour où tu appliqueras, de manière totalement automatique, les procédures, simplement parce qu'en cas de coup dur, elles te serviront de parapluie derrière lequel tu pourras t'abriter. Alors crois-moi, ce jour-là, il sera grand temps de passer à autre chose.

— Comme Gaspard Brignolles ?

— Laissons-lui, pour le moment, le bénéfice du doute. Peut-être parlait-il seulement sous le coup de la colère. Chacun a droit à une seconde chance.

— Ton problème cow-boy, c'est que tu es trop gentil. Tu te conduis toujours de manière respectueuse comme un gentleman-farmer à la John Wayne ou Gary Cooper. Mais nous ne sommes pas dans un film hollywoodien à la happy end garantie. Brignolles est un connard et il sera le premier à nous planter un couteau dans le dos dès qu'il en aura l'occasion.

— Alors nous surveillerons nos arrières pour que cela ne se produise pas. Je n'ai pas l'impression d'être aussi gentil que tu l'affirmes. Ce n'est pas faire montre d'une grande bonté que d'aller tourmenter Hélène Desmarets-Cuvier comme nous nous apprêtons à le faire.

— Tu sais bien que nous y sommes obligés. La vidéo des galipettes de son mari avec Isabelle Bornand change la donne. Cela nous oblige à envisager sérieusement la piste d'une vengeance et, dans ce cas, les deux principaux suspects sont généralement, soit la femme trompée soit le mari qui s'est fait cocufier. Ce serait une erreur que de sous-estimer la colère et la détermination dont sont capables les femmes.

— Tu crois sérieusement à sa culpabilité ?

— Je ne pense pas, non. Mettre en scène l'enlèvement de sa propre fille serait d'une perversité inouïe d'autant plus que la gamine a quand même dérouillé dans l'affaire. Sincèrement, je ne l'en crois pas capable. Mais nous devons envisager cette hypothèse. Elle fait faire le boulot par des potes à elle et ils empochent le pactole. Avec trois patates à la clé, même une bonne âme pourrait se laisser tenter.

— Nous allons devoir clarifier tout ça avec elle. Essayons d'y aller doucement même si remuer la peine des gens fait partie du fardeau que nous devons porter.

Fred avait annoncé leur visite par téléphone. La grille du portail s'était ouverte au moment de leur arrivée, sans même qu'ils aient besoin de sonner. Gaëlle ne disait plus rien. Perdue dans ses pensées, elle se sentait envahie par une morosité difficile à combattre. Elle comprenait qu'il ne lui était pas facile de maintenir une distance professionnelle salvatrice dans cette affaire qui la touchait de trop près. Ce drame lui nouait les tripes, ramenant inlassablement ses pensées vers ses deux filles qui, à un an de distance, avaient le même âge que Chloé.

Elle manœuvra le gros SUV au pas dans l'imposante allée bordée d'arbres centenaires. Contrairement à ses habitudes, elle évita de faire déraper le Cayenne sur les gravillons en se garant au pied du vaste escalier. Henri Cuvier et sa belle-fille les attendaient. La fatigue et l'anxiété se lisaient sur leurs visages empruntant, chez chacun d'eux, des symptomatologies différentes. Hélène Desmarets-Cuvier paraissait gagnée par le chagrin et la dépression. Le vieux semblait en proie à une agitation irrépressible.

— Je ne comprends pas pourquoi nous n'avons toujours pas reçu d'instructions, déclara-t-il. La rançon est prête, il n'y a plus qu'à virer l'argent. Mon banquier attend que je lui transmette l'adresse pour faire le transfert. Je commence sérieusement à m'inquiéter. Je voudrais bien que ce cirque infernal soit terminé avant ce soir.

— Ils jouent probablement avec vos nerfs, répondit Fred. La limite est fixée à demain minuit. Ils disposent encore de presque trente-six heures. Ce sont eux les maîtres des horloges et ils tiennent à vous le faire savoir. Ne leur donnez pas le pouvoir d'avoir prise sur vous.

— Je sais tout cela. J'en ai moi-même usé en certaines circonstances. Mais il s'agissait de négociations commerciales. Quand le jeu porte sur la vie d'une enfant, il devient d'une tout autre nature.

— Vous savez que nous ferons tout ce qu'il est humainement possible de faire pour ramener votre petite-fille saine et sauve.

— Je vous crois. Françoise Régnier, votre future belle-mère, vous porte en très haute estime. Elle m'a affirmé que je pouvais vous faire confiance, que vous ne lâchiez jamais.

— C'est la deuxième fois que vous faites référence à la mère de ma femme, Monsieur Cuvier. Y a-t-il quelque chose que vous essayez de me dire ?

— Si je le fais, c'est que je n'ai pas été totalement honnête avec vous. Disons que Françoise est plus qu'une simple connaissance. Une amie proche conviendrait mieux à la vérité. Je préfère vous le dire directement plutôt que vous l'appreniez par d'autres canaux.

— Merci de votre franchise et de la confiance que vous nous portez. N'oubliez pas qu'il est essentiel que nous soyons informés de l'évolution de la situation en temps réel. Prévenez-nous dès que les ravisseurs vous auront transmis le lieu où ils ont prévu de libérer votre petite-fille. Ils le feront sans doute par SMS. Comme il n'y aura pas d'échange d'argent, ils devraient se contenter de la déposer dans un endroit isolé avant de prendre la fuite. Je vous recommande de ne pas y aller seul, mais de coopérer avec nous. Une équipe sera peut-être nécessaire pour la chercher, voire pour lui prodiguer des soins en cas de besoin.

— C'est entendu. Je vous transfère l'intégralité de leurs messages. Nous vous laisserons également gérer les recherches. Mais vous devrez nous la ramener dès que vous l'aurez retrouvée et nous prévenir sans tarder.

— Ce n'était même pas la peine de le préciser, intervint Gaëlle d'une voix rassurante. C'est bien ce que nous avions l'intention de faire.

Hélène Desmarets-Cuvier les précéda dans l'escalier qui donnait accès à son appartement du deuxième étage. Elle était toujours d'une grande élégance malgré la simplicité de sa tenue. Un chemisier noir, à manches mi-longues, passé dans un jean moulant qu'elle portait avec une large ceinture en cuir et des tennis *Stan Smith*. Elle n'était pas maquillée et son visage trahissait les stigmates du chagrin qui s'étaient sournoisement immiscés en elle. Aucun bijou hormis son alliance. Fred se dit qu'elle était courageuse. Elle n'allait pas bien, mais faisait front. Ils la suivirent chez elle. Évitant le bureau qu'ils connaissaient, elle préféra les guider jusqu'à un vaste salon, plus propice à la discussion. La pièce était composée de deux canapés en cuir rouge encadrant une table basse en bois d'ébène. Elle fut la première à prendre la parole.

— Est-ce que vous souhaitez une tasse de café ou du thé peut-être ?

— Nous vous remercions, se risqua Fred, mais ce ne sera pas nécessaire. Ce que nous avons à vous dire risque d'être blessant pour vous. Nous voudrions que vous compreniez que la procédure d'enquête nous amène à poser des questions que nous ne souhaiterions pas toujours formuler en temps ordinaire.

— Vous craignez qu'il ne soit arrivé quelque chose à Chloé ?

— Non reprit Gaëlle. Ce que nous avons à vous dire ne concerne pas votre fille, mais votre mari. Saviez-vous qu'il entretenait une liaison ?

— Bien sûr que non, voyons. Mon mari est un homme pas toujours facile, plutôt rigide dans son appréhension des événements, colérique parfois, mais travailleur et d'une honnêteté à toute épreuve. J'en suis absolument certaine. Jamais il ne m'aurait trompée.

— Madame Desmarets-Cuvier, reprit Fred, vous nous avez mal compris. Nous ne vous demandions pas si vous pensiez que votre mari avait une aventure, nous en avons la certitude. Nous vous posions cette question pour savoir si vous étiez au courant ou non de son infidélité.

— Mais bien sûr que non. Comment pouvez-vous imaginer une chose pareille. Vous êtes certains de ce que vous avancez parce que je ne peux quand même pas être maudite à ce point. J'ai l'impression de tomber dans un puits sans fond. Mon mari assassiné, ma fille enlevée et maintenant ça. C'est à vous donner des envies de se flinguer !

— Malheureusement, nous n'avons aucun doute sur ce que nous avançons. Croyez bien que nous en sommes les premiers désolés.

— Et où se rencontraient-ils ? À l'hôtel ou chez nous quand je n'étais pas là ?

— Non, votre mari avait loué un petit appartement…

— Vous parliez de certitudes, mais comment pouvez-vous être aussi sûrs de vous ?

— Nous avons découvert une caméra espion qui filmait leurs rencontres. Vous pouvez nous croire. Il n'y a aucun doute possible.

— Et avec qui c'était ? Est-ce que je la connais ?

— Madame, tenta Fred, ce n'est peut-être pas la peine de vous infliger cela.

— J'ai le droit de savoir ou alors il ne fallait pas venir m'en parler. Vous croyez que je n'ai pas assez de tourments en ce moment. Inutile de me ménager, je veux savoir qui c'était.

Fred soupira avant de reprendre la parole.

— Croyez bien que nous sommes navrés de vous mettre au supplice de la sorte Madame Desmarets-Cuvier.

— Qui, nom de Dieu ?

— Il s'agit d'Isabelle Bornand.

— Mais les Bornand sont nos amis. Comment est-ce possible ? Chloé joue régulièrement avec leurs enfants. Ils viennent souvent à la maison et nous sommes régulièrement invités chez eux.

— Nous sommes vraiment désolés, tenta Gaëlle.

— Arrêtez de répéter toujours la même chose, merde ! Je lui faisais confiance. Jamais je n'aurais pu imaginer qu'Alain puisse me trahir ainsi. Et elle, comment a-t-elle pu ? Une amie ! Dès que j'avais le dos tourné, ils en profitaient pour s'envoyer en l'air. Je comprends mieux maintenant pourquoi Isabelle souhaitait tant que nous partagions les vacances d'été et moi qui n'ai rien vu venir. Je suis vraiment la conne de l'histoire.

Elle s'assit et se tut dans l'impossibilité de continuer à exprimer des pensées qui la submergeaient.

— Vous n'y êtes pour rien, tenta Fred tout en réalisant qu'il y a des situations où la douleur est telle que les mots perdent tout pouvoir d'apaisement.

— Et leur petit jeu durait depuis combien de temps ?

— Depuis début mai.

— Voilà pourquoi Alain ne me regardait plus de la même façon ces derniers temps.

— Madame Desmarets-Cuvier, reprit Gaëlle le plus calmement possible, vous nous affirmez ne pas avoir eu connaissance de cette liaison. Ce n'est donc pas vous qui avez fait poser cette caméra ?

— Bien sûr que non. Si je l'avais su, je serais allée leur demander des explications et, croyez-moi, ils auraient passé un sale quart d'heure. Je ne suis pas masochiste au point de vouloir immortaliser leurs exploits.

— Certains mauvais esprits, osa Gaëlle, pourraient penser qu'un tel enregistrement pourrait étayer un divorce pour faute avec de substantielles compensations financières à l'appui.

— Ne soyez pas insultante s'il vous plaît. Jamais je ne m'abaisserais à une action en justice contre les Cuvier. Je respecte bien trop Henri pour ça. Et puis, il y a longtemps que j'ai appris à ne pas dépendre de l'argent des autres.

— Nous allons devoir examiner vos comptes bancaires. Là encore n'y voyez rien de personnel, il s'agit de la procédure qui sera appliquée à toutes les personnes concernées par cette affaire. Vous voulez bien nous fournir les coordonnées de votre banque.

— Je suis au Crédit Lyonnais, comme la plupart des cadres du groupe. Vous pouvez demander à mon beau-père de contacter Rémi Lacoste qui est l'interlocuteur de l'entreprise, mais aussi le directeur du siège lyonnais. Il pourra accélérer vos démarches. En attendant suivez-moi dans mon bureau. Je vais vous donner accès à l'ensemble de mes relevés. Vous pourrez imprimer ce que vous voudrez. Je me moque que vous passiez mes revenus au peigne fin. Tout ce que je vous demande, c'est de me ramener ma fille vivante le plus rapidement possible.

— Une dernière chose, poursuivit Fred en lui tendant un sac à scellés de grande taille. Nous aurions besoin d'un ou deux vêtements que Chloé aurait porté récemment au cas où il serait nécessaire d'effectuer des recherches avec la brigade cynophile.

— Il y a un tee-shirt et une culotte dans le panier de linge sale. Est-ce que ça convient ?

— Oui, ce sera parfait.

Gaëlle et Fred laissèrent Hélène Desmarets-Cuvier à sa peine. La perspective de devoir recourir à des chiens pour rechercher sa fille semblait l'écraser davantage encore. Cette perspective ouvrait la possibilité qu'elle ne lui revienne pas vivante.

Ils regagnèrent le rez-de-chaussée où Henri Cuvier les attendait avec impatience.

— Ça y est, j'ai reçu l'adresse où virer l'argent. Regardez ! Je l'ai déjà transmise à Rémi Lacoste pour qu'il effectue le virement des fonds.

Le SMS qui s'affichait sur l'écran du smartphone était particulièrement laconique. Aucune consigne, aucun message hormis l'adresse d'un portefeuille bitcoin :

« 3GZbdi31cpjq2GjdwH5eyVuJJnkLtktZc9 ».

— Mon banquier m'a expliqué que cet identifiant correspondait à un compte bancaire pour des monnaies virtuelles. À vrai dire, je n'y comprends pas grand-chose.

— Le principe est assez simple, répondit Fred. Un portefeuille bitcoin ne stocke pas d'argent au sens propre, mais plutôt des couples de clés qui permettent d'effectuer des transactions entrantes ou sortantes de manière sécurisée. La suite alphanumérique que vous venez de recevoir correspond à la clé publique. C'est elle qui permet de créditer des bitcoins dans son portefeuille. La clé privée représente votre signature. Pour transférer des fonds, effectuer des dépenses ou transformer des bitcoins en euros, il faudra impérativement valider la transaction avec votre clé privée.

— Il m'a également précisé que chaque adresse était unique. Vous n'avez vraiment aucun moyen de la tracer ?

— Malheureusement non. À chaque nouvelle transaction une nouvelle adresse sera générée de manière à maintenir un niveau de protection élevé. Dès que vous aurez effectué le virement cette adresse ne sera plus fonctionnelle.

— Pourtant leur ordinateur pourrait très bien être piraté pour récupérer leurs clés.

— Ne vous faites aucune illusion. Vous avez affaire à des professionnels qui sécurisent leur connexion en utilisant un réseau virtuel sécurisé ou VPN[1]. De plus, Ils utilisent très probablement un *« hardware wallet »,* c'est-à-dire un support matériel ressemblant à une clé USB qu'il faut brancher à l'ordinateur pour valider la transaction. Un peu comme un coffre-fort qui protégerait leurs clés et qui ne pèserait que quelques grammes.

— Un coffre-fort qu'on pourrait mettre dans sa poche quelle que soit la valeur de son compte.

— Oui, absolument.

— Il est donc impossible de les pister selon vous ?

1. *Virtual Private Network* ou réseau virtuel sécurisée.

— Il n'y a rien à faire. Nous enverrons une réquisition à votre opérateur mobile pour remonter jusqu'à l'expéditeur du SMS. Mais il ne fait guère de doute que les ravisseurs utilisent des téléphones à cartes prépayées et qu'ils en changent après chaque utilisation. C'est totalement imparable et croyez-moi, c'était plus facile pour nous de traquer les malfrats quand les rançons se monnayaient avec des valises de billets.

— Si cela ne te dérange pas, engagea Fred dès qu'ils eurent regagné le Cayenne, j'aimerais que nous fassions un détour par la maison.

— Laisse-moi deviner, tu as oublié d'embrasser ta chérie ce matin et tu n'y tiens plus ?

— Arrête un peu, tu veux. Éva est à Paris jusqu'à ce soir. Elle finalise la cession de sa marque avec un grand groupe du luxe.

— Quand je pense que dès que vous serez mariés, tu posséderas la moitié de son petit magot. Enfin quand je dis petit…

— Oui, et, tu peux me croire, ce n'est pas l'aspect avec lequel je me sens le plus à l'aise. Éva m'a presque fait une scène pour que nous nous mariions sous le régime de la communauté universelle. Elle a insisté pour que l'appartement soit à nos deux noms alors que ma contribution se montait péniblement à un dixième de son prix. On s'est un peu engueulé là-dessus. Je voulais une séparation des biens ou au moins une communauté réduite aux acquêts. Mais non, elle n'a rien voulu céder. J'ai toujours du mal à accepter qu'elle ait voulu tout partager avec moi. Je n'aime pas l'impression de me faire acheter, même si je me rends bien compte qu'il ne s'agit pas de cela.

— Dommage qu'il n'existe pas de lunettes pour reconnaître les actes généreux parce qu'il te faudrait courir chez ton opticien. Comment peux-tu être myope à ce point. À croire que tu t'es inscrit à une formation accélérée sur comment faire votre malheur en dix leçons. Des fois tu me sidères ! Tu réalises j'espère que ta réaction est non seulement blessante pour Éva, mais profondément machiste de surcroît. Pas surprenant qu'un amateur de western de ton acabit reste coincé dans un romantisme suranné. Il est grand temps qu'il y ait des femmes de pouvoir qui décident de vivre leurs passions avec des mecs qui les méritent, sans s'occuper de leur patrimoine ni de leur âge. Encore que là, je ne suis pas certaine que tu sois à la hauteur de la situation. Il y a tellement longtemps que ça fonctionne dans l'autre sens, sans que cela ne pose le moindre problème de conscience à la plupart des gens. Et quand je dis gens, je pense surtout à ceux qui mettent leur fierté dans un petit appendice à géométrie variable qui les empêche de penser correctement.

— Ça y est, tu as fini ton sermon ?

— Tu sais bien qu'il y a des sujets qui m'enflamment davantage que d'autres. Et là, tu m'as un peu cherchée. Dis-moi plutôt ce qu'on va faire chez toi ?

— Nous allons prendre un café et accessoirement inviter ton meilleur ami à se joindre à nous. Tu sais celui à quatre pattes qui ne se décourage pas de te montrer son affection alors que tu le snobes avec constance. Plaisanterie mise à part, Il est seul à la maison depuis ce matin huit heures. Et puis qui sait, nous aurons peut-être besoin de son aide…

— Je me doutais bien que tu n'avais pas demandé les vêtements de la gamine pour les refiler à Brignolles. Ton chien est bon au moins ?

— Les mastiffs sont les meilleurs. Ils ont un odorat particulièrement développé. La police ne les utilise pas en raison de leur encombrement hors du commun, sans parler de leur appétit qui exploserait le budget de n'importe quelle administration.

— Tu ne penses pas qu'ils vont déposer la petite bien en évidence sur un trottoir ou un banc public et qu'elle nous y attendra sagement ?

— Je parierais plutôt pour un endroit désert comme un entrepôt désaffecté ou une friche industrielle. Là où ils ne risquent pas de croiser quelqu'un. Peut-être tard ce soir, à la limite très tôt demain matin, de manière à minimiser la possibilité de se faire repérer.

— C'est sûr que deux types avec les tronches de Reagan et Nixon qui trimballent une gamine récalcitrante, ça ne passe pas forcément inaperçu.

Malgré la taille de l'appartement, il ne fallut pas plus de cinq secondes à Jabba pour rappliquer ventre à terre dès que Fred introduisit la clé dans la serrure cinq points. Le chien appréciait de prendre ses aises sur la terrasse située sur le toit de l'immeuble. Elle communiquait avec la pièce à vivre par un escalier métallique dont la rampe était en inox et le garde-corps constitué de trois câbles tendus à travers des poteaux. Gaëlle se raidit à la vue du monstre qui dévalait les marches à toute allure. Il dérapa en prenant un virage serré et freina pile devant Fred. Le chien était bien dressé. Peu de gens étaient capables de résister à quatre-vingts kilos d'affection qui vous sautaient dessus en signe de bienvenu.

Après avoir longuement fêté son maître, il entendait bien soutirer quelques caresses à sa coéquipière qui, visiblement, ne partageait pas le même enthousiasme. Qu'à cela ne tienne, il balança sa grosse tête plusieurs fois contre son ventre pour bien lui faire comprendre qu'il entendait également partager avec elle quelques signes d'amitié. De tels débordements paralysaient Gaëlle. Elle avait toujours craint les chiens. Depuis l'enfance, la simple vue d'un pékinois la mettait mal à l'aise. Et Jabba n'avait rien d'un modèle réduit. Elle osa deux minuscules tapes sur le sommet de son crâne qui lui coûtèrent autant que de gravir une montagne, se dépêchant de reprendre une distance d'au moins cinq bons mètres avec le monstre.

— J'apporte les cafés, monte sur la terrasse et installe-toi. Tu n'as qu'à suivre le chien.

— Tu ne vas pas me laisser seule avec lui.

— Tu n'as rien à craindre, il t'adore. C'est juste que tu ne t'en es pas encore rendu compte. Je coule les cafés et j'arrive.

La terrasse était impressionnante. Aussi grande qu'un trois-pièces, elle était entourée d'un garde-corps en altuglas qui, par un effet de trompe-l'œil, donnait l'impression que la dalle ouvrait sur le vide sans aucune protection. Mieux valait ne pas être trop sensible au vertige. Gaëlle s'approcha du bord avec précaution sous le regard moqueur du chien. Elle tendit la main devant elle jusqu'au contact rassurant de la rambarde transparente. La vue panoramique était époustouflante. Au-delà des formes tarabiscotées du musée, elle apercevait, côté sud, le point de fusion du Rhône, aux eaux sombres, avec celles de la Saône plus pâles. L'eau festonnait sous la brise de ce début d'été et se parait d'un dégradé de couleurs allant du vert au bleu avec des vaguelettes argentées, comme si les deux fleuves refusaient de se mélanger dès leur première rencontre. Côté nord, un triple ruban d'asphalte s'étendait rectiligne avec, à sa droite le Rhône dans toute sa majesté, à sa gauche un empilement d'immeubles et de tours qui se densifiait progressivement à l'approche de Perrache. La circulation était déjà bien embouteillée pour un début d'après-midi. Les bruits des moteurs leur parvenaient atténués en un ronronnement étouffé qui se superposait au sifflement du vent.

— Alors ça te plaît, demanda Fred deux tasses fumantes à la main.

— C'est somptueux. La vue sur la ville doit valoir le coup, le soir tombé, quand les lumières des immeubles sont allumées et que les phares des voitures percent la nuit de leurs traînées lumineuses.

— Tu pourras en juger sous peu. Éva a prévu de pendre la crémaillère vendredi prochain en invitant quelques amis à elle ainsi que le groupe crime. Ses parents seront de la partie également. Je crois qu'elle souhaite annoncer officiellement notre mariage.

— La coexistence de tout ce monde risque d'être intéressante à observer. Tu n'as pas peur que ça fasse des étincelles ?

— Non, les gars savent se tenir, rien à craindre.

— Il faudra quand même se méfier d'Œil de Lynx et de ses histoires salaces. Pas sûr qu'elles plaisent à tout le monde. Ce matin il m'a demandé si je savais pourquoi les chauves prenaient du viagra.

— Et ?

— Il m'a répliqué hilare : « pour se faire une queue de cheval ». Enfin tu connais son humour surtout quand il a un coup dans le nez. Il avait bien vu que c'était ma coiffure. J'ai presque eu envie de défaire ma barrette.

— Je lui en toucherai deux mots.

— Pas sûr que cela suffise.

— Ne sois pas aussi pessimiste. Qui aurait pu croire, il y a encore trois mois, qu'il sympathiserait à ce point avec Sylvie ?

— Oui, les relations humaines prennent parfois des tournures surprenantes.

— Est-ce que tu as décrypté ce que voulait dire Henri Cuvier à propos de Françoise ?

— Je crois qu'il voulait te faire comprendre qu'il sortait avec ta future belle-mère ou du moins qu'ils avaient eu une relation par le passé.

— Toutes les options restent ouvertes.

— Je trouve cela plutôt mignon de la part de deux amoureux pas loin de la barre des quatre-vingts ans. Je te conseille quand même de ne pas en parler à la commissaire. Déjà que dans l'affaire Karsanti tu connaissais intimement la victime[1]. Si elle apprend maintenant que ta belle-mère sort avec le patron de BioCuvier, elle risque de péter un câble.

Les premières notes d'un tonitruant *« Sweet Child O' Mine »* les ramenèrent à des considérations plus sérieuses. Fred sortit son smartphone et le posa sur la table basse après l'avoir branché sur haut-parleur. C'était Sylvie Le Guen.

— Désolée de vous déranger commandant, mais nous avons quelques éléments à vous communiquer. Aurélie est formelle. Il n'y a aucune empreinte, ni sur la carte mémoire, ni sur le détecteur de fumée. Celui ou celle qui l'a posé devait porter des gants.

— Merde, lâcha Gaëlle.

Nous avons par ailleurs commencé à éplucher les finances de tout ce joli monde. Je ne sais pas ce que vous avez fait avec la banque, mais nous avons reçu par retour tous les documents faisant suite à nos réquisitions. Pour le moment, nous avons relevé deux versements de 5 400 euros en débit du compte de Robert Bornand pour le cabinet Dupré, une agence de détectives privés situé cours Roosevelt aux Brotteaux. Je ne sais pas si cela peut vous être utile.

— Merci Sylvie, tu as bien fait de téléphoner. Je pense que tu sauves notre après-midi.

1. Se reporter au premier opus : « Les femmes ne plaisantent pas avec l'amour ».

— Alors, on retourne chez les Bornand ? demanda Gaëlle.

— Bien deviné collègue. Après la femme, le mari. Allons lui demander pourquoi il a fait appel à cette agence.

— Les paris sont ouverts. Une bière qu'il faisait filer sa femme. Quand je pense qu'il s'offusquait des questions que nous voulions poser à sa chère épouse. Encore un qui ne sera pas déçu du voyage.

8

Trouver le sommeil

Les Bornand habitaient un immeuble bourgeois situé aux Brotteaux, boulevard des Belges, dans le sixième arrondissement. Quartier élégant composé d'hôtels particuliers et de beaux immeubles imaginés par Jean-Antoine Morand, grand architecte et urbaniste du XVIIIe siècle que les troupes de la convention guillotinèrent pour avoir défendu la ville lors du siège de Lyon. Fred appréciait ce quartier, qui entourait l'ancienne gare et ouvrait sur le parc de la tête d'or, véritable poumon vert de la ville. Il lui évoquait, avec presque un siècle d'avance, les belles constructions parisiennes du baron Haussmann qui contribuèrent à remodeler l'image de la capitale.

Il venait souvent avec Éva pour prendre un verre en terrasse avant d'aller écouter un concert ou, tout simplement pour dîner. Ils appréciaient de le faire assez tôt afin de déambuler dans le parc juste avant sa fermeture. Les bonnes tables ne manquaient pas et on y mangeait bien. La réputation de leurs cartes n'était nullement usurpée, le montant de l'addition non plus.

Robert Bornand n'avait pas l'air ravi de leur visite quand ils s'annoncèrent dans l'interphone aux pieds de l'immeuble. Il ne manifesta aucun empressement à déverrouiller le portail pour les faire entrer. La porte en bois sculpté se déployait automatiquement. Une petite affiche invitait les visiteurs à ne pas forcer l'ouverture malgré sa faible vitesse. La cage d'escalier était spacieuse. Elle s'enroulait autour du conduit grillagé d'un minuscule ascenseur, limité à trois personnes, tel qu'on en trouvait encore dans les vieux hôtels. Les murs, recouverts de marbre, étaient percés de vitraux chatoyants qui filtraient la luminosité du soleil. Le garde-corps était en fer forgé, finement ouvragé, surmonté d'une rampe en laiton parfaitement astiquée.

Les deux policiers préférèrent l'escalier à l'ascenseur brinquebalant. Le couple Bornand les attendait au garde à vous devant leur porte. Le mari ne put s'empêcher de lâcher une tirade de bienvenue aussi accueillante qu'un tir de missile. Le métier de flic nécessitait de savoir faire le dos rond.

— Vous n'avez rien de mieux à faire que de venir persécuter mon épouse. Elle a déjà répondu à la plupart de vos questions.

— Rassurez-vous Monsieur Bornand, répliqua Gaëlle du tac au tac, il n'est pas dans notre intention de déranger une nouvelle fois votre femme. C'est exclusivement pour vous que nous nous déplaçons. Maintenant si vous préférez nous parler au poste, libre à vous. Nous assurons gratuitement le transport, aussi bien pour l'aller que pour le retour.

Puis, jetant un regard malicieux à Isabelle Bornand, appuyé d'un clin d'œil discret, elle ne put se retenir d'ajouter : « Dans ce cas je me verrai contrainte de vous passer les fers. Dans la maison, nous pratiquons l'art du menottage avec une certaine dextérité ». Isabelle Bornand rougit. Fred se dit que l'entretien commençait sous de bons auspices. Robert Bornand perdit de sa superbe et baissa la tête.

— Ce ne sera pas nécessaire. Vous pouvez me suivre dans mon bureau, nous y serons plus à l'aise pour parler. Les enfants n'y ont pas accès.

— Peut-être souhaitez-vous que je vous apporte une tasse de café, tenta timidement la maîtresse de maison.

— Ce sera avec plaisir, répondit Fred désireux d'arrondir les angles. Bien noir et sans sucre s'il vous plaît.

Isabelle Bornand se retourna d'un geste théâtral, sans même adresser un mot à l'impertinente policière qui ne méritait pas une telle faveur.

La pièce était vaste à l'image du style de l'appartement avec des murs moulurés et de grandes fenêtres habillées d'un double rang de rideaux dont le velours des plus épais était assorti aux motifs du tapis pakistanais qui recouvrait le sol. Sans doute le travail d'un décorateur. Un vaste bureau Louis Philippe trônait devant un siège ergonomique sophistiqué qui cassait l'harmonie du meuble. Le propriétaire des lieux devait avoir le dos fragile. Une table basse qui faisait également office de minibar était entourée d'un petit canapé en forme de liseuse et de deux fauteuils tapissiers avec accoudoirs et dossier haut. Visiblement Robert Bornand appréciait son petit confort et disposait du nécessaire pour recevoir des visiteurs en toute discrétion. Il s'installa dans un fauteuil et les invita à prendre place.

— Monsieur Bornand, engagea Fred, nous souhaitons vous poser quelques questions concernant notre enquête. Vous avez récemment débité de votre compte deux chèques d'un montant de 5 400 euros à l'ordre du cabinet Dupré…

— Vous surveillez mes comptes bancaires maintenant, comme si j'étais un vulgaire suspect.

— Inutile de monter sur vos grands chevaux, soupira Gaëlle. Vous ne bénéficiez nullement d'un traitement de faveur. Nous appliquons la même procédure à tous les collaborateurs d'Henri Cuvier présents le soir du drame. Vous voulez bien répondre à la question s'il vous plaît.

— Je peux vous affirmer qu'il s'agit d'une démarche privée qui n'a rien à voir avec l'enquête que vous menez.

— Laissez-nous en juges, poursuivit Fred avec patience. Si vos démarches sortent du cadre de nos investigations, nous n'aurons aucune raison de les rendre publiques.

— C'est une affaire purement familiale…

— Et qui n'a rien à voir avec notre enquête, reprit Gaëlle, vous nous l'avez déjà dit. Nous sommes en mesure de vous mettre en garde à vue et de contraindre le Cabinet Dupré à nous livrer cette information. Je ne suis pas sûr qu'Henri Cuvier apprécierait votre manque de coopération. Pas plus que de vous savoir retenu au SRPJ alors qu'il vient de perdre son fils et d'être témoin de l'enlèvement de sa petite fille. C'est vraiment cela que vous voulez ? Nous vous serions reconnaissants de nous faire gagner du temps et de ne pas nous obliger à recourir à de telles extrémités.

— Est-ce que vous soupçonniez votre épouse d'infidélité ? renchérit Fred. Est-ce que vous la faisiez surveiller par ce cabinet de détectives ?

— Il me faisait effectivement suivre, répondit Isabelle Bornand en franchissant fièrement la porte, comme si cet élément contribuait à la mettre au centre de l'univers.

Elle portait, sur un plateau, une cafetière et trois tasses qu'elle déposa sur la table en s'installant sur le canapé juste à côté de Gaëlle. Elle en disposa une devant Fred, une en face de son mari et se saisit de la dernière en regardant Gaëlle.

— Comme vous n'avez rien dit, j'ai supposé que vous n'en souhaitiez pas.

— Et vous avez bien fait, répliqua la policière, je préfère les expressos bien frappés…

— Revenons-en à vos propos Madame Bornand, recadra Fred craignant que le style figuré de sa coéquipière ne devienne plus direct. Vous nous affirmiez que votre mari vous faisait surveiller, c'est bien cela.

— Oui, nous avons eu une discussion et il m'a tout avoué. Mon mari est un gentleman qui a toujours voulu me protéger. Je le connais, il serait prêt à se faire incarcérer plutôt que de me faire du tort. C'est un homme très généreux.

— Monsieur Bornand, vous reconnaissez les faits ? demanda Gaëlle.

— Oui, je confirme.

— Reconnaissez-vous également avoir posé ou fait poser une caméra de surveillance dans l'appartement où se rencontrait votre épouse et Alain Cuvier ?

— Oui, cela m'a d'ailleurs coûté assez cher. C'est l'agence qui s'est chargée de confectionner un passe et d'installer le matériel.

— Vous comprenez donc l'objet de notre visite et le fait que nous soyons en droit d'éprouver quelques soupçons à votre égard. La jalousie et l'argent constituent des mobiles de crime assez fréquents.

— Je n'ai rien à voir ni de près, ni de loin avec le drame qui frappe la famille Cuvier.

— Peut-être souhaitiez-vous vous venger d'Alain Cuvier, cet ami qui vous avait trahi. Tout en empochant un joli pactole au passage…

— Vous faites fausse route capitaine. Je ne suis pas un meurtrier. De plus, nous ne manquons pas d'argent. Ma femme est issue d'une riche famille lyonnaise et je gagne plutôt bien ma vie. Sachez par ailleurs que je n'ai nullement l'intention de la quitter.

— Vous vous trompez complètement, poursuivit Isabelle Bornand. Mon mari n'était pas jaloux. Il admirait simplement la qualité de mes prestations. Je dirais sur un plan purement esthétique…

— La qualité de vos prestations, reprit Gaëlle à deux doigts de s'étrangler, d'un point de vue esthétique dites-vous. Vous sous-entendez, que le motif qui poussait votre mari à vous filmer relevait essentiellement d'une pulsion voyeuriste ?

— Absolument, la meilleure preuve en est que nous avons visionné ensemble ces vidéos que je lui ai moi-même commentées. Mon mari m'y a trouvée émouvante et tout cela a contribué à resserrer nos liens.

— Je me demande parfois si vous parlez sciemment au sens propre ou au figuré ? lâcha Gaëlle.

— Je sais que vous ne m'aimez pas, répliqua sèchement Isabelle Bornand sur un ton plus aigu. Vous condamnez mes pratiques amoureuses sans même les connaître. Vous me considérez comme une personne perverse, peut-être même comme une écervelée. Mais je peux vous affirmer que vous manquez totalement de discernement à propos de mon mari.

— Et en quoi, manquons-nous de discernement ? tenta Fred sur un ton qu'il voulait plus apaisé.

— Comme je vous le disais, ces événements ont contribué à beaucoup nous rapprocher Robert et moi…

— Et…

— Mon mari a repris le bail de l'appartement de la rue du Bœuf et m'y a déjà donné rendez-vous. J'ai accepté avec plaisir son invitation.

— Sans blague, lâcha Gaëlle incrédule, pour y poursuivre vos petits jeux ?

— Effectivement, avoua Isabelle Bornand fière de son effet d'annonce, mais pas tout à fait à l'identique.

— C'est-à-dire ? demanda Fred piqué à son tour et dont la curiosité avait pris le pas sur sa réserve habituelle.

— Cette fois, c'est moi qui serai la maîtresse et Robert mon soumis.

Sylvie et Œil de Lynx arrivèrent à seize heures quarante-cinq pour aider Gaëlle et Fred à perquisitionner l'appartement. La demeure était vaste avec ses six pièces et il ne leur fallut pas moins de deux heures pour faire le tour de l'appartement. Les enfants Julie six ans et François neuf ans semblaient très intéressés par l'opération. Ils venaient régulièrement observer le travail des policiers avant de courir se réfugier à proximité de leur mère. Chacun fit son possible pour ne pas déranger la maison plus que nécessaire. La fouille ne s'avéra pas productive. Ils ne trouvèrent rien de significatif : ni téléphone à carte prépayée, ni arme, ni objet compromettant susceptible de les relier au crime. Ils se contentèrent de saisir le smartphone de Robert Bornand ainsi que son ordinateur personnel avant de quitter la maison.

— Qu'est-ce que tu en penses ? lança Fred dès que sa coéquipière eut démarré le gros SUV.

— Une poufiasse narcissique avec un tel feu au derrière qu'une compagnie de pompiers n'arriverait pas à en venir à bout !

— Je me doutais bien que tu n'étais pas prête à en faire ta copine.

— Tu déconnes… Notre cadavre est à peine refroidi qu'elle l'a déjà remplacé par le cocu de service…

— Je dois effectivement reconnaître qu'elle n'est pas dépourvue de ressource, du moins dans son domaine.

— Et son mec qui paye une petite fortune pour mater bobonne en train de se faire torturer et qui trouve cela suffisamment excitant pour avoir envie de prendre sa place. J'ai l'impression qu'on nage en plein vaudeville.

— Le désir emprunte parfois d'inattendus chemins de traverse. Toujours est-il que cette aventure m'a tout l'air d'avoir ressoudé leur couple. Tu penses qu'ils voulaient nous mener en bateau ?

— À mon avis, c'est trop délirant pour ne pas être vrai. Une histoire pareille, ça ne s'invente pas.

— Je suis d'accord avec toi. Je ne pense pas que Robert Bornand soit impliqué dans notre homicide. Nous continuerons néanmoins d'éplucher ses comptes et de le surveiller de près.

— S'il était complice des deux guignols, Reagan n'aurait peut-être pas amoché sa femme à ce point. D'autant plus qu'elle gardera une vilaine cicatrice de sa mésaventure. Encore qu'avec une grognasse pareille, difficile d'être sûr de quoi que ce soit.

À dix-neuf heures passées, il était plus que temps de sortir le chien qui n'avait pratiquement pas bougé du Cayenne. Jabba avait été d'un calme olympien, prostré tout l'après-midi sur la banquette arrière du gros SUV. Gaëlle et Fred auraient presque pu l'oublier tant il s'endormait rapidement dès que la voiture roulait. Malheureusement ses ronflements s'avéraient nettement plus sonores que le discret feulement du six cylindres.

Chaque fois qu'Éva s'absentait, Fred emmenait le chien se balader avant de passer à la gare. Conformément à leurs habitudes, il franchit le pont Raymond Barre pour une promenade pédestre le long des berges du Rhône. Aujourd'hui l'escapade serait de courte durée. Fred ne souhaitait pas s'éloigner à plus d'un quart d'heure de la voiture au cas où les ravisseurs se manifesteraient.

Le rituel voulait également qu'il cuisine un dîner de bienvenu à sa chérie. Ce soir, il avait prévu des brochettes de gambas sauce curry ainsi que deux tournedos accompagnés de champignons à la crème qu'il présenterait dans des fonds d'artichauts. Le dessert venait de chez Sève comme souvent. Double steak haché avec du riz et des haricots verts pour le chien qu'il ne fallait surtout pas oublier. Il avait une mémoire d'éléphant et aurait sûrement fait la gueule s'il n'avait pas bénéficié, comme ses maîtres, d'un repas de fête.

Éva arrivait par le TGV de vingt-deux heures. Fred, comme à chaque fois, mémorisait le numéro de sa voiture de manière à l'attendre sur le quai juste à l'endroit où elle descendrait du train. Jabba toujours très stylé restait à ses pieds, immobile tel un sphinx conscient de l'importance de son rôle. Lui aussi était impatient de l'arrivée de sa maîtresse. Impossible de ne pas les remarquer, l'espace autour d'eux restait dégagé. Personne n'osait s'approcher à moins de deux mètres du monstre.

Le train arriva pile à l'heure. Éva sourit à la vue du comité d'accueil. Elle enlaça Fred, apprécia qu'il glisse sa main libre contre le bas de son dos avant de l'embrasser. Elle n'oublia pas le chien qui attendait patiemment son tour, lui caressa la tête, s'adressant à lui pour le saluer, faisant rouler entre ses doigts les plis qui marquaient le pourtour de son cou. Jabba adorait ça. S'il avait été un félin, il se serait mis à ronronner. Les voyageurs, insensibles à la scène, se pressaient en un ruban compact se dédoublant à leur approche pour se reformer une fois l'obstacle franchi.

— Et pour la petite fille, demanda Éva, vous avez des nouvelles ?

— Non, toujours rien. Le temps passe et je commence sérieusement à m'inquiéter. J'en arrive à espérer que les ravisseurs jouent avec les nerfs de la famille et qu'il ne lui soit rien arrivé d'irrémédiable.

— Tu as fait ce qu'il fallait. Non seulement ta décision était pleine d'humanité, mais c'était la plus logique au regard des informations dont tu disposais. Espérons qu'ils rendront la gamine en bonne santé. Ces types sont de vrais malades.

— C'est bien ce qui m'inquiète. Et j'imagine l'état d'angoisse dans lequel doit se trouver sa mère. Henri Cuvier doit me transmettre le message des ravisseurs dès qu'il le recevra. Il se peut que je doive t'abandonner en cours de route.

— Ne te fais pas de souci, nous aurons d'autres dîners. L'essentiel est que cette histoire se termine bien.

La route n'était pas très longue, à peine plus de trois kilomètres. La circulation était fluide à cette heure tardive. Fred emprunta le boulevard Vivier Merle, avant de tourner à droite dans l'avenue Félix Faure puis à gauche dans la rue d'Anvers pour rejoindre l'extrémité du boulevard Yves Farge où ils résidaient. Il se servit de la télécommande pour ouvrir la porte électrique du garage sous-terrain et se gara à côté de la Mini Cooper d'Éva. Ils prirent l'ascenseur pour gagner le sixième et dernier étage.

La table était déjà dressée et Fred se précipita en cuisine. Éva le rejoignit deux verres de bourgogne à la main. Elle semblait fatiguée.

— Et comment s'est passée ta journée ? engagea Fred.

— Assez épuisante en fait, j'ai cédé l'ensemble de mes boutiques à une filiale de LVMH qui veut les développer à l'international notamment au Japon, en Chine et dans la péninsule arabique.

— Je croyais que tu n'envisageais qu'une cession partielle qui préserverait ton pouvoir de décision tout en te libérant d'une partie de la charge.

— C'était effectivement mon souhait initial, mais les modalités ne me convenaient pas et nous n'avons pas réussi à trouver un accord satisfaisant pour les deux parties. J'ai préféré tout vendre et garder ma liberté. Nous restons propriétaires des murs des douze boutiques, plus celle que je viens d'acquérir à New York.

— Tu sais que le « nous » me gène toujours un peu. Sauf

s'il s'accorde avec tes parents bien sûr.

— Et toi tu sais combien ce « nous » compte pour moi et avec qui je veux l'accorder. Passons à table, j'ai hâte de déguster ce que tu nous as préparé. De plus, je meurs de faim.

Fred servit le chien en premier pour ne pas l'entendre réclamer son dû de manière désespérée. Difficile de faire comédien plus aguerri que lui. Il présenta ensuite les gambas qu'il avait disposées dans un petit plat carré.

— Si je comprends bien te voilà en préretraite.

— Rassure-toi, je ne serai pas toujours dans tes jambes, j'ai déjà d'autres projets.

— Qui te dis que je n'aime pas que tu sois dans mes jambes ?

— Je ne tiens pas à ce que tu n'aies plus envie de moi au bout de quinze jours.

— Aucun risque…

— Un malheur est si vite arrivé. Je vais développer mon association pour aider les femmes qui en ont besoin en m'appuyant sur le site « Voulez-vous ». Je pense également m'impliquer dans le financement de quelques start-up que j'ai envie d'aider à faire grandir. Et puis, consacrer un peu de temps aux deux solides gaillards qui partagent ma vie.

Ils prirent le dessert et le café sur la terrasse. Fred regardait régulièrement son smartphone de peur de rater l'arrivée d'un SMS. Il pria Éva de l'excuser le temps qu'il téléphone à Henri Cuvier pour vérifier qu'il n'avait reçu aucun message ni appel. Il n'y avait rien. Le vieux n'était pas tranquille. L'inquiétude était communicative. Fred détestait cette affaire.

Chaque policier d'un groupe crime traîne derrière lui son lot d'enquêtes éprouvantes ou d'homicides odieux qui continuent de le hanter longtemps après le classement de l'affaire, peu importe d'ailleurs qu'elle soit résolue ou non. La souffrance et la mort sont des compagnons qui perturbent le sommeil et s'invitent dans les rêves. Tout combattant ayant connu le feu en a également fait l'amère expérience. Fred s'était toujours demandé pourquoi son père qui avait fait l'Indochine et l'Algérie ne lui en avait jamais rien dit. Il ne se livrait qu'avec ses anciens compagnons d'infortune. Il réalisait à présent l'impossibilité qu'il y a à mettre l'horreur en mot. De tels traumatismes n'ont de sens que pour les acteurs qui les ont partagés. Ils ne signifient rien pour les autres.

Le temps, certes, espace les réminiscences, mais ne diminue en rien l'intensité des images, sons, odeurs qui se combinent pour exacerber certaines visions cauchemardesques. Fred ne faisait pas exception à la règle. En féru de western, il s'était longtemps demandé, en accord avec les croyances amérindiennes, si les esprits des morts ne cheminaient pas à nos côtés dans le monde des vivants, nous adressant par moments des signes, s'incarnant parfois dans nos visions. Possible également que ces macabres pensées constituent un douloureux hommage à ces morts dont l'enquêteur contribue à rendre publique la reconstitution d'une histoire faite de violences, de souffrances et de peurs.

L'un de ses spectres s'appelait Julie.

— Tu veux m'en parler, demanda Éva comprenant qu'il s'était retranché dans ses pensées.

— Je ne suis pas certain que ce soit une bonne idée, surtout avant d'aller se coucher.

Elle vint s'installer à côté de lui sur le petit canapé et posa sa tête sur son épaule, l'encourageant à se livrer. Fred passa un bras autour de ses épaules, son regard se perdant au loin.

— Elle s'appelait Julie Vallon. Elle avait huit ans et

c'était ma première affaire d'enlèvement. Nous étions en mai 1994. Il faisait très beau, je m'en souviens comme si c'était hier. La mère et le beau-père avaient signalé la disparition un lundi, peu avant midi. La gamine jouait dans la rue et n'était pas revenue. Il n'y a jamais eu de demande de rançon. La famille était d'un milieu modeste et habitait un HLM à Vaulx-en-Velin. Les recherches ont duré deux jours avant qu'on la retrouve.

— Morte ?

— Oui, morte, son corps enfermé dans deux sacs-poubelles jetés dans un container à ordure.

— C'est horrible.

— Et puis les langues se sont petit à petit déliées. L'autopsie a révélé de nombreuses fractures, signe d'un passé de maltraitance. La PTS a relevé des traces de sang au luminol. Le beau-père la violait régulièrement et la mère était complice. C'est moi qui ai mené l'interrogatoire. Elle a craqué au bout de quatre heures.

— Oh mon Dieu.

— Elle a reconnu avoir aidé son mari à la découper dans la baignoire.

— Comment fais-tu pour vivre avec ça ?

— J'essaie de ne pas trop y penser, mais il y a des images qui vous hantent à jamais.

Plus tard, alors qu'il la caressait au lit, Éva lui murmura : « pas de sexe ce soir, juste des câlins s'il te plaît ». Elle se blottit contre lui, colla ses fesses contre son ventre, se saisit de sa main droite qu'elle appliqua contre son sein gauche, lui enjoignant de ne pas bouger. Fred n'avait nulle envie de lui désobéir. Il adorait cette situation où ils s'imbriquaient l'un à l'autre tels deux pièces de lego compatibles. Ils s'endormirent rapidement.

Peu avant l'aube, Julie vint lui rendre visite. Pour la première fois, elle lui souriait. Elle s'approcha de son oreille et lui souffla de ne pas perdre espoir.

Hélène Desmarets-Cuvier n'avait nulle envie de se coucher malgré la fatigue qui la torturait. Elle vivait l'enlèvement de sa fille comme un arrachement qui la faisait souffrir à la manière d'une plaie béante que l'on empêcherait de cicatriser en la déchirant à intervalles réguliers. Impossible d'espérer se reposer, encore moins dormir avec ces élancements qui lui compressaient la poitrine et lui ramonaient le ventre à lui donner envie de hurler. Elle puisait dans sa douleur une forme désespérée d'énergie qui la maintenait debout tout en sachant qu'elle risquait de s'écrouler si la situation perdurait. L'angoisse et l'épuisement affaiblissaient non seulement son corps, mais déstabilisaient toute tentative de raisonnement rationnel. Elle s'imaginait que son acharnement à veiller contribuerait, à la manière d'un rite conjuratoire, à lui ramener sa fille en vie. Tout était bon à prendre quand les scénarios catastrophes s'imposaient à l'esprit, battant en brèche les dénouements plus heureux.

La noirceur envahissait ses pensées, s'immisçait sournoisement dans le moindre pli de son cerveau accentuant sa force de pénétration à mesure que le temps passait. Que pouvait-on faire de pire à une mère que de lui enlever son unique enfant qui était pour elle, et depuis toujours, un don du ciel qu'elle chérissait plus que tout. En quelques minutes sa vie s'était écroulée. Son mari assassiné sous ses yeux et ceux de Chloé. Sa fille enlevée dont elle ne savait si elle était encore vivante ou morte. Et puis, pour l'achever, l'infidélité de ce mari. Et elle qui n'avait rien vu venir. Soutenant même aux policiers l'indéfectible confiance qu'elle lui portait. Elle n'osait même pas imaginer la signification des regards apitoyés qu'ils avaient portés sur elle. Quelle conne !

Pour la première fois depuis le jour de son mariage, elle arracha son alliance, hésita un instant avant de la jeter dans la poubelle jaune du recyclage. Furieuse, elle passa à la salle de bains, sécha ses larmes, enfila une robe noire, passa des bas et se chaussa d'escarpins. Elle grimpa au troisième et frappa doucement à la porte d'Antoine. Le message était explicite. Il l'accueillit en l'enlaçant, sans dire un mot. Elle se colla à lui et le poussa à l'intérieur, l'embrassant avec frénésie. Une digue s'était rompue en elle libérant un flot irrépressible d'animalité, de désir, et d'assouvissement. Antoine répondit instinctivement à son appel. Les vêtements volèrent en tous sens dans la pièce. Ils firent l'amour une première fois sur le canapé du salon avant de rejoindre la chambre. Il la prit violemment, sans tendresse et sans pudeur aucune. Elle s'en satisfit. Elle savait parfaitement pourquoi elle était venue.

Elle le quitta dès qu'ils eurent terminé. Elle ne voulait pas dormir à ses côtés. Elle trouva son soutien-gorge qui pendait sur l'accoudoir d'un fauteuil, l'enfila, passa sa robe, s'empara de ses escarpins qu'elle garda à la main, oublia ses bas et sa culotte qu'elle abandonna sur le champ de bataille. Elle sortit pieds nus pour regagner son appartement. Antoine ne fit pas un geste pour la retenir. Une fois sa porte franchie, elle laissa choir ses chaussures, se glissa tout habillée sous la couette et s'endormit.

Chloé observait les dernières lueurs du jour qui déclinaient à travers la grille du soupirail. Le soleil terminait sa course et affaiblissait inexorablement le peu de lumière qui éclairait sa prison. Les rayons lumineux disparaissaient un à un cédant progressivement la place aux ombres qui s'épaississaient. Elle avait l'impression que les ténèbres recouvraient peu à peu le monde des vivants. Les fées, les lutins et les elfes céderaient bientôt la place aux gnomes et monstres de tout poil qui gagnaient en puissance au fur et à mesure que la nuit avançait. Sa maman lui avait souvent répété que les rêves étaient le produit de l'imagination. Qu'ils restaient dans la tête et n'existaient pas dans le monde réel. Elle savait tout cela. Elle n'était malgré tout qu'une petite fille abandonnée dans une cave froide et obscure avec des araignées et des souris qu'elle entendait parfois trottiner. Elle se disait que même une grande personne aurait eu la trouille. L'imagination et les rêves n'étaient peut-être pas pour de vrai, n'empêche que la peur, elle, était bien réelle.

Chloé avait dessiné avec une pierre le tracé d'une marelle. Cela n'avait pas été facile. Il lui avait fallu gratter la terre damée du sol pour graver trois cases verticales numérotées de un à trois ; deux horizontales, quatre et cinq ; encore une case pour le six et enfin les deux dernières, à nouveau horizontales, pour le sept et le huit. Devant la case du « un », elle avait écrit : *« terre »* puis, *« ciel »* au-dessus de celle du « huit ». Elle s'était servi de la pierre comme palet et avait joué un long moment. Quand elle eut terminé, elle se rendit compte qu'elle s'était salie. Sa robe était tachée. Ses jambes noircies par la terre sans doute quand elle s'était agenouillée pour tracer les frontières du jeu. Elle aurait bien voulu pouvoir se laver et surtout changer de culotte. Maman disait qu'il fallait le faire tous les jours. La sienne n'était plus très propre.

Elle avait eu droit à deux repas. À chaque fois c'était le même homme qui les lui apportait. Il portait toujours son masque qu'elle ne reconnaissait pas. Sa cuisine n'était pas variée, à nouveau un kebab avec des frites et de l'eau. Peu importe, c'était toujours aussi bon. Surtout qu'en l'absence de petit-déjeuner, la faim la tenaillait. Elle avait dit à l'homme qu'elle aimait aussi le poulet et l'Ice Tea. Il n'était pas très loquace. Elle lui avait demandé comment il s'appelait. Il n'avait pas voulu répondre.

Il en fallait davantage pour la décourager. Elle poursuivit en lui avouant qu'elle préférait que ce soit lui qui la garde, plutôt que celui qui avait tué son beau-père. Qu'elle le trouvait beaucoup moins méchant, même s'il lui avait donné une bonne gifle. Il avait grogné une réponse incompréhensible. Elle s'était plainte également du froid et de la couverture qui sentait mauvais.

Elle le supplia d'allumer la lumière. Elle avait eu tellement peur la nuit dernière.

— Je vous en prie, avait-elle ajouté avant qu'il ne s'en aille.

Le soir, il lui avait déposé sur le lit deux couvertures en fibres polaires à côté du sac en papier kraft. Elle le remercia. Il grogna sans la regarder.

— Inutile que tu tombes malade. Mange et tiens-toi tranquille.

Elle osa répondre.

— J'avais bien raison, vous n'êtes pas aussi méchant que vous en avez l'air.

— Ça gamine, tu ne le dirais pas, si tu me connaissais mieux.

— Je m'appelle Chloé, Monsieur…

Il sortit en refermant la lourde porte derrière lui. Peu de temps après, la lumière s'alluma. Il n'y avait que deux ampoules, et encore pas très puissante. Mais c'était suffisant pour tenir à distance les mauvaises créatures.

Revigorée, elle se débarrassa de la couverture puante, s'enroula dans la polaire et s'assit en tailleur sur le lit. Elle ouvrit le sac, en sortit une banane et un sandwich au poulet. Tout au fond il y avait une canette d'Ice Tea. Elle mangea son casse-croûte, engloutit le fruit et dégusta la boisson jusqu'à la dernière goutte. Quand elle eut terminé, elle déposa le récipient et la peau de banane dans le sac en papier qu'elle alla déposer près de la porte.

Elle s'allongea tirant les couvertures au-dessus de sa tête pour s'évader de la cave. Elle pensa très fort à maman, imaginant qu'elles se promenaient toutes deux. Sa mère adorait les fleurs. Elle se souvint de la balade des magnolias au printemps ou encore de leurs nombreuses promenades dans les jardins du parc de la tête d'or. La chaleur humide presque étouffante de la grande serre avec ses plantes tropicales, les camélias en fleurs et puis, la roseraie historique. Comme maman, elle aimait bien les fleurs, mais attendait avec impatience de visiter le parc animalier. Elle courait toujours devant pour aller plus vite, évitait les crocodiles, observait longuement l'adresse des gibbons qui se balançaient, tels des acrobates, de branche en branche, admirait les grues et les pélicans, les tigres et les zèbres. Elle s'endormit avant d'atteindre l'endroit qu'elle préférait : le coin des girafes.

9

Nixon

En réalité, Nixon s'appelait Paul Marquis. Contrairement à ce que laissait suggérer son nom, il n'y avait rien d'aristocratique dans ses origines. Aucune noblesse parmi ses ascendants, pas plus que dans son histoire personnelle. Du moins c'est ce qu'il supposait. Sa mère avait coupé les ponts très tôt avec sa famille, bien avant sa naissance en tout cas. Il n'avait jamais rencontré ses grands-parents maternels, ne connaissait même pas leur adresse et avait fini par s'en moquer complètement. Du côté paternel, c'était le vide complet. La daronne leur avait toujours dit, à lui et à sa sœur, que leur géniteur les avait abandonnés à la naissance. Il avait onze ans quand il avait découvert le livret de famille avec l'inscription : *« né de père inconnu »*. Il ne s'en était pas formalisé plus que ça. Il s'en doutait. Dès le CM_1, il avait compris que sa mère tapinait. Son instit traînait chez eux, chaque vendredi après l'étude. Il faisait partie des clients réguliers.

Sa sœur avait deux ans de moins que lui. Sa demi-sœur devrait-il dire. Il avait vite compris qu'ils n'avaient probablement pas le même père. Ce n'était pas difficile à comprendre vu le défilé de tous ces types qui passaient à la maison, parfois deux ou trois le soir avant le dîner et presque autant après. Rien n'était certain. Il pouvait toujours s'agir d'un habitué. Comment savoir ? Il espérait que ce n'était pas son instit. Plutôt crever ! Durieux était gras et laid et pas tendre avec les enfants, encore moins avec lui. Comme s'il devait payer pour ce que le gros cochon ne pouvait s'empêcher de faire avec sa mère. Il était toujours à le punir et à le moquer comme s'il n'acceptait pas ses penchants coupables et projetait sur lui sa propre culpabilité.

Un gamin plus faible serait sûrement devenu le bouc émissaire de l'école. Durieux faisait tout pour. Il l'avait définitivement pris en grippe. Heureusement, il était costaud pour son âge et ne craignait personne, pas même les plus grands. Les bagarres ne lui faisaient pas peur et les coups pas davantage. Plus il en recevait, plus il s'enfonçait dans une rage noire qui le rendait insensible à la douleur et décuplait son envie d'en découdre. Il avait forgé sa réputation avec ses poings. Personne n'osait plus, du moins en sa présence, le traiter de popol, bel amalgame entre son prénom et les engins que sa mère astiquait à pleine main avant de les fourrer dans sa bouche.

Seul Durieux avait le droit de l'humilier. Cela faisait partie des privilèges attachés à sa charge. Il avait bien tenté de résister au début, mais avait vite compris que c'était inutile. De plus, cela le condamnait à rester en retenue, seul avec son tortionnaire ; la double peine en quelque sorte. Enfant, il s'était souvent demandé si certains adultes ne choisissaient pas ce métier pour faire souffrir les élèves en toute légalité. Durieux répétait à longueur de temps des maximes usées jusqu'à la corde. Elles devaient sûrement se transmettre d'une génération à l'autre. Les jeunes profs devaient les apprendre des plus anciens. À vous en faire douter de la créativité du corps enseignant. *« Grand fort et bête »* clamait-il fier de lui devant un auditoire tout acquis à sa cause. *« Le nom des fous est inscrit partout »* déclara-t-il le jour où sa mère, croyant bien faire, avait inscrit *« P. Marquis »* sur sa trousse et son stylo-plume. *« Même un âne ferait mieux que toi »* revenait plusieurs fois par jour… Certains soirs lorsqu'il se trouvait seul avec lui, souvent puni à cause d'une énième bagarre, il le traitait de *« Fils de pute »* en lui tirant l'oreille à l'en décoller.

Il n'était pas doué pour apprendre, du moins pas ce qu'on enseignait à l'école. Une seule chose le passionnait : la mécanique. Il faisait alors preuve d'une mémoire photographique qui l'aidait à réassembler sans difficulté ce qu'il venait de démonter. Il avait un véritable don pour visualiser les engrenages et comprendre le rôle que jouait chaque pièce au sein d'un mécanisme complexe. Il avait commencé par les vieux réveils, continué avec les dérailleurs de vélos, avant de se spécialiser dans les mobylettes et les scooters qu'il réparait pour les gamins du quartier. Les voitures viendraient ultérieurement.

À seize ans, il était entré en apprentissage chez un garagiste de Villeurbanne prénommé Jérôme Jourdy, JiJi pour les intimes. C'est lui qui lui avait appris le métier. En moins de deux ans l'élève égalait, voire dépassait, son mentor qui lui confiait la plupart des interventions délicates. Surtout quand elles touchaient à l'électronique. Il s'était fait une spécialité des berlines allemandes. Le hasard voulut que le mécanicien donnât dans le trafic de pièces détachées volées qu'il refourguait par le biais de réparations à des clients peu scrupuleux. Beaucoup étaient prêts à payer au noir pourvu que la facture s'en trouve allégée.

Tout aurait pu continuer longtemps. L'affaire était rentable et le garage tournait bien, trop bien sans doute. Et comme souvent dans ces cas-là, la prudence n'était plus la valeur cardinale. Son patron se fit pincer bêtement après avoir proposé ses tarifs hors norme à un capitaine de gendarmerie en civil qui n'en demandait pas tant. Le pauvre s'était fait une petite frayeur en pleine ligne droite quand le moteur de sa Peugeot 406 avait brutalement serré provoquant le blocage des roues avant, tout en supprimant l'assistance de la direction et des freins. Il avait eu quelques doutes quand Jourdy lui avait proposé de refaire le moteur pour moitié moins cher que le concessionnaire qui entretenait régulièrement le véhicule. Difficile de proposer pareille arnaque à un représentant de la maréchaussée sans provoquer quelques soupçons.

Deux heures plus tard la moitié de la brigade était sur place pour perquisitionner l'atelier, inspecter les comptes et déterminer la provenance des pièces. L'opération fut rondement menée. Jiji s'était fait prendre la main dans le sac. Inutile de nier. Il dénonça ses fournisseurs sans difficulté pour limiter la casse. Les cinq ans ferme ajoutés aux trois-cent-soixante-quinze-mille euros d'amende se ramenèrent à deux ans de tôle et bien sûr à la fermeture du garage. Paul tout juste majeur s'en tira avec une condamnation limitée à douze mois avec sursis.

Pas facile de retrouver un travail honnête avec pareil pedigree. Aucune concession sérieuse ne voulut l'embaucher. Il bossa trois ans dans un centre auto, mais démissionna pour ne pas sombrer dans la dépression. Effectuer les vidanges et les opérations d'entretien courant sur des voitures bas de gamme n'était décidément pas son truc. La belle mécanique lui manquait.

C'est sa sœur qui lui permit de renouer avec les berlines de luxe. Elle le mit en contact avec un intermédiaire qui l'introduisit dans un réseau qui maquillait les voitures volées pour les refourguer dans les pays d'Europe de l'est et du Maghreb. Il fallait désosser les caisses pour les transporter par camions ou bateaux. Il regrettait juste de ne pouvoir reconstruire ce qu'il avait démonté. Cette fois, il avait définitivement franchi la ligne. À l'époque, il croyait dur comme fer que sa sœur était la petite amie du type. Il ignorait qu'elle était déjà une poule de luxe et que le mec était son souteneur.

Le business fonctionna huit ans sans accroc. Huit ans d'aisance et de vie facile à faire ce qu'il aimait. Tout marchait comme sur des roulettes, sauf avec sa sœur qu'il voyait de moins en moins. Il se fit pincer bêtement en fauchant une Mercedes coupée jaune vif pour impressionner une pisseuse qui avait accepté de sortir avec lui. Son physique à la Bud Spencer et son visage ingrat ne lui facilitaient pas la tâche. Les filles ne se bousculaient pas au portillon pour partager ses soirées. Il fallait bien les impressionner en empruntant de jolis carrosses, si possible typé sport avec un gros moteur et des couleurs agressives.

La sanction fut immédiate huit mois ferme augmenté des douze du sursis. Ce qui n'était pas rien pour avoir juste tiré une caisse. Il ne lâcha rien aux flics et purgea sa peine à la maison d'arrêt de Lyon-Corbas. C'est là qu'il rencontra Georges Blain, alias Reagan son complice dans l'enlèvement de la gamine. Ils partagèrent la même chambre pendant une brève période. Ce dernier n'avait plus qu'un mois à tirer quand Paul fut incarcéré.

Leur cohabitation ne débuta pas de la meilleure façon. Blain était porté sur les mecs et ses avances étaient plus qu'explicites. Paul lui avait poliment expliqué que ce n'était pas son truc et qu'il faudrait faire sans lui. Un soir pourtant, Blain profita du fait qu'il ronflait pour le rejoindre dans son lit. Il était à poil, son sexe aussi raide qu'un gourdin. Il le frottait contre les fesses du gros et sa main s'était déjà glissée à l'intérieur de son pyjama. Paul n'était pas très vif à la détente. Il avait toujours eu un sommeil de plomb et ne s'était pas réveillé instantanément, ce qui avait encouragé l'autre à poursuivre son petit manège croyant qu'il se laissait faire. La réaction ne se fit pas attendre. Dès qu'il eut repris conscience, Blain se prit un pain qui lui cassa le nez et lui déchaussa deux incisives. Il finit la nuit à l'infirmerie et Paul se prit huit jours au mitard pour ce que l'institution carcérale considérait comme une faute du premier degré[1].

Étonnamment, cet épisode les rapprocha. Avant de sortir Blain lui proposa de le rejoindre quand il aurait terminé son temps. Il avait besoin de gros bras de son acabit pour mener à bien ses affaires. Il n'en sut pas plus pour le moment, mais d'autres prisonniers l'informèrent qu'il possédait une ancienne usine transformée en salle de concert dédiée aux musiques contemporaines. Une affaire rentable avec piste géante devant la scène capable d'accueillir cinq cent personnes. Blain avait pris trois mois ferme pour avoir laissé vendre de la méthamphétamine et de la cocaïne dans son établissement. Plus tard Paul apprendrait qu'il sous-traitait également quelques casses et n'était pas tout blanc dans le trafic de dope.

La première personne qu'il chercha à sa sortie fut sa sœur. Elle n'était venue lui rendre visite qu'une seule fois au début de son incarcération. Elle voulait de l'argent. Paul se doutait que c'était pour sa dope. Il avait quelques économies bien planquées, mais ne lui en avait rien dit. Il savait qu'elle prendrait tout et qu'il ne lui resterait rien à sa sortie. Il eut du mal à la localiser. Son ancien souteneur l'avait largué depuis longtemps.

Blain l'embaucha comme homme à tout faire pour sa boîte. Il l'aida à retrouver sa sœur qui avait élu domicile dans un squat pourri. Elle était devenue une junkie amaigrie et vieillie prématurément. Ses dents étaient abîmées et son

1. Le décret du 13 février 2019 redéfinit les trois catégories de fautes disciplinaires commises par les détenus. Les fautes du premier degré constituent les infractions les plus graves susceptibles d'une sanction d'isolement.

corps flétri. Plus vraiment à la hauteur pour espérer séduire des clients friqués. Elle se vendait à qui voulait encore bien d'elle pour se payer ses shoots. Paul la recueillit et l'installa dans son petit appartement. Il fit disparaître son kit de toxico et lui procura de la buprénorphine, plus efficace que la méthadone, pour gérer les crises de manque. Les huit premiers jours furent terribles. Au matin du neuvième, il ne la trouva plus. Elle s'était enfuie. Il ne la chercha pas une nouvelle fois. Il savait que c'était sans espoir.

Il pensait souvent à elle, surtout avant de s'endormir. Il avait espéré une autre issue pour eux deux, mais le destin n'était pas toujours tendre pour des gosses porteurs d'une telle hérédité. Il ne se faisait aucune illusion et savait qu'il ne valait pas mieux que sa sœur. Lui était gros et balourd et avait fait au mieux avec ce qu'il avait. Elle était belle et attirante et avait choisi de jouer avec ses propres cartes. La beauté n'était pas toujours un cadeau. Elle s'appelait Cléo. Il avait toujours trouvé que son prénom faisait classe par rapport au sien qu'il jugeait d'une banalité attristante. Très tôt, il en avait cherché l'étymologie dans un dictionnaire. Cléo venait du Grec *kleopatra*, formé des deux termes *kleos* et *patêr* qui signifiaient gloire et père. Quelle ironie ! La pauvre n'avait jamais connu son père et sa gloire avait été pour le moins éphémère, aussi fugace qu'une étoile filante.

Et voilà que la gamine enfermée dans la cave s'appelait Chloé. Un véritable coup du sort. L'anagramme presque parfaite de Cléo. Elle au moins pouvait encore espérer être sauvée.

Il était extrêmement rare qu'une réunion du groupe crime soit organisée un dimanche matin. Il fallait pour cela une urgence absolue. Ce qui était justement le cas avec l'enlèvement de la fille d'Hélène Desmarets-Cuvier. La rançon avait été payée. L'ultimatum fixé à minuit approchait à grands pas et la gamine n'avait toujours pas été libérée. Tout le monde était sur les dents. Enfin presque, Jabba roupillait comme un sonneur derrière le bureau de Fred. La commissaire savait que le chien leur avait apporté une aide précieuse dans l'affaire Dubois[1], il n'en restait pas moins que sa présence dans les locaux du SRPJ violait toutes les règles administratives en vigueur. Elle voulait bien fermer les yeux, mais à l'unique condition qu'il se fasse discret ; ce qui n'était pas forcément évident vu son gabarit. Pas question non plus de l'accepter en salle de réunion ou de le laisser déambuler où bon lui semblait. C'était une question de principe, même si elle savait que, dès qu'elle avait le dos tourné, le chien était accueilli à bras ouverts dans la plupart des bureaux. Il affectionnait particulièrement celui de Gaëlle qui avait une trouille bleue des canidés. Était-il possible que l'animal s'en rende compte et que son comportement relève d'une forme de taquinerie ? La commissaire souriait, ce qui ne lui arrivait pas souvent. Elle se demandait si un chien pouvait faire preuve d'un tel humour ou si son interprétation relevait de l'anthropomorphisme.

Elle était moins indulgente avec Brignolles qui, stoïque, serrait toujours les dents, comme s'il attendait son heure. Décidément la greffe ne prenait pas et il était clair qu'il n'arriverait pas à s'insérer au sein de l'équipe. Elle n'était pas toujours d'accord avec le commandant Brazier mais, cette fois, elle était prête à le défendre si la situation dérapait. Elle comprenait qu'il n'ait rien fait pour mettre la vie de l'enfant en danger. Elle avait plus de mal à comprendre Brignolles, impatient d'interpeller les ravisseurs quelles qu'en soient les conséquences. Impossible d'imaginer qu'il puisse se réjouir de la tournure que prenaient les évènements. Aucun être humain digne de ce nom n'oserait miser

1. Se reporter au deuxième opus : « Délivrez-nous de la tentation ».

sur le malheur d'une fillette pour prouver qu'il avait raison. Elle n'en était pas certaine.

— Bonjour à toutes et à tous, commença-t-elle. Je souhaite tout d'abord vous remercier de vous être déplacés un dimanche pour faire le point sur cette enquête.

— Tu parles, souffla Léonard à Jérôme, comme si nous avions eu le choix.

— Brigadier Proust, reprit la commissaire qui ne supportait pas le moindre signe d'insubordination, je vois que vous semblez impatient de commencer.

— Si vous y tenez commissaire. Le commandant Brazier m'avait chargé d'interroger l'ensemble des protagonistes présents sur les lieux du drame. Ils étaient quinze pour fêter le départ à la retraite d'Henri Cuvier, père fondateur de l'entreprise éponyme. Outre Alain Cuvier la victime décédée et sa belle-fille Chloé Desmarets qui a été enlevée, étaient présents ce soir-là : Antoine Cuvier, le fils cadet ; Hélène Desmarets-Cuvier, l'épouse d'Alain et mère de Chloé ; Robert Bornand, responsable du pôle cosmétique et son épouse Isabelle. Ces cinq personnes ont toutes été entendues par Fred et Gaëlle.

— Je vous en prie brigadier, pas de familiarité dans les réunions officielles, s'il vous plaît.

— Pardon commissaire, je voulais dire par le commandant Brazier et la capitaine Lebras. Je me suis chargé des autres témoins du crime. J'ai recueilli les dépositions de Sylvie Lemoine responsable du pôle agroalimentaire et de son mari ainsi que de Julien Maisonneuve qui dirige le département diagnostics cliniques. Il était accompagné de son épouse Nathalie. J'ai également auditionné Aurore Bonnaire la DRH et son mari Guy, si ma mémoire est bonne et enfin Louis Duverger le responsable du département qualité et environnement et son épouse Murielle.

— Et, s'impatienta la commissaire qui connaissait les façons qu'avait le brigadier Proust de se mettre en avant.

— Et tous leurs témoignages concordent rigoureusement avec ceux des principaux protagonistes. Ils n'apportent aucune précision supplémentaire. Personne n'a remarqué de détails qui auraient permis d'identifier les ravisseurs. J'ai joint bien évidemment tous les PV d'audition au dossier.

— Nous avons appris de notre côté, poursuivit Gaëlle, que la victime avait une liaison avec Isabelle Bornand et s'adonnait avec lui à des jeux BDSM. Ils se retrouvaient dans un petit appartement situé rue du Bœuf. Nous avons également découvert une caméra espion qui enregistrait l'essentiel de leurs ébats. Robert, son mari, a reconnu avoir fait poser l'appareil par le cabinet Dupré, une agence de détectives privés.

— Vous le suspectez d'avoir voulu se venger ? l'interrompit la commissaire.

— Nous y avions pensé, mais il semblerait que non. Le mari se déclare subjugué par les prestations de sa femme.

— Vous voulez dire qu'il ne lui en veut pas ? ponctua la commissaire dubitative.

— Non seulement il ne lui en veut pas, mais il a repris à son compte le bail de l'appartement pour poursuivre l'aventure avec elle. Leur histoire est peu conventionnelle, mais semble crédible. Ils se livrent tous les deux avec franchise, du moins sans aucune gêne.

— Tu déconnes, lâcha Œil de Lynx, tu veux dire que non seulement il n'est pas jaloux mais qu'il reprend le flambeau comme si de rien n'était. Personne ne me fera croire à une fable pareille. Ce serait inhumain !

— Apparemment il l'aime et souhaite la reconquérir en ajoutant une petite dose de piment dans leur relation.

— Tous les goûts sont dans la nature, ponctua Proust.

— En appui à ce que vous dites, intervint Jérôme Delevoy, j'ai épluché leurs comptes bancaires et ils ne manquent vraiment de rien. Le mari touche un salaire d'environ douze mille euros mensuels et leurs différents placements représentent un total cumulé de presque trois-cent-cinquante-mille euros. De plus, les parents de l'épouse leur ont cédé par donation l'appartement où ils résident boulevard des Belges. Un mobile lié à l'argent semble donc peu crédible.

— Puisque nous en sommes à regarder les aspects financiers, intervint Fred, as-tu relevé quelque chose de significatif concernant les autres protagonistes ?

— Rémi Lacoste, le directeur du Crédit Lyonnais, nous a fait parvenir les relevés bancaires des deux dernières années de tout ce joli monde. Pour une fois, ça n'a pas traîné. J'ai commencé à les éplucher, mais a priori, il n'y a rien de notable. Il s'agit de cadres de haut niveau qui gagnent très bien leur vie et qui, de plus, bénéficient de nombreux frais professionnels concernant leurs déplacements internationaux. Rien d'anormal au regard de leur position.

— Aucune difficulté financière, ni aucun retrait conséquent en liquide dernièrement ?

— Non, je n'ai rien remarqué de tel. On retrouve les variables habituelles. Certains sont davantage cigales et d'autres plutôt fourmis dans la gestion de leurs dépenses. Mais il n'y a rien qui mériterait d'être signalé.

— Tout cela ne nous mène nulle part, ponctua la commissaire qui s'impatientait.

— Je me suis également penché, poursuivit Jérôme, sur les groupes pharmaceutiques ayant déposé une autorisation de mise sur le marché de médicaments comparables au neuroclasil. J'ai demandé de l'aide à Karim Hachaoui, notre légiste, car ce n'était pas facile de déterminer des classes de médicaments à peu près équivalentes. Les traitements sont tellement complexes. Selon lui, il y aurait deux candidats qui se rapprocheraient du produit de BioCuvier, sans être tout à fait identique. L'Agence Nationale de Sécurité du médicament nous a confirmé leur autorisation de mise sur le marché dans les six mois à venir.

— Lesquels ? demanda la commissaire.

Jérôme consulta ses notes avant de répondre.

— Le rétrosivir de Pfizer ainsi que la cyclométhine du groupe Novartis.

— Ce sont des groupes étrangers ? demanda Fred.

— Oui, des multinationales en fait. Pfizer est une firme américaine dont le siège social est à New York. Un des géants du secteur en fait. Leur produit phare est sans aucun doute le Viagra qu'ils ont mis sur le marché en 1990, sans compter leur vaccin contre la COVID. Novartis est un peu derrière, mais pas loin. Le groupe est issu de la fusion entre Sandoz et Ciba-Geigy. Son siège social est situé à Bâle en Suisse.

— Inutile de poursuivre plus loin, conclut Fred. Je pense que nous faisons fausse route.

— Tu peux préciser ? demanda Gaëlle.

— Ces deux groupes sont des géants. D'une part nous n'avons aucun élément sérieux pour déposer une requête visant à entendre un de leurs dirigeants.

— De toute façon, recadra la commissaire, inutile de penser aller à New York au frais de la princesse. Plaisanterie mise à part, poursuivez commandant, je vous ai coupé.

— D'autre part, ces deux groupes possèdent une force de frappe colossale pour vendre leurs produits. Ils disposent de circuits de distributions tentaculaires et ont des liens commerciaux avec tous les grands acteurs du marché dans la plupart des pays. Pourquoi de tels géants auraient recours aux enlèvements et aux meurtres pour intimider un concurrent alors qu'ils n'en ont pas besoin ? En comparaison, BioCuvier est une entreprise de taille modeste qui n'a nullement les moyens de les inquiéter, même si son médicament s'avère efficace.

— Le commandant a raison, conclut la commissaire. Cette piste ne tient pas.

— De notre côté, intervint Sylvie Le Guen, nous avons identifié deux éléments qui mériteraient d'être approfondis. Je vous présente le premier, Œil de Lynx se chargera du second.

— Major Le Guen, reprit la commissaire irritée.

— Pardon, je voulais dire le brigadier-chef Pierce. BioCuvier est un groupe qui met en avant ses valeurs philanthropiques. Et c'est vrai que, dans le milieu médical, ils jouissent d'une bonne réputation. Par exemple leur fondation finance des campagnes de vaccination en Afrique de l'Ouest pour lutter contre les maladies infectieuses. Ils sont moins diserts sur un de leurs essais thérapeutiques qui a tourné à la catastrophe provoquant la mort de deux personnes et des complications pour trois autres.

— Tu peux nous en dire un peu plus ? demanda Fred.

— Il s'agissait d'un essai clinique de phase un portant sur une molécule destinée à améliorer la mémoire de patients frappés d'alzheimer. Le groupe était composé de douze volontaires sains qui évaluaient la nocivité du médicament aux doses maximales autorisées. Une femme et un homme sont décédés. La femme s'appelait Aude Rolin. C'était une habituée des essais thérapeutiques puisqu'elle avait déjà testé neuf médicaments en presque dix ans.

— Toujours avec BioCuvier, ? voulut savoir Jérôme.

— Oui, toujours avec eux. La famille ne roule pas sur l'or et chaque essai lui rapportait un peu plus de deux mille euros. Elle était âgée de trente-huit ans et mère d'un petit garçon de onze à l'époque des faits. Son mari a exprimé des paroles très dures à l'encontre de BioCuvier les traitant de bandes d'assassins. Ses propos ont été relayés dans Lyon Presse. L'autre victime se prénommait Philippe Duval. Il avait vingt-deux ans, étudiant en troisième année de médecine, il avait un brillant avenir devant lui.

— Et pour les autres ? demanda la commissaire.

Les trois autres ont été plus ou moins gravement atteints. Le plus sévèrement touché s'appelle Mathieu Bernal. Il a fait un AVC qui l'a laissé hémiplégique.

— Quelles ont été les poursuites ? intervint Gaëlle.

— Une enquête judiciaire a été diligentée par le parquet pour *« homicide involontaire et blessures involontaires supérieures à trois mois »*. Le ministère de la santé a également saisi l'IGAS[1] afin de vérifier que l'essai clinique avait bien été mené selon les normes en vigueur. Les conclusions de l'enquête judiciaires ont révélé qu'il n'y avait pas eu de dysfonctionnement dans l'exécution du protocole. Par contre le rapport de l'IGAS pointait la responsabilité du laboratoire qui n'avait pas suffisamment informé les volontaires. Le responsable de l'étude avait omis de signaler dans le formulaire de consentement la survenue de lésions constatée chez des animaux après leur avoir ingéré de très fortes doses.

— Pas étonnant qu'il n'ait rien dit, lâcha Gaëlle.

— Le laboratoire n'a pas contesté la décision de l'IGAS et les assurances ont indemnisé les victimes.

— À quand remontent les faits et qui pilotait ce programme ? demanda Fred.

— L'expérimentation a eu lieu au mois de juin 2017, et c'est là que ça devient intéressant, c'est Alain Cuvier, notre victime, qui dirigeait cette étude.

— Il va falloir creuser cette piste, conclut la commissaire.

1. Inspection Générale des Affaires Sociales.

Vous nous annonciez un autre élément notable ?

— Oui, reprit Œil de Lynx, apparemment la vie sentimentale d'Hélène Desmarets-Cuvier n'a pas toujours été un long fleuve tranquille. Nous avons découvert une main courante datant de septembre 2016 à l'encontre de son compagnon de l'époque un certain Emmanuel Toubon. Une nouvelle plainte a été déposée en janvier 2017 pour violence familiale.

— Cet Emmanuel Toubon était-il le père de sa fille ? demanda la commissaire.

— A priori non ! Hélène Desmarets-Cuvier exerce seule la responsabilité parentale. Il ne figure aucune reconnaissance paternelle dans l'acte de naissance.

— Tu peux préciser l'objet de la plainte ? demanda Gaëlle.

— L'individu habitait au domicile de la plaignante, rue du bon Pasteur à Croix-Rousse. La plainte précise qu'il l'avait frappé à plusieurs reprises. Elle l'a foutu dehors quand il s'en est pris à sa fille. Il n'a, semble-t-il, pas supporté de se faire jeter. Il a continué de la harceler pendant plusieurs mois. Une injonction d'éloignement a finalement été prononcée par le juge aux affaires familiales.

— On en sait un peu plus sur cet individu ? demanda Fred.

— Oui, je me suis renseignée, Emmanuel Toubon est ingénieur dans l'aéronautique pour un sous-traitant d'Airbus. Il habite actuellement rue de la Charité, à deux pas du musée des tissus.

— Je vous garantis, intervint Gaëlle, que cette espèce de salopard va passer un sale quart d'heure et que ce ne sera pas tout bon pour lui quand je vais m'occuper de son cas.

— Reste quand même à déterminer, précisa Fred, pourquoi Hélène Desmarets-Cuvier a omis de nous en parler. Il va falloir que nous retournions lui poser la question.

Les trois notes caractéristiques de l'arrivée d'un SMS retentirent juste à ce moment-là. Fred avait posé son iPhone bien en évidence devant lui, son réglé au maximum, pour ne rater aucun message. L'expéditeur était Henri Cuvier. Aucun texte, aucune fioriture. Juste des coordonnées GPS.

— Nom de Dieu, lâcha Fred, on a une adresse. Je vous la communique :

« Latitude : 45.80 506 / Longitude : 4.75 342 ».

— Allez, on fonce gronda Gaëlle, plus fort qu'elle ne l'aurait voulu. Appelle le monstre, il n'y a pas une minute à perdre.

Jabba qui n'en demandait pas tant déboula ventre à terre, heureux que l'on s'intéresse enfin à lui. Sylvie, la geek du groupe pianotait à toute vitesse sur son ordinateur portable pour déterminer le point de rendez-vous.

— Il s'agit du bois des Serres à Dardilly. C'est à quinze minutes de Lyon.

— Écoutez-moi tous, intervint Fred, nous ne savons pas ce que les ravisseurs nous mijotent. Je veux que chacun prenne son gilet et soit prudent. L'intervention se fait en binômes ou en trio, vous ne restez jamais seul. Brignolles, nous avons besoin que vous fassiez appel à votre groupe. Nous devrons peut-être lancer des recherches et, dans ce cas, votre aide nous sera précieuse. Allez, on se bouge.

— Commandant, le rappela la commissaire, je veux être informée minute par minute de ce qui se passe. Bonne chance à vous.

Comme souvent Gaëlle fut la plus rapide à réagir. Fred n'en crut pas ses yeux quand il la vit ouvrir la portière arrière pour faire grimper le chien. Jabba semblait lui obéir au doigt et à l'œil. Décidément sa coéquipière le surprendrait toujours.

Marquis, alias Nixon, quittait le bois des Serres pour rejoindre ses complices. Blain lui avait dit que le patron les attendait. Il se demandait s'il avait bien fait d'envoyer un SMS au vieux. Les instructions ne le précisaient pas. Il savait que son initiative ne serait pas appréciée. Il l'avait fait par simple humanité. Les ordres stipulaient simplement : *« bute la gamine et débarrasse-toi du corps »*.

10

Buter la gamine

Il n'était pas encore neuf heures quand son gardien fit irruption dans la cave. Il tenait un sachet en papier qu'il déposa sur le lit. Chloé se hâta de l'entrouvrir pour regarder ce qu'il contenait. Elle y aperçut la petite bouteille d'eau habituelle et une brioche aux pralines.

— Dépêche-toi de manger. Dans dix minutes, je viens te chercher, nous partons d'ici.

— Vous allez me ramener à la maison ?

— Ne sois pas stupide, autant te déposer au prochain poste de police pendant que tu y es.

— Je voulais dire est-ce que vous allez me rendre à ma mère ?

— Tu poses trop de questions gamine. Mange et tiens-toi prête.

— Je m'appelle Chloé.

— Je sais, tu me l'as déjà dit.

— Pourquoi est-ce que vous portez toujours ce vilain masque ? Je suis sûre que c'est pour faire peur aux petites filles comme moi. Je serais moins inquiète si je pouvais voir votre vrai visage.

— Personne ne t'a jamais dit que tu parlais trop et que cela pourrait bien t'attirer des ennuis.

— Oncle Antoine me le dit souvent. Ma maîtresse aussi.

— Alors tu ferais bien d'écouter les grandes personnes si tu veux éviter les complications. Maintenant grouille-toi ou je m'en vais sans toi et tu resteras seule ici pour le restant de tes jours.

Son ravisseur s'en retourna sans dire un mot. Il referma bruyamment la porte de la cave pour lui montrer qu'il ne plaisantait pas. Peut-être l'avait-elle mis en colère. Peut-être aurait-elle mieux fait de ne rien dire. Mais c'était tellement difficile d'avoir une telle peur et personne à qui en parler. Dès qu'elle se retrouva seule, elle se sentit à nouveau triste et abandonnée, faisant les cent pas, ne sachant que faire. Sa mère lui manquait terriblement. Elle en avait mal au ventre. Jamais elle n'avait jusqu'alors réalisé à quel point elle avait besoin d'elle. Ce n'est que dans la perte que l'on se rend réellement compte de la place qu'occupent les êtres chers.

Pourtant, sa mère s'absentait régulièrement pour son travail, souvent plusieurs jours. Chloé y était habituée. Mais ce n'était pas pareil, elle savait alors quand elle reviendrait et puis elles se téléphonaient tous les soirs. Parfois elle lui envoyait même plusieurs textos. Quand c'était trop dur, il lui arrivait de fermer les yeux et de se concentrer très fort en pensant à elle. C'est ce qu'elle décida de faire. Elle s'arrêta de marcher jusqu'à ce qu'elle la voie dans sa tête. Qu'elle puisse la toucher, sentir son odeur, lui dire ce qu'elle avait sur le cœur. Elle était persuadée qu'elles pouvaient communiquer si elles pensaient très fort l'une à l'autre.

Chloé était certaine qu'une partie de sa mère vivait en elle. Cela avait commencé toute petite. Quand il fallait traverser une rue par exemple, elle entendait cette voix intérieure lui répéter des consignes qui s'étaient progressivement gravées dans sa mémoire. *« Arrête-toi. Regarde à gauche, puis à droite avant de t'engager ».* *« Fais attention »* revenait souvent. Comme si le cerveau avait la capacité d'enregistrer des messages, un peu comme un magnétophone. Cela marchait surtout pour les interdictions qui, parfois, claquaient dans sa tête à la manière d'un ordre. La tendresse et les câlins fonctionnaient autrement. Moins souvent avec des mots que par des émotions qu'elle pouvait réactiver en se remémorant des situations agréables. Les bras de sa mère qui l'entouraient, la fierté de son regard quand elle ramenait une bonne note, le plaisir des jeux faits en commun, l'excitation quand elle l'emmenait au parc ou faire un tour de manège. Oui c'était sûr, une partie de sa mère devait être en elle. Et puis, ce n'est pas pour rien que maman l'appelait si souvent mon cœur. Il fallait absolument que tout cela soit vrai. Parce que là, il y avait vraiment urgence.

Qu'est-ce qu'elle lui aurait dit de faire dans une telle situation ? Elle l'entendit lui parler : *« Chloé, assieds-toi et réfléchis ».* Sa mère intérieure s'adressait toujours à elle à la troisième personne comme dans la vraie vie. Chloé prit place au bord du lit et obtempéra. Elle ouvrit le sachet et huma longuement sa brioche pour se donner du courage. Elle exhalait une odeur de pâtisserie pur beurre à la sapidité incomparable. Elle adorait les brioches, leur texture moelleuse et les pralines qui croquaient sous les dents avant de libérer leur saveur sucrée. Elle se mit à dévorer avidement la viennoiserie. Sa mastication lui permit d'oser formuler la question qui la taraudait, édulcorant une partie de sa charge émotionnelle : *« allaient-ils la tuer oui ou non ? ».*

Son ravisseur n'avait rien fait pour la démentir, mais elle se dit qu'il ne devait pas être aussi méchant qu'il en avait l'air. Après tout il lui avait apporté du poulet et de l'Ice Tea quand elle lui avait dit qu'elle aimait bien ça. Et puis ce matin une brioche aux pralines toute fraîche. Il avait dû aller l'acheter dans une boulangerie, exprès pour elle. Il ne se serait pas donné autant de mal si c'était pour la tuer. On ne pouvait quand même pas être quelqu'un de trop mauvais quand on donnait aux petites filles ce qu'elles aimaient manger par-dessus tout. Non c'était clair. Il ne la tuerait pas. Du moins pas lui. Elle préférait ne pas penser à ce que ferait l'autre, tant il lui faisait peur.

Elle sursauta quand la porte s'ouvrit.

— Allez viens. Faut qu'on y aille. Tu vas me suivre gentiment sans tenter quoi que ce ou est-ce que je dois te ligoter et te jeter dans le coffre ?

— Je me tiendrai comme il faut.

— Bien, alors allons-y.

Il l'empoigna par le bras et monta les escaliers à ses côtés ; prit le temps d'éteindre la lumière. La cave donnait dans la cuisine d'une petite maison qui sentait le renfermé. Elle était sombre et défraîchie. Elle se dit que personne ne devait habiter là. C'était bien trop sale. Il la poussa dans le couloir qui ouvrait sur la porte d'entrée. À l'arrière, un escalier vermoulu grimpait vers le niveau supérieur. Peut-être des chambres. Chloé savait que la maison était isolée et qu'on y accédait par un chemin qui donnait sur une route. Elle n'avait rien repéré d'autre à l'aller, si ce n'est que le sentier devait être passablement défoncé tellement ça secouait et que les branches des arbres étaient toutes proches. Parfois elle les entendait frotter contre la carrosserie. Elle ne put en discerner beaucoup plus à sa sortie. La voiture était garée juste devant l'entrée, portière ouverte pour qu'elle n'ait plus qu'à grimper. C'était toujours la même. Elle s'installa à l'arrière, boucla sa ceinture et se tint tranquille. Le gros SUV démarra.

— Où est-ce qu'on va ?

— Il y a des choses que tu n'as pas besoin de savoir.

— Qui vous dis que je n'ai pas besoin de le savoir ?

— Décidément, tu ne peux pas t'empêcher de l'ouvrir.

— C'est parce que j'ai peur. Qui me dit que vous n'allez pas m'assommer et puis me jeter dans un gros trou où personne ne me retrouvera jamais.

— Ça n'arrivera pas.

— Vous promettez ?

— Je t'ai dit que ça n'arriverait pas. Maintenant cesse de me bassiner tu veux bien.

Elle laissa échapper un *« merci »*, suffisamment fort pour qu'il l'entende.

La voiture remonta le chemin qui secouait tant, puis s'arrêta avant d'accéder à la route. Le ravisseur fit pivoter le rétroviseur de manière à ce que la gamine ne puisse le voir depuis sa place. Il enleva son masque avant d'accélérer sur la départementale. Sans doute ne souhaitait-il pas que les conducteurs qu'il croisait puissent repérer son déguisement.

La route lui parut longue. Chloé regarda sa montre. Ils étaient partis à neuf heures vingt. Elle faisait également des efforts pour se souvenir des pancartes indiquant le nom des villes. Elle retint Vanosc qui était un petit village juste après leur départ, puis Annonay avant de prendre l'autoroute où elle repéra que son ravisseur avait pris la direction de Lyon. Elle répétait ces deux noms pour bien les apprendre comme elle le faisait avec les mots compliqués dans les récitations. Elle était sûre que sa mère lui demanderait des explications. Peu de temps avant leur arrivée, ils traversèrent Dardilly. Il était presque dix heures cinquante quand la voiture s'immobilisa en bordure d'un chemin forestier. Elle calcula que leur voyage avait duré une heure et demie. Son ravisseur se retourna pour lui parler.

— Tu ne dis plus rien depuis un moment ?

— C'est vous qui m'avez demandé de me taire. Je vous préfère sans masque. Vous ressemblez à Petit Papa Baston[1].

— À qui ?

— À Petit Papa Baston. C'est un film qu'on a regardé à la télé avec maman. L'histoire de deux frères, un gros et un maigre, qui se détestent et que leur mère oblige à se réconcilier. J'ai toujours préféré le gros. Il est plus marrant.

— Peut-être qu'ils avaient de la chance d'avoir une mère qui s'occupait d'eux.

— On voit bien que vous n'avez pas vu le film.

— Non je ne l'ai pas vu. Maintenant écoute-moi bien. Je vais déverrouiller ta porte et tu te sauveras le plus loin possible sans te retourner. C'est compris.

— Alors vous allez me libérer ?

— Oui, et, une fois chez toi tu pourras même faire une petite prière pour moi.

— Je ne sais pas prier. Ma mère dit que Dieu n'existe pas, mais que les gens ont besoin de croire en quelque chose. Et que c'est pour ça qu'il y a tant de religions. Mais je peux penser très fort à vous, si vous voulez. Ça, je sais le faire.

— Tu n'auras qu'à faire comme ça. Maintenant file avant que je ne change d'avis.

— Ce serait plus facile de me concentrer si je connaissais votre nom.

— Tu n'auras qu'à m'appeler Paul. Maintenant cours et surtout ne te retourne pas.

Elle descendit de la voiture et se mit à courir. Au bout d'une dizaine de mètres, elle s'arrêta, se retourna et leva la

1. Film de Terence Hill (1994), avec Terence Hill et Bud Spencer.

main en signe d'adieu avant de reprendre sa course.

Marquis savait que pour lui, les ennuis commençaient. Il y a parfois des impulsions irrépressibles qui vous poussent à agir, tout en sachant pertinemment que vous êtes en train de faire une connerie. De toute façon, rien n'est jamais gratuit et tout finit par se payer d'une manière ou d'une autre. Ceci dit, il ne regrettait rien. Il se sentait même heureux de ce qu'il avait fait. Ce n'est pas tous les jours qu'on a le pouvoir d'accorder la vie à une gamine condamnée à mort. Il ne comprenait néanmoins pas bien pourquoi il s'était entiché d'elle à ce point. Peut-être justement parce qu'elle parlait beaucoup. Il aurait bien voulu que quelqu'un ait fait la même chose pour sa sœur quand cela était encore possible. Il pianota sur le GPS du X5 pour obtenir les coordonnées de son emplacement, sortit son téléphone et les envoya au vieux.

Le moteur du Cayenne grondait déjà quand Fred s'installa à son bord en claquant la portière. À peine le temps d'ouvrir la vitre pour fixer le gyrophare magnétique que le gros SUV dépassait la rue Garibaldi en direction du pont de l'université. Gaëlle accéléra encore une fois sur la nationale en direction de l'A6 et du tunnel sous Fourvière. Fred boucla sa ceinture et entra les coordonnées dans le GPS qui les guiderait jusqu'au point de rendez-vous.

Dès qu'elle arriva sur l'autoroute, la policière stabilisa les deux tonnes et demie du monstre à cent-quatre-vingt kilomètres heure. Fred s'agrippait à la poignée de maintien. Il enviait la placidité du chien qui ronflait comme un sonneur sans être inquiet le moins du monde par la vitesse à laquelle leur 4 × 4 fondait sur les véhicules qui les précédaient. Gaëlle slalomait entre les voitures, trop concentrée sur sa conduite pour jouer du klaxon. Ce qui ne l'empêchait nullement de pester contre tous ces irréductibles abrutis qui squattaient sans vergogne la file de gauche sans que le gyrophare ne produise le moindre effet sur leur manière de conduire.

Heureusement qu'on était un dimanche en fin de matinée. La circulation était généralement fluide à cette heure. Ce qui ne serait plus le cas en début de soirée quand les Lyonnais regagneraient leur domicile à la fin du week-end. Le SUV hybride ralentit à l'entrée du tunnel pour stabiliser sa vitesse à cent quarante au lieu des soixante-dix réglementaire. Gaëlle souriait à chaque passage devant les six radars, disposés à intervalles réguliers tout au long du tunnel. Ils les flashèrent successivement.

— Autant que la photo soit à mon avantage, lâcha-t-elle, pince-sans-rire. Après tout, il faut bien que le boulot offre quelques avantages.

Fred s'abstint de tout commentaire. Il ne voulait surtout pas la déconcentrer. Onze minutes plus tard, ils traversèrent Dardilly en direction du Bois de Serres. Ils tournèrent à droite puis à gauche, obéissant à la lettre aux directives de l'ordinateur embarqué. Ils continuèrent sur quatre cent mètres avant de virer sur une petite aire faisant office de parking. Gaëlle stoppa le Cayenne quand la voix féminine du GPS leur annonça qu'ils étaient arrivés.

— Merde, s'écria-t-elle, le parking est vide. Tu crois qu'on s'est fait rouler ?

— Pas forcément. Elle n'est peut-être pas restée sur place sans bouger.

— Espérons-le.

Ils sortirent du véhicule, firent minutieusement le tour de l'aire en appelant la gamine, examinèrent les buissons environnants. Aucune réponse. Il n'y avait personne.

— Qu'est-ce qu'on fait ? On attend la cavalerie ? La brigade cynophile sera là dans moins d'une demi-heure.

— Pas question de se tourner les pouces en attendant. Tu marches avec moi ? Si elle est venue ici, Jabba pourra nous le confirmer.

— Si c'était ma gosse, je serais prête à tout tenter pour la retrouver. Au diable la procédure…

Gaëlle libéra le molosse pendant que Fred ouvrait la porte du hayon pour se saisir du sac à scellés. Il le décacheta sans sortir les vêtements de manière à en concentrer les odeurs, puis le présenta longuement à la gueule du chien. Pas besoin de l'encourager à mémoriser les effluves qui en émanaient. Jabba savait parfaitement ce qu'il devait faire. Fred l'entraînait régulièrement à chercher des objets qu'il dissimulait. Tout cela n'était qu'un jeu avec une récompense chaque fois qu'il réussissait. Il adorait les biscuits parfumés à la volaille, au fromage et au saumon. Cela tombait bien, Fred en avait justement quelques-uns dans sa poche. Gaëlle fut surprise d'entendre son coéquipier expliquer au chien ce qu'il attendait de lui, insistant sur l'importance de cette recherche et lui promettant une double dose de biscuits.

— Tu lui parles comme s'il pouvait te comprendre…

— Bien sûr qu'il me comprend. Peut-être pas d'un point de vue lexical, mais il décrypte les postures, la tonalité de la voix, les odeurs corporelles et puis ta présence signifie aussi quelque chose. Ce n'est pas tous les jours qu'il y a une spectatrice pour participer au jeu. Crois-moi, il sait parfaitement que ce que nous faisons est important. Si la gosse est dans le coin, je t'assure qu'il la trouvera.

Des bruits de moteurs se firent entendre au loin. Le reste de l'équipe serait bientôt là.

— Dépêchons-nous avant que la piste ne soit piétinée par de trop nombreux pas.

Puis, s'adressant à l'animal :

— Cherche Jabba ! Allez mon chien cherche.

Le molosse parcouru le parking herbeux en faisant des cercles concentriques de plus en plus étroits, la truffe collée au sol. Il se dirigea sans hésitation en direction d'un chemin perpendiculaire à celui qu'ils avaient emprunté à leur arrivée. Les policiers se lancèrent à sa suite.

— Tu crois qu'il a flairé quelque chose ? demanda Gaëlle toute excitée.

— Je pense que oui. Suivons-le.

Jabba accéléra sur trois cent mètres puis se retourna pour aboyer leur signifiant qu'ils ne suivaient pas assez vite. Ils se mirent à courir pour réduire la distance qui les séparait, sans vraiment y parvenir. Le chien poursuivit sa course, sur le sentier pendant une dizaine de minutes, avant de bifurquer brutalement sur la droite. Les sous-bois étaient bien entretenus, ce qui facilitait leur progression. Ils slalomèrent entre les arbres sur deux-cent mètres environ avant d'apercevoir Chloé. Elle était assise sur un tronc, le chien était couché à ses pieds. Il remuait la queue, tout fier de sa découverte en poussant de petits gémissements. La gamine le regardait en souriant. Elle ne semblait nullement impressionnée par la taille du monstre. Elle lui parlait comme s'ils se connaissaient depuis longtemps.

Marquis avait rendez-vous avec Blain son complice dans la forêt du Symalim près de Meyzieu. C'est là qu'ils devaient se débarrasser de la BMW volée. Le boss serait également présent. Grande première, Marquis ne l'avait jamais vu. Il ne connaissait même pas son nom et ne savait pas trop comment il réagirait quand il apprendrait qu'il avait libéré la gamine. Il savait juste que l'idée de l'enlèvement venait de lui et qu'il avait, au bout du compte, décidé de se débarrasser de la gosse. Toute l'affaire était sans doute préméditée depuis longtemps et, bien sûr, personne ne lui en avait touché mot. De toute façon, il n'aurait jamais accepté de marcher dans la combine s'ils l'avaient mis dans la confidence. La vie d'une petite fille ne pouvait se résumer à un « détail de l'histoire » qu'il suffisait d'effacer d'un simple claquement de doigts. Il se demandait s'il ne se berçait pas d'illusions, en s'identifiant à cette génération de truands qui conservait un sens moral et une éthique. Ceux-là même, tels les Belmondo, Gabin ou Ventura, qui, dans les vieux films en noir et blanc, rendaient la pègre presque sympathique. Son logiciel interne devait avoir besoin d'une sérieuse mise à jour. Il avait toujours l'impression que son corps ne vivait pas dans le même monde que sa tête. Peut-être s'était-il tout simplement trompé d'époque.

Marquis réfléchissait à la manière de leur annoncer la nouvelle. Il ne serait sans doute pas facile de les amadouer. Après avoir gambergé les trois-quarts du trajet, il se résolut à leur dire la vérité. Il n'avait pas pu le faire tout simplement. Jamais il ne se résoudrait à devenir un assassin d'enfants. C'est pour cela qu'il avait libéré Chloé sans rien demander à personne. Il savait qu'en l'amenant avec lui au point de rendez-vous, les autres s'en seraient chargés. Et ça, il ne le voulait pas. Peu importe la main qui tient l'arme. Seul le résultat compte. Ils comprendraient, ou pas, et advienne que pourra.

Blain l'attendait, bras croisés, nonchalamment appuyé contre la portière de la Mercedes GLC. Il fumait tranquillement une cigarette et avait l'air détendu. Tant mieux. Les choses seraient peut-être plus faciles que ce qu'il avait anticipé. Le patron n'était pas sorti et attendait à l'intérieur du véhicule. Marquis se gara à bonne distance. Il coupa le moteur et descendit en fermant délicatement la portière. Ils étaient convenus de brûler la voiture, façon radicale de faire disparaître aussi bien les empreintes que les traces ADN. Mieux valait donc ne pas s'approcher trop près de l'autre véhicule.

— Dommage de s'en débarrasser, j'aimais bien cette caisse, lâcha-t-il en guise d'introduction. J'aurais pu la désosser pour vendre les pièces.

— Ce que tu peux être con des fois. Allez dépêche-toi.

Marquis s'exécuta déclenchant l'ouverture électrique du hayon. Il se saisit du jerrican d'essence et le sortit de la BMW.

— N'oublie pas de bien arroser la gamine ! Inutile de leur faciliter le travail d'identification.

— Écoute, je n'ai pas pu me résoudre à la refroidir. Je l'ai laissée filer. On a eu le fric. Qu'est-ce qu'on aurait gagné à l'éliminer, à part mobiliser toute la flicaille à nos trousses. Et puis, je suis incapable de faire une chose pareille. Si tel était votre plan, il ne fallait pas me mettre sur le coup.

— Putain, mais c'est pas vrai ! Depuis quand tu es censé prendre des décisions sans m'en avertir. Tu crois que je t'ai recruté pour que tu n'en fasses qu'à ta tête. Si tu n'avais pas le cran de le faire, il fallait nous l'amener. Je m'en serais chargé ou alors le boss l'aurait fait. Maintenant va falloir lui annoncer la nouvelle.

— Je vais le faire.

— Ah non ! Tu as déjà bien assez fait de conneries. Je m'en charge.

— Inutile, j'ai tout entendu, lâcha l'intéressé en sortant de la voiture.

Marquis avait l'impression que son visage ne lui était pas

totalement inconnu. La quarantaine avenante, cheveux noirs, peau bronzée. Un physique de tombeur avec une démarche féline qui indiquait, aussi clairement qu'un programme en autodescription, qu'il avait pleinement conscience de son potentiel de séduction. Un tel quidam ne devait pas être habitué à se prendre des pelles avec les filles. À croire que dès l'enfance, la personnalité était durablement modelée par ses caractéristiques phénotypiques.

Marquis se demanda où il avait bien pu le voir, dans la boîte de Blain sans doute. Il n'avait jamais été très photogénique et avait souvent du mal à resituer les gens qu'il avait simplement croisés. Il ne savait pas pourquoi il mémorisait parfaitement les patronymes mais beaucoup plus difficilement les visages. Il regarda l'inconnu foncer sur lui comme s'il voulait lui casser la figure. Tant mieux si l'affaire se réglait de cette façon. Ce ne serait qu'un moindre mal. Deux ou trois pains et on en resterait là. Il avait toujours su encaisser les coups.

À trois mètres, le patron sortit de son dos un automatique, glissé à sa ceinture, et fit feu à deux reprises. La première balle lui brisa le sternum traversa l'artère pulmonaire et sectionna la moelle épinière. La seconde lui perfora le cœur. Il était mort avant même de toucher le sol.

— Ce con a creusé lui-même sa propre tombe !

— Et qu'est-ce qu'on fait du corps ? demanda Blain.

— Avance la BM juste au-dessus de lui. Ils crameront tous les deux ensembles. Il y a un deuxième bidon dans la Benz, de quoi faire un beau barbecue. Tu t'occupes de la bagnole et moi du corps et des traces de sang.

Et, lui tendant le flingue : « Balance-le dans la bagnole, on ne peut plus le conserver ».

Blain attendit qu'il ait copieusement arrosé le cadavre

avant de faire démarrer la voiture. Une fois fait, il aspergea d'essence l'intérieur, puis la carrosserie, laissant une vitre ouverte pour balancer son Zippo à l'intérieur. L'embrasement fut immédiat.

Ils grimpèrent tranquillement dans la Mercedes avant de prendre le chemin du retour.

— Bonjour Chloé, engagea Gaëlle en s'approchant délicatement de la gamine. Nous sommes de la police et nous allons te raccompagner chez toi…

— Qu'est-ce qui me dit que vous êtes policiers ? Vous n'avez même pas d'uniforme.

— C'est parce que nous sommes des enquêteurs. Tiens regarde, voilà ma carte. Je m'appelle Gaëlle Lebras et mon collègue se nomme Fred Brazier. Tu peux m'appeler Gaëlle. Fred téléphone à ton grand-père et à ta maman pour leur annoncer que tu es saine et sauve et qu'ils vont bientôt te revoir.

— Et le chien, il est aussi policier ?

— Non, c'est le chien de mon collègue et c'est grâce à lui que nous t'avons retrouvée aussi rapidement. Ta mère nous avait donné des vêtements t'appartenant pour qu'il puisse flairer ta piste.

— Il a l'air gentil. Je peux le caresser ?

Fred qui observait la scène, son iPhone collé à l'oreille, quitta la conversation un instant pour lâcher : « Jabba pas bouger ! ». Il encouragea la gamine d'un signe de tête. « Tu peux y aller, tu ne risques rien ».

Chloé s'accroupit à côté du chien et posa sa main sur son dos, le caressant dans le sens du poil avant de s'enhardir à lui flatter la tête, puis de lui gratter le cou.

— Dis donc, je vois que les gros chiens ne t'impressionnent pas.

— Oh, il y en a qui me font peur, mais celui-là est gentil. C'est la première chose que je lui ai demandée quand il m'a trouvée.

— Tu veux dire que tu lui as parlé et qu'il t'a répondu ?

— Bien sûr, il a fait oui de la tête.

Fred s'approcha d'elle et lui tendit son téléphone.

— Tiens, c'est ta maman. Elle est très impatiente de te parler.

Jabba semblait apprécier la situation. Il léchait les jambes de la gamine qui faisait des efforts pour ne pas glousser. Cette fillette a du cran se dit Fred. Il l'entendit tenter de rassurer sa mère malgré ce qu'elle venait de subir. Oui, elle allait bien. Non, ils ne lui avaient pas fait de mal. Ils l'avaient conduit dans une maison abandonnée et enfermée dans une cave. Son gardien était le plus gros des deux. Elle n'avait plus vu l'autre. Il s'appelait Paul et il était moins méchant qu'il n'en avait l'air. Elle devait faire une prière pour lui dès qu'elle serait rentrée. Elle l'avait promis. Oui, elle avait trouvé le temps long et avait eu froid, surtout la première nuit. Oui, elle avait suffisamment mangé. Il lui avait donné deux kebabs avec des frites et un sandwich au poulet et aussi de l'Ice Tea. Ce matin, elle avait même eu une brioche aux pralines qu'elle avait adorée. Et oui, elle était impatiente de rentrer. Elle l'embrassait très fort également.

Elle rendit le portable à Fred qui s'assit à côté d'elle.

— Tu veux bien que nous te posions quelques questions avant de t'accompagner chez toi ?

— Oui, je veux bien. Je peux caresser le chien pendant qu'on parle ?

— Bien sûr, je suis sûr qu'il va adorer que tu t'occupes de lui. Je crois qu'il t'apprécie beaucoup. Je lui ai promis quelques biscuits s'il te trouvait. Tu veux bien te charger de les lui donner. Il s'appelle Jabba.

— Comme Jabba the Hutt, la grosse limace de Star Wars.

— Oui, pareil.

Il lui tendit tout un sachet contenant les fameuses friandises et lui expliqua comment les donner au chien. Elle ne se fit pas prier pour le nourrir généreusement.

— Tu as dit à ta maman que tu avais promis de faire une prière pour Paul, tu peux nous expliquer pourquoi ?

— C'est lui qui me l'a demandé avant de me libérer. Il m'a juste dit : « tu pourras même faire une petite prière pour moi ».

— Et comment tu connais son prénom ?

— Je lui ai demandé plusieurs fois et, à la fin, il me l'a donné quand je lui ai dit que ce serait plus facile de penser à lui si je connaissais son nom.

— Et tu as une idée de pourquoi il t'a demandé cela ?

— Non, mais il avait l'air triste.

— Tu veux dire qu'il ne portait pas de masque ?

— Non, il l'avait enlevé quand on est arrivé sur la route.

— Et donc, il t'a montré son visage ?

— Oui, il s'est retourné pour me dire de filer et il a débloqué la porte pour que je sorte.

— Et tu as pu voir l'autre ravisseur, celui qui a tué ton beau-père ?

— Non, il n'était pas là ou du moins je ne l'ai jamais vu.

— Parlons de Paul, le plus gros des deux, tu n'as pas l'air de trop le détester ?

— Non, il a été gentil avec moi. Enfin je veux dire que c'était un méchant, mais il était quand même gentil. Je ne sais pas comment vous expliquer mieux.

— Rassure-toi, tu t'en sors très bien. Est-ce que tu as pu voir quelque chose qui nous permettrait de trouver l'endroit où tu étais retenue prisonnière ? Est-ce que c'était loin, est-ce que vous avez roulé longtemps ?

— J'ai chronométré le trajet avec ma montre. Ça a duré une heure et demie pour arriver ici. Le premier village qu'on a traversé s'appelait Vanosc et puis on est passé par Annonay avant de prendre l'autoroute en direction de Lyon. La maison était vieille et isolée. Elle sentait le renfermé. Et le chemin secouait drôlement.

— Les ravisseurs ont dû se tromper, intervint Gaëlle pour clore l'audition. Ils pensaient enlever une petite fille et ils sont tombés sur une super-héroïne genre Wonder Woman ou Captain Marvel. Maintenant il est temps de rejoindre ta maman. Elle doit être impatiente de te retrouver.

Ils empruntèrent le chemin du retour. Jabba ouvrait la route allant et venant, apparemment satisfait de sa petite virée. Gaëlle suivait tenant la main de Chloé qui s'agrippait à elle. La fillette semblait subitement fatiguée et en proie à l'angoisse. Sans doute le contrecoup émotionnel de ce qu'elle avait enduré se dit Fred. Elle avait beau avoir de la ressource, ce n'était malgré tout qu'une petite fille que les ravisseurs avaient arrachée à la quiétude de son foyer après avoir assassiné son beau-père sous ses yeux. Il ne doutait pas qu'elle s'en remettrait. La gosse était courageuse et les enfants s'en sortent souvent mieux que les adultes, face à pareille épreuve.

Il se laissa distancer par le trio de tête pour téléphoner à la commissaire qui décrocha dès la première sonnerie. Elle était impatiente de savoir s'ils l'avaient retrouvé. À la grande surprise de Fred, elle manifesta bruyamment son soulagement, laissant échapper un cri du cœur auquel il n'était pas habitué. L'enlèvement d'une fillette restait un événement bouleversant même pour une dure à cuire de l'acabit de la patronne.

— Vous l'avez retrouvée au point correspondant aux coordonnées GPS ?

— Pas tout à fait commissaire, elle s'était enfuie à travers bois. C'est Jabba qui nous a permis de la pister.

La suite le surprit encore davantage.

— Transmettez-lui donc mes félicitations. Je suppose que je vais devoir continuer à ne pas remarquer sa présence dans nos bureaux.

— Il vous en serait très reconnaissant, je pense.

— Bien, je vais faire comme cela, mais à une condition. Vous me laissez carte blanche pour présenter l'affaire aux journalistes. J'appréhendais vraiment de leur annoncer une issue dramatique. Alors que là, tous les ingrédients sont réunis pour scénariser une histoire à la gloire de la police. Et Dieu sait que nous en avons bien besoin en ce moment.

— Je vous l'accorde commissaire.

— L'enquête criminelle reprend maintenant ses droits, je vais signifier à Brignolles que nous n'avons plus besoin des services de l'OCRVP. Je ne sais pas pour vous, mais je ne suis pas mécontente d'en avoir fini avec ce zozo. À bientôt commandant.

Elle avait raccroché avant même qu'il puisse répliquer le moindre mot.

Le reste de l'équipe les attendait sur le parking. Brignolles fut le premier à quitter les lieux. Il le fit en catimini s'abstenant de les féliciter. Fred remercia chaque membre du groupe pour leur aide, leur donnant rendez-vous lundi à la première heure. Pendant ce temps Gaëlle fit monter Chloé dans la voiture vérifiant que sa ceinture était bien ajustée. Elle entreprit d'ouvrir le hayon pour installer le chien dans le coffre, mais la fillette protesta. Elle voulait qu'il reste à côté d'elle.

— Tu sais qu'il est très lourd et qu'il risque de t'écraser.

— Ce n'est pas grave, je vais me serrer et puis il pourra poser sa tête sur mes genoux. S'il vous plaît…

Gaëlle n'osa pas refuser. La gamine avait bien mérité ça si elle le souhaitait. Après tout, les animaux semblent posséder cette capacité à apaiser les craintes des humains, surtout celles des enfants. Et, bien sûr, le chien ne demanda pas son reste. Il comprit instantanément ce qu'on attendait de lui, s'asseyant tel un monarque au lieu de s'affaler sur la totalité de la banquette comme à son habitude.

Elle démarra le Cayenne dès que Fred la rejoignit. Son coéquipier faisait grise mine. Elle comprit que ce qu'il avait entendu ne le rassurait pas.

11

Retrouvailles

Le retour s'effectua plus paisiblement que l'aller. Fred était silencieux et semblait perdu dans ses pensées. Gaëlle se doutait qu'il tentait d'élaborer de nouvelles hypothèses sur la base de ce que leur avait révélé la fillette. Vu sa mine sombre, il ne devait en sortir rien de bon. Habituellement, il aurait partagé ses réflexions avec elle. Ce qui était impossible devant la gosse. Il faudrait attendre qu'ils se retrouvent en tête à tête pour pouvoir en discuter.

Elle jetait à intervalles réguliers, de petits coups d'œil dans le rétroviseur pour surveiller la gamine bien installée à l'arrière. Chloé caressait le chien et s'adressait doucement à lui comme s'il était devenu son meilleur confident. Jabba se laissait faire sans protester. Mieux, il bougeait une oreille de temps à autre comme pour lui faire comprendre qu'il était attentif à ce qu'elle lui révélait. Décidément ce chien la surprenait chaque jour davantage.

La fillette semblait fatiguée mais nullement traumatisée par ce qu'elle venait de vivre. Gaëlle était satisfaite de la tournure prise par les événements. Le pire ne s'était pas produit, même si elle était consciente que l'issue heureuse ne devait rien, ou pas grand-chose, à leur intervention. Le soulagement était néanmoins de mise. Ils avaient pris des risques avec la procédure pour un résultat qui n'était pas assuré. Elle s'était fait peur quand les ravisseurs avaient attendu l'extrême limite pour transmettre les coordonnées du lieu de rendez-vous. L'inquiétude n'avait cessé de grandir au fur et à mesure que l'attente se prolongeait.

Si les ravisseurs s'étaient débarrassés de la gosse, elle savait qu'elle s'en serait voulu d'avoir poussé Fred à ne rien tenter pour les intercepter. De plus, nul doute que Brignolles ne leur aurait fait aucun cadeau. Même si, au bout du compte, elle restait persuadée que l'option choisie était la meilleure possible. La fameuse maxime du capitaine Haddock lui traversa l'esprit : *« tout est bien qui finit bien »*. Effectivement, la gamine allait bien et, pour le moment, seul cela comptait. Même si elle savait pertinemment que rien n'était terminé et qu'ils n'avaient pas le début du commencement d'une piste pour interpeller les salopards qui avaient enlevé Chloé et dézingué son beau-père. En attendant, inutile de se tourmenter. Ce n'est pas tous les jours qu'ils avaient l'occasion de rendre aux siens une enfant victime d'un enlèvement. Les dénouements heureux n'étaient pas si fréquents pour des flics de la crime davantage habitués à examiner les cadavres en salle d'autopsies plutôt qu'à raccompagner les petites filles chez elles.

Le boulot n'avait pas que des côtés plaisants, loin de là. Deux aspects lui étaient particulièrement pénibles. Il y avait tout d'abord les enquêtes qui s'enlisaient malgré les efforts déployés et la laissaient déprimée et vidée de toute énergie. La plupart de ces investigations s'avéraient longues et complexes. Au bout du compte, elles finissaient par rejoindre la liste des affaires non résolues lui laissant un cuisant sentiment d'échec. Ces déconvenues la hantaient sans qu'elle parvienne aisément à se convaincre que tout avait été tenté, que l'abandon était l'unique solution. Ces revers étaient heureusement peu nombreux. Bon nombre d'homicides étaient aujourd'hui élucidés et ce, essentiellement grâce à l'aide de la police scientifique.

Il y avait ensuite une situation qui la terrorisait régulièrement et dont les années et l'expérience n'avaient nullement atténué la difficulté. Il s'agissait de la notification de la mort qui trop souvent survenait de manière brutale, cruelle, voire abjecte. Elle vivait ces annonces comme une épreuve chaque fois que la nouvelle laissait les proches dans un état de sidération qu'aucun mot ne parvenait à apaiser. Gaëlle détestait cela. Peut-être était-ce dû à sa sensibilité de mère qui l'amenait à faire preuve d'une trop grande empathie ou à se projeter trop facilement à la place des victimes ? Il n'y avait rien d'évident à être les récipiendaires stoïques de l'affliction et du déchirement qui accompagnaient la proclamation de la disparition d'un être aimé. Aucune formule ne permettait d'adoucir la violence d'une telle déclaration. *Ils n'étaient que trop souvent des messagers funestes porteurs d'un faire-part bordé de noir* se dit-elle. Elle préférait de loin serrer les crapules pour les déférer devant la justice afin qu'ils rendent des comptes pour ce qu'ils avaient fait.

Dans un monde idéal, songeait-elle, l'action de la police devrait être davantage préventive que réparatrice. Dans ses périodes de doutes, elle invoquait souvent deux termes qui symbolisaient la devise de la maison. *« Servir et protéger ».* Ces deux verbes, qui figuraient sur la page titre de la brochure distribuée aux agents pour les sensibiliser aux responsabilités du maintien de l'ordre étaient, pour elle, riches de sens. Ils définissaient une véritable éthique de son action qui contribuait à la grandeur de son métier. Elle s'était toujours demandé pourquoi la position des deux termes n'avait pas été inversée. Pour sa part, elle estimait que la protection de ses concitoyens devrait avoir la primeur sur le service de l'état.

Toujours songeuse, elle roulait tranquillement anticipant les joyeuses retrouvailles qu'ils provoqueraient dès qu'ils arriveraient à destination. Limiteur à soixante-dix dans le tunnel et pied léger sur l'accélérateur. Elle ne déclencha pas, cette fois, les flashs offusqués des radars. Il y avait des limites à l'omnipotence des flics et elle n'était pas du genre à allumer la sirène et brûler les feux rouges quand ce n'était pas nécessaire, contrairement à certains collègues pressés d'aller acheter leur paquet de clopes aux heures de grande affluence. Protéger et Servir n'étaient pas de vains mots.

Le portail était resté grand ouvert. Ils s'engouffrèrent dans l'allée bordée d'arbres de la riche propriété. Gaëlle ralentit pour avancer au pas le long de la voie gravillonnée qui traversait les quatre hectares du parc. Chloé, soudain toute excitée, avait le nez collé à la vitre, comme si elle voulait ne rien manquer d'un paysage qu'elle avait tant souhaité retrouver. Sa respiration saccadée embuait le verre d'un voile humide qu'elle effaçait énergiquement avec sa main provoquant de petits couinements.

Hélène Desmarets-Cuvier les guettait, bras croisés sur sa poitrine, devant l'immense porte d'entrée, immobile, comme statufiée. Depuis combien de temps attendait-elle ainsi le retour de sa fille ? se demanda Gaëlle. Elle se précipita au-devant de la voiture dès qu'elle les aperçut, se saisissant de la poignée de portière avant même l'arrêt du véhicule. Chloé dégrafa prestement sa ceinture. Elle bondit au cou de sa mère lui enserrant les jambes autour de la taille. Mère et fille riaient ensemble, collées l'une à l'autre en une posture fusionnelle, insensibles à tout autre chose que leurs retrouvailles.

Les deux policiers prirent leur temps pour s'extraire du Cayenne. Inutile de briser prématurément cet instant précieux. Pour la première fois, Fred souriait. La joie du moment semblait communicative. Ils saluèrent Hélène Desmarets-Cuvier qui, déposant sa fille au sol, leur proposa d'entrer.

— Nous ne souhaitons pas vous embêter aujourd'hui, engagea Fred. Nous reviendrons vers vous très rapidement, Pour le moment, nous allons vous laisser profiter de l'instant. Je suis sûr que vous devez avoir beaucoup de choses à vous dire.

— Je peux montrer le chien à ma maman ? demanda Chloé. C'est quand même lui qui m'a retrouvée.

Fred chercha des yeux l'assentiment de la mère avant de hocher affirmativement la tête.

— Tu n'as qu'à lui ouvrir la porte en restant bien à l'écart. Il est très doux mais n'a pas toujours conscience de son poids. Je suis sûr qu'il sera heureux de se dégourdir les jambes. Si tu le souhaites, tu pourras venir lui dire bonjour autant de fois que tu voudras.

Jabba n'en demandait pas tant. Il sortit promptement de la voiture et fila dans le parc truffe au sol arrosant quelques troncs au passage avant de revenir vers la fillette qui l'appelait en riant. Hélène Desmarets-Cuvier ne quittait pas sa fille des yeux. Un timide sourire éclairait son visage dont les traits restaient malgré tout marqués par la fatigue. *L'angoisse enserre le cœur de cette femme comme s'il était pris dans un étau*, se dit Fred. *Il lui faudra du temps pour se libérer d'une anxiété durablement gravée en elle.*

Henri Cuvier sortit à son tour pour participer aux retrouvailles. Chloé se précipita pour l'enlacer, le chien sur ses talons.

— Bonjour papy, tu m'as beaucoup manqué. J'ai pensé à toi presque autant qu'à maman.

— Toi aussi, tu m'as manqué. Je suis très heureux que tu sois de retour parmi nous.

— Je te présente Jabba. C'est lui qui m'a retrouvée. Il est très gentil.

— Je n'en doute pas un instant. Les gros chiens n'ont pas besoin de se donner des airs pour impressionner. J'espère que tu as faim, j'ai fait préparer un repas exprès pour toi, avec tout ce que tu aimes.

— Si tu savais, je suis affamée.

Le vieux lui caressa les cheveux avant de s'éloigner en direction des policiers.

— Je tenais à venir personnellement vous remercier. Françoise m'avait bien dit que je pouvais compter sur vous et votre équipe. J'ai déjà perdu un fils. S'il était arrivé malheur à Chloé, jamais nous n'aurions pu surmonter une telle épreuve.

— Nous vous remercions de votre confiance, Monsieur Cuvier. Ceci étant, Françoise n'est peut-être pas des plus objective en ce qui me concerne et notre contribution reste modeste en l'état. Par contre, je vous garantis que nous mettrons tout en œuvre pour identifier et déférer devant la justice les auteurs de cet assassinat. En attendant, je vais demander une protection policière pour vous et votre famille.

— Vous pensez que tout cela n'est peut-être pas terminé ?

— C'est impossible à dire pour l'instant, mais je ne veux prendre aucun risque tant que nous n'en saurons pas davantage sur les arrière-plans de cette affaire.

Ils grimpèrent dans le gros SUV, claquant les portières de concert. Gaëlle démarra et exécuta un demi-tour. Fred leur adressa un signe de la main avant qu'ils ne quittent les lieux.

Cette fois le portail coulissant se referma derrière eux.

— Alors qu'est-ce que tu en penses ? engagea Gaëlle impatiente d'échanger avec son patron.

— Je n'aime pas beaucoup ce que nous a dit la gamine. C'est totalement incohérent avec les attendus d'un enlèvement. Jamais un ravisseur ne se montrerait à visage découvert devant sa victime. Surtout après le versement d'une rançon de trois millions d'euros.

— Sauf s'il n'avait pas prévu de la libérer vivante.

— Et pourtant c'est bien ce qu'il a fait…

— Et en plus, il lui a avoué s'appeler Paul.

— Rien ne dit d'ailleurs qu'il s'agit de son véritable prénom.

— Peut-être, mais pourquoi lui demander de faire une prière en son nom ?

— Je n'ai pas l'impression que c'était simplement pour se mettre au diapason de Dieu. On a quand même affaire à un spécialiste de la kalachnikov. Peut-être pour délivrer un message à la gamine ou obtenir la miséricorde pour ce qu'il avait fait, va savoir ? Cette affaire m'a l'air plus tordue que ce que nous imaginions initialement.

— Je suis raccord avec toi là-dessus.

— C'est bien pourquoi il me semble nécessaire d'organiser une surveillance policière de leur domicile.

— Tu es resté vague pour ne pas les affoler inutilement ?

— Effectivement, mais je pensais surtout à la gosse. Il est possible que je fasse erreur, mais j'ai l'impression que le danger n'est pas encore totalement écarté. La seule façon d'interpréter ce que Chloé nous a révélé, c'est que son gardien, le fameux Paul, l'a peut-être libéré de son propre chef et contre l'avis de ses associés. C'est également ce qui justifiait sa demande de prière.

— Tu veux dire qu'il lui aurait sauvé la vie contre l'avis

de ses complices. Mais pourquoi auraient-ils voulu la tuer ? L'argent venait d'être viré sur leur compte de manière intraçable. Il leur suffisait de la libérer et de disparaître.

— Peut-être que ce n'était pas leur intention initiale. Il est possible que la gamine ait vu ou entendu quelque chose qu'elle n'aurait pas dû. Il faudra que nous retournions l'interroger rapidement.

— Ou alors une vengeance programmée depuis le départ…

Ils en étaient à ce point de leurs réflexions quand la musique tonitruante de « Sweet Child O' Mine » envahit l'habitacle relayé par les quatorze haut-parleurs du système Bose Surround. Fred enclencha la communication main libre en effleurant du doigt l'icône verte du téléphone placé en haut de l'immense écran de 12,3 pouces. La voix de leur interlocuteur retentit dans la voiture aussi clairement que s'il avait été présent.

— Commandant Brazier, ici l'agent Buffaut de permanence au SRPJ. Le commissariat de Villeurbanne nous a signalé une voiture incendiée en pleine forêt du Symalim non loin de Meyzieu. Le véhicule correspondrait au signalement de celui impliqué dans l'enlèvement de Chloé Desmarets. Il s'agit très probablement de la BMW X5 dérobé à un certain Christian Brocard. L'immatriculation, ou du moins ce qu'il en reste, semble correspondre. Les pompiers sont déjà sur les lieux pour éviter toute propagation de l'incendie.

— Merci de nous avoir prévenus. Nous nous y rendons immédiatement.

— Ce n'est pas tout, commandant. Le commissariat a envoyé une patrouille sur place pour sécuriser la zone. Ils ont découvert un corps entièrement calciné disposé sous le véhicule. J'ai déjà prévenu le légiste ainsi que la PTS.

— Bordel de merde, réagit Gaëlle, c'est encore pire que ce qu'on imaginait. Tant pis pour le déjeuner. On fonce.

— Mais putain, lâcha Blain, qu'est-ce qui t'a pris de dessouder Paul sans crier gare. Maintenant, tous les flics de Lyon vont rappliquer dare-dare dans mon établissement. Tu ne pouvais pas réfléchir un peu avant de passer à l'acte. Tu nous as mis dans une sacrée merde avec tes conneries…

— Déjà tu te calmes et tu arrêtes de me parler de cette façon. Marquis n'avait pas les couilles pour le boulot tout simplement. Tu ne sais pas ce que la gosse a pu voir quand ce con l'a libérée, ni ce qu'elle va se dépêcher de rapporter aux flics. Crois-moi, il y avait de bonnes chances pour qu'il se fasse pincer. Et qu'est-ce qui se serait passé à ton avis ? Cet abruti nous aurait vendus sans hésiter d'autant plus qu'à ses yeux, nous n'étions que de vulgaires tarés prêts à zigouiller une gamine sans défense. Tu vois le tableau ou il faut que je développe.

— J'aurais pu l'envoyer dans une planque loin de Lyon en attendant que les choses se tassent.

— Quand la confiance est rompue, il n'y a plus rien à faire. Le problème avec toi, c'est que tu ne vois pas assez loin. Pas étonnant que tu aies fait un séjour à l'ombre. C'est à croire que tu aurais presque envie d'y retourner.

— Ne pousse pas le bouchon trop loin s'il te plaît.

— Réfléchis, la seule façon de nous protéger était de nous débarrasser définitivement de Marquis. Il n'était rien d'autre qu'un indicateur qui s'ignorait, un nuisible qu'il fallait éradiquer pour sauvegarder nos affaires, et puis ça fera toujours une part en moins. Qui va s'en plaindre…

— Et pour les flics ?

— Tu ne risques absolument rien. Dis-leur juste que tu as une âme généreuse, que tu crois en la réinsertion des détenus. Tu l'as embauché parce que vous aviez fréquenté la même taule. C'était quelqu'un de discret et tu ne le connaissais pas beaucoup. Tu es déçu de ce qu'ils t'apprennent. La main sur le cœur, tu ignorais tout de ce qu'il mijotait. Fais comme si tu tombais des nues. Ils te mettront un peu la pression et quand ils verront que ça ne donne rien, ils iront voir ailleurs. En attendant, évitons de faire trop de vagues.

— C'est vrai que je ne le fréquentais pas. Ils ne trouveront aucun témoin pour dire le contraire.

— Tu vois bien que j'ai raison.

— Et pour la gamine ?

— La gamine n'est qu'un moyen de parvenir à nos fins. À travers elle, c'est la mère que je veux abattre. Elle tient par-dessus tout à sa fille et je pense qu'elle aura du mal à se remettre de sa disparition.

— Tu veux que je m'en occupe. Un accident sur le chemin de l'école. Un chauffard qui prend la fuite…

— Non, plus tard. Pour le moment, on laisse filer. C'est trop chaud, mais, crois-moi, son heure viendra. Est-ce que tu as fait ce que je t'ai demandé ?

— Oui, le colis a été livré, comme convenu.

— Et ton gars a bien suivi les instructions ?

— T'inquiète, c'est un pro. Tout a été fait dans les règles.

— Parfait ! Maintenant arrête-toi là et gare la voiture sous ce bosquet. Le coin m'a l'air tout à fait tranquille.

— Tu es sûr ? Tu ne veux pas qu'on prenne davantage le large.

— Décidément, tu fais une fixette sur les flics. Ils sont en train de dérouler leur petit ruban jaune. Ils ont autre chose à foutre que de s'occuper de nous. Ce que tu peux être trouillard des fois…

Blain gara la Mercedes et coupa le moteur sachant très bien ce que le boss avait derrière la tête. Il se contenta de sourire quand le patron posa sa main au niveau de son entrecuisse lui caressant le sexe à travers l'étoffe jusqu'à le sentir durcir. Il écarta les jambes et déboucla son jean pour lui faciliter la tâche. Douze mois qu'ils étaient amants et baisaient dans la plupart des endroits un tant soit peu insolite. Apparemment ça excitait le chef davantage qu'un bon lit. Au début, Blain avait manifesté des réticences de peur de se faire surprendre. Très vite il avait compris que cela faisait partie du jeu. Plus il manifestait ses craintes, plus son partenaire jubilait, le forçant à accepter de nouveaux risques.

Le patron dirigeait toujours leurs ébats quelle qu'en soit la position et indépendamment de qui pénétrait qui. C'était lui tout simplement qui menait la danse. Blain savait qu'il n'était pas le seul homme dans sa vie. Il y avait même des femmes parfois. Il lui en avait déjà fait le reproche. Le boss s'était contenté de sourire, lui confiant que ses relations avec les bourgeoises étaient purement conventionnelles. Une simple façon de donner le change. Sa position ne lui permettait pas d'afficher ses préférences au grand jour. Il lui avait confié qu'aucune gonzesse ne le faisait jouir aussi bien que lui. Et puis les femmes avaient trop souvent des gros culs mous et graisseux. Ils n'étaient pas aussi musclés et resserrés que le sien. Les vrais mecs n'avaient nul besoin de grognasses. Ils s'adonnaient rectos versos à de multiples combinaisons qui constituaient de parfaits binômes, chacun pouvant alternativement prendre et se faire prendre. Aucune femme ne pouvait atteindre cette complétude, sauf à recourir à de pitoyables accessoires les condamnant à singer les attributs du mâle en rut. Quoiqu'elles fassent les hommes leur seraient toujours supérieurs. Du moins sur ce plan.

Vu de l'extérieur la Mercedes GLC aurait pu sembler abandonnée. Les vitres surteintées ne permettaient pas de distinguer ce qui s'y passait. Seuls de légers mouvements de caisse laissaient présumer qu'il y avait de l'activité à l'intérieur.

Les deux policiers arrivèrent sur place un peu avant treize heures. Gaëlle gara le Cayenne sur le chemin d'accès au petit parking afin de ne pas encombrer la zone qui commençait à être sérieusement embouteillée. Outre la voiture de patrouille du commissariat de Villeurbanne et la fourgonnette de la PTS, deux camions rouges, gyrophares allumés, occupaient une bonne partie de l'espace. Les pompiers avaient terminé leur travail. Deux d'entre eux remballaient un tuyau, l'enroulant après l'avoir soigneusement vidangé. Un troisième faisait le tour du véhicule calciné un calepin à la main tout en prenant des notes. Le dernier était en grande conversation avec Aurélie Lagrange qui était encadrée de trois techniciens de la PTS. L'ingénieure ne semblait pas contente et il n'était pas difficile d'en deviner la raison. Sa scène de crime était inondée sous une mare de neige carbonique qui recouvrait le sol et les branches des arbustes sur un rayon d'une dizaine de mètres autour du véhicule. Les pompiers n'y étaient pas allés de main morte. Ils avaient copieusement arrosé la carcasse du gros SUV et l'espace avoisinant pour éviter que l'incendie ne se propage aux arbres environnants. La recherche d'indices n'allait pas être facile.

Karim Hachaoui, le légiste, gara son cabriolet Mercedes-Benz SL de 1980 derrière le Cayenne de Fred. Toujours aussi élégant dans son costume trois pièces, il se délesta prestement de sa veste qu'il plia religieusement avant de la déposer sur le siège arrière sans le moindre faux pli. Il ouvrit le coffre pour en sortir un kit d'intervention et une lampe halogène de forte puissance. Il laissa tomber les protections pour chaussures ainsi que la charlotte, vu l'état du terrain, se contentant d'enfiler la combinaison en plastique blanc qu'il glissa dans une paire de bottes en caoutchouc. Comme à son habitude, il salua chaleureusement Gaëlle en lui baisant la main avec cérémonie avant d'embrasser Fred en l'étreignant. Karim se dirigea lentement vers l'épave calcinée avant d'en faire le tour s'agenouillant plusieurs fois comme s'il cherchait la position la plus propice, ou plus exactement la moins mauvaise, pour examiner le corps qui gisait sous le véhicule. Il s'allongea finalement sur son flanc gauche, s'éclairant avec la lampe. Il resta ainsi plusieurs minutes, couché dans la gadoue, sans émettre le moindre commentaire. Il se releva enfin. Il avait l'air dépité et sortit une cigarette d'un paquet froissé qu'il alluma avec un briquet Bic. Puis, s'adressant autant à lui-même qu'aux deux policiers.

— La perversion humaine n'a vraiment aucune limite.

Il fit le tour du véhicule, la cigarette incandescente vissée au coin de ses lèvres, s'agenouilla à l'arrière et dégagea délicatement les résidus de mousses avec ses mains.

— C'est bien ce que je pensais, déclara-t-il. Venez avec moi avant qu'Aurélie ne m'expulse de sa scène de crime pour dépôt de cendres inopiné.

Ils s'éloignèrent de la zone soulevant les rubalises que les agents avaient fixées en les enroulant autour des troncs.

— À ce stade, je n'ai pas grand-chose à vous dire. A priori, il s'agit d'un homme, probablement de forte corpulence. Il est trop tôt pour déterminer la cause de la mort. Nous en saurons davantage après l'autopsie. Ce qui est sûr, c'est que la voiture lui est passée dessus et l'a traîné sur un mètre ou deux. Il subsiste des traces sur le sol, derrière le véhicule. La victime est comme soudée au plancher du SUV. Il faudra sans doute en décoller certains morceaux à la spatule. Quand les pneus ont éclaté sous la chaleur, le 4 × 4 s'est affaissé. Il a dû écraser le type aussi facilement que s'il s'était agi d'une vulgaire tranche de pain sous la pression d'un moule à croque-Monsieur.

— Et si tu nous épargnais tes métaphores culinaires, intervint Fred.

— Les malfrats ne se donnent même plus la peine d'organiser un barbecue dans de bonnes conditions. Ce qui est une bonne chose pour nous.

— Que voulez-vous dire ? intervint Gaëlle, qui n'avait jamais osé tutoyer le légiste.

— Que leur paresse ou leur incompétence nous facilite la tâche. S'ils s'étaient donnés la peine de l'installer à l'intérieur du véhicule le feu aurait consumé la victime aussi efficacement qu'à l'intérieur d'un crématorium, n'en laissant que des cendres. Il aurait été impossible de prélever de l'ADN cellulaire. Au mieux, nous aurions pu espérer extraire quelques traces d'ADN mythocondrial dans d'éventuels reliquats de moelle osseuse. Tandis que là, nos olibrius décérébrés n'ont pas compris que la chaleur se propageait essentiellement vers le haut et que la partie du corps au contact avec le sol serait suffisamment préservée pour effectuer des prélèvements dans de bonnes conditions. Si votre victime a déjà été condamnée, vous la retrouverez aisément dans le FNAEG[1].

Aurélie Lagrange fulminait en venant à leur rencontre d'un pas décidé. Comme souvent, elle zappa les salutations pour entrer directement dans le vif du sujet.

— Ces benêts ont littéralement noyé la scène de crime. Ils ont déversé beaucoup plus d'eau et d'émulseur qu'il n'était nécessaire. Et vous ne devinerez jamais ce que m'a avoué le responsable de l'opération ?

— Nous sommes impatients de l'entendre, répliqua Fred qui savait qu'il valait mieux ne pas contredire la responsable

1. Fichier National des Empreintes Génétiques.

de la PTS quand elle était dans cet état.

— Figurez-vous que personne n'avait remarqué qu'il y avait quelque chose sous la voiture. Aucun pompier ne s'est donné la peine de regarder sous le véhicule. Ils préféraient jouer avec leurs gros tuyaux. Encore un truc typiquement masculin. Décidément certains garçons ne grandiront jamais. Ce sont les agents qui ont découvert le corps au moment de l'établissement du procès-verbal. Cette intervention aura été un vrai gâchis.

— Il va falloir faire avec, réagit Gaëlle. Et comment tu vois la suite ?

— J'ai fait venir un camion plateau avec une grue pour enlever l'épave et sauver ce qui peut l'être. L'extraction du corps ne sera pas facile et nous ferons au mieux. Comme toujours avec les barbecues, la chaleur fait fondre les graisses et éclater les os. Les chairs se transforment en une matière charbonneuse et cassante. Heureusement, la partie dorsale en contact avec le sol semble suffisamment préservée.

— C'est ce que nous a également dit le légiste, intervint Fred. Sans vouloir te bousculer est-ce que tu as découvert des indices ?

— Au milieu de ce merdier, rien n'est facile. Nous avons quand même pu relever des traces de pneus assez fraîches. Mais rien ne dit que ce soit lié à l'affaire.

— Vous les avez identifiées ?

— Les rainures sont assez caractéristiques et font penser à des pneus MS[1] de marque Michelin avec une largeur de deux-cent-soixante-dix millimètres, ce qui correspond à des jantes d'au moins vingt pouces.

— Un gros SUV premium ?

— Oui, même si cela ne va pas vous aider beaucoup. Ces véhicules sont prisés par de plus en plus de monde, aussi

1. Mud and Snow (Boue et Neige).

bien les bourgeois friqués que les petits dealers en mal de représentation. Excuse-moi Fred, je ne voulais pas t'intégrer dans le lot.

— Aucun souci Aurélie. Il n'y a aucune médisance à constater que je me suis embourgeoisé avec l'âge.

— N'empêche que la bourgeoisie a aussi du bon, réagit Gaëlle toujours prompte à défendre son patron. C'est vachement cool de rouler dans de pareilles caisses. Si j'avais les moyens, je signerais sans hésitation.

— Autre chose ? réagit Fred pressé de changer de sujet.

— Oui et cela risque de ne pas vous plaire. Nous avons trouvé un pistolet à l'intérieur. Possiblement l'arme du crime. Le chargeur a explosé sous l'effet de la chaleur détruisant la crosse et les plaquettes. Mais l'identification ne fait aucun doute. Il s'agit d'un Walther PPK.

— L'arme de James Bond, du moins à ses débuts, précisa Gaëlle. Quand Sean Connery y tenait encore le rôle-titre.

— Je vois que tu as bien révisé tes classiques, répliqua Fred, expert en « jamesbonderies » et westerns en tous genres. Effectivement cette arme apparaît dès le premier volet *« James Bond contre Dr. No »* et jusqu'au dix-huitième opus *« Demain ne meurt jamais »,* dans lequel, modernité oblige, Pierce Brosnan troque son Aston Martin contre une BMW série 7 et remplace son PPK par un Walther P99. Heureusement Daniel Graig reviendra aux fondamentaux dès *« Quantum of Solace ».*

— Désolée d'interrompre cette intéressante parenthèse cinéphilique, répliqua Aurélie, mais je ne pense pas que ce crime soit l'œuvre d'un agent double zéro. L'arme, que nous avons trouvée, est d'origine française. Elle a été fabriquée par l'entreprise Manurhin située en Alsace. De plus elle est chambrée en 9 millimètres court et non en 7,65 comme celle qu'appréciait tant votre fameux espion.

— Merde, lâcha Fred qui commençait à comprendre pourquoi cette nouvelle risquait de ne pas leur plaire.

— Les PPK en 9 mm court, poursuivit Aurélie, ont été fabriqués entre les années cinquante et soixante pour les douanes et la police française avant d'être remplacés par le Manurhin MR 73 dont la production a débuté comme son nom l'indique en 1973.

— Tu es en train de nous dire, intervint Gaëlle ébahie, que cette arme proviendrait des arsenaux de la Police ?

— Le numéro de série à l'arrière du pontet a été sommairement limé. Les trois premiers chiffres sont encore lisibles. Il s'agit de 321. Je me fais fort de déchiffrer les trois autres dès que je pourrai l'examiner au laboratoire. Sur l'autre face, on devine encore les trois lettres PNF : Police Nationale Française. Aucun doute possible ! L'arme vient bien de chez nous.

12

Maltraitance

— **Je tenais personnellement** à mettre en garde chacun d'entre vous, lâcha la commissaire en préambule. Cette information est hautement confidentielle et doit le rester. Vous ne devez la divulguer à personne : ni proche, ni collègue, même de confiance. Rien et j'insiste bien là-dessus, rien ne doit sortir de cette pièce. Seuls les membres de ce groupe et moi-même sont au courant et nous allons faire en sorte de continuer ainsi…

— N'oublions pas Aurélie Lagrange et son équipe, se dépêcha d'ajouter Gaëlle, c'est quand même elle qui a découvert l'arme dans l'épave.

— Vous avez raison capitaine. Pour le moment, elle seule a eu accès à l'arme. Je l'ai déjà briefée comme je le fais maintenant avec vous. Je lui ai demandé de décrypter au plus vite ce numéro de série et de me rendre compte des résultats directement sans passer par la voie officielle. Je devrais avoir de ses nouvelles très rapidement.

— Inutile de nous infliger pareil rappel aux règles comme si nous étions des débutants, intervint Fred. J'ai une totale confiance en chacun de mes hommes et me porte garant de leur intégrité. Ils ont maintes fois prouvé leur professionnalisme et il n'est nullement nécessaire de leur rappeler avec autant d'insistance un b.a.-ba du métier qu'ils maîtrisent parfaitement.

— J'espère que la confiance s'applique à vos femmes également, osa du tac au tac Sylvie Le Guen.

La remarque prit tout le monde de cours. L'usage du possessif amusa Fred qui se dit que le major Le Guen s'était drôlement enhardie ces derniers temps. Jamais elle ne se serait permis pareille sortie il y a encore quelques mois. Apparemment sa relation avec Florence Mendrillon, l'élégante avocate, lui donnait des ailes.

— Merci de ta remarque Sylvie. Bien évidemment, j'ai également toute confiance en mes femmes. Même si la formule est lourde d'ambiguïté. Tu conviendras qu'il vaut mieux que j'évite de tels glissements sémantiques.

L'aparté avait eu le mérite de détendre l'atmosphère. Œil de Lynx s'esclaffait sans retenue, heureux de la liberté de ton de sa protégée. Gaëlle riait sous cape. Même Léonard Proust semblait sortir de sa sempiternelle torpeur, allant jusqu'à risquer un timide sourire. La commissaire semblait la seule à ne pas partager l'hilarité générale, comme quoi la bonne humeur n'est pas toujours communicative. Engoncée dans sa posture à la rigidité toute militaire, elle fuyait comme la peste toute marque de familiarité. Appliquant à la lettre l'adage chiraquien selon lequel « un chef devait savoir cheffer ». Ce qui impliquait de ne pas laisser s'installer une connivence susceptible de brouiller les statuts et les rôles.

— Ça y est ! fulmina-t-elle Si vous avez terminé ce petit numéro de comique troupier, nous pourrons peut-être continuer.

Décidément, pensa Fred, les schémas hiérarchiques ont la peau dure. Le fait que ce soit une femme, jeune de surcroît, qui dirige la Section Criminelle et de Répression du Banditisme, ne change rien à l'affaire. Le management des équipes relève toujours d'une verticalité sans faille que la féminisation de l'encadrement peine à adoucir. Peut-être n'était-ce qu'une question de proportion. En minorité, les femmes ne s'autoriseraient pas toujours à imposer leur propre style préférant endosser le costume machiste de leur prédécesseur. À moins que le sexe ne soit pas une variable pertinente au regard de la fonction, contrairement à ce que beaucoup voudraient nous faire croire.

— Pour terminer là-dessus, conclut Gaëlle qui commençait à sérieusement s'agacer des propos de la patronne, il n'y a jamais eu la moindre fuite au sein du groupe.

— Vous oubliez un peu vite la perquisition au domicile des Karsanti[1], mère et fille, persifla la commissaire qui ne supportait pas de perdre la face en public.

Oups ! se dit Gaëlle. *Si elle voulait provoquer la colère du commandant, elle ne s'y prendrait pas autrement.*

— Ah non, répliqua sèchement Fred. Vous ne pouvez pas nous reprocher à l'infini cette vieille histoire. Vous savez comme moi que la taupe du journal provenait très probablement des renforts que nous avaient attribués les commissariats du quatrième et du septième arrondissement et certainement pas de quelqu'un de chez nous.

— Pourquoi ne pas faire appel à l'IGPN[2], pour gérer cette histoire, intervint Jérôme Delevoy que les confrontations accompagnées de coups de gueule mettaient toujours mal à l'aise. Cette affaire est typiquement de leur ressort. Il y a nécessairement eu une défaillance d'un de nos services.

Mauvaise pioche, poursuivit Gaëlle en un commentaire silencieux. *Jouer les paratonnerres pour détourner la foudre n'est pas toujours la meilleure idée, sauf à vouloir l'attirer dans son propre jardin.*

— Réfléchissez un peu lieutenant ! Les Walther PPK ont été remplacés par des MR-73 dans le milieu des années soixante-dix. Les derniers ont été retirés du service en 1980.

1. Cf le premier opus de la série : « Les femmes ne plaisantent pas avec l'amour ».
2. Inspection Générale de la Police nationale.

Cela fait tout de même quarante ans. Les ripoux qui ont organisé ce trafic sont aujourd'hui soit morts, soit à la retraite et depuis longtemps. Pas sûr que cette histoire intéresse toujours l'Inspection générale. Nous devons impérativement en savoir davantage avant de les solliciter.

Fred n'aimait pas se frotter aux rugosités de sa supérieure. Il la savait ambitieuse, imbue de sa personne et cabocharde. Il était plus facile de négocier avec elle en tête à tête dans son bureau plutôt que de lui faire entendre raison en réunion. Face au groupe, elle abusait souvent de sa position de manière puérile. Exigeant que l'on désignât chacun par son grade de crainte, sans doute, qu'un pékin ne s'adresse à elle en omettant son titre de commissaire si chèrement acquis. La femme n'avait pourtant pas que des défauts, tant s'en faut. Elle était compétente et courageuse. Jamais elle ne les avait lâchés dans les difficultés. Le groupe n'avait pas à se plaindre non plus de sa gestion budgétaire ou du parc matériel mis à leur disposition. Son rôle n'était pas facile surtout quand la politique s'immisçait dans les investigations en cours. Pour rien au monde Fred n'aurait échangé sa place contre la sienne.

— Cette arme a peut-être été détournée de l'arsenal de la police, mais elle a surtout été utilisée pour perpétrer un crime, intervint Œil de Lynx. Elle a probablement servi à liquider un des acteurs clés de l'enlèvement de Chloé Desmarets. Elle est donc, de fait, une pièce à conviction qui concerne au premier chef notre enquête. Même si son histoire ouvre en quelque sorte une affaire dans l'affaire mettant en cause l'intégrité de nos services…

— Effectivement, ajouta la commissaire, nous allons travailler simultanément, mais avec prudence, dans ces deux directions. Vous savez tous comme moi que nous sommes aujourd'hui dans l'œil du cyclone. Les attentats de Charlie et du Bataclan ont été vite oubliés. La presse ne parle plus aujourd'hui que de violences policières. Elle fait actuellement sa une sur le scandale de la compagnie de sécurisation et d'intervention de Seine-Saint-Denis[1]. Vous imaginez les gros titres si elle venait à apprendre que des malfrats commettent des crimes avec des armes appartenant à la police.

— La commissaire a raison, renchérit Fred. Nous devons éviter que cette histoire ne s'ébruite, pas seulement en raison de ce qu'en diront les médias mais aussi pour ne pas parasiter notre enquête. Je ne souhaite pas que les personnes impliquées en profitent pour faire le ménage en détruisant des indices qui pourraient nous permettre d'y voir plus clair.

— Loin de moi l'idée de censurer l'information, renchérit la commissaire d'un ton apaisé, mais convenez que nous serons en meilleure posture quand nous aurons identifié le parcours de cette arme, voire de ces armes s'il y en a d'autres. Il sera toujours temps d'organiser un point presse quand nous en saurons plus. Pour le moment, contentons-nous de leur vendre le dénouement heureux de cette histoire d'enlèvement. J'ai déjà rédigé un communiqué en ce sens et répondrai aux questions des journalistes en début d'après-midi. D'autres choses ?

— Oui, insista Fred. Nous pensons que la vie de Chloé Desmarets est potentiellement en danger. Et que les ravisseurs, pour une raison qui nous échappe, avaient peut-être, dès le départ, le projet de l'assassiner.

— J'ai lu cela dans votre rapport commandant. Vous croyez sérieusement à cette hypothèse impliquant une machination. Ne pourrait-il, s'agir tout simplement, d'un enlèvement classique avec libération de l'otage une fois la rançon versée ?

— Le cadavre retrouvé dans le véhicule utilisé par les

1. Six agents de cette compagnie (CSI 93) ont été placés en garde à vue, lundi 29 juin, pour détention et transport de stupéfiants, vol, faux et usage de faux, extorsion de fonds et violences volontaires par personne dépositaire de l'autorité publique.

ravisseurs n'étaye pas clairement cette éventualité.

— J'entends bien commandant, mais rien ne dit qu'il ne résulte pas d'une simple dispute entre criminels qui aurait mal tourné ?

— Peut-être, mais comment interpréter, dans ce cas, le fait qu'un des ravisseurs montre son visage à la gamine alors même que l'argent a déjà été versé ? Comment expliquer qu'il lui demande de faire une prière pour lui dès qu'elle sera de retour chez elle ?

— Tout cela semble bien tordu je vous l'accorde. J'espère de tout cœur que vous vous trompez.

— Nous l'espérons également commissaire, renchérit Gaëlle. Mais si cette gamine est en danger, il faut absolument la protéger. De plus j'imagine sans peine l'effet délétère qu'un nouveau passage à l'acte aurait sur nos services s'il se réalisait. Le happy end tournerait rapidement au cauchemar et l'incompétence de la police lyonnaise ferait la une des quotidiens nationaux.

— Je connais le prix d'une vie capitaine. Pas besoin d'essayer de me forcer la main en usant d'arguments politiques, je ne suis tout de même pas inhumaine à ce point. Dites-moi plutôt comment vous envisagez les choses.

— Nous sommes fin juin et la semaine prochaine les enfants seront en vacances, reprit Fred. Je vais demander à Hélène Desmarets-Cuvier de garder sa fille à la maison au moins jusqu'à la fin du mois de juillet. Leur propriété est immense, cela ne devrait pas poser trop de problèmes. Il serait bon d'y poster deux hommes jour et nuit pour assurer la protection de la fillette et de ses proches. Impossible de préciser actuellement la nature de la menace, ni sa durée. Nous nageons en plein brouillard. L'essentiel reste de veiller efficacement sur les membres de cette famille qui a déjà été durement éprouvée. Le fait qu'Henri Cuvier soit une personnalité de premier plan n'y change rien, même si cela reste un élément à prendre en compte.

— Je vais m'occuper d'en formuler la demande au préfet en lui présentant vos arguments. Je ne doute pas qu'il agira en ce sens avec toute la célérité nécessaire. Après tout, Monsieur Cuvier fait partie du cercle restreint de ses amis. Il ne devrait pas être trop difficile de le convaincre.

— Il ne serait pas inutile, non plus, de communiquer l'information à la presse. Autant que les malfrats sachent que nous les avons à l'œil et sommes sur nos gardes. Cela suffira peut-être à les dissuader de mettre sur pied une nouvelle tentative.

— C'est entendu. Vous pouvez compter sur moi. Je pense que nous avons fait le tour et que nous pouvons nous arrêter là. Je vous transmets l'identité du pistolet dès qu'Aurélie Lagrange me la communique. Allez, au travail !

L'information n'emprunta pas le circuit défini par la commissaire. Elle arriva directement sur le portable de Fred :

« En première exclusivité, à mon flic préféré. Le numéro de série du Walther PPK est : 321 174. Il fait partie d'un lot de 235 automatiques PK et PPK appartenant à la police lyonnaise et détruit par broyage le 22 septembre 1982. ».

— Nous devons concentrer nos efforts dans deux directions, précisa Fred après avoir pris connaissance du message. Il nous faut tout d'abord approfondir la piste d'une éventuelle vengeance qui est cohérente avec les éléments dont nous disposons. Puis, éclaircir comment une arme venant de chez nous a pu atterrir dans l'escarcelle d'un criminel. Nous allons commencer par auditionner Emmanuel Toubon l'ancien compagnon d'Hélène Desmarets-Cuvier. Nous nous occuperons ensuite des protagonistes de l'essai thérapeutique qui a mal tourné.

— Cet individu ne m'a pas l'air d'être un rigolo, intervint Œil de Lynx. Dans la main courante qu'elle a déposée en 2016 au commissariat du quatrième, Hélène Desmarets-Cuvier précise avoir été frappée plusieurs fois au visage et au ventre.

— Et concernant le dépôt de plainte ? demanda Gaëlle.

— Selon les dires de la plaignante qui était absente au moment des faits, Emmanuel Toubon aurait poussé Chloé dans l'escalier, puis lui aurait broyé la main en l'écrasant avec le talon de sa chaussure. Les urgences ont relevé des contusions sur le dos et les jambes de la gamine ainsi qu'une fêlure de la phalange proximale de l'index de la main gauche qui corroborerait son témoignage. Bien évidemment, l'intéressé a farouchement nié cette version des faits, prétendant que la fillette avait chuté toute seule. Selon lui, elle ne supportait pas qu'il s'installe avec sa mère. Il a plaidé l'affabulation d'une gamine jalouse dans le but de l'écarter.

— Et bien sûr les flics l'ont cru sur parole, lâcha Gaëlle furieuse. Passe encore si la gosse avait été une ado tourmentée capable de se faire un plan, mais elle devait avoir cinq ans à l'époque. Les filles ne doutent pas que leur mère les adore à cet âge. Elles souhaitent leur bonheur et se réjouissent qu'elle puisse tomber amoureuse d'un joli prince.

— Sauf que les princes n'existent pas, répliqua goguenard Œil de Lynx. Les policiers du quatrième n'ont pas forcément démérité. Ils ont interrogé longuement les voisins et les collègues d'Emmanuel Toubon qui l'ont décrit comme quelqu'un d'affable et de calme. Les choses en sont restées là jusqu'à ce qu'il se mette à harceler son ancienne compagne et que le juge aux affaires familiales prononce une injonction d'éloignement à son égard.

— Charmant personnage, conclut Sylvie Le Guen. Il mériterait bien un petit traitement de faveur, non ?

— Ne te fais pas de souci, reprit Fred, nous allons nous en charger en toute priorité et tu en auras ta part. On va commencer par perquisitionner son appartement histoire de lui mettre la pression avant de l'interroger. Œil de Lynx et toi nous accompagnerez. Dès que ce sera fait, vous vous occuperez de notre seconde piste en recueillant le maximum d'informations concernant les victimes de l'essai thérapeutique. Demandez des réquisitions auprès de leurs opérateurs téléphoniques pour obtenir leurs fadettes, SMS et mails. Faites de même du côté des banques et jetez un œil sur leurs finances. Je veux savoir s'ils ont tous été indemnisés par les assurances et s'il y a des irrégularités dans leurs comptes. Vérifiez également s'ils ont signé un contrat de confidentialité avec le laboratoire.

— Pour tous les protagonistes ?

— Oui, nous savons que le mari d'Aude Rolin, la première décédée, a tenu dans la presse des propos extrêmement violents à l'égard du laboratoire. Philippe Duval était quant à lui un brillant étudiant de médecine. Ses parents ont été ravagés par son décès. Mathieu Bernal est aujourd'hui hémiplégique. Il vit chez son père. La mère a quitté le domicile conjugal ne supportant plus de côtoyer son fils dans cet état. Il y a derrière chacun de ces drames autant de motifs d'en vouloir à Henri Cuvier ainsi qu'à ses proches. N'oublions pas que son fils Alain s'est fait assassiner et que c'est lui qui pilotait cet essai.

— Tu souhaites qu'on s'occupe également des deux autres victimes plus légèrement touchées.

— Tant qu'à faire, autant le faire bien non ?

— Et concernant le circuit de l'arme ? s'enquit Jérôme Delevoy.

— J'y viens. Tu travailleras dessus avec Léonard.

— Nous procédons comment ? Nous ne connaissons

même pas l'identité du pistolet.

— Son numéro de série est : 321 174. Il doit rester des traces au SGAMI[1] qui a organisé la destruction d'un lot de deux-cent-trente-cinq Wahlter PK et PKK. Le broyage a eu lieu le 22 septembre 1982. Généralement deux policiers sont chargés de sceller les caisses contenant les armes à détruire. Le convoi est escorté jusqu'à une usine par des hommes du GIPN[2]. Une fois sur place les caisses sont enlevées par une grue qui les dépose directement dans un concasseur. Les scories sont ensuite recyclées avec d'autres déchets métallurgiques.

— Tu veux dire que les caisses ne sont pas systématiquement ouvertes pour vérification avant d'être jetées dans le concasseur.

— Généralement non puisqu'elles ont été contrôlées et scellées avant. C'est donc plutôt en amont qu'il vous faudra chercher. Commencez par étudier les archives de la SGAMI. Il vous faudra fouiller les classeurs et les cartons. Les fichiers n'étaient sans doute pas encore informatisés à l'époque. Limitez les interrogatoires au strict minimum. Inutile de claironner sur tous les toits ce que nous cherchons.

Gaëlle claqua la portière du Cayenne et démarra suivie d'Œil de lynx accompagné de Sylvie dans le Duster de service. Elle prit la rue Garibaldi se coulant aisément dans le flot de voitures en direction de la rue de l'université.

— Tu sais que j'ai peut-être tiré avec un de ces pistolets à mes débuts, lâcha Fred. L'instructeur était un fanatique des armes et conservait quelques exemplaires de PPK qu'il affectionnait particulièrement. Et c'est vrai que c'était un automatique particulièrement attachant.

— Je ne comprends pas en quoi une arme pourrait être attachante ?

---

1. Secrétariat Général pour l'Administration du Ministère de l'Intérieur.
2. Groupement d'Intervention de la Police Nationale.

— Elle était légère, compacte, bien équilibrée et plutôt précise.

— Une arme qui permet de se prendre pour Bond, qui tient dans la poche et n'entraîne aucun faux pli au costume taillé sur mesure de l'agent 007.

— Tu as sans doute raison. C'était surtout un pistolet très sûr qui intégrait un astucieux dispositif de neutralisation du chien et du percuteur. De plus tu savais, rien qu'au toucher, si une cartouche était engagée dans la chambre par un témoin en forme de picot qui faisait saillie à l'arrière de la glissière.

— Pourquoi donc l'avoir abandonné alors ?

— Sa puissance d'arrêt était jugée insuffisante même chambrée en 9 mm court, le chargeur ne contenait que six cartouches. Pas plus qu'un simple revolver dont l'entretien est beaucoup plus sommaire, d'où son remplacement par le MR-73, plus puissant et sans doute moins cher à produire. Avec un PPK, il valait mieux être un fin tireur et ne pas rater sa cible. Tout le monde n'est pas capable, comme Bond, de faire mouche à tout coup.

Ils traversèrent le pont de l'Université avant de s'engager dans la rue Fleurieu pour atteindre la rue de la Charité puis se garèrent sur le parking du musée des tissus qui jouxtait le domicile d'Emmanuel Toubon. Gaëlle déboucla prestement sa ceinture prête à bondir hors du véhicule. Fred la retint par le bras.

— Nous y allons en douceur et sans violence excessive. On est bien d'accord ?

— Absolument Chef. Juste ce qu'il faut pour un salopard qui maltraite indifféremment les femmes et les petites filles.

Que répondre à cela ?

La femme qui leur répondit à travers l'interphone obtempéra prestement à l'injonction des policiers en déverrouillant le portail. Le hall de style renaissance était bâti de grosses pierres aux joints apparents. Les dalles du sol étaient aussi lisses et patinées que les rebords des vieux lavoirs sur lesquels les lavandières frottaient les draps à la brosse. La cage d'escalier était ample. Elle grimpait en colimaçon à l'intérieur d'une petite tour accolée au bâtiment. Les marches en chêne, à l'assemblage irrégulier, dataient de plus d'un siècle et grinçaient sous les pas. L'inconnue les attendait sur le palier. Elle se présenta comme Isabelle Vergnaud, leur avouant tout de go être la compagne d'Emmanuel Toubon.

L'intéressé devait apprécier les femmes girondes aux formes généreuses. Sa conjointe se tenait toujours devant la porte, semblant hésiter à les laisser entrer tel un garde suisse veillant à la tranquillité pontificale. Peut-être appréhendait-elle les inévitables complications à venir. C'était une petite brune rondouillette parfaitement maquillée. Ses cheveux, coupés au carré, lui tombaient sur la nuque. Une mèche, faussement rebelle, lui recouvrait l'œil gauche. Des yeux bordés de khôl, des cils allongés et une petite bouche couleur rouge sang lui donnait des airs de Betty Boop.

Elle était habillée d'une jupe courte qui exhibait des jambes potelées telles que les affectionnait Robert Crumb, l'auteur de comix underground. Quand elle les précéda dans l'appartement, Œil de Lynx ne put refréner de toucher avec les yeux un fessier généreux dont chacune des lunes semblait se mouvoir indépendamment de l'autre. Des escarpins à talons épais renforçaient le galbe d'un mollet qui n'en avait pourtant nul besoin. Un débardeur en lycra particulièrement ajusté complétait le tableau. Ce qu'il mettait en valeur aurait contribué à rassurer l'anxiété de n'importe quel altermondialiste. Les richesses de la dame étaient abondantes et équitablement réparties.

Sylvie Le Guen referma la porte d'entrée derrière elle. Elle croisa les bras en une pause attentiste, impatiente que son patron prévienne le propriétaire des lieux.

— Désolée de troubler votre tranquillité Madame Vergnaud, engagea Fred. Nous souhaiterions parler à Emmanuel Toubon. Est-ce qu'il est présent ?

— Oui, il est en télétravail dans son bureau. Mais il vaut mieux ne pas le déranger pour l'instant. Il finalise un projet très important pour Airbus Industrie. Je crois qu'il s'agit d'un système de décollage automatique pour les avions. Je ne suis pas sûre d'avoir totalement compris de quoi il retourne, mais je sais qu'il n'aime pas être dérangé. En quoi puis-je vous être utile ?

— En fait, réagit Fred, nous souhaitons perquisitionner votre appartement avant d'entendre votre compagnon dans le cadre d'une enquête criminelle. Vous voulez bien aller le chercher s'il vous plaît.

— Si cela ne vous dérange pas, je préférerais vous laisser le faire. C'est la troisième porte à gauche au fond du couloir.

— Qu'est-ce que c'est que ce bordel, lâcha celui-ci en sortant telle une furie. Je t'avais pourtant dit que je ne voulais être dérangé sous aucun prétexte. Et toi, tu ne trouves rien de mieux à faire que d'organiser une réunion Tupperware alors que je suis en plein travail. La prochaine fois, invite tout le quartier et met de la musique pendant que tu y es !

Hormis sa colère, Emmanuel Toubon n'aurait pas impressionné une petite vieille, même croisé au détour d'une ruelle déserte à deux heures du matin. Il n'était pas très grand, pas très fort, avec des cheveux bruns qui bouclaient aux extrémités. Un jean de marque, une chemise blanche dont il avait retroussé les manches, une paire de Richelieu vernis aux pieds. Un physique de gentil garçon à sa maman, en dessous des standards du français moyen côté mensuration : un mètre soixante-dix, soixante-douze à tout casser pour moins de soixante-dix kilos. Rien à voir avec un Schwartzenegger ou encore un Stalone dans leurs belles années. Le genre à se mettre sur la pointe des pieds pour exister sur une photo de groupe ou à porter des talonnettes pour gagner quelques précieux centimètres.

La méchanceté se loge parfois dans pas grand-chose, se dit Gaëlle tout en se demandant si c'était avec ce genre de chaussures qu'il avait écrasé les doigts de la gamine.

— Bonjour Monsieur Toubon, engagea Fred. Nous intervenons en flagrance, dans le cadre d'une enquête criminelle. Ce qui nous autorise à perquisitionner votre domicile. Nous souhaiterions également vous entendre une fois que nous aurons terminé.

— Vous plaisantez j'espère. Je suis un cadre de haut niveau qui travaille pour Airbus, pas un délinquant de bas étage qui se livre à je ne sais quel trafic. Il s'agit forcément d'un malentendu.

— Malheureusement, je crains que non. Nous enquêtons sur le meurtre d'Alain Cuvier et l'enlèvement de Chloé Desmarets.

— Alors c'est cette folle qui vous envoie. Elle ne me foutra donc jamais la paix. Comment a-t-elle pu oser s'en prendre à moi après tout ce qu'elle m'a déjà fait voir ?

— Personne ne vous a dénoncé Monsieur Toubon et il n'y a aucun acharnement. Nous agissons dans le cadre strict de la procédure pénale. Soyez assuré que nous vous laisserons tranquille dès que nous vous aurons définitivement écarté de la liste des suspects. En attendant, nous allons devoir fouiller votre appartement. Nous le ferons en votre présence, comme la loi nous y oblige. Votre compagne peut y assister également si elle le souhaite.

— Tout cela est incompréhensible. Cette femme est une manipulatrice de première et c'est moi qui me retrouve la victime de cette histoire. Je n'ai pourtant jamais rien fait d'illégal…

— Même pas maltraiter votre ex-compagne ou sa petite fille, lâcha Gaëlle que les pleurnicheries du pékin commençaient sérieusement à agacer. Vous êtes sûr ?

— Ah non, vous n'allez pas me coller ça sur le dos, vous aussi. Cette femme ment et sa fille est une petite merdeuse qui invente n'importe quoi. Je ne nie pas une ou deux claques de temps en temps pour la corriger, mais chaque fois, je vous assure qu'elle le méritait. Et puis, il n'y a pas mort d'homme tout de même.

— Décidément votre humour est au-dessus du lot, Monsieur Toubon. Je vais commencer la perquisition avant d'avoir trop de mal à le supporter.

— OK, allons-y, reprit Fred avant que la situation ne se dégrade. Sylvie tu veux bien t'occuper de la pièce à vivre. Œil de Lynx se chargera des chambres pendant que Gaëlle, s'attellera au bureau. De mon côté, je fouillerai la cuisine et la salle d'eau.

— C'est à croire que vous n'avez vraiment rien à foutre. Vous ne trouverez rien ici. Tout simplement parce que je n'ai rien à voir avec cette affaire. Pas question de vous laisser tout mettre sens dessus dessous, surtout dans mon bureau qui contient des documents industriels hautement confidentiels.

— Vous nous en laisserez juge, Monsieur Toubon, repris Fred. Si cela peut vous rassurer, nous ne sommes pas là pour pirater vos process industriels. Seuls les éléments en lien avec notre enquête nous intéressent et rien d'autre.

Chacun se dispersa dans l'appartement. Toubon collait aux basques de Gaëlle qui n'en demandait pas tant. Il se plaignait constamment du désordre occasionné et n'arrêtait pas de râler en faisant les cent pas. À chaque tiroir qu'elle inspectait, la tension montait d'un cran, ses soupirs se faisaient plus bruyants et ses efforts pour masquer son exaspération fondaient comme neige au soleil.

La fouille du bureau s'avéra pénible et peu productive. L'espace était entièrement dédié à l'activité professionnelle de l'ingénieur. La plupart des ouvrages concernaient l'aéronautique. Les tiroirs contenaient des plans, des documents ainsi que des mémoires incompréhensibles. La situation bascula d'un coup quand Gaëlle se saisit de l'ordinateur portable pour le déposer dans le carton des pièces à emporter.

— Ne touche pas à ça tu m'entends ! hurla-t-il fonçant sur elle main levée sans qu'il soit possible de déterminer si c'était pour la frapper ou lui reprendre l'objet de force.

— Pardon, régit Gaëlle lui faisant face.

Le bonhomme s'arrêta à moins de deux mètres d'elle quand il se rendit compte qu'elle avait dégrafé l'étui de son arme et que sa main reposait déjà sur la crosse de son *Sig Sauer*.

— Je rêve ou vous êtes en train de me menacer ? Parce que si c'est le cas ne vous gênez pas allez-y franchement. Frappez-moi et je vous jure que je vous lâche un pruneau juste là où il faut, histoire que vous retrouviez votre jolie voix d'enfant. Comprendé ! Maintenant vous vous asseyez sur votre siège à roulettes et à la moindre remarque, je vous y attache avec les menottes. Et s'il vous plaît, faites-moi plaisir, taisez-vous que je puisse finir mon travail en paix.

Inquiet du ton de la conversation, Fred rappliqua prestement.

— Tout se passe bien ici ? voulut-il savoir.

— Aucun souci collègue, nous avions juste une conversation un peu animée. Rien de bien méchant.

— Tant mieux alors, autant faire en sorte que nos échanges restent cordiaux.

— Commandant, venez voir, hurla Œil de Lynx depuis la chambre du couple.

Chacun se précipita dans la pièce pour observer la nature de la découverte qui devait être à la hauteur du cri émis par l'intéressé. Victor avait retiré le matelas pour le dresser contre le mur latéral. Pile au centre du sommier reposaient une enveloppe format A4 ainsi qu'un masque en silicone dont l'identité ne faisait aucun doute.

Il s'agissait de Reagan. Gaëlle se saisit délicatement du masque qu'elle glissa dans un sachet à scellés. Fred ouvrit l'enveloppe. Elle contenait quatre photos d'Hélène Desmarets-Cuvier et de sa fille prises au téléobjectif.

— C'est vous qui avez glissé ça là pour me coincer, rugit Emmanuel Toubon. Je me plaindrai de vos méthodes de barbouze à votre hiérarchie. Ce que vous venez de faire est proprement dégueulasse.

À la surprise générale, Isabelle Vergnaud prit la parole d'une petite voix.

— J'étais avec le policier dans la chambre et je peux affirmer que l'enveloppe et le masque étaient bien sous le matelas.

— Toi, tu ne paies rien pour attendre, grogna Toubon.

13

Mauvais poil

Emmanuel Toubon avait du coffre. Deux heures qu'il vomissait, sans discontinuer, sa haine du flic. Sa colère semblait sans limite, son répertoire de grossièretés, sans borne. Il hurlait son désespoir pareil à un goret tétanisé par l'odeur du sang dans les couloirs d'un abattoir. Son cinéma ne produisait pourtant pas les effets escomptés. Le monde ne s'était pas arrêté de tourner. Personne ne s'était précipité pour l'entendre, encore moins pour le libérer. Fred avait juste posté un planton devant les cellules des gardés à vue pour le surveiller. Pas question de lui laisser la possibilité de retourner sa rage contre lui en se blessant volontairement. Pas question non plus de l'entendre tant qu'il ne se serait pas calmé.

L'emprisonnement, même temporaire, est un acte d'une rare violence. Personne ne peut imaginer la souffrance qu'il induit sauf à l'avoir soi-même subi. Il contraint tout atrabilaire à appréhender, bon gré mal gré, le fait que le sentiment de toute-puissance qui accompagnait jusque-là ses manifestations colériques est à présent sans effet. Il ne trouve plus face à lui les personnes soumises prêtes à satisfaire ses quatre volontés pour éviter ses emportements. L'institution policière ou judiciaire est d'emblée la plus forte. L'apprenti dictateur se voit, pour un temps du moins, dépouillé de ce pouvoir de contrôle et de nuisance développé souvent depuis la plus tendre enfance et qu'il considérait jusque-là comme un fait acquis.

Cette conversion n'a rien d'intellectuelle ni de librement consentie. Elle lui est imposée de l'extérieur aussi froidement que dans les expériences sur le conditionnement animal mené par les béhavioristes au cours des années soixante. La liberté qu'on lui arrache agit sur lui aussi sûrement que les chocs électriques sur le comportement des chiens dans les expériences de Pavlov.

Gaëlle et Fred n'étaient pas trop pressés de l'entendre une nouvelle fois. Le premier interrogatoire, juste après sa mise en garde à vue, n'avait rien donné de positif. Le prévenu avait refusé l'assistance d'un avocat se contentant de crier au complot et à la manipulation policière tout en les agonissant d'injures. À deux doigts de craquer, le pauvre type, qui se croyait jusque-là intouchable, avait trouvé ses limites et perdu pied face à la pression. *Il s'en remettrait*, se dit Fred, *sans doute en se barricadant dans le déni*. Les policiers s'étaient résignés à le renvoyer en cellule espérant que le temps l'amènerait à reconsidérer son attitude. Toubon devait comprendre qu'il allait lui falloir fournir des réponses précises aux questions qu'ils lui posaient. Du moins s'il souhaitait ne pas passer la nuit en cellule.

Pour sa part, Gaëlle l'y aurait volontiers laissé une semaine entière sans boire ni manger. Le tout sans éprouver le moindre remord. En attendant, l'heure tournait. À midi et demi, ils décidèrent d'aller déjeuner « Aux Troisgros Gaillard », leur bouchon habituel situé à deux rues du commissariat. La matinée avait été longue et l'après-midi ne s'annonçait pas facile. Tant qu'à faire, autant l'aborder dans de bonnes dispositions : os à moelle en entrée pour tous les deux, suivi d'une andouillette 5A pour Fred, d'une quenelle de brochet à la lyonnaise pour Gaëlle. Le tout accompagné de deux bières pression. Dessert à l'avenant : baba au rhum pour lui, crème brûlée infusée à la lavande pour elle. Être flic à Lyon nécessitait d'avoir de l'estomac.

De retour au SRPJ, ils firent une halte devant la machine à café pour se faire couler deux expressos bien tassés avant de retourner dans le bureau de Fred. Ils sirotaient leur café en examinant les photographies au format A4 saisies pendant la perquisition. Les tirages étaient scellés à l'intérieur de transparents. Deux photos capturaient Hélène Desmarets-Cuvier devant l'école de sa fille. Elle était habillée, sur toutes les deux, d'un jean moulant et d'un chemisier blanc. Elle tenait Chloé par la main sur la première, puis fermait la portière arrière d'une 2008 rouge sur la seconde. Comme mue par un sixième sens, elle tournait la tête en direction de l'appareil, le visage vaguement inquiet.

— Les deux photos ont dû être prises à la suite l'une de l'autre, intervint Gaëlle. Elle porte les mêmes vêtements. Elle récupère sa fille à la sortie, la fait grimper dans sa voiture et claque la porte avant de rentrer chez elle. La taille des ombres indique que la prise de vue a été effectuée en fin d'après-midi. Le flou d'arrière-plan et la faible profondeur de champ laissent deviner l'utilisation d'une longue focale. Au moins un deux cent millimètres. Peut-être plus.

La troisième photo la montrait installée à la terrasse d'un café en compagnie d'une autre femme. Elle était vêtue d'une robe à manches courtes au motif floral qui la faisait ressembler à une star italienne des années soixante. Elle dégustait une bière en souriant. La personne qui lui faisait face semblait approximativement du même âge. Moins décontractée, elle portait un ensemble pantalon bleu marine au pli impeccable. La coupe au tombé parfait du vêtement excluait, sans la moindre ambiguïté, toute filiation avec une enseigne à bas coût. Une rondelle de citron se tenait à cheval sur le rebord du verre posé devant elle. Des feuilles de menthe tressées autour de la paille laissaient deviner un cocktail à la mode. Sans doute un mojito.

— Une rencontre professionnelle, une sortie entre copines ou peut-être davantage ? interrogea Gaëlle. Elle a toujours l'air de passer un bon moment à déguster une bonne pinte. Une femme qui aime la bière ne peut être que dotée d'une âme généreuse. Bon point pour elle.

— L'image est cadrée serrée sur les deux femmes assises l'une en face de l'autre à l'extrémité de la terrasse. La prise de vue a sans doute été faite de l'autre côté de la rue à moins que celui ou celle qui les espionnait n'ait pris le risque de passer plus près, l'appareil dissimulé dans sa main, un peu comme le font les photographes de rue. Hélène Desmarets-Cuvier croise les jambes. Elle est chaussée de sandales, sa robe est courte. Sa pose avantageuse dégage une aura de sensualité.

— On dirait une photo de charme. Tu penses qu'il s'agit d'un mec ?

— Peut-être, je ne sais pas si cette personne, homme ou femme, est sensible au charme de notre cliente. Hélène Desmarets-Cuvier est une belle femme et, c'est vrai que le tirage la met bien en valeur. Il y a un léger grain traduisant une montée en ISO du capteur. L'éclairage est faible. Les lumières jaunes du bistrot donnent une teinte chaude qui adoucit les formes renforçant le caractère intime de la rencontre.

Le dernier cliché était pris dans le parc de la tête d'or.

Hélène Desmarets-Cuvier y faisait son jogging. Sa foulée était ample. Elle était habillée d'un tee-shirt usagé, dont on devinait des auréoles de transpiration autour de la poitrine, signe qu'elle avait déjà fourni un bel effort. Un short rouge coupé court découvrait des jambes fermes et bronzées. Un smartphone était accroché à son bras gauche sans doute relié à des écouteurs en Bluetooth, aucun fil n'étant visible. En arrière-plan une pancarte indiquait la direction du parc animalier.

— Celui ou celle qui la filait a bien fait le job, reprit Gaëlle. Il connaît son affaire. Il la prend en photo à la sortie de l'école lorsqu'elle va chercher sa fille ; quand elle court, sans doute en matinée, ainsi qu'en soirée quand elle sort avec une copine. On dirait une filature professionnelle. Les tirages sont de bonnes qualités et elle n'a rien remarqué, du moins ne nous en a rien dit.

— Tu as raison, mais ce qui interroge davantage, c'est que le technicien de la PTS n'a trouvé ni empreinte, ni trace ADN. Pas plus sur les photos que l'enveloppe.

— Tout cela n'a aucun sens. Pourquoi Toubon examinerait-il ses propres clichés avec des gants ?

— Je vais contacter Aurélie. La connaissant, elle devrait déjà être dans son labo. Peut-être qu'elle pourra nous en dire un peu plus ?

Fred sortit son smartphone qu'il posa sur la table en mode haut-parleur après avoir établi la communication.

— Bonjour Aurélie, je suis avec Gaëlle et nous nous demandions si tu avais du nouveau pour nous.

— Tu tombes bien. J'étais justement en train de t'envoyer un mail pour t'informer des derniers développements. Concernant l'analyse ADN prélevé sur le corps calciné, nous avons trouvé une correspondance dans le FNAEG. Votre bonhomme s'appelle Paul Marquis. Il a été incarcéré à la maison d'arrêt de Lyon-Corbas pour vol de voitures en bande organisée. Tu trouveras tous les détails dans le dossier en attachement.

— Tu as fait drôlement vite. Toutes nos félicitations.

— Ton affaire est prioritaire ici. Personne n'aime qu'on s'en prenne à une gamine. Concernant les scellés, nous avons recueilli des prélèvements sur le masque. Nous avons commencé les analyses. Tu auras les premiers résultats dès demain.

— C'est mieux que ce à quoi nous nous attendions. Merci de ton aide.

— Attends, je n'ai pas terminé. Nous avons trouvé un poil à l'intérieur du masque qui nous pose question.

— C'est-à-dire ? intervint Gaëlle qui connaissait les effets d'annonce de l'ingénieur.

— Il s'agit d'un poil pubien. Un mauvais poil en quelque sorte qui n'a vraiment rien affaire à l'intérieur d'un masque en silicone censé recouvrir le visage.

— Bordel de merde, lâcha Gaëlle. On aurait pu imaginer un sourcil, voire un poil de barbe ou de nez, mais comment un poil pubien pourrait se retrouver à cet endroit ? De là à imaginer que notre gaillard se grattait les couilles avant d'enfiler son masque à la manière d'un gros dégueulasse…

— On n'est tout de même pas dans une BD de Reiser[1], répliqua Fred qui n'était pas certain que ses collègues partageaient les mêmes références que lui. Question de génération sans doute.

— Surtout qu'il aurait fallu qu'il se gratte à l'intérieur du slip, surenchérit Gaëlle qui avait du mal à garder son sérieux, juste avant d'ajuster sa cagoule sur sa tronche de guignol. Tout cela ressemble à une vaste blague.

— Sauf que ce n'en est pas une. Comment tu vois les choses ? demanda Fred à Aurélie.

---

1. « Gros dégueulasse » est une bande dessinée de Reiser éditée en 1982. Elle décrit la vie d'un homme sale, corpulent et mal rasé, habillé d'un slip kangourou crasseux et surdimensionné.

— Outre ce que vient de proposer Gaëlle qui reste une éventualité, il convient d'envisager la possibilité d'une machination.

— Tu veux dire que quelqu'un aurait très bien pu s'introduire au domicile de notre suspect, frotté l'intérieur du masque dans le lit conjugal ou dans la corbeille de linge sale pour laisser des traces ADN et que, manque de bol il aurait récolté un poil inattendu.

— Quelque chose dans ce goût-là, oui.

Fred remercia Aurélie avant de raccrocher. Cette information déconcertante les obligeait à réévaluer sérieusement la culpabilité de Toubon.

— Quand je pense que l'abruti du dessous, qui passe son temps à hurler à l'injustice, risque de s'en tirer sans la moindre égratignure. Ça me rend malade !

— Rien n'est encore certain, écoutons-le avant d'en décider. Peut-être est-il revenu à de meilleures dispositions…

Fred téléphona à l'agent de service afin d'installer Emmanuel Toubon dans la salle d'interrogatoire numéro un. Ce dernier les informa que les cris du prévenu étaient moins virulents. Peut-être commençait-il à fatiguer à force de brailler comme un malade.

— Mais pourquoi, interrogea Gaëlle, certains adultes se comportent-ils toujours comme des gamins capricieux ? Ceux-là mêmes qui font honte à leurs mères. Pauvres femmes qui tentent de survivre à leurs hurlements rageurs en se barricadant dans un stoïcisme à toute épreuve. Elles font comme si de rien n'était, baissent la tête, fuient les regards accusateurs ou empreints de pitié des passants. Tu remarques que c'est toujours avec leur mère que ces petits monstres piquent leur crise. Jamais avec leur père.

— Peut-être parce que les mères sont depuis toujours les

dépositaires d'une fonction nourricière, osa Fred. Les pères s'abritent le plus souvent derrière leur rôle normatif. Ce qui leur permet de garder une certaine distance tout en laissant les femmes en première ligne.

— « *Les femmes et les enfants d'abord* » ! en quelque sorte. Sauf que là, c'est pour les abandonner à leur marmaille pour mieux les tabasser ensuite quand ils ne supportent plus la moindre contrariété.

Fred savait que certains sujets enflammaient rapidement sa coéquipière. Façon polie pour dire qu'ils la mettaient sérieusement en rogne. Les violences faites aux femmes en faisaient partie. De même que l'inertie policière à les prendre en compte.

— C'est effectivement une façon de voir.

— Sûr ! Et quand ils sont grands, ces salopards se vengent sur leur nana comme si elles n'étaient qu'un vulgaire punching-ball, trop souvent en copiant papa qui battait déjà bobonne. Ces femmes sont censées satisfaire leur mec avant même que ces nababs ne se fatiguent à formuler leur envie. Ils se conduisent comme des enfants avides et égoïstes. Et si jamais il venait à ces meufs la moindre velléité de séparation, ces grands courageux se mettraient aussitôt à chialer dans leur jupe pour les retenir jusqu'à ce que tout recommence encore et encore.

Le grand nigaud semblait s'être assagi pour ce qu'en voyaient les policiers à travers la vitre sans teint. Il était affalé sur sa chaise, ses deux bras menottés posés sur la table. Sans doute manquait-il d'énergie après trois heures de gueulante et un plateau-repas qu'il avait balancé à la tête de l'agent de service.

— Manquerait plus qu'il se mette à piquer un roupillon pendant qu'il y est, poursuivit Gaëlle, décidément difficile à arrêter une fois qu'elle était lancée. C'est généralement ce que font les sales moutards après une crise. Pas question de le laisser faire la sieste au frais de la princesse. Allons-y pendant qu'il est à point. Je te laisse piloter le navire. Tu me connais, je serais capable de le travailler au corps avant même qu'il ait ouvert la bouche.

— Je dois reconnaître que tu as une claire conscience de tes limites. Allons-y.

L'audition se déroula cette fois sans la moindre anicroche. Ce n'est qu'après que les choses se gâtèrent. Toubon accepta de revenir en détail sur la soirée du 26 juin, jour du meurtre d'Alain Cuvier. Il reconnut être resté seul chez lui jusqu'à vingt-trois heures passées. Isabelle Vergnaud, sa compagne, était allée rendre visite à sa mère avec qui elle avait dîné. Elle ne pouvait donc lui fournir le moindre alibi. Il n'avait téléphoné à personne, ni ouvert son ordinateur. Il avait mangé seul d'un repas froid que lui avait préparé sa compagne, puis s'était plongé dans le compte rendu des premiers essais d'un dispositif de décollage automatique sur lequel il travaillait depuis huit ans. Il s'enflamma au moment de décrire de quoi il retournait.

— Vous vous rendez compte, notre avion a effectué huit décollages successifs sans la moindre intervention des pilotes[1]. C'est une prouesse technologique immense qui ouvre la voie à l'automatisation du transport aérien.

— Comme pour le métro, crut bon d'ajouter Gaëlle.

— Cela n'a rien à voir. Les métros circulent sur des rails et l'automatisation se limite à la régulation du trafic. Notre programme d'algorithmes, couplé à un dispositif de reconnaissance d'images, supplée totalement la présence humaine. L'avion devient capable de se diriger de manière intelligente en totale autonomie. Et ce, sans avoir besoin de recourir au système ILS[2].

— Je vois, conclut Gaëlle qui n'y comprenait rien.

---

1. Le 18 décembre 2019, l'avionneur Airbus a réussi le premier décollage entièrement automatique d'un avion long-courrier A 350.
2. L'Instrument Landing System est un moyen de radio-navigation utilisé pour l'atterrissage et le décollage aux instruments en l'absence d'une bonne visibilité.

— Bien, conclut Fred. Nous vous remercions de votre coopération, même si vous auriez pu nous livrer votre témoignage plus rapidement. Nous allons vérifier tout ce que vous venez de nous dire et vous tiendrons au courant.

— Alors qu'en penses-tu ? demanda-t-elle dès qu'ils quittèrent la salle d'interrogatoire.

— J'ai l'impression qu'il nous dit la vérité. Sylvie a vérifié le bornage de son téléphone qui indique que le portable n'a pas bougé de son domicile. Œil de lynx a interrogé Isabelle Vergnaud qui confirme avoir passé la soirée chez sa mère. Elle assure avoir trouvé Toubon en pleine lecture quand elle est rentrée aux alentours de vingt-trois heures. Il avait effectivement mangé le repas qu'elle lui avait préparé, lui laissant la table à débarrasser et la vaisselle à faire.

— Ce type est vraiment inénarrable, ajouta Gaëlle et il y a vraiment des coups de pied aux fesses qui se perdent.

— L'absence d'empreintes sur les photos et la présence de ce poil pubien à l'intérieur du masque ne le disculpent pas totalement, mais affaiblissent sérieusement les éléments à charge. À mon avis, ce n'est pas suffisant pour le maintenir en détention et n'importe quel avocat obtiendra en deux temps trois mouvements une levée de sa garde à vue.

— Ça me fait mal de l'admettre, mais tu as raison. Mieux vaut le renvoyer en lui demandant de rester à la disposition de la justice. C'est un revanchard ! Inutile de lui fournir les verges avec lesquelles il nous fouettera la coulpe.

En caractériel patenté, Toubon n'interpréta nullement la levée de sa garde à vue comme la conséquence d'un doute légitime censé profiter à l'accusé. Il y vit au contraire une légitimation de son propre point de vue. C'est bien lui qui avait raison et les condés torts. D'ailleurs, ils battaient déjà en retraite la queue entre les jambes. Il était bien placé pour savoir que les indices trouvés à son domicile y avaient été délibérément déposés pour le faire accuser. Et qui d'autre que la police aurait pu monter un coup aussi tordu ? Les flics étaient des vendus qui soutenaient, par pur parti pris, son ex-compagne. Le vieux Cuvier n'y était sans doute pas pour rien. C'était une figure de la ville qui avait le bras long. Même le préfet lui mangeait dans la main.

Tout cela pour quelques claques amplement méritées. Il fallait pourtant bien montrer à ses maudites féministes qui était le maître du foyer et savoir les remettre à la place qui était la leur. La domination du mâle était inscrite dans les gènes du monde animal. Du moins chez les mammifères qui en représentaient l'espèce la plus évoluée. Jamais la culture ne parviendrait à supplanter, sur ce point, les exigences de la nature. Jamais les hommes n'auraient dû accepter de céder un pouce de terrain sur le plan de l'égalité. Honte à ceux qui se couchaient devant leurs greluches. Ceux qui se soumettaient à leur diktat, oubliant leur héritage atavique. Ceux qui abandonnaient sans broncher la domination qu'autorisait leur virilité.

Heureusement les choses ne se passaient pas ainsi avec lui. Il était fait d'un tout autre bois que tous ces bobos écolos gauchistes qui trahissaient la cause masculine. Il ne se laisserait pas intimider sans réagir. À peine libéré, il exigea de rencontrer le patron du SRPJ pour déposer plainte. Il faillit s'étrangler en apprenant que c'était une femme. Il décida néanmoins de passer outre ce désagrément. Il était plus que temps de rabattre le caquet de cette fliquette prétentieuse. Elle l'avait humilié et lui avait foutu la trouille de sa vie. À son tour de payer. Impossible cependant de lever la main sur elle où de l'envoyer valdinguer contre un mur comme il aurait aimé le faire. Il devrait se contenter de déposer plainte pour menace avec une arme et dénoncer une arrestation qui avait failli tourner à la bavure policière. Cet épisode ferait tache dans son dossier. Il s'en réjouissait d'avance.

La commissaire se déplaça en personne dès que Fred l'eut informé des exigences de l'énergumène. Sa démarche plus raide qu'à l'habitude laissait transparaître une colère qu'elle avait du mal à contenir.

— Monsieur Toubon, lâcha-t-elle sans rien ajouter.

— Vous souhaitez que nous vous accompagnons ? lui proposa Fred.

— Merci commandant, mais je ne pense pas que ce sera nécessaire.

Puis, s'adressant à Toubon sans aucune aménité.

— Vous, suivez-moi.

Et elle se retourna sans même attendre de réponse. Toubon qui commençait à comprendre que les choses ne tournaient pas comme il l'avait imaginé se précipita à sa suite. Elle l'invita d'un geste à entrer dans son bureau sans dire le moindre mot puis referma la porte. Elle contourna le vaste bureau puis se laissa choir dans son fauteuil monté sur vérin. Toubon, mal à l'aise, se saisit d'un siège qui lui faisait face.

— Inutile de faire comme chez vous ! Monsieur Toubon. Je ne vous ai pas encore autorisé à vous asseoir. Alors comme ça, vous souhaitez vous plaindre de mon équipe.

— Pas de votre équipe, commissaire. Uniquement de la policière qui m'a menacé avec son arme.

— Vous voulez dire qu'elle a pointé son pistolet sur vous ?

— Non pas exactement, mais elle a quand même dégrafé son étui et posé sa main sur la crosse de son automatique en me menaçant de me loger une balle dans les parties génitales. Je tiens à m'élever fermement contre de telles pratiques. Cette folle m'a terrorisé alors que je n'opposais aucune résistance.

— Voyez-vous Monsieur Toubon, le problème avec mes hommes, et quand je dis mes hommes cela implique les femmes également, est qu'ils agissent parfois avec trop de retenue. À vous entendre, vous me faites regretter que le capitaine Lebras ne vous en ait pas collé une pour de bon. Allez donc porter plainte si ça vous chante, mais hors de mon commissariat. Maintenant débarrassez-moi le plancher avant que je ne vous jette dehors manu militari.

Toubon estomaqué fila sans demander son reste. Décidément, le lundi n'était pas sa journée.

Fred avait prévenu Hélène Desmarets-Cuvier de leur visite. Ils s'étaient accordés sur la fin d'après-midi afin qu'elle soit présente chez elle pour assister sa fille. Une fois de plus Gaëlle l'avait surpris au volant du Cayenne. Au lieu de se rendre directement au domicile des Cuvier elle entreprit un détour en direction du boulevard Yves Farge.

— Ne me dis pas que tu as envie de prendre un café sur ma terrasse.

— Ce n'est pas l'envie qui m'en manque, mais je veux juste embarquer le monstre avec nous. Visiblement la fillette s'est entichée de ton chien. Si, comme je le pense, c'est bien son ravisseur qui s'est fait transformer en merguez, la présence d'un ami ne sera pas de trop pour amortir le choc.

— Nous ne serons peut-être pas obligés de le lui dire.

— Et si elle te demande ce qu'il est devenu ?

Ils filèrent cours du docteur Long où logeaient les Cuvier sans plus dire un mot. Le portail était fermé et contrôlé par un agent qui n'accepta de l'ouvrir qu'après qu'ils eurent présenté leurs cartes de police. Le second veillait au grain devant la porte de la maison. Hélène Desmarets-Cuvier et sa fille les attendaient dans la pièce à vivre du rez-de-chaussée. Elle les précéda jusqu'à son appartement du deuxième étage.

Chloé tenait Jabba par le collier. Le chien avait obtenu une permission spéciale pour les accompagner. Ils s'installèrent dans le salon aux deux canapés rouges qu'ils avaient déjà fréquentés. Le molosse couché aux pieds de Fred. Chloé demanda la permission à sa mère pour aller caresser le chien qui avait pris ses aises, allongé de tout son long la tête posée sur le sol. Visiblement l'animal ne dédaignait pas le confort des tapis persans.

— Avec votre permission, engagea Gaëlle, nous souhaiterions montrer à votre fille la photographie d'un homme. Ce ne sera pas long et nous ne l'embêterons pas davantage.

— Allez-y, nous ferons notre possible pour vous aider.

Fred se leva et présenta le tirage à Chloé qui restait collé contre Jabba qui, en véritable pacha, profitait des caresses de la gamine. Chloé n'eut besoin que d'un bref coup d'œil avant de s'écrier :

— C'est Paul, je le reconnais. C'est lui qui m'a laissé partir. Est-ce qu'il va bien ?

Gaëlle jeta un regard embarrassé à son supérieur qui reporta le sien sur Hélène Desmarets-Cuvier qui en compris d'emblée la signification.

— Vous pouvez parler librement. J'ai toujours dit la vérité à ma fille même lorsqu'elle n'était pas agréable à entendre.

— Paul Marquis a été assassiné. Nous avons retrouvé son corps juste après la libération de Chloé. Nous ne connaissons pas encore les motifs de sa mort, mais suspectons les auteurs de l'enlèvement de Chloé et du meurtre de votre mari.

— Il savait qu'ils le tueraient, c'est pour ça qu'il voulait que je prie pour lui, s'écria Chloé à la surprise générale.

— Tu as raison ma chérie. Tout cela est très triste. Peut-être que les policiers accepteraient que tu ailles promener leur chien dans le parc pour faire un tour avec lui.

Les larmes roulaient sur les joues de la gamine quand elle se leva. Elle tira sur le collier de l'animal pour qu'il la suive mais sans succès. Le gros restait affalé sur le tapis sans réagir. Il fallut que Fred lâche un « Jabba dehors » impératif pour qu'il se lève, comme à contrecœur, pour suivre la fillette.

— Votre fille est courageuse, intervint Fred, et fait preuve d'une remarquable intelligence des situations. Il est effectivement possible que Paul Marquis se soit pris d'amitié pour elle et ait risqué sa vie pour la libérer. Ce qui signifierait que Chloé, par ses échanges avec son ravisseur, ait elle-même contribué à créer les conditions de sa propre libération.

— C'est possible, ma fille parle à tout le monde avec une grande facilité. Mais alors, cela voudrait dire également que sa mort était planifiée dès le départ. Oh mon Dieu, mais pourquoi ?

— Cela change effectivement la donne même si cette hypothèse reste évidemment à vérifier. Elle implique néanmoins que, derrière l'entreprise Cuvier, c'est bien vous et votre famille qui étiez visées.

— Tout cela n'a aucun sens. Qui pourrait m'en vouloir à ce point ?

— Nous avons découvert chez Emmanuel Toubon, votre ancien compagnon, quelques photos qui laisse présager qu'on vous avait mise sous surveillance. Avez-vous remarqué quelqu'un qui aurait pu vous prendre en filature ou une voiture qui vous aurait suivie récemment ?

— Non, non, je n'ai rien relevé de tel, reprit-elle en s'emparant des tirages.

Elle les examina longuement en fronçant les sourcils, les faisant défiler plusieurs fois les uns derrière les autres.

— Mais pourquoi Emmanuel voudrait me surveiller ?

— Il s'agit d'un homme violent, rancunier qui visiblement ne vous porte pas dans son cœur.

— Tout cela est exact, mais notre histoire est terminée depuis longtemps et la violence est derrière nous maintenant. Même les jaloux finissent par tourner la page vous savez. Et, si mes informations sont exactes, il a une nouvelle compagne et de quoi s'occuper avec elle.

— Il y a une autre possibilité, reprit Fred. Certains indices nous poussent à penser qu'Emmanuel Toubon ne serait pas nécessairement l'instigateur de cette surveillance. Ces clichés auraient très bien pu être déposés chez lui à son insu.

— Mais encore une fois, par qui ? Et dans quel but ?

— Peut-être tout simplement pour orienter l'enquête dans une mauvaise direction.

— Tout cela est incompréhensible !

— Réfléchissez bien, sans vous censurer aucunement, intervint Gaëlle. Vous ne voyez vraiment personne susceptible de vous en vouloir d'une manière ou d'une autre ?

— Non, rien, j'ai bien pensé à l'essai thérapeutique contre l'alzheimer qui a viré au drame. Après tout c'était Alain qui dirigeait cette recherche à l'époque. Mais les faits remontent à presque cinq ans maintenant. Je sais bien que la vengeance est un plat qui se mange froid, mais, quand même, ça commence à faire long. Et puis, pourquoi Chloé, ce n'est même pas sa fille et je n'étais pas impliqué du tout dans ce travail ?

— Est-ce que vous pourriez dater approximativement quand ont été prises ces photos ? s'enquit Gaëlle.

— Pas celles sur lesquelles je vais chercher Chloé à l'école, mais pour les deux autres c'est facile. Je cours les mardis et jeudi et, j'ai au pied mes nouvelles tennis de running que j'ai acheté la semaine dernière. Attendez que je réfléchisse, je les ai achetées le lundi, le quinze si j'en crois mon agenda. Je les avais donc aux pieds le seize ainsi que le dix-huit juin. Je n'ai pas couru cette semaine, c'est donc bien cela.

— Et pour l'autre ?

— Je suis avec Agnès Lecoutre, c'est une vieille amie. Nous nous connaissons depuis la fac. Nous prenons un verre, puis dînons ensemble une fois par mois. C'est un petit rituel qui dure depuis plus de dix ans. Nous avons toutes les deux des emplois du temps chargés. Elle dirige une société de services en informatique. Notre dernière sortie est toute récente. C'était samedi de la semaine dernière. Le vingt donc. Je reconnais le bar où nous avons pris un premier verre. C'était « Aux deux princesses » dans le vieux Lyon. Tout un programme.

— Et quelle est la nature des rapports que vous entretenez avec Agnès Lecoutre ? insista Gaëlle.

— Vous voulez savoir si nous avons une relation intime ? Mon Dieu non, nous sommes juste amies. Agnès a bien tenté sa chance au début, c'est une militante de la bisexualité et du triolisme totalement assumée, mais ce n'est pas mon cas. Je reste désespérément attaché au couple hétérosexuel. Les hommes sont souvent insupportables, mais cela reste difficile de s'en passer totalement.

Fred soupira sous la charge. Décidément *« l'habit ne fait pas le moine »* se dit Gaëlle. C'est bien la plus rigide des deux femmes, celle qui semble la plus coincée, qui affiche les mœurs les plus débridés.

14

Ripoux

Les trois voitures roulaient à vive allure, gyrophares allumés, en direction de Brignais, petite commune de dix mille habitants situées au sud-ouest de Lyon. Gaëlle ouvrait la marche sans trop pousser le Cayenne pour ne pas lâcher définitivement les deux autres véhicules. Œil de Lynx et Sylvie suivait péniblement dans le Duster de service, Jérôme et Victor étaient déjà largement distancés. Le groupe crime au complet se déplaçait pour passer au peigne fin le domicile d'Émile Grognard, seul survivant des deux policiers qui avaient supervisé la destruction des Walther PK et PKK.

Gaëlle jouait au chat et à la souris, dans un jeu inégal, avec ses poursuivants. Elle appréciait de les laisser sur place à chaque accélération, puis ralentissait pour ne pas les semer définitivement. Elle avait toujours aimé piloter les belles mécaniques. Et ce matin, elle était vernie. Quoi de mieux pour commencer la journée. L'aube était radieuse, la route déserte et suffisamment sinueuse pour s'amuser. Les quatre-cent-soixante chevaux de la mécanique hybride répondaient sans rechigner à la moindre sollicitation de son pied droit avec une musicalité digne d'un orchestre symphonique.

Encore heureux que Fred n'aimait pas conduire. Jamais elle n'aurait imaginé piloter un jour pareil bolide, même dans ses rêves les plus fous. Elle s'était toujours sentie le cœur à gauche, mais devait reconnaître, au volant d'un tel monstre, que les valeurs bourgeoises avaient aussi du bon. Elle enserrait de ses doigts le cuir du volant au contact sensuel, appuyait sa nuque contre l'appuie-tête et libérait toute la cavalerie à chaque sortie de virage en un plaisir non dissimulé. Elle n'avait qu'un seul regret : ne pas pouvoir lancer à fond Lynyrd Skynyrd, son groupe favori du moment, à travers les quatorze haut-parleurs du système Bose Surround. Elle ne comprenait vraiment pas pourquoi Fred n'appréciait pas, se demandant si c'était le niveau sonore qui le dérangeait ou le fait que, chaque fois, elle se mettait à beugler le refrain en duo avec le chanteur.

Son supérieur n'avait pas la même passion qu'elle pour le pilotage des grosses bagnoles. Il s'agrippait, comme à son habitude, à la poignée de maintien avec un air faussement décontracté qui masquait mal une certaine crispation. Elle savait qu'il avait horreur de la vitesse, ce qui la poussait à appuyer un peu plus que nécessaire sur l'accélérateur en éprouvant, chaque fois, un plaisir pervers mais diablement délicieux. Elle s'obligea à lâcher, sourire aux lèvres, un : « ça va ? » de circonstance nullement surprise de le voir opiner comme si de rien n'était. Leur petit jeu durait depuis presque neuf ans. Neuf ans déjà qu'ils étaient ensemble. Il l'avait accueillie jeune lieutenant tout juste nommée au SRPJ. Elle aurait voulu que leur collaboration dure longtemps encore.

Aucune chance, par contre, d'impressionner le chien. Insensible aux freinages appuyés tout autant qu'aux accélérations qui vous collaient au dossier du siège, il ronflait comme un sonneur. Impassible tel un bienheureux Bouddha dont l'esprit flottait sur la voix de l'octuple sentier, délaissant provisoirement un corps libéré de toutes contingences terrestres. À croire que ses quatre-vingt-dix kilos de viande étaient boulonnés aussi solidement à la banquette qu'une statue à son socle de béton.

Décidément ce chien commençait à prendre beaucoup de place dans leurs enquêtes. Si cela continuait, il serait bientôt un membre à part entière de l'équipe. Souriant à cette pensée, elle se remémora la terreur qu'elle avait éprouvé lors de sa première rencontre avec lui[1]. Elle avait toujours eu une peur panique des chiens depuis qu'un misérable Fox-terrier s'était acharné sur elle quand elle avait six ans. Elle se rendait compte à présent qu'elle ne craignait plus le monstre, mieux elle commençait à l'apprécier, même si elle ne l'aurait reconnu pour rien au monde. Par un bizarre retournement des choses, son angoisse restait cristallisée sur les chiens de petite taille. La peur empruntait parfois de drôles de chemins.

Au départ, elle n'avait pas saisi pourquoi Jabba était du voyage. Fred, contrairement à elle, avait grandi au milieu des canidés. Son père avait été responsable de la formation des gendarmes maîtres-chiens au CNICG[2]. Les Bergers Malinois du centre étaient spécialement dressés pour dénicher les armes à feu et les munitions les mieux cachées. Ces chiens étaient particulièrement sensibles à l'odeur spécifique de l'huile employée pour lubrifier les armes ainsi qu'à celle des résidus de poudre présents sur le canon ou les douilles après qu'un tir ait eu lieu. Elle ne doutait pas que Jabba se révélerait capable de faire aussi bien. Raison pour laquelle Fred trimballait deux flingues avec lui, un qui sortait tout chaud du stand de tir, un autre entièrement nettoyé et graissé.

---

1. Se reporter au deuxième opus de la série : « Délivrez-nous de la tentation ».
2. Centre National d'Instruction Cynophile de la Gendarmerie.

Gaëlle freina brutalement rue de Verdun, juste devant le domicile du suspect. *Un nom prédestiné* se dit-elle, espérant que leur opération matinale ne s'enliserait pas à l'image de l'offensive allemande du début de la grande guerre. Elle engagea un créneau téméraire, dans un espace juste, suffisant entre une 308 grise et une Fiat 500 rouge. Elle le réussit parfaitement, coupa le moteur, satisfaite de sa performance et bondit hors du véhicule. Les deux autres voitures suivaient. Il leur faudrait aller chercher des emplacements libres plus haut dans la rue. Les habitants se garaient massivement devant chez eux et, à six heures du matin, peu étaient déjà en partance pour le travail.

— Comment comptes-tu procéder avec le vieux ripou ?

— Allons-y avec prudence. Même si, à première vue, tout incrimine Grognard, laissons-lui le bénéfice du doute. Nous n'avons, pour le moment, aucune preuve de son implication. En trente-huit ans, toutes les traces de son forfait ont probablement disparu et notre intervention pourrait bien faire pschitt pour reprendre une métaphore à la Chirac.

— Tu souhaites qu'on mette tout de suite le chien sur le coup ?

— Non, gardons-le en réserve. Grognard est un ancien flic qui connaît parfaitement les règles et Jabba n'est pas un chien policier. Inutile de risquer l'erreur de procédure. Nous ne l'utiliserons qu'en dernier ressort.

La demeure d'Émile Grognard était une maison de ville assez étroite et construite en briques. Elle s'élevait sur trois niveaux avec une grande fenêtre de part et d'autre de la porte. Mitoyenne sur un côté, elle se prolongeait, sur l'autre, par une extension plus récente en forme de garage, avec une porte automatique coulissante ouvrant sur la rue Elle disposait d'une petite cour gravillonnée sur le devant, décorée de parterres d'hortensias parfaitement entretenus. Elle se prolongeait, sans doute, par un jardin tout en longueur avec une terrasse sur le derrière. Une ancienne grille en fer forgé donnait accès à la courette sans avoir besoin de recourir au portail automatique. Elle n'était pas fermée à clé, un simple loquet poucier en permettait l'ouverture. En contrepartie, la porte d'entrée était blindée et fermée par une serrure cinq points dernier cri.

Les deux premières sonneries restèrent sans effet. Les policiers n'en furent guère surpris. Il fallait laisser aux occupants le temps d'émerger. Il n'était pas habituel de recevoir de la visite à une heure aussi matinale. Souvent les résidents hésitaient sur l'attitude à adopter. Se lever et répondre ou, au contraire, faire le mort et attendre que l'opportun, qui les dérangeait indûment, ne se décide à aller embêter d'autres personnes. La sentence : « police, ouvrez », vociférée sur un ton sans appel, ramenait invariablement les plus récalcitrants à de meilleurs sentiments. À partir de là, mieux valait obtempérer sous peine de complication.

Œil de Lynx dut frapper violemment du poing contre la feuille d'acier qui renforçait la porte. Sans oublier d'invoquer le fameux sésame qui provoqua assez rapidement du mouvement à l'intérieur de la maison. Tout policier qu'il fût, Émile Grognard n'échappait pas à la règle. Il finit par entrouvrir la porte, maintenue par une chaîne de sécurité avec un : « oui, qu'est-ce que c'est » agacé. Par l'encoignure, Gaëlle découvrit un homme ventru et de petite taille. Il portait un tricot de corps qui avait dû connaître des jours meilleurs et un caleçon aux jambes trop larges à travers lesquelles perçaient des guibolles peu épaisses. Il était presque chauve et les trois poils qu'il lui restait sur le caillou rebiquaient en formant de petites cornes qui le faisaient ressembler à un diablotin de pacotille.

— Mieux vaudrait nous ouvrir votre porte Monsieur Grognard, intervint Fred. Nous intervenons dans le cadre d'une enquête criminelle et sommes mandatés pour perquisitionner votre logement.

— Vous vous foutez de moi, réagit le vieux avec véhémence. Je suis de la maison comme vous, en retraite après vingt-sept ans de bons et loyaux services. Alors pas la peine de venir me faire chier à six heures du matin. Vous n'avez rien de mieux à faire que d'embêter les paisibles retraités ?

Encore un qui se croit au-dessus des lois, se dit Gaëlle. *Comme si sa position d'ancien flic l'exonérait de se conformer au droit commun. Et grognon par-dessus le marché, pas étonnant avec un tel patronyme !*

— C'est justement pour cette raison que nous sommes ici, répliqua Fred, et non pour embêter quiconque. Maintenant ouvrez votre porte avant que je ne la fasse défoncer. Ma patience a des limites.

La porte se referma le temps que Grognard enlève la chaîne de son logement, puis s'ouvrit lentement, comme à contrecœur.

— C'est du grand n'importe quoi. Qu'est-ce que mon statut d'ancien flic peut avoir affaire avec votre enquête ?

— Nous vous suspectons d'avoir détourné des armes qui auraient dû être détruites. L'une d'entre elles a récemment servi à perpétrer un crime.

L'espace d'une seconde, Grognard blêmit, perdant de sa superbe, avant de se ressaisir presque instantanément. Le changement n'échappa pas à Gaëlle qui l'observait en retrait de Fred. *Pas encore coulé,* se dit-elle, *mais touché quand même. Pourvu qu'on trouve quelque chose dans sa foutue baraque.* Elle détestait les salopards et espérait bien le coincer. Que celui-là ait été flic excluait, de fait, toute commisération.

La femme apparut tel un spectre à l'extrémité du couloir. Elle nouait à la hâte la ceinture qui maintenait les deux pans d'une robe de chambre d'un rose délavé tout en faisant racler sur le sol des mules dont la propreté du pompon devait remonter à une bonne décennie. Mal réveillée, elle semblait davantage intriguée qu'effrayée à la vue des six policiers qui se pressaient à l'extrémité du couloir. L'épouse de Grognard était d'une minceur à faire pitié, « aussi plate qu'une planche à pain » aurait dit Œil de Lynx avant que Sylvie ne s'attache à raboter les aspérités les plus machistes de son caractère.

Les cheveux gris de la dame n'avaient pas dû rencontrer la brosse depuis un moment. Ils pendaient en longues filasses luisantes de transpiration qu'elle ramenait, d'un geste machinal, derrière ses oreilles. La femme faisait pitié moins par l'aspect souffreteux de son physique que par le masque de résignation qui imprimait un air désespéré à son visage.

— Mais que se passe-t-il donc ? crut-elle bon d'interroger.

— Bonjour Madame, réagit Fred. Nous sommes venus perquisitionner votre maison à la recherche d'indices concernant un trafic d'armes auquel serait susceptible d'être mêlé votre mari.

— Qu'est-ce que tu as encore bien pu faire ? lança-t-elle d'un ton plaintif en sa direction.

— Ferme-la Simone et retourne te coucher. Rien de tout cela ne te concerne.

Sans demander son reste, la femme obtempéra en un bel exemple de soumission illustrant, s'il en était besoin, que la vie de couple n'était pas toujours aussi épanouissante que ce que les religieux et moralisateurs de tout poil voulaient bien nous faire croire.

— Madame, rétorqua Gaëlle qui n'était pas du genre à se coucher devant quiconque, encore moins devant un abruti de première. Nous aurons besoin de votre collaboration pour la perquisition. Je vous en prie restez.

— Ah non, s'écria Grognard dont le visage virait au rouge cramoisi, faites le boulot pour lequel vous êtes venus, mais ne vous mêlez pas de ma vie privée. Quoi que vous en pensiez, je reste encore maître en ma demeure.

— Oh que non, intervint Œil de Lynx du haut de son mètre quatre-vingt-dix et de ses quatre-vingt-quinze kilos tout en muscle. Pour le moment tu n'es qu'un suspect qui ne sait pas encore s'il passera son prochain repas en liberté ou derrière les barreaux. Alors ne t'avise plus de contredire ma collègue et contente-toi d'obéir à ce que nous te demanderons.

Comme pour ponctuer la sentence, il enfila théâtralement ses gants en étirant le latex, comme un gamin le ferait avec un élastique, avant de le relâcher pour le faire claquer contre ses poignets. Puis s'adressant à Fred.

— C'est quand tu veux chef, je suis impatient de mettre un peu d'ordre dans cette maison.

— Alors allons-y, répondit Fred lui emboîtant le pas. Nous allons commencer par le haut en fouillant le moindre recoin. Madame et Monsieur Grognard, vous avez le droit de nous accompagner.

Fred souriait en montant l'escalier. Toute cette intimidation n'était qu'un coup de bluff et Grognard le savait parfaitement. Une petite comédie bien huilée dont chaque membre du groupe connaissait la partition sur le bout des doigts. Ce cirque lui manquerait d'ici quelques mois.

La fouille du deuxième étage s'avéra plus longue que prévu et ne donna rien. C'était un ancien grenier dont les combles avaient été aménagés. Il était composé de deux grandes pièces mansardées séparées par un couloir. La première était un vaste bureau dans lequel les Grognard entassaient tout ce qui ne servait plus : vases, outils, ustensiles de cuisines, vieux journaux, livres de classe et trente-trois tours gondolés. La seconde n'était pas meublée et servait exclusivement de débarras. Des étagères bourrées à craquer supportaient un alignement hétéroclite d'objets : vieux pots, lampes, téléphones à cadrans, alignements de fers à repasser, chaînes Hi-Fi d'un autre âge, magnétoscopes VHS etc. Des appareils électroménagers hors d'usage et des luminaires étaient déposés à même le sol. Les policiers durent les dégager pour se frayer un chemin jusqu'aux placards aménagés dans les sous-pentes. Ils vidèrent les cartons à même le sol, déplaçant sans ménagement les arrangements branlants mais ne trouvèrent aucune arme. Visiblement les Grognard n'étaient pas des adeptes réguliers de la déchèterie. À se demander s'ils ne souffraient pas de Syllogomanie aiguë.

Le premier étage se composait d'un petit hall qui ouvrait sur trois chambres ainsi qu'une salle d'eau avec WC. Fred et Œil de Lynx sondèrent les différents murs à la recherche d'une cache éventuelle, vérifiant qu'aucun des placards ne dissimulait la moindre trappe. Le reste de l'équipe fouillait consciencieusement tiroirs, placards, dessous de lit, déplaçant les meubles et retirant les tapis pour vérifier que le parquet ne dissimulait aucune cache. Rien. Le plus énervant était de voir que Grognard commençait à se marrer de les voir s'escrimer sans le moindre résultat. Il se permit même un : « si vous avez besoin d'un petit coup de main, n'hésitez pas ». Sa femme, plus discrète, se contentait d'accompagner le mouvement sans rien manifester.

Fred décida d'envoyer Sylvie, Jérôme et Léonard examiner les extérieurs.

— Vérifiez bien que le gazon est homogène et qu'il n'y a pas de traces de terrassement. Pareil pour le jardin. Au moindre doute, vous nous faites signe.

— Vous voulez peut-être que je vous fournisse des pelles pour creuser, rajouta l'ancien flic d'un air goguenard.

— Je vous recommande de faire profil bas, rétorqua Fred, sauf si vous tenez à ce que je fasse venir une pelleteuse pour tout retourner. Maintenant laissez-nous faire notre travail et surtout taisez-vous !

Le rez-de-chaussée comprenait une pièce à vivre qui faisait office de salon et de salle à manger et ouvrait sur une terrasse qu'une bâche en toile imperméable protégeait du soleil. Une chambre, une salle de bains, des WC ainsi qu'une cuisine à l'ancienne avec piano huit feux et alignement de casseroles en cuivre complétaient le tableau. Le sol était recouvert sur tout le niveau de carreaux de céramiques de grande taille parfaitement jointés, ce qui excluait toute possibilité d'occulter une trappe. La terrasse était de plain-pied. Il n'y avait pas de vide sanitaire et la maison était dépourvue de cave. Les possibilités de dissimuler un arsenal s'en trouvaient d'autant réduites.

Le moral des troupes fondait à mesure que s'amenuisaient les endroits à visiter. *Merde,* se dit Gaëlle, *cacher des armes nécessite tout de même plus d'espace que pour planquer quelques sachets de hasch ou de cocaïne. S'il y avait quelque chose, on l'aurait forcément trouvé.* Le sentiment était partagé, mais personne n'osait encore le formuler à voix haute. Pas question d'être le premier à jouer les oiseaux de mauvais augure. Toute enquête a besoin d'une part de chance pour réussir. Nommer la poisse revenait à l'attirer inexorablement.

Le garage leur réserva une surprise de taille. Il était vaste, transformé en atelier de mécanique auto, mais surtout impeccablement rangé. Les outils étaient fixés au mur par des crochets dans un alignement qui ne devait rien au hasard. Un vaste établi métallique trônait au fond de la pièce à côté d'une servante mobile. Dans le coin opposé une grue de levage, digne d'une succursale de grande marque, permettait de déposer les moteurs. Un compresseur dernier cri complétait la panoplie du parfait mécanicien. Une Peugeot 504 cabriolet, à la peinture rouge flambant neuve, occupait le milieu de la pièce. La capote était repliée et les sièges en cuir en parfait état. L'avant était surélevé et reposait sur des chandelles. Les deux roues avaient été déposées, les cardans démontés. L'ancien flic, tout rustre qu'il était, avait la passion des belles mécaniques. Il rénovait dans les règles de l'art une magnifique voiture de collection.

Passé la surprise, la fouille reprit ses droits. Là encore les caches potentielles étaient peu nombreuses. Le coffre de la Peugeot était vide. Les boîtes à outils ne contenaient rien d'autre que des clés, pinces et autres instruments de mécanicien. Le sol du garage était constitué de dalles en béton à l'aspect gravillonné posé à la colle sur une chape rigide.

— J'espère que ton chien a des talents de médium, lâcha Gaëlle, parce que là, je ne vois vraiment pas ce qui pourrait nous avoir échappé.

— Tu as probablement raison. De toute façon, il fallait

s'y attendre. Le détournement des armes ne date pas d'hier. Trente-huit ans, ce n'est pas rien. Nous arrivons probablement trop tard.

Après deux heures d'attente, Jabba manifesta bruyamment sa satisfaction en sortant du Cayenne. Ses aboiements joyeux et ses cabrioles contrastaient avec la déception qu'affichaient les policiers. Fred ouvrit le coffre du gros SUV et en sortit le sac qui contenait les deux automatiques. Il commença par présenter à la truffe du chien l'arme entièrement nettoyée à l'huile Armistol, laissant l'autre de côté. Si ces pistolets existaient encore, il était peu probable qu'ils aient servi et devaient être abondamment graissés. Il tenterait néanmoins une tentative désespérée avec le deuxième flingue, si les recherches à partir du premier ne donnaient rien. Même lui n'y croyait plus vraiment. Il attacha néanmoins le chien au bout d'une longe et le guida vers la maison. Jabba refit en accéléré le trajet que les policiers avaient déjà parcouru. Il trottait partout museau au sol, flairant chaque mètre carré étage par étage, sans oublier le moindre recoin. Fred suivait tant bien que mal, retenir un mastiff en pleine action nécessitait une sacrée condition physique. Ce n'est qu'une fois dans le garage que l'animal sembla s'animer pour de bon parcourant le sol de long en large en poussant de petits cris. Fred le libéra de sa laisse. Chacun comprenait qu'il se passait quelque chose. Tous les yeux étaient braqués sur le chien qui tournait autour de la voiture en aboyant de plus belle. Grognard avait perdu de sa superbe et tirait franchement la gueule.

— Il va falloir déplacer cette voiture, commenta Fred.

— Ah non, elle n'est pas en état, lâcha trop vite l'ancien flic.

Cette fois, il a vraiment l'air atteint, pense alors Gaëlle.

Qu'est-ce qui a bien pu nous échapper ?

Œil de Lynx avait déjà glissé le cric hydraulique sous l'avant de la 504 afin d'enlever les chandelles. Les roues étaient rangées sous l'établi. Il fit signe à Léonard de venir l'aider à les transporter. Sylvie s'empara d'une clé en croix pour les remettre en place.

— Où sont les boulons ? demanda-t-elle.

— J'ai dû m'en débarrasser, ils étaient trop corrodés. J'en ai commandé de nouveaux qui ne sont pas encore arrivés. Vous ne pourrez pas fixer les roues.

La réponse semblait désespérée et ne trompa personne.

— J'ai un Cayenne avec un câble dans le coffre, reprit Fred furax. Je vous jure que si vous ne nous donnez pas tout de suite ces foutus boulons, je tracte votre cabriolet sans ses roues hors de ce foutu garage. Quitte à arracher le bas de caisse et transformer le reste en épave. Est-ce vraiment ce que vous souhaitez ?

— Ils sont dans le troisième tiroir de la servante…

Sylvie s'en empara prestement, en distribua quatre à Œil de Lynx et les autres à Léonard. En moins de cinq minutes les roues furent fixées. Gaëlle s'installa au volant, pour guider la voiture hors du garage pendant que le reste du groupe poussait la décapotable à l'extérieur de l'abri. Jabba observait les opérations tel un sphinx bien assis sur son postérieur. Il recommença à s'agiter une fois l'espace libéré du véhicule. Aboyant, tout excité, au cas où sa démonstration initiale n'aurait pas été suffisamment convaincante.

Les mêmes dalles gravillonnées tapissaient la surface qu'occupait initialement la 504. Posées sur des guides en acier, elles n'étaient pas scellées. Œil de Lynx fut le plus prompt à dénicher un pied de biche pour les déposer. Il mit à jour une fosse qui, en l'absence de pont élévateur, devait servir à effectuer des vidanges ou des travaux sous le véhicule. Trois caisses gisaient au fond du trou, une allongée et deux de plus petite taille. Il se coula dans le trou prestement et dégagea les couvercles pour que tout le monde puisse observer leurs contenus.

Les armes étaient bien là.

La plus grande contenait un alignement de fusils, certains de gros calibres. La seconde un assortiment d'armes de poing, la troisième, plus petite, les fameux walther.

— Embarquez-moi cet énergumène et passez-lui les menottes, lâcha Fred, l'air sera plus respirable quand il aura débarrassé le plancher. Informez-le de ses droits, même s'il doit déjà savoir de quoi il retourne.

Faisant demi-tour, il surprit Gaëlle en train de flatter le chien en toute discrétion. Le gros avait posé sa gueule contre son ventre et se laissait faire en toute complicité. Fred sourit à ce tableau inattendu. La journée s'annonçait meilleure que prévue.

Grognard patientait dans la salle d'interrogatoire numéro deux. Ces salopards de flics ne lui avaient épargné aucune humiliation. La femme l'avait même menacé de l'embarquer en tricot de corps et caleçon. Heureusement que son patron l'avait autorisé à passer un pantalon et une chemise avant que le géant ne le traîne par le col jusqu'à la voiture. Il était à présent menotté depuis plus d'une heure à un anneau de la table dont les pieds étaient boulonnés au sol. Face à lui, l'œil de la caméra le narguait. Vieille technique d'intimidation policière. Ces cons se comportaient comme s'il n'était pas au courant des ficelles du métier.

Il avait beau connaître ce cirque par cœur, il dut se rendre à l'évidence. Le cinéma fonctionnait malgré tout. Il avait la trouille et affichait sa mine des mauvais jours. Il savait ce qui l'attendait. Une longue, très longue incarcération sans possibilité rapide de remise de peine. Il ne regrettait rien. Au point où il en était, tout remord serait parfaitement déplacé. Il craignait juste ce qui allait maintenant lui arriver. Merde, il avait soixante-quatre ans. La vie ne pouvait pas se terminer de cette façon. Pas après quarante ans d'impunité. Il connaissait suffisamment la mentalité des juges pour savoir qu'ils ne lui feraient aucun cadeau. Accrocher un flic à leur tableau de chasse en ferait jouir plus d'un. D'autant plus qu'il avait indubitablement franchi la ligne et pas qu'un peu.

Les deux policiers le laissèrent encore poireauter un quart d'heure avant de s'installer devant lui. La femme mit en route la caméra tout en énonçant le jour, l'heure ainsi que l'intitulé de l'interrogatoire.

— Monsieur Grognard, engagea son supérieur en ouvrant son carnet de notes, vous cachiez un véritable arsenal dans votre garage. Nous avons relevé dans la première caisse cinq carabines, trois PM 9 Beretta et cinq fusils d'assaut Famas. La deuxième contenait six Walther P 38, quatre Colt 1911, douze MAS modèle 1950 et dix-sept Manurhin MR 73. La dernière renfermait sept Walther PK et neuf PPK. Reconnaissez-vous ces faits ?

— Si vous le dites…

— Répondez par oui ou non s'il vous plaît.

— Oui, ce doit être cela, même si ça fait longtemps que je n'ai pas fait d'inventaire.

— Pouvez-vous nous dire comment vous vous êtes procuré toutes ces armes.

— L'idée n'était pas de moi mais de Gaston Millet avec qui je bossais à l'époque. Tous les trois ou quatre ans la

SGAMI organise des destructions d'armes. Certaines sont déposées dans les commissariats par des particuliers qui souhaitent s'en débarrasser. Le plus souvent il s'agit de pistolets ou de fusils déclarés obsolètes et remplacés par du matériel plus moderne. Nous étions chargés d'inventorier et de sceller les caisses avant de les envoyer au concasseur. Au début j'étais réticent pour détourner des flingues, mais petit à petit Millet m'a convaincu.

— Et qu'est-ce qui vous a poussé à franchir le pas ?

— Millet incontestablement, il revenait sans cesse à la charge, m'assurant qu'il avait un réseau sûr pour les écouler. Et puis vous avez vu ma femme. C'est une bigote qui fait chambre à part depuis que nous avons eu nos deux fils. Je m'emmerdais et puis finalement j'ai cédé. J'avais sans doute besoin d'aventure, même si je n'ai pas craché sur l'argent non plus.

— Combien d'armes avez-vous ainsi soustraites ?

— Difficile à dire, maintenant. Tout cela remonte à loin. Nous avons détourné six caisses en trois opérations. Je dirais à la louche une trentaine de fusils et trois cent pistolets et revolvers. C'était Millet qui les stockait chez lui. Et puis, il a eu un cancer et il m'a tout rapporté il y a cinq ans avant de clamser.

— Est-ce que vous avez un fichier ou des éléments permettant d'identifier les acheteurs.

— Ah non, certainement pas. Tout s'est toujours fait dans la plus grande discrétion et en liquide. Mais attention, jamais nous n'aurions fourni des petits voyous. Nous ne contactions que des gens respectables, des chasseurs, des collectionneurs, d'anciens militaires, des notables amoureux des armes. Que des personnes de confiance. Millet n'avait pas son pareil pour trouver des acheteurs et vous n'imaginez pas le nombre de gens prêt à payer très cher pour posséder une arme de première catégorie.

— Et bien, intervint Gaëlle, vous vous êtes plantés au moins une fois sur le pedigree de vos relations du rotary club. Un des pistolets que vous aviez détournés, un Walther PPK pour être précis, a bien été utilisé pour assassiner Alain Cuvier devant sa famille et ses amis.

— Le Cuvier dont toute la presse parle, le beau-père de la petite fille qui s'est fait enlever ?

— Celui-là même.

— Merde. Là je suis vraiment mal…

Dès qu'ils furent sortis de la pièce Gaëlle soupira bruyamment.

— Je suis heureuse qu'on en est fini avec lui. Ce type me débecte.

— Moi aussi, c'est un véritable abruti qui mérite amplement ce qui va lui arriver. De mémoire le code de la sécurité intérieure punit de cinq ans d'emprisonnement et de soixante-quinze-mille euros d'amendes toute session d'arme de guerre. La peine est doublée lorsque l'infraction est commise en réunion. Le fait qu'il était flic au moment des faits sera clairement reconnu comme une circonstance aggravante. Je ne doute pas qu'il prendra le maximum. Il sera déféré devant le procureur avant midi et connaîtra sa première nuit derrière les barreaux dès ce soir.

— J'avais espéré qu'il pourrait nous fournir une info sur le destinataire du Walther.

— Moi aussi, mais il va falloir que nous en fassions notre deuil. Le procureur le cuisinera pour qu'il lui fournisse quelques noms ou informations supplémentaires. Mais à l'époque c'était Millet qui gérait les transactions. Je vais demander à ce que son domicile soit perquisitionné, mais à mon avis, on ne trouvera rien. Le seul fichier était dans sa tête et le type est mort depuis longtemps. Sur ce point je pense que Grognard était sincère quand il affirmait que les ventes se faisaient de la main à la main entre gens de bonne compagnie.

— L'acheteur initial de notre Walther a très bien pu le rétrocéder à quelqu'un d'autre. À moins que notre tueur ne soit lui-même quelqu'un de respectable. Notable et truand à la fois, un Double-Face à la Harvey Dent[1]. En attendant, allons manger. Je crève la dalle. Inutile de préciser que c'est toi qui régales. Sans oublier un bel os à moelle pour le chien. Il l'a bien mérité.

---

1. Personnage de la série Batman.

15

Impasse

Le boulot de flic n'avait rien d'une sinécure. La pression y était constante, les horaires sans fin, la reconnaissance rare et le salaire tout juste décent. À y regarder de près, il ressemblait à un travail de fourmi qui consistait, pour l'essentiel, à courir à droite à gauche pour faire des recherches et compiler de l'information. L'action n'y était pas fréquente et les opérations rigoureusement planifiées afin de minimiser les risques de dérapage. Les têtes brûlées n'y avaient pas leur place, les idéalistes non plus, les aventuriers encore moins. Pas grand-chose à voir avec ce qu'en montraient les séries télés.

Contrairement à l'éducation, la santé, voire la justice, le métier n'offrait que peu de raisons d'espérer en la nature humaine. Il en faisait même ressortir les aspects les plus noirs. Bêtise, jalousie, barbarie et autres pulsions incontrôlées qui, à la manière d'une précipitation chimique, se transmutaient en agressions, vols, chantages, enlèvements, mutilations, viols ou encore meurtres. Il y avait également cette compulsion de répétition qui faisait qu'à peine sorti, la plupart des malfrats récidivaient, poussés par on ne sait quel irrésistible instinct. Tout policier savait que les perspectives de rédemption des criminels, qu'il contribuait à mettre à l'ombre, étaient quasi inexistantes. L'expérience apportait, avec les années, son lot de désillusions et distillait insidieusement des germes de désespérance. Mieux valait avoir le cuir épais, le cœur bien accroché et un solide sens des valeurs.

Le plus éprouvant ne résidait pas toujours dans la fréquentation des criminels et de leur monde pathogène, mais dans la cruauté qu'il était souvent nécessaire d'infliger aux victimes et à leurs familles. Fred avait une expression pour caractériser ces situations : « remuer la peine des gens » et il détestait ça. Il allait pourtant bien falloir à nouveau tourmenter les proches des victimes de l'essai thérapeutique qui avait mal tourné. C'était à présent leur dernière piste. Celle des armes n'avait pas permis d'éclairer leur enquête. Il avait espéré, tout un temps, qu'elle les conduirait au détenteur du Walther qui avait abattu Alain Cuvier, mais, comme cela arrive parfois, les ramifications s'étaient effilochées avec le temps et cette voie s'était conclue en impasse. Elle avait certes permis d'identifier une brebis galeuse qui améliorait son ordinaire en refourguant des pétoires qui aurait dû finir à la casse. Mais, au final, elle ne révélait qu'un trafic minable organisé par deux flics ripoux qui arrondissaient leurs fins de mois tout en se croyant intouchables. Seule satisfaction, Émile Grognard aurait maintenant tout le temps de méditer sur le bien-fondé de leurs petites manigances.

Roland Bernal, le père du jeune hémiplégique, avait accepté de les recevoir mercredi matin. Il habitait, depuis peu, rue François Gillet au quatrième étage d'un immeuble récent avec rampes et ascenseur pour en faciliter l'accès aux personnes à mobilités réduites. Il avait été obligé de quitter son appartement du centre pour un autre plus adapté à la prise en charge du handicap. Gaëlle et Fred n'eurent pas besoin de sonner, la porte était entrouverte. Il les attendait.

Le couloir donnait sur une pièce à vivre qui était peu meublée : un buffet, une table et quatre chaises d'un côté ; de l'autre un écran plat suspendu, un canapé qui lui faisait face, une table basse. Les murs beiges étaient nus, aucun cadre, ni aucune décoration. L'appartement était austère et dégageait une atmosphère de tristesse contenue. Il invita les policiers à s'asseoir et s'installa une chaise pour leur faire face. Il ne leur proposa ni thé, ni café.

Roland Bernal était un homme d'une cinquantaine d'années assez représentatif de l'image commune du français moyen. Un peu moins d'un mètre quatre-vingt pour environ soixante-quinze kilos, des cheveux châtain foncé encore bien fournis et qui grisonnaient aux tempes, un nez épais, des yeux marron. Ni beau ni laid, il était vêtu d'un jogging bleu marine et de tennis Stan Smith qui lui donnait un air décontracté largement contredit par la fatigue et la lassitude qui marquaient ses traits.

Fred savait d'expérience qu'il ne servait à rien de masquer les véritables motifs de leur visite et qu'il valait mieux jouer franc-jeu plutôt que de tenter une posture de réconfort teintée d'hypocrisie. Il était d'ailleurs plus que probable que l'intéressé avait deviné le sens de leur visite dès qu'ils s'étaient annoncés par téléphone. Il n'était probablement pas les bienvenus.

— Je vous remercie de nous recevoir, Monsieur Bernal. Nous enquêtons sur l'assassinat d'Alain Cuvier et souhaitons vous poser quelques questions. Nous ferons en sorte de vous déranger le moins possible et espérons votre coopération.

— Qu'est-ce que vous voulez savoir ?

— Peut-être pourriez-vous commencer par nous raconter ce qui s'est passé pour votre fils, intervint Gaëlle qui répugnait à entrer trop brutalement dans le vif du sujet.

La réponse fusa, à la fois concise et sèche.

— Suivez-moi !

Roland Bernal les précéda jusqu'à la porte d'une chambre qu'il ouvrit délicatement.

— Voyez vous-même ce qu'il en est !

Contrairement au reste de la maison, la pièce était richement aménagée. Elle ressemblait à la chambre d'un grand adolescent et donnait l'impression que le temps s'était interrompu. Rien n'avait dû changer depuis l'accident. Des étagères Ikéa étaient remplies de BD et de livres qui avaient été religieusement conservées. Sciences-fictions et fantasy principalement, mais aussi de beaux ouvrages sur les contes orientaux, la mythologie, la science et la technologie. Des maquettes de vaisseaux spatiaux de la saga Star wars étaient exposées avec soin. Deux grandes affiches étaient encadrées. La première représentait Bilbo le Hobbit, la seconde les héros du retour du Jedi. Un fauteuil manuel en traction podale était stationné à côté d'un lit médicalisé dont la tête était relevée. Mathieu Bernal les yeux grands ouverts les regardait. Il ne disait rien. Gaëlle sentit le malaise la gagner et réprima l'envie de prendre la fuite. Fred s'approcha délibérément du lit.

— Bonjour jeune homme, nous sommes policiers. Ma collègue et moi souhaitons poser quelques questions à ton père…

Mathieu le regardait fixement sans rien répondre. Un silence pesant s'installait et la situation menaçait de s'éterniser. Roland Bernal ne pipait mot, nullement décidé à faire preuve de miséricorde à leur égard.

— Nous allons maintenant te laisser, poursuivit Fred.

Il posa sa main sur celle du jeune homme qu'il serra dans la sienne en prononçant quelques mots.

— Je souhaite sincèrement que ton état s'améliore, courage.

Il fit demi-tour, entraînant Gaëlle avec lui et fusilla des yeux l'homme qui n'avait pas bougé d'un millimètre et se repaissait de leur embarras. Les deux policiers retournèrent dans la pièce à vivre pour attendre Bernal qui, visiblement, avait décidé de les faire lanterner. Il se décida finalement à les rejoindre et prit place sur sa chaise. Le silence s'installa.

— Vous voulez bien nous dire ce qui s'est passé, reprit Gaëlle avec douceur.

— Notre vie a basculé le 27 juin 2017, cela fait tout juste trois ans, le jour où Mathieu a décidé de participer à ce maudit essai thérapeutique. Tout ça pour un peu moins de cinq mille euros. Avec sa mère, nous n'étions pas d'accord, mais il était majeur et ne nous a pas écoutés. Le médicament avait des effets secondaires. Il provoquait de l'hypertension, surtout chez certains sujets, c'est ce qui a provoqué un AVC hémorragique en pleine nuit. Ce n'est que le lendemain qu'il a été conduit à l'hôpital quand un copain l'a retrouvé sans connaissance. Vous savez sans doute que deux autres personnes sont décédées des mêmes symptômes.

— Oui, nous sommes au courant…

— Avec le recul, je me dis qu'il aurait peut-être mieux valu que ce soit également son cas. Vous avez vu comment il est. Il a de longues périodes d'absence qui peuvent durer plusieurs heures, et d'autres où il revient à la vie même si sa mémoire reste définitivement affectée. Il était en licence de mathématiques et c'était un étudiant plutôt doué et maintenant quel peut être son avenir ?

La question n'appelait pas de réponse et Roland Bernal se tut à nouveau. Les policiers respectèrent son silence, attendant qu'il se décide à poursuivre.

— Quand il a repris conscience, nous savions que son

cerveau avait souffert. Il m'a appelé papa, mais n'a pas reconnu sa mère. Pendant six mois la situation n'a pas évolué. Christine ne l'a pas supporté. Elle s'est enfuie. Je préfère le formuler de cette manière plutôt que de dire qu'elle m'a quitté. Aujourd'hui, elle a refait sa vie. Enfin, façon de parler, elle vit avec un autre homme, voilà tout. Je ne me fais aucune illusion et sais parfaitement pourquoi vous êtes ici. Vous me suspectez du meurtre n'est-ce pas ?

— Pas directement, Monsieur Bernal reprit Fred. Chaque enquête nous conduit à entendre les différents protagonistes de l'affaire. Nous menons simplement nos investigations en respectant les procédures.

— Ce ne sont pourtant pas les motifs ou l'envie de me venger qui m'ont manqué, vous pouvez me croire. Je me suis réjoui quand j'ai appris que le fils Cuvier avait été assassiné. Pas pour la gamine enlevée, elle était innocente et n'avait rien à voir là-dedans. Mais lui était responsable et il fallait bien qu'il paye d'une manière ou d'une autre.

— Vous comprendrez que nous ne puissions vous suivre sur ce point. Que faisiez-vous le vendredi 26 juin en début de soirée ?

— Vendredi dernier, Mathieu allait mieux. Il était dans sa phase de rémission. Nous sommes sortis, d'abord dans le parc pour une promenade, puis au restaurant qui est juste à côté pour manger une pizza.

— Quel est le nom de l'établissement ?

— Au Siciliana, vous pouvez vérifier. Généralement les gens se rappellent des personnes handicapées, surtout celles qui se déplacent en fauteuil. Et puis, j'ai payé avec ma carte bancaire, facile à contrôler.

— Soyez sans crainte, nous le ferons. Ne serait-ce que pour ne plus avoir à vous importuner. Quelle a été la nature de votre arrangement avec BioCuvier ?

— J'ai signé un accord de confidentialité. Nous l'avons tous fait sauf les parents de Philippe Duval qui n'ont rien voulu entendre et ont refusé tout dédommagement. L'indemnité que proposait l'assurance du laboratoire dépassait le million d'euros. J'ai préféré négocier une rente à vie pour Mathieu. Elle se monte à un peu plus de trois mille euros mensuel. Et croyez-moi, c'est tout juste suffisant. Heureusement que j'ai pu m'arranger avec mon travail. Je suis informaticien et ma boîte accepte que j'effectue l'intégralité de mon service en télétravail. Ce qui me permet de m'occuper de Mathieu la plupart du temps. Je bénéficie des services d'une aide à domicile à mi-temps et une infirmière passe quotidiennement pour effectuer des soins.

— Il y a des moments où je déteste notre boulot, lâcha Gaëlle dès qu'ils eurent quitté le domicile des Bernal.

— Tu as raison, nous étions les spectateurs impuissants de son désespoir. Il n'y a rien que nous puissions faire face à de tels drames. Quoi de pire pour un parent que d'assister à la dégradation physique et l'affaiblissement mental de son propre enfant ?

— Et pourtant, il a fait front contrairement à sa femme. Je l'ai trouvé sincère quand il nous a dit qu'il ne s'était pas réjoui de l'enlèvement de la gamine.

— Moi aussi. Nous allons vérifier ses dires, mais son alibi semble solide et, selon Sylvie, il n'y a rien de suspect ni dans ses comptes, ni dans ses échanges téléphoniques. À mon avis il n'y est pour rien.

— Je me demande si nous ne faisons pas fausse route en courant après ces victimes ?

— Je vois ce que tu veux dire. Bernal a joué franc jeu avec nous en nous avouant que ses envies de vengeance se limitaient à Alain Cuvier. Et cet aveu n'est pas compatible avec notre hypothèse selon laquelle les ravisseurs ou du moins leur chef auraient prémédité de se débarrasser de Chloé. Attendons d'entendre le mari d'Aude Rolin ainsi que les parents de Philippe Duval avant de tirer des conclusions définitives.

— Et pour la femme ou plutôt l'ex-femme de Bernal ?

— Inutile de perdre notre temps. Laissons Sylvie et Œil de Lynx vérifier ses comptes et ses communications. Nous le ferons seulement s'ils dénichent quelque chose. De toute façon les témoins du meurtre sont unanimes. Reagan et Nixon avaient des morphologies masculines. Aucun n'avait le moindre doute là-dessus.

Le mari d'Aude Rolin, la première victime de l'essai thérapeutique se prénommait Paul. Il habitait Beauregard, un village situé sur la rive gauche de la Saône, à trente-cinq kilomètres au nord de Lyon. Il avait lui aussi plié bagage suite au décès de son épouse. *Mais sans doute pas pour les mêmes raisons que Roland Bernal,* se dit Fred en observant la maison. La demeure était solidement construite en pierres de taille comme on en faisait encore au dix-neuvième siècle. Joliment rénovée, elle était ceinte d'un mur suffisamment haut pour la protéger de tout regard indiscret. Le portail ancien restait probablement ouvert la journée pour ne pas avoir à le manipuler plus que nécessaire. Gaëlle s'était garée à l'intérieur sans se soucier de demander l'autorisation.

Au troisième coup de sonnette, le propriétaire se pointa en peignoir et tongs aux pieds. Le vêtement qui n'était pas fermé laissait voir un boxer bleu marine qui dégoulinait et lui collait aux cuisses. Il ne protesta pas quand les policiers lui révélèrent le but de leur visite, se contentant de les inviter à entrer tout en faisant preuve d'une jovialité un peu forcée.

— Suivez-moi, nous serons plus à l'aise pour discuter sur la terrasse. Nous étions justement en train de prendre un verre. Vous souhaitez boire quelque chose ?
— Non rien du tout, merci.

La pièce à vivre était traversante et une vaste baie coulissante ouvrait sur un coin terrasse avec salon de jardin. Une bouteille de *Perrier* était posée sur la table. Elle côtoyait deux verres que chevauchait cavalièrement une rondelle de citron fendue jusqu'à son axe. La terrasse se prolongeait par une piscine en forme de haricot au centre d'un terrain bordée de palmiers et de pins parasol. Des chaises longues étaient disposées sur le pourtour du bassin. Sur l'une d'elles était allongée une femme à la chevelure brune qui offrait lascivement son corps au dieu soleil. Elle tourna la tête dans leur direction. Ses yeux étaient protégés par d'imposantes lunettes aux verres réfléchissants. Elle se leva avec des gestes gracieux et vint à leur rencontre en chaussant de petites mules qui accentuaient le naturel de son déhanché. Elle était grande, très grande même et portait un slip de bain rouge coquelicot minuscule. Elle n'avait pas de soutien-gorge et n'en semblait nullement affectée. Sa poitrine était généreuse et aucune marque de bronzage ne la différenciait du reste de son corps.

Fred était un peu gêné. Il ne savait trop où poser son regard face à ce buste qui lui évoquait spontanément l'image chaudement ensoleillée d'une Pamela Anderson courant sur la plage de Malibu. Le scruter, même furtivement, le ferait passer pour un voyeur qui profitait de la situation, baisser les yeux le ravalerait au rang d'un complexé mal dans sa peau. Pas toujours facile de s'ajuster à l'époque en se montrant plus libéré qu'on ne l'était en réalité. La seule réponse possible était de la regarder droit dans les yeux ce qui n'était pas évident derrière ses épaisses lunettes aux verres miroirs. Apparemment Gaëlle ne s'embarrassait pas de pareils états d'âme. Elle ignorait royalement l'intruse, n'éprouvant aucun remords à faire comme si elle n'existait pas. Pas besoin d'être devin pour deviner que les deux femmes ne s'appréciaient pas avant même qu'elles ne se soient dit le moindre mot.

— Je vous présente Alice ma nouvelle épouse, engagea Paul Rolin. Avec fierté.

C'est ainsi que la conversation s'engagea après qu'ils se furent tous quatre assis autour de la table. Fred lâcha un « enchanté Madame ». Rolin attendit en vain que Gaëlle en fasse autant. Il se résigna à poursuivre sans rien obtenir.

— Je suis enseignant de philosophie au lycée Sainte-Marie de Lyon. C'est là que j'y ai rencontré ma future femme. Elle était secrétaire de direction et moi professeur principal. Nous nous sommes tout de suite découvert des affinités. Elle sortait d'un divorce difficile, moi d'un drame épouvantable. Les choses se sont faîtes naturellement. C'est elle qui m'a redonné goût à la vie, vous savez…

Bizarre, pensa Gaëlle, *comme certains se sentent obligés d'avouer des choses que personne ne leur a demandées.*

— Et votre rencontre remonte à quand ? intervint-elle histoire de savoir si Rolin était digne d'un rattrapage au second tour ou définitivement recalé.

— Nous nous sommes rapprochés fin novembre 2017, pourquoi ?

La repartie était mauvaise, pire qu'attendue même. *Comment un prof de philosophie peut-il se laisser avoir aussi facilement* ? se demanda Fred. La réponse donna lieu à la première banderille que Gaëlle lui planta sans hésiter dans le gras du dos.

— Simple curiosité Monsieur Rolin, je voulais savoir combien de temps vous aviez porté le deuil de votre épouse.

L'homme piqua un fard. Sa femme lança un regard noir à la policière. Heureusement que sa tenue ne permettait de dissimuler ni arme, ni objet contondant sans quoi un carnage aurait semblé inévitable.

— Nous auditionnons les proches des victimes de l'essai thérapeutique dont a été victime votre épouse, poursuivit Gaëlle qui avait hâte d'en avoir fini avec ces deux-là.

— Vous voulez dire sa première épouse, rectifia Alice Rolin qui n'entendait pas se laisser cantonner aux seconds rôles.

— C'est exact, lui concéda Fred pour calmer le jeu.

— Aude était professeur de biologie. Elle était progressiste et soutenait la recherche scientifique. Son père avait souffert de la maladie d'Alzheimer C'est pourquoi elle participait à ces foutus essais cliniques…

— Au décès d'Aude Rolin, vous avez tenu des propos vengeurs particulièrement violents à l'encontre d'Alain Cuvier. Vous avez proféré des menaces qui ont été largement relayées par la presse au moment des faits.

— « Ce salopard ne mérite pas de vivre », si je reprends vos propres termes, insista Gaëlle sans ménagement.

— Tout cela est vrai, mettez-vous à ma place. Ma femme venait de mourir à tout juste trente-huit ans. J'étais anéanti, complètement dévasté.

— Et c'est moi qui l'ai aidé à se reconstruire et croyez-moi j'y ai mis tout mon cœur, intervint Alice Rolin poitrine gonflée et trémolos dans la voix.

— Je n'en doute pas une seconde, lâcha Gaëlle avec une pointe de cynisme.

— Monsieur Rolin, tempéra Fred, pouvez-vous nous préciser ce que vous faisiez vendredi dernier vers vingt heures.

— Nous dînions ici, rétorqua l'épouse avec un couple d'amis. Annie et Michel Janvier, un collègue de mon mari.

— S'il vous plaît Madame, la confronta Fred, laissez votre mari s'exprimer.

— Ce que dit Alice est rigoureusement exact, nous avons passé la soirée avec eux jusqu'à deux heures du matin.

— Éprouvez-vous toujours la même colère à l'égard du laboratoire BioCuvier ? interrogea Fred.

— Vous savez, c'était surtout le désespoir qui sous-tendait mes propos à l'époque. Je ne dirais plus la même chose aujourd'hui, même si je leur en veux toujours. J'ai fait mon deuil et suis passé à autre chose. Je suis allé de l'avant. Je pense d'ailleurs que c'est ce qu'Aude aurait souhaité pour moi.

— Quel a été le montant de l'arrangement avec BioCuvier ?

— Environ un million-deux-cent-mille euros, mais vous savez l'argent ne remplace pas tout. Il n'efface ni la perte, ni le chagrin.

— Quelle paire de faux culs, fulmina Gaëlle en claquant la porte du Cayenne. Ces deux-là nous ont vraiment pris pour des buses avec leur histoire d'amour à deux balles. Je ne sais pas pour toi, mais, à mon avis, Rolin est un enfoiré de première et sa poule une belle salope.

— Je vois que tu n'es pas prête à faire dans la demi-mesure.

— Non mais tu les as entendus ! Je croyais qu'un prof de philo était censé réfléchir par lui-même et il n'est même pas capable de parler sans l'assentiment de sa grosse pouffe.

— Peut-être que c'est ça l'amour : parler à deux d'une seule et même voix.

— Arrête de me charrier tu veux. Cet abruti n'a quand même pas mis longtemps à se consoler de la perte de son épouse. Il était soi-disant au trente-sixième dessous et hop, en deux temps trois mouvements, il trouve sa petite muse qui le ramène à la vie.

— Tu n'as pas l'impression d'exagérer un peu ?

— Et l'autre poufiasse avec ses fesses joufflues et ses seins siliconés qui avoue la bouche en cœur se donner à fond pour regonfler son mec à bloc comme s'il s'agissait d'une simple œuvre humanitaire. Et tous deux coulent des jours heureux dans la villa payée avec l'argent de l'assurance. M'étonnerait pas qu'en plus ils baisent dans la piscine.

— Plaisanterie mise à part, je dois avouer que tu n'as pas complètement tort.

— Je les trouve indécents, comme s'ils dansaient sur le cadavre d'une morte. Mais comment peut-on remplacer quelqu'un aussi vite ? Je n'arrive pas à y croire !

— Ta question me rappelle un vieux bouquin d'Aldous Huxley[1]. Un roman d'amour en fait, peut-être le seul qu'il ait écrit. C'est l'histoire d'un vieux Nobel de physique au caractère infantile et acariâtre profondément dépendant de sa jeune épouse à la fois maîtresse et mère. Celle-ci tombe amoureuse du narrateur, Huxley lui-même peut-être, et lui révèle ce qu'il appelle : « le paradis sombre et sans parole de la nudité, du contact et de la fusion ». Quand la jeune femme meurt accidentellement, le vieux physicien fera preuve d'un égoïsme monstrueux en la remplaçant aisément par une plus jeune sans grande qualité alors que le narrateur mettra des années à s'en remettre.

— Tu sais que, des fois, ton romantisme me sidère.

— En tout cas, même si Rolin est un égoïste de première. Il n'est pas notre criminel. Je vais demander à Sylvie et Œil de Lynx d'éplucher les dépenses du couple et de vérifier leur alibi, mais, à mon avis, on ne trouvera rien. Comme ils

1. Aldous Huxley. (1955). Le génie et la déesse. Pocket.

le disent si bien eux-mêmes, ils sont passés à autre chose.

Sylvie et Bernard Duval, les parents de la deuxième victime de l'essai clinique, étaient à Porto quand Gaëlle et Fred les avaient contactés. Ils profitaient d'un voyage au Portugal qui se terminait par le nord du pays. Leurs deux semaines de vacances touchaient à leur fin et le vol de retour était programmé pour jeudi à treize heures quarante-cinq. Les policiers les attendaient au terminal 1 B de Saint-Exupéry réservé aux compagnies low cost. Les époux avaient accepté volontiers de coopérer avec la police tout en avouant ne pas être au courant du drame qui avait endeuillé la famille Cuvier.

L'avion était à l'heure et Gaëlle avait confectionné une petite pancarte avec le nom des Duval qu'elle tenait bien en évidence. La femme fut la première à la repérer et lui fit un petit signe de la main. Le couple se tenait à proximité du tapis roulant sur lequel défilaient les bagages. L'homme chargeait sur un chariot leurs deux valises ainsi qu'un sac à dos contenant du matériel photo avec un trépied fixé à l'extérieur de la sacoche. Ils étaient tous les deux de tailles moyennes et vêtus avec soin. L'homme portait un pantalon beige ainsi qu'une veste assortie en lin sur un polo blanc avec, aux pieds, des mocassins bateau sur des socquettes de tennis. Il était bronzé et en partie dégarni. La femme avait les cheveux gris coupés court. Des lunettes de vue aux montures ultrafines et aucun maquillage. Elle était vêtue d'une robe longue taillée dans un imprimé au motif floral complétée d'un petit blouson en jean délavé et chaussée de tropéziennes.

Tous deux acceptèrent de faire halte dans une brasserie de l'aéroport.

— Nous ne comprenons pas bien pourquoi vous souhaitez nous interroger ? engagea l'homme.

— La procédure nous impose d'entendre tous les protagonistes de l'essai clinique mené par le laboratoire Cuvier, répondit Fred précautionneusement.

— Vous pensez que nous pourrions être impliqués dans ce drame horrible ? répliqua la femme.

— Ce n'est pas du tout notre idée, se dépêcha d'ajouter Gaëlle.

— Nous savons ce que cela signifie de perdre un fils, poursuivit Sylvie Duval. Chaque jour son absence se rappelle à nous à la moindre occasion. Le deuil, quoi qu'on en dise, est une blessure qui ne se referme jamais totalement. Il vous arrache ce que vous aviez de plus précieux, ce que vous chérissiez depuis le jour de sa naissance et vous rappelle que votre enfant ne reviendra plus. Rien ni personne ne peut vous réconforter en quoi que ce soit.

— Madame Duval, croyez bien que nous sommes désolés de ce qui vous est arrivé.

— Philippe était notre unique garçon. C'était notre plus belle réussite. Il était brillant, ne nous avait jamais causé le moindre souci à l'école. Il était d'une grande gentillesse avec nous, même une fois adulte. Croyez bien que je ne souhaite pareille désolation à personne. Pas plus au Cuvier qu'à aucune autre famille.

— Vous n'éprouvez aucune rancune à leur égard ?

— Aucune non, intervint le mari. Philippe se destinait à la médecine. Il entrait en quatrième année et souhaitait devenir chirurgien. Chaque année il participait à des essais cliniques. Il le faisait par conviction et non par nécessité. Il n'avait pas de problèmes d'argent. Nous étions commerçants et notre affaire était prospère. C'était un garçon très impliqué dans ce qu'il faisait. L'expérience a mal tourné et il en est mort.

— Vous n'avez pas souhaité profiter de l'indemnisation versée par l'assurance ? ajouta Fred.

— Certainement pas, reprit la femme avec véhémence. Jamais je n'aurais pu acheter quoi que ce soit avec cet argent. Bernard était d'ailleurs parfaitement d'accord avec moi. Le chagrin ne s'achète pas et puis, nous avons assisté au procès. Il y a été montré que l'expérimentation avait été menée dans les règles. Il n'y avait pas eu de négligences. Il s'agissait d'un accident dont le professeur Cuvier n'était pas directement responsable. Et puis sa famille a dû également être éprouvée avec son décès et l'enlèvement de leur petite fille.

— Vous êtes tous deux d'une générosité peu commune, conclut Fred.

— Vous avez l'adresse de Monsieur Cuvier, celui qui a perdu son fils ?

— Il s'agit d'Henri Cuvier, oui nous avons ses coordonnées, mais pourquoi cette question ?

— C'est important que je lui envoie mes condoléances pour les épreuves qu'il traverse. Je sais à quel point il en aura besoin.

16

Réjouissances

La journée du vendredi fut plutôt morose, comme souvent quand une enquête patinait. Elle se résuma à effectuer de manière exhaustive les vérifications qui s'avéraient nécessaires. Le plus rude n'était pas tant le caractère routinier et fastidieux des tâches qui s'annonçaient que l'anticipation qu'elles ne déboucheraient probablement sur rien. Si tel était le cas, ils ne disposeraient plus d'aucune option pour relancer les investigations. Comme souvent dans ces cas-là, chacun se repliait dans son espace personnel, face à son écran d'ordinateur dans un silence juste troublé par le bruit des touches des claviers frappées trop violemment.

Même la blague grivoise d'Œil de Lynx lancé à la cantonade ne suffit pas à dérider l'ambiance.

— C'est l'histoire de deux pénis qui se retrouvent pour discuter. Le premier dit au second : « je te trouve un peu tendu ce matin ». Ce à quoi l'autre répond : « c'est normal, j'ai un oral dans cinq minutes ».

Sylvie lui adressa un regard sévère tout en affichant son pouce vers le bas en un jugement sans appel. Elle avait pris en main la formation de son nouvel ami aux bases du féminisme. Le combat n'était pas gagné d'avance, la tâche s'avérait immense et il y avait visiblement des jours sans.

Contrairement à leurs habitudes, les opérateurs téléphoniques et les banques avaient répondu rapidement aux demandes de réquisitions concernant les fadettes, SMS, mails et mouvements bancaires des douze volontaires payés pour évaluer la nocivité du médicament aux plus fortes doses. La couverture médiatique de l'affaire n'y était sans doute pas pour rien. Personne ne souhaitait être soupçonné de contribuer à ralentir le travail des policiers. Le traçage des smartphones des différents protagonistes était également en cours d'analyse.

Outre les décès d'Aude Rolin et Philippe Duval, l'hémiplégie et les troubles cognitifs de Mathieu Duval, cinq autres volontaires avaient souffert de symptômes plus légers qui allaient de vomissements répétés à des pertes d'équilibre et des sensations de malaise. Ils avaient dû être hospitalisés pour subir une batterie de tests. Les neuf sujets avaient reçu, en sus du montant initial, des indemnités s'élevant de douze mille à soixante-cinq-mille euros en fonction de la gravité des effets endurés. Ils avaient par ailleurs contractualisé un accord avec BioCuvier. Le laboratoire s'engageait à leur fournir un suivi médical sur dix ans afin de vérifier une absence d'effets à long terme des molécules qu'ils avaient testées. Il y avait des chances que les deux décès et les lourdes séquelles endurés par Mathieu Bernal n'étaient pas pour rien dans cet arrangement plutôt généreux. Les choses semblaient avoir été faites dans les règles et rien ne justifiait *a priori* une possibilité de vengeance personnelle. Le mobile apparaissait, de toute façon, beaucoup trop faible.

Gaëlle et Fred s'étaient retranchés dans le bureau de ce dernier pour analyser les mouvements financiers de tous ces jeunes et de leurs familles. Il s'agissait essentiellement d'étudiants qu'ils n'avaient, à première vue, aucune raison de suspecter. Ce que confirma de plus en plus clairement l'examen exhaustif des différents documents.

En fin de journée les conclusions menées par l'ensemble de l'équipe étaient sans appel. Personne n'avait découvert le moindre élément à charge. L'enquête était bel et bien dans l'impasse. Ils se retrouvaient à nouveau dans la panade.

La semaine se terminait sur une note négative. Il valait mieux en rester là et fermer la boutique. Heureusement la soirée s'annonçait plus heureuse que la journée. L'ensemble du groupe crime était convié à se retrouver dans le nouvel appartement du commandant situé boulevard Yves Farge pour y pendre la crémaillère. « Plus exactement l'appartement de sa chérie » comme le claironnait sans vergogne Léonard Proust à qui voulait bien l'entendre. Gaëlle furax le suivit au moment où il pénétrait dans les toilettes des hommes. Il était déjà installé devant l'urinoir, braguette ouverte, quand il remarqua sa présence.

— Tu sais que tu n'es pas obligé d'y aller si tu ne le souhaites pas. Tu es sûr de vouloir jouer les rabat-joie à tout va !

— Du calme, je ne faisais que plaisanter. Inutile d'en faire une montagne non plus. De plus tu n'as rien à faire ici.

— Si tu repasses le même disque une seule fois, je te jure que je t'en colle une dont tu te souviendras, juste pour plaisanter évidemment !

— Ça va, il n'y a quand même pas mort d'homme à rappeler certaines vérités.

— De quelles vérités parles-tu ? Dans un couple chacun s'engage à hauteur de ses possibilités. Quand je pense que tu n'as même pas déposé le moindre billet dans la cagnotte. À ta place, je me ferais tout petit…

— Parce que maintenant tu surveilles qui donne ou non ?

Chacun est encore libre de faire ce qu'il veut dans ce pays.

Nullement gêné, il se mit à uriner bruyamment, orientant délibérément son jet contre la bonde de manière à renforcer la musicalité perverse de son glougloutement.

Gaëlle sortit en claquant la porte. Elle s'éloigna en soupirant bruyamment. Mieux valait lâcher l'affaire avant qu'elle ne s'envenime pour de bon. *Quel connard*, se dit-elle, persuadée qu'il viendrait malgré tout profiter des libéralités de la fête. Son cas était de toute façon sans espoir. *Ce pingouin arbore son absence de savoir-vivre avec la même fierté qu'un ancien combattant ses décorations. Un sale type boursoufflé d'égoïsme.* Sylvie avait bien raison de le détester. De toute façon l'intéressé se souciait de son remontage de bretelles comme d'une guigne…

Tout cela la mettait en rogne. Elle savait qu'Éva profiterait de cette fête pour annoncer son mariage avec Fred. Elle tenait à officialiser ses liens avec le commandant. C'est principalement pour cette raison qu'elle les avait tous invités. Ses parents seraient présents également ainsi que plusieurs de ses amies dont elle se flattait intérieurement de faire partie. Pas question de laisser un malotru gâcher la fiesta.

Éva avait écrit elle-même les cartons d'invitation précisant que chacun pouvait venir seul ou accompagné. Fred s'était contenté de les distribuer aux membres du groupe, à la commissaire ainsi qu'à Aurélie Lagrange, la responsable de l'équipe technique. Gaëlle et sa petite famille avaient bénéficié d'un traitement à part. Fred était un ami de longue date. Il adorait leurs deux filles : Élodie et Pauline. Éva leur avait envoyé une invitation à chacune. Elle avait également téléphoné à Gaëlle pour lui réaffirmer qu'elles étaient les bienvenues. Elles pourraient participer à la fête ou se retrancher dans une chambre qui leur serait réservée avec console de jeux, DVD et bandes dessinées à gogo. L'appartement était immense et cela ne posait aucun problème. Nul doute que le chien saurait leur tenir compagnie au besoin.

La fête était programmée pour vingt heures. Fred rentra deux heures plus tôt, prit une douche rapide et troqua jean, tee-shirt et basket contre un pantalon à plis, une chemise et des mocassins. Il terminait d'en rouler les manches quand il sentit Éva l'enlacer, se collant contre son dos, lovant sa tête au coin de son épaule. Il profita de l'instant avant de se retourner lentement pour l'embrasser. Il aimait placer sa main en bas de ses reins, là où débutait le contrefort des fesses afin de l'attirer à lui. La sensualité du contact le libérait de la tension accumulée. La lumière à peine déclinante de ce début d'été lui signifiait qu'à cinquante-quatre ans le meilleur de la vie était peut-être encore à venir.

Il s'enquit de la nécessité de donner un coup de main, mais tout était déjà pratiquement installé. Éva avait fait dresser deux tables tout en longueur recouvertes de nappes blanches sur le côté adjacent de la terrasse. Ce qui libérait un maximum d'espace pour accueillir les invités et admirer le panorama hors du commun. Au-delà des formes tarabiscotées du musée des confluences, les deux fleuves s'unissaient l'un à l'autre en un dégradé de bleu ouvrant sur un paysage urbain que la nuit tombante illuminerait bientôt d'une multitude de lumières.

Sur la première table seraient disposés les différents plats, la seconde étant réservée aux boissons, seaux à glace, coupes et verres à vin. Éva avait insisté pour cuisiner elle-même afin d'organiser le buffet pour une vingtaine de personnes. Chacun grignoterait debout en se servant dans de petites assiettes. Pas question de faire appel à un traiteur. Elle avait retrouvé avec plaisir Annie Pérard[1] qui avait ac-

1. Annie Pérard apparaît dans le premier opus de la série en tant que femme à tout faire de la maison profondément attachée à sa patronne.

cepté de reprendre du service dans leur nouvel appartement. Françoise était également venue pour aider en cuisine. Les trois femmes s'activaient depuis la veille, même si sa mère s'était mystérieusement éclipsée depuis le milieu de l'après-midi.

Pour Éva, le rôle de maîtresse de maison n'était pas un vain mot et prendre soin de ses invités nécessitait de s'impliquer personnellement dans la préparation des plats. La gastronomie avait toujours été une affaire familiale dans laquelle chacun mettait la main à la pâte. Elle avait beaucoup entendu parler des collègues de Fred, mais ne les avait jamais rencontrés, hormis Gaëlle. Elle ne voulait surtout pas qu'ils se fassent d'elle l'image d'une femme riche vivant au-dessus de la mêlée.

Au programme canapés au foie gras et saumon, assortiments de charcuteries, verrines d'avocat et crevettes ainsi que figues au jambon *Pata Negra* pour les entrées ; saucisson brioché fait maison, cake au chorizo, flétan, thon et espadon fumé sur blinis pour les plats principaux ; amandines aux poires, tiramisu café et tartelettes aux pralines pour accompagner le café. Il y aurait largement de quoi satisfaire aussi bien les esthètes du goût que les appétits les plus voraces. Les boissons ne seraient pas en reste. Huit bouteilles de Bollinger patientaient au frais avec trois de Chablis pour les réfractaires aux bulles ainsi que deux Vosne-Romanée pour satisfaire les inconditionnels des rouges de Bourgogne. Sans oublier le cognac, le Rhum vieux de la Martinique ou le Whiskey japonais, ce qui ne manquerait pas d'aider à la digestion. Fred de son côté s'activait pour installer sur la terrasse deux baffles *Devialet* au design épuré. Rien de plus simple, il y avait des prises électriques dissimulées dans le sol derrière de petites trappes amovibles. Il suffisait de les brancher. Pour le reste la connexion s'effectuait en Bluetooth à partir de n'importe quel smartphone. Au programme jazz cool pour l'ambiance, quelques rocks et peut-être un ou deux tangos pour celles et ceux qui souhaiteraient danser.

Les invités arrivèrent par vagues successives. En avance sur l'horaire, Gaëlle et sa famille se présentèrent en premier, suivies de peu par Sylvie, accompagnée de Florence Mendrillon l'avocate avec qui elle vivait. Les trois femmes se proposèrent spontanément pour aider à disposer les plats et donner un coup de main au service. *L'égalité hommes femmes est peut-être en route*, se dit Éva, *mais c'est encore souvent les mêmes qui se retrouvent en cuisine*. Fred et Francis s'occupaient des boissons en une distribution des rôles encore largement genrée.

Alain Régnier, le père d'Éva, se présenta ensuite avec Louise Destré sa compagne. Elle parcourait les mers avec lui, depuis plus de vingt ans, sur un *Beneteau* de dix-sept mètres. Alain était un homme âgé qui portait plutôt bien ses presque quatre-vingts ans avec un physique de vieux loup de mer au visage buriné et à la peau brûlée par le soleil. Son corps, toujours musclé était entretenu par une pratique régulière de la voile. Ses cheveux drus et frisés évoquaient une espèce d'auréole qui lui donnait, si ce n'est l'air d'un saint, du moins celui d'un vieux sage prêt à recevoir toutes les confessions.

Ils devançaient un second groupe composé d'Évelyne Sarthou, journaliste à Lyon Presse et meilleure amie de la maîtresse de maison, de Julie Romane gérante de la boutique de mode située rue Edouard Herriot et de son mari. Ce magasin avait été le premier fondé par le couple Régnier. Il constituait le berceau historique du groupe et Julie, proche de la retraite, avait travaillé aussi bien avec les parents qu'avec la fille. C'était une proche depuis toujours. Arrivèrent ensuite la plupart des membres du SRPJ, accompagnés le plus souvent de leur conjoint mis à part quelques exceptions qui se présentèrent seules mais pas forcément pour les mêmes raisons.

Jérôme Delevoy, à tout juste vingt-six ans, était le petit nouveau. Il vivait avec une mère possessive et exclusive. Grande bourgeoise, catholique bon teint, elle avait été abandonnée par un mari qui lui avait préféré une secrétaire sans doute plus attentionnée et décorative. Ils partageaient tous deux un immense appartement place Bellecour que le paternel leur avait abandonné pour solder toute forme de culpabilité. Aurélie Lagrange, de son côté, vivait seule et n'avait personne d'important dans sa vie. Après quelques essais infructueux, elle avait renoncé à tout effort pour rencontrer quelqu'un. Elle était passionnée par son métier qui l'accaparait. Pour le moment cela lui suffisait.

La commissaire Sandrine Jacquemin n'avait pas ce genre de problème. Elle n'était pas mariée et n'avait pas d'enfant, mais la rumeur lui prêtait une vie amoureuse agitée que ses tenues, souvent provocantes, ne contribuaient en rien à démentir. Ce soir encore sa jupe trop courte dévoilait des jambes lisses et bien pleines au bronzage parfait. Son chemisier plus qu'échancré mettait quant à lui en valeur un buste aux formes généreuses. C'était selon l'expression populaire « une femme bien en chair » comme on en voyait beaucoup dans les films des années cinquante. Elle assumait pleinement une féminité qu'elle affichait sans honte. Elle s'en servait pour sa carrière disaient les mauvaises langues. Elle était cependant d'une extrême discrétion sur tout ce qui touchait à sa vie privée. En fait personne n'en connaissait grand-chose, pas même ses préférences sexuelles qui restaient objet de supputations. Pas question pour elle d'amener quelqu'un pour alimenter les cancans du SRPJ.

Il en allait de même pour Karim Hachaoui qui était d'une grande discrétion sur tout ce qui touchait à sa sphère privée. Fred lui connaissait une vie sentimentale plutôt agitée. Le légiste était un esthète toujours tiré à quatre épingles et féru d'art. C'était un séducteur raffiné qui appréciait la compagnie des jolies femmes souvent plus jeunes qu'il était incapable de garder très longtemps. Le souhaitait-il d'ailleurs ? Il portait un immense bouquet de roses rouges dans une main qu'il offrit en premier à la maîtresse de maison et une bouteille de whisky Yamasaki dont il savait Fred amateur dans l'autre.

Œil de Lynx très stylé surprit son monde. Il avait troqué son éternel jean tee-shirt, qui soulignait la taille impressionnante de ses biceps, contre un costume à la coupe parfaite qui dissimulait, en partie seulement, son allure de géant athlétique bodybuildé. Fier comme Artaban, il marqua une pause, tout sourire, tel un acteur de théâtre faisant son entrée sur scène. Annabelle Bréguet, la jolie dentiste qui avait permis d'élucider l'affaire Karsanti, était pendue à son bras. Elle semblait ravie d'être à ses côtés et particulièrement amusée des regards surpris de certains. Les presque vingt ans d'âge qui les séparaient n'y étaient sans doute pas pour rien. Au commissariat, tout le monde savait que le brigadier-chef avait flashé sur elle lors de l'enquête, mais personne n'aurait imaginé que cette attirance se concrétiserait un jour.

Œil de Lynx avait une réputation de Dom Juan, qui lui collait à la peau, attiré essentiellement par les jeunettes écervelées. Alors une riche bourgeoise, dentiste et âgée de surcroît ne semblait pas vraiment dans ses cordes. Sylvie seule était au courant de leur petit manège qui durait depuis presque un mois.

Éva, n'avait encore jamais rencontré l'intéressée. Dès que Fred lui eut révélé son identité, elle se précipita au-devant d'eux pour les accueillir en les embrassant sans la moindre hésitation.

— Merci à vous Annabelle d'être venu. Je suis ravie de vous rencontrer et de faire enfin votre connaissance, ainsi que la vôtre brigadier-chef Pierce.

— Je vous en prie, appelez-moi Victor ou Œil de Lynx comme tout le monde.

— À la seule condition qu'à partir de maintenant nous nous tutoyons tous les trois. Cette maison vous sera toujours ouverte, je vous suis tellement redevable.

— Vous savez, je n'ai fait que regarder quelques photos qu'avait bien voulu me présenter Victor, intervint Annabelle.

— Vous avez tous deux fait bien plus que cela. Sans vous, je ne serais probablement plus là aujourd'hui. Je suis à la fois heureuse et émue de vous recevoir, ensemble qui plus est.

— Oh pour ça, rétorqua Annabelle en affichant un sourire malicieux, ce n'était pas gagné d'avance. J'ai dû lui forcer un peu la main. Après l'avoir vu successivement quatre fois au cabinet en moins d'un trimestre pour un soin, deux visites de contrôle et un détartrage. Je me doutais bien qu'il devait y avoir anguille sous roche et qu'il ne venait pas que pour ses dents. C'était ça ou me résoudre à lui fraiser une molaire saine. J'ai jugé qu'il valait mieux prendre les choses en main et lui poser directement la question. Après tout, la vie est trop courte pour ne pas en profiter.

— Ce n'est tout de même pas ma faute si je suis un garçon timide, répliqua Œil de Lynx hilare.

Comme l'avait prédit Gaëlle, Léonard Proust finit par arriver avec son épouse. Le couple donnait l'impression d'être mal assorti. Lui vêtu d'une veste qu'il aurait eu du mal à boutonner tant son ventre était proéminent, elle d'une minceur à faire peur qu'elle dissimulait tant bien que mal à l'intérieur d'une robe mousseline ajustée à la taille.

— Quel pique-assiette celui-là, lâcha Sylvie en catimini à Gaëlle. Chaque jour ce type me sort davantage par les trous de nez.

— M'est avis qu'il se pointe juste pour profiter du buffet.

— Et aussi des boissons, tu le connais. Avec lui, c'est chasse, pêche et bons gueuletons. Sa femme est aux aguets comme si elle débarquait sur une autre planète. J'imagine qu'elle n'aurait raté pour rien au monde pareille invitation, juste pour se vanter auprès des voisins qu'ils fricotent régulièrement avec le gratin de la ville.

— Médisance quand tu nous tiens…

— Peut-être, mais je te rappelle que médire, c'est dire du mal qui est vrai.

Éva, de son côté, commençait à se faire du souci. Plus d'un quart d'heure que la fête était commencée et sa mère n'était toujours pas arrivée. Cela ne lui ressemblait vraiment pas. Elle s'était pourtant engagée à aider au service et Dieu sait qu'elle tenait toujours ses engagements. Éva lui avait déjà envoyé deux SMS restés sans réponse. Ce qui ne faisait qu'accroître son inquiétude. Elle s'approcha de Fred.

— Je commence vraiment à m'inquiéter. Françoise n'est toujours pas là. Déjà qu'elle nous a abandonnées cet après-midi sans la moindre explication. Tu penses qu'il aurait pu lui arriver quelque chose.

— Je ne crois pas. Laissons-lui encore un peu de temps. Si dans un quart d'heure elle ne s'est toujours pas présentée, nous aviserons. Allons plutôt ouvrir les festivités. Cela la décidera peut-être à se dépêcher.

Il lui prit la main et l'accompagna pour faire face au groupe. Chacun semblait avoir trouvé ses marques, faisant connaissance avec les nouvelles têtes, patientant jusqu'au coup d'envoi des réjouissances. Élodie et Pauline commençaient à avoir très faim. Elles tournaient autour de la table à la recherche de quelque chose à grignoter en douce, jetant alternativement des regards à Gaëlle qui leur faisait les gros yeux en signe d'interdiction.

— Merci à vous d'être venus, engagea Éva. Vous savez que j'ai vécu, il y a peu, une épreuve particulièrement douloureuse. Beaucoup d'entre vous me sont venus en aide et, ont contribué, ne tournons pas autour du pot, à me sauver la vie. Je tiens ici sincèrement à les en remercier. Nous sommes très heureux de vous avoir avec nous pour fêter notre installation dans ce magnifique appartement. Il y a également une autre raison pour laquelle nous tenions à vous réunir ce soir. Nous avons décidé Fred et moi de nous marier. Bien évidemment, vous êtes toutes et tous invités. En attendant, je vous convie à vous saisir d'une coupe pour trinquer et à vous servir au buffet.

C'est au moment où ils commencèrent à déballer les cadeaux qu'apparut Françoise. *Merde*, se dit Fred en allant à sa rencontre, *les ennuis s'invitent à la fête*. Les regards de ses collègues se tournèrent vers la nouvelle arrivante avant de faire comme si de rien n'était. Ils avaient reconnu la gosse et beaucoup devaient partager le point de vue de leur patron. La commissaire semblait interrogative, Gaëlle perplexe. Françoise, elle, se tenait tout sourire face à l'assemblée. Chloé lui donnait la main.

— Je suppose que tu as deviné ? précisa la mère d'Éva s'adressant à Fred d'une petite voix.

— En fait, les interrompit la gamine avec un grand sourire, Françoise est la copine de mon grand-père.

— C'est bien ce que j'avais cru comprendre, lui répondit Fred tout en se disant que la situation, pour emmerdante qu'elle soit, ne manquait pas d'ironie.

— Tu m'avais dit que je pouvais venir voir Jabba quand je voulais.

— Et je le pensais. Regarde, il y a là-bas deux petites filles qui ne demandent pas mieux que de jouer avec toi. Vous ne serez pas trop de trois pour vous occuper du chien.

— Merci Fred, je savais que je pouvais compter sur toi, poursuivit Françoise. Rassure-toi, je n'ai pris aucun risque. C'est un policier de garde qui nous a déposées dans une voiture de chez vous et ici avec tes amis elle ne risque rien.

Éva était désappointée par l'attitude de sa mère. Œil de Lynx que tout amusait se marrait, expliquant la situation à sa nouvelle conquête. La commissaire semblait faire preuve de moins d'aménité.

— Vous m'expliquez commandant ?

— Il semblerait que Françoise, ma future belle-mère soit la petite amie en titre d'Henri Cuvier.

— Oh, vous plaisantez là ! Depuis combien de temps étiez-vous au courant ?

— Je l'apprends à l'instant.

— Décidément commandant, c'est un peu chez vous comme aux *galeries Lafayette*, « il s'y passe toujours quelque chose[1] ». Nous en reparlerons demain. En attendant,

1. « Il se passe toujours quelque chose aux Galeries Lafayette » célèbre slogan publicitaire des années soixante-dix lorsque le magasin introduisit de grandes expositions à la manière des musées.

vous feriez mieux de me servir un autre verre.

La commissaire ne pouvait mieux dire et la suite lui donna raison avant même la fin de la soirée. Il était vingt-trois heures, de nombreux couples dansaient un peu éméchés en une succession de slows. Éva et Fred ouvrirent le bal sur le mythique « Love » de Nat King Cole, morceau romantique à la tonalité dynamique et joyeuse, auquel succéda « At Last » interprété par l'inégalable Etta James à seulement dix-sept ans. Fred invita la commissaire sur « Cheek to cheek » d'Amstrong et Fitzgerald, tandis que Karim en profita pour faire de même avec Éva. À la fin du morceau Alain Régnier posa la main sur l'épaule de son futur gendre l'obligeant à se retourner.

— Je peux te parler en tête à tête, il y a quelque chose qui me tracasse. Ce n'est sans doute rien, mais je préférerais avoir ton avis.

Fred abandonna sa supérieure, traversa la piste entraînant son futur beau-père à l'intérieur. Jetant un regard derrière lui avant de quitter la terrasse, il remarqua avec satisfaction que Françoise avait trouvé un cavalier en la personne de Jérôme Delevoy, le jeune lieutenant. Ils dansaient élégamment sur la musique aérienne de « Dream a little dream of me » interprétée par Doris Day qui les accompagna à l'intérieur. Fred entraîna Alain Régnier dans son bureau et l'invita à s'asseoir tout en fermant la porte.

— Tu souhaitais me parler ?

— J'ai longuement hésité à le faire. Généralement je ne me mêle pas des histoires des autres. Je suis un vieil homme qui se contente de profiter du morceau de vie qui lui reste. Je sais que c'est toi qui enquêtes sur l'affaire Cuvier et je me suis décidé à te parler lorsque tout à l'heure, j'ai vu la gamine avec Françoise.

— Tu sais quelque chose concernant notre enquête ?

— Non, je n'irais pas jusque-là et ce n'est sans doute rien. Peut-être que je surinterprète simplement ce que l'on m'a rapporté.

— Laisse-m'en seul juge, tu veux bien. Maintenant vas-y, je t'écoute.

— J'ai revu récemment un vieil ami que je croisais régulièrement, quand j'étais encore aux affaires, à la CCI[1] de la rue de la République. Il s'appelle Simon Burlet. C'est quelqu'un qui a eu le nez fin en montant une société d'import-export avec la Chine dans les années soixante-quinze, bien avant que ce soit la mode et que tout le monde s'y précipite. Simon a gagné beaucoup d'argent et ses liquidités empruntaient parfois des circuits tortueux. Il faut bien comprendre qu'à cette époque c'était un peu la jungle.

— Tu essaies de me dire qu'il était en délicatesse avec le fisc.

— Il l'est toujours, mais a été assez malin pour ne pas se faire prendre. Il a accumulé des sommes importantes dans des banques d'affaires en Suisse et au Lichtenstein.

— Ce que tu me racontes relève de la brigade financière, pas de la criminelle.

— Laisse-moi terminer. Je n'ai moi-même pas toujours été très régulier avec le fisc, du moins à mes débuts. Simon le sait, on en a longuement discuté par le passé et il me fait toute confiance.

— Et ?

— Nous avons bu une bière ensemble, la semaine dernière. Et c'est là qu'il m'a proposé de rencontrer un intermédiaire qui se charge de rapatrier des liquidités en contrepartie de virements sur ses comptes. Comptes localisés, comme tu t'en doutes, dans des pays peu regardant en ce qui concerne les mouvements financiers.

1. Chambre de Commerce et d'Industrie.

— Tu veux dire des paradis fiscaux faisant partie de la liste noire de l'Union européenne ?

— Ceux-là ou d'autres, peu importe.

— Il s'agit probablement de blanchiment d'argent de la drogue ou de trafics divers, mais, encore une fois, en quoi cela me concerne-t-il ?

— Comme j'étais réticent, il m'a cité quelques noms de personnes importantes qui recouraient aux services de cette personne et, parmi ceux-là est apparu le nom des Cuvier. Celui-là même dont tu t'occupes.

— Tu es sûr qu'il s'agissait bien des Cuvier ?

— Oui, il m'a même cité le laboratoire BioCuvier.

— Est-ce qu'il t'a donné d'autres précisions les concernant.

— Non, rien. Comme je lui ai redit que je n'étais pas intéressé et que mes affaires étaient en règle depuis longtemps, il n'a pas insisté et nous sommes passés à autre chose.

— Tu ne sais pas si cela concernait Alain Cuvier le fils assassiné, Antoine son frère ou Henri le paternel.

— Non, je t'ai dit tout ce que je savais. Je ne connais pas le nom de cette personne. Sur le coup, je n'ai pas réalisé. J'aurais peut-être dû faire semblant d'être partant pour en apprendre davantage.

— Non, tu as bien fait. Ces types sont généralement dangereux, mieux vaut se tenir à l'écart. Nous allons vérifier tout cela. Peut-être que ton histoire nous permettra de dessiner un mobile nous permettant d'y voir plus clair. Nous verrons. Tu sais que nous allons devoir interroger ce Simon Burlet ?

— Je m'en doute. C'est peut-être la raison pour laquelle j'hésitais à t'en parler.

— Si tu acceptes de déposer officiellement, tu devras

probablement faire une croix sur votre amitié. Il y a peu de chance qu'il te rende grâce pour ce que tu as fait.

— J'ai bien pesé le pour et le contre avant de te parler. J'en accepte le prix. Je connais également celui, bien plus lourd, de la duplicité et je ne tiens pas à devoir détourner le regard.

— Très bien, il faudra que tu passes demain au SRPJ pour signer ta déposition. Est-ce que dix heures te convient ?

— J'y serai.

— Alors je t'attendrai et m'en occuperai moi-même. Merci Alain, il est fort possible que ton témoignage nous permette d'avancer.

Ils rejoignirent la fête qui battait son plein. Les danses étaient terminées et la musique en sourdine. Passé vingt-trois heures, mieux valait ne plus sonoriser le quartier. Gaëlle et Éva servaient les derniers cafés dans de fines tasses en porcelaine. Fred en saisit une au passage. Il restait encore des desserts, mais la plupart des invités avaient reposé leurs assiettes complètement repus et se contentaient de siroter tranquillement leur petit noir. Fred s'approcha d'Éva pour l'informer qu'il était temps de reconduire Chloé chez elle. Il demanda à Françoise de bien vouloir aller la chercher. En retour elle lui annonça qu'elle souhaitait les accompagner. Elle avait promis de ramener la fillette avant minuit et il était déjà tard.

Fred passa par son bureau, ouvrit le coffre et se saisit du holster contenant son Sig-Sauer SP 2022 qu'il clipsa à sa ceinture. Il revint sur la terrasse pour saluer les invités, leur précisa qu'il ne serait pas long, mais ne devaient pas se sentir obligé de l'attendre. Il rejoignit enfin Françoise qui était déjà prête et patientait dans le couloir. Elle tenait Chloé par la main. Ils prirent l'ascenseur jusqu'au parking souterrain et s'installèrent dans le Cayenne. La circulation était fluide et il ne leur fallut qu'une dizaine de minutes pour parvenir au domicile des Cuvier, cours du Docteur Long. Le portail était fermé par mesure de sécurité. Fred s'annonça à l'interphone en présentant sa carte de police à l'œil de la caméra. Le policier de service débloqua la lourde porte qui glissa sur son rail, libérant le passage.

Fred engagea le gros SUV dans l'allée bordée d'arbres jusqu'à la riche demeure. Il se gara au plus près du vaste escalier permettant d'accéder à l'entrée. Hélène Desmarets-Cuvier les attendait un livre à la main. Chloé la rejoignit tout ensommeillée. Elle embrassa sa mère en lâchant : « c'était super bien ».

— Vous permettez que je la mette au lit, j'en ai pour deux minutes et je reviens vers vous.

— Justement, je souhaiterais vous poser une ou deux questions, si vous en êtes d'accord.

Françoise en profita pour embrasser Fred en lui souhaitant bonne nuit.

— Tu ne rentres pas avec moi ?

— Non, il y a quelqu'un qui m'attend.

Fred n'en revenait pas. Elle lui avait bien fait un clin d'œil. Il sourit en la voyant tourner les talons et se diriger vers l'escalier qui conduisait à l'appartement d'Henri Cuvier. Il était heureux pour elle de cette attirance inattendue qui illustrait que l'amour restait la grande affaire des vivants quel que soit leur âge. Le désir amoureux semblait se jouer du poids des ans et de la profondeur des rides. Preuve que l'imaginaire y tenait une grande place. Peut-être était-ce pour cette raison qu'il était si difficile, une fois en couple, de comprendre et surtout d'accepter les limites de l'autre.

Il n'eut pas à attendre longtemps. Hélène Desmarets-Cuvier le retrouva dans la grande salle du bas où avait eu lieu le drame. Elle ne semblait pas rétrospectivement effrayée par ce qui s'y était déroulé à peine une semaine plus tôt. Ce qui en disait long sur sa personnalité. Ils s'assirent tous deux à l'extrémité de la grande table.

— C'était gentil à vous d'accueillir ma fille à l'improviste. J'avoue que je n'étais pas très encline à la laisser sortir. C'est Françoise qui a insisté pour la prendre avec elle.

— Je lui avais dit qu'elle pouvait passer nous voir quand elle le désirait. Ce n'était pas des paroles en l'air.

— Je vous remercie également d'avoir pris le temps de la raccompagner jusqu'ici. Je suis tellement inquiète à son sujet dès qu'elle quitte la maison. Je ne peux tout de même pas la garder prisonnière *ad vitam æternam*.

— Nous mettons tout en œuvre pour identifier les responsables de la mort de votre mari et de l'enlèvement de votre fille. J'espère que nous aboutirons rapidement.

— Vous souhaitiez me poser quelques questions…

— Oui et je ne vous retiendrai pas longtemps. Ma demande est délicate. Je souhaite qu'elle reste confidentielle et que vous me répondiez en toute franchise. Un témoignage que nous avons recueilli récemment associait le nom des Cuvier à une possible affaire de fraude fiscale. Est-ce que vous auriez, de votre côté, eu vent de quelque chose en ce sens ?

— Non rien, absolument rien. Vous savez Henri est profondément de culture catholique. J'utilise sciemment ce terme car s'il n'est pas un pratiquant régulier, il reste profondément moraliste. C'est quelqu'un qui a brillamment réussi et qui a fondé une entreprise très prospère. Il est très conscient d'être un privilégié et jamais il ne tolérerait la moindre malhonnêteté de ses collaborateurs, encore moins de ses enfants.

— Merci de votre témoignage. C'est tout ce que je voulais savoir.

— C'est quelqu'un de très généreux. Sa fondation finance des campagnes de vaccination en Afrique de l'Ouest. Il n'a pas vraiment le profil d'un fraudeur fiscal. À mon avis, vous faites fausse route.

Le retour lui prit presque quinze minutes. Fred était perplexe face aux rebondissements de la soirée. Il n'avait pas tout dévoilé à Hélène Desmarets-Cuvier se gardant bien d'évoquer la possibilité de blanchiment d'argent sale. De toute façon l'affaire lui semblait suffisamment tordue pour ne pas se réduire à une simple question de fraude. Il y avait forcément autre chose. Les invités avaient déserté les lieux. Il ne restait plus qu'Éva aidée de Gaëlle et Francis qui débarrassaient la terrasse en empilant plats et vaisselle sale dans la cuisine. Les jumelles dormaient, le chien ronflait au pied de leur lit. Leurs parents passeraient la nuit dans une chambre qui jouxtait la leur. Fred se joignit à eux, leur proposant de prendre un dernier verre. Il était toujours vigilant à se modérer dans ce genre de fête surtout quand ses hommes et sa supérieure étaient présents. Il se connaissait et savait que les excès ne lui réussissaient pas.

Il sortit un rhum vieux de la Martinique qu'il appréciait davantage que le cognac et quatre verres ballon Il assista ensuite Francis pour rapatrier quatre fauteuils sur la terrasse qu'ils disposèrent en demi-cercle face à confluence. La brise était douce, la température agréable. Les lumières de la ville nimbaient le paysage d'un halo composé d'une multitude de lumières électriques. Quand chacun fut bien installé Fred se décida à leur faire part de ce qu'il avait appris. Il commença par leur révéler que Françoise passait la nuit au domicile des Cuvier.

— Tu veux dire qu'Henri Cuvier est son amant s'étrangla Éva. Elle ne m'en a même pas touché un mot.

— Tu connais ta mère, c'est une femme indépendante. Elle voulait sans doute attendre un peu avant de t'en parler pour savoir où tout cela la mènerait.

— Moi je trouve super, tempéra Gaëlle, que l'amour s'invite encore quand on arrive à l'automne de sa vie. C'est plutôt encourageant pour la suite de ce qui nous attend.

— Tu as raison, reprit Éva, je me rends compte que je me conduis comme une ado déboussolée quand un de ses parents se tourne vers quelqu'un d'autre.

— Cuvier me semble un type bien, conclut Fred. Je suis content pour elle.

Il leur divulgua, ensuite, les confidences d'Alain Régnier. Il avait une totale confiance en chacun d'eux et savait que rien ne transpirerait de leurs échanges.

— On cuisine dès demain ce Simon Burlet , reprit Gaëlle. Dommage qu'il soit si tard, je m'y serais bien collé dès ce soir.

Le mot de la fin revint à Éva.

— Je pensais que la principale nouvelle de la soirée serait l'annonce de notre mariage. Et voilà que j'apprends que ma mère couche avec une des victimes de votre enquête et que mon père s'est transformé en indicateur des forces de police. Je me demande parfois si les Dieux ne seraient pas en train de jouer aux dés avec nos vies.

17

Filature

La journée débuta par une convocation dans le bureau de la commissaire qui n'était pas du genre à faire relâche le week-end. Sandrine Jacquemin était généralement fidèle au poste chaque samedi matin, voire une partie de l'après-midi. Diriger la Section Criminelle et de Répression du Banditisme de la police Lyonnaise, n'était pas une sinécure. Cela faisait maintenant trois ans qu'elle occupait le poste. Les mauvaises langues n'avaient pas manqué de l'accuser d'avoir profité de son sexe pour piétiner quelques collègues masculins à un moment où la parité s'imposait progressivement dans la haute fonction publique.

Fred n'était pas d'accord et désapprouvait ces ragots colportés sous le manteau. Il savait qu'il n'était pas facile de s'imposer en tant que femme dans un milieu profondément machiste. Le fait que la patronne soit physiquement attrayante, provocante disaient ses contempteurs, n'arrangeait rien. Les malveillants et aigris de tout poil insinuaient que, bien sûr, si elle en était arrivée là c'était parce qu'elle avait couché, voire couchait encore. Comme souvent la rumeur se nourrissait d'elle-même et se propageait dans les esprits qui en tiraient bénéfice. La commissaire n'était ni mariée, ni même en couple, preuve s'il en était, qu'elle cachait quelque chose. De plus, c'était bien connu, il n'y avait jamais de fumée sans feu… Les humains, dans la police comme ailleurs, restaient des opérateurs à faible rationalité.

L'intéressée n'ignorait rien de ces commérages et gloussements échangés dès qu'elle avait le dos tourné. Fred avait eu l'occasion d'aborder le sujet avec elle, l'assurant de son soutien. Il n'était certes pas toujours d'accord avec sa supérieure et, c'est vrai que la patronne était une carriériste. Mais elle était également une femme courageuse, et énergique. Elle avait l'habitude de parler cash. Peut-être était-ce d'ailleurs ce qui insupportait le plus chez elle. Sandrine Jacquemin était franche du collier et ne ménageait personne. Elle pas plus que les autres. Elle ne se défaussait pas et soutenait ses équipes même dans l'adversité. Ce qui arrivait plus souvent qu'à son tour.

La commissaire avait souri, arrêtant Fred d'un geste quand il avait tenté d'aborder le sujet avec elle, comme si tout cela ne la concernait pas. Peut-être jugeait-elle qu'il n'y avait rien à y faire et que, mieux valait ne pas prendre en considération de pareilles malveillances. Elle lui avait rétorqué qu'elle n'en avait cure. Fred se rappelait encore ses propos : « Je pilote ce navire les yeux rivés sur l'horizon ce qui se passe en dessous de la ligne de flottaison ne m'intéresse pas. ».

— Asseyez-vous, engagea-t-elle dès qu'il eut refermé la porte. Je tenais à clarifier certains éléments vous concernant. Je suppose que vous n'êtes pas surpris ?

— Non, je m'y attendais après ce qui s'est passé hier soir. Je présume que vous allez m'enlever la responsabilité de l'enquête.

— N'allons pas trop vite en besogne voulez-vous. Nous n'en sommes pas encore là. Bien évidemment les liens que votre future belle-mère entretient avec Henri Cuvier sont embarrassants et n'importe quel avocat pourrait les utiliser pour invoquer un conflit d'intérêts entachant l'objectivité de la procédure.

— Je vous assure que ce n'est nullement le cas.

— J'en suis convaincue, mais vous et moi savons parfaitement que là n'est pas la question. J'ai contacté ce matin le procureur pour l'informer de l'évolution de l'enquête et des suites à donner. Il nous accorde trois jours avant de mettre fin à la flagrance et de se dessaisir au profit d'un juge d'instruction. Jusque-là, on ne change rien.

— Merci commissaire.

— Ne me remerciez pas. Passé ce délai, le capitaine Lebras héritera de l'enquête. De toute façon, je commence à en avoir l'habitude. Nous avions déjà procédé de la sorte pour l'affaire Karsanti. Cela devrait vous permettre de ne plus diriger officiellement les opérations tout en gardant la main sur leur déroulement.

— Je vais être obligé de vous remercier une nouvelle fois.

— N'en faites rien et transmettez plutôt mes félicitations à votre future épouse. La soirée d'hier était une réussite et ces petites fêtes contribuent à souder votre équipe. Je constate d'ailleurs qu'il règne une bonne ambiance au sein de votre groupe. Il y a un moment que je souhaitais vous le dire. Vous m'en avez fourni l'occasion voilà tout.

— Je n'y manquerai pas.

— Ceci dit, trêve d'aménités et revenons-en à l'enquête. Si je ne m'abuse, toutes vos pistes sont dans l'impasse.

— Oui, c'est effectivement le cas. Émile Grognard, le flic pourri, n'était qu'un lampiste incapable de nous fournir la liste des destinataires des Walther PPK. Le cerveau de l'affaire était Gaston Millet. Malheureusement, il a emporté avec lui ses secrets dans la tombe. Et nous n'avons rien trouvé de suspect du côté des proches des victimes de l'essai thérapeutique. Pas plus en ce qui concerne les plus gravement touchés que pour les autres. Rien, en tout cas, qui justifierait de poursuivre les investigations.

— Donc, nous n'avons plus rien.

— Il nous reste encore un témoignage à approfondir. Pas sûr que cela donne quelque chose, mais nous allons creuser de ce côté.

— Je vous écoute…

— Il nous a été rapporté qu'un certain Simon Burlet profiterait d'un probable réseau de blanchiment d'argent pour faire rapatrier des liquidités provenant de banques étrangères. Sans doute des fonds qui n'auraient pas été déclarés au fisc. Nous n'en savons pas beaucoup plus pour le moment, si ce n'est que le nom des Cuvier serait peut-être associé à cette affaire.

— Il y a beaucoup de conditionnels dans vos formulations.

— Effectivement, l'information est toute fraîche et n'a pas encore été vérifiée. Le lien avec les Cuvier semble ténu et peut-être infondé. Le témoignage ne précise pas quel membre de la famille aurait trempé dans cette fraude. Alain Cuvier serait potentiellement le candidat le plus probable, ce qui pourrait expliquer son assassinat. C'est malheureusement tout ce dont nous disposons pour le moment.

— C'est effectivement léger. Si tous les notables ayant fraudé le fisc devaient se faire trucider, la ville serait le théâtre d'une véritable hécatombe. Et quel est le nom de cet informateur de dernière minute ?

— Je ne suis pas certain que vous ayez envie de le savoir.

— Laissez-m'en juge commandant ! Maintenant venez-en au fait.

— Il s'agit d'Alain Régnier, mon futur beau-père. Burlet est une vieille connaissance du temps où ils étaient tous deux dans le commerce. Ce dernier l'a approché pour lui proposer les services de cette organisation.

— Dites-moi que vous plaisantez. Je me mouille pour vous protéger et vous ne trouvez rien de mieux que d'en remettre une couche. À croire que vous le faites exprès !

— J'en suis conscient commissaire. Mon beau-père a bien évidemment catégoriquement refusé la proposition qui lui était faite. C'est quand il a vu la petite avec Françoise qu'il s'est décidé à venir m'en parler. Son témoignage va peut-être nous permettre de relancer nos recherches. C'est, pour le moment, la seule piste que nous ayons. Il passe ce matin pour faire une déposition.

La commissaire soupira longuement avant d'acquiescer.

— Si c'est notre seule option, il faudra bien s'en contenter. Dès que sa déposition sera signée, vous m'interpellerez fissa ce Simon Burlet. Vous ne le lâchez pas d'une semelle tant qu'il n'a pas révélé le nom du ou des instigateurs de cette fraude. Au besoin, collez-le en garde à vue.

— C'est bien notre intention. C'est pourquoi j'aimerais qu'on laisse la brigade financière temporairement à l'écart de cette affaire. Je connais les individus de son espèce, ils s'imaginent intouchables. Son avocat pourrait très bien lui conseiller de ne rien avouer. Après tout, nous n'avons aucune preuve étayant sa culpabilité, si ce n'est un témoignage qu'il pourra toujours réfuter en le niant ou en affirmant qu'il s'est vanté pour impressionner un vieil ami. S'il tient bon sans rien avouer, nous serons obligés de le relâcher.

— Qu'est-ce que vous proposez ?

— Nous avons besoin de lui mettre la pression en le menaçant de l'incarcérer. Personne n'aime aller croupir dans les cellules des gardés à vue. Mais ce ne sera pas suffisant. Il nous faut également quelques biscuits pour l'amadouer une fois qu'il sera déstabilisé.

— La carotte et le bâton, sourit-elle. Rien de mieux que les vieilles recettes pour réussir un bon ragoût de cochon. Entendu, menez l'affaire à votre convenance. L'essentiel est d'obtenir des résultats. Mais si ce crétin n'a rien de tangible à nous fournir pas question de lui offrir une porte de sortie pour tout le fric qu'il a mis à l'ombre.

Alain Régnier se présenta, comme convenu un peu avant dix heures pour officialiser son témoignage. Fred l'accueillit dans son bureau en lui tendant la main, regrettant aussitôt son geste, il s'approcha pour l'embrasser. Pas facile de rester professionnel face à son futur beau-père, sans s'empêtrer dans un formalisme procédural devenu routinier depuis longtemps. La commissaire n'avait sans doute pas totalement tort en ce qui concernait son implication dans l'enquête.

— Excuse-moi Alain, mais il m'arrive de me prendre les pieds dans le tapis avec la procédure.

— Aucun souci, mon garçon. Fais ce que tu as à faire et finissons-en au plus vite.

Fred sourit. Alain l'avait toujours appelé de la sorte depuis sa première rencontre avec Éva, trente-six ans plus tôt.

L'audition fut brève. Alain Régnier n'avait rien de plus à préciser que ce qu'il avait déjà révélé. Fred tapa lui-même la déposition se contentant de poser quelques questions afin d'en améliorer le caractère factuel : heures, lieux, motivation du déposant, nature de la relation avec l'auteur présumé des faits, circonstance de la rencontre, transcription au plus près de ce qui s'était dit, date et signature. Fred imprima le document qui tenait en une vingtaine de lignes et le présenta à l'intéressé pour qu'il le relise avant de le signer.

Il remercia chaleureusement le père d'Éva et le raccompagna jusqu'à l'entrée du SRPJ au moment où Gaëlle déboulait tête baissée du parking sous-terrain. Comme à son habitude, elle avait préféré l'escalier à l'ascenseur. Elle était passée chez elle en coup de vent, troquant la robe et les escarpins de la veille contre un jean, un blouson et des baskets. Elle donnait l'impression de s'être dépêchée. Un simple élastique maintenait ses longs cheveux roux en une queue-de-cheval qui se balançait au rythme de sa démarche. Elle n'était pas maquillée. Dans sa main gauche, elle tenait un croissant et un gobelet de café muni d'un couvercle hermétiquement fermé. Gardant l'autre pour ouvrir les portes et saluer les collègues.

— Je vois que tu n'as pas pris le temps de déjeuner.

— Non, je suis un peu à la bourre. J'ai abandonné Francis et les filles qui doivent toujours être chez vous. J'ai raté quelque chose ?

— Pas grand-chose, à part les remontrances de la patronne concernant mon implication dans l'enquête.

— C'était prévisible. J'arrive juste à temps pour serrer Burlat. Je ne voulais pour rien au monde rater ça. Autant savoir rapidement où tout cela nous mènera. Tu me laisses conduire ton carrosse…

La question allait de soi et n'appelait aucune réponse. Gaëlle adorait piloter. Joignant le geste à la parole, elle se délesta de son gobelet dans la première poubelle venue, enfourna le reste de son croissant et tendit la main jusqu'à ce que Fred lui cède les clés du Cayenne.

— Les suspects pourraient faire un effort et crécher un peu plus loin qu'à deux pas du SRPJ, se plaignit-elle. À quoi bon profiter d'un bolide pour faire une course en saut de puce. C'est rageant, à peine cinq kilomètres à rouler pépère sans jamais quitter le centre-ville.

Effectivement Burlat habitait un appartement situé boulevard des Belges approximativement à mi-distance entre le parc de la tête d'or et l'ancienne gare des Brotteaux. Pas de quoi faire ronfler la cavalerie du monstre entre les nombreux feux rouges qui parsemaient le cours Gambetta et l'avenue du Maréchal Foch. Heureusement, rien n'interdisait les départs canons qui laissaient les autres automobilistes sur place. Ils s'engagèrent ainsi en moins de dix minutes dans la rue Montgolfier qui donnait sur le boulevard des Belges.

Burlat habitait un grand appartement dans un immeuble élégant bien représentatif du quartier. À la fin du dix-neuvième siècle, les majestueuses constructions s'étaient multipliées autour de l'ancienne gare. L'Art Nouveau, à son apogée, avait marqué de son influence les façades, les portes d'entrée et les balcons, donnant un caractère chic et bourgeois à bon nombre de constructions, aujourd'hui encore parfaitement entretenues.

Gaëlle se gara sur une place de livraison déjà convoitée par un fourgon marron de la « Big Brown[1] ». Elle abaissa prestement le pare-soleil affichant la mention « Police », bloquant net la bordée d'injures que lui destinait le livreur qui, dépité, se résigna à tenter sa chance à une distance respectable de ces importuns. Pas question pour lui d'aller chercher des noises à deux flics en service qui, au vu de leur véhicule, devait graviter dans les hautes sphères de l'état.

Fred prit le temps d'admirer l'immense portail en fer forgé surplombé d'une élégante verrière en forme de coquillage. Il sonna, puis s'annonça en réponse à un oui interrogatif provenant d'une voix féminine relayée par l'interphone. La porte se débloqua instantanément. À croire que les descentes policières impressionnaient encore un certain public. La cage d'escalier était à l'avenant du reste. Ample et percée de vitraux qui illuminaient la montée d'une lumière douce et colorée. Les marches en marbre étaient recouvertes d'un tapis rouge et noir au motif persan que maintenaient en

1. United Parcel Service (UPS) est une entreprise postale surnommée la « Big Brown » en raison de la couleur marron de l'uniforme de ses employés ainsi que de leurs fourgons.

place des tringles en acier laitonné.

La maîtresse de maison les invita à entrer, se présentant comme étant Suzanne Burlet. C'était une femme, d'une soixantaine d'années, mince et élégante à l'allure réservée. Elle vivait avec son époux qui, pour le moment, était sous la douche, avoua-t-elle. Il ne tarderait pas à se présenter. Elle se décida à leur faire préciser les motifs de leur venue, leur proposant de patienter dans le salon. Gaëlle fut la plus prompte à la recadrer. Pas question de faire montre de la moindre connivence, au risque de saboter leur tentative d'intimidation, encore moins de sympathiser.

— Nous souhaitons juste poser quelques questions à votre mari. Merci de votre invitation, mais nous préférons l'attendre ici. Pouvez-vous lui demander de se dépêcher ?

Pour toute réponse la femme s'exécuta prestement, comme si le ton protocolaire de cette policière ne présageait rien de bon. L'attente dura dix bonnes minutes. Visiblement Burlat n'était pas trop pressé. Le bonhomme semblait moins influençable que sa timide épouse. Il se produisit enfin avec une lenteur étudiée, soulignant qu'il n'avait pas l'habitude de se faire dicter sa conduite.

Plus jeune que le beau-père de Fred, il approchait les soixante-dix ans. Il était encore baraqué et légèrement ventru. Résultat d'un équilibre instable entre une pratique régulière des bancs de musculation et une assiduité assumée à l'égard des plaisirs de la table. Ces derniers étaient de toute évidence en train de gagner du terrain. Ses cheveux à peine grisonnants étaient drus et taillés court en une brosse poivre et sel quasi militaire. Aucun doute, l'homme prenait soin de lui et attachait de l'importance à son apparence.

Burlat s'avança main tendue pour les saluer. Il affichait une attitude d'affabilité qu'il maîtrisait à la perfection. *Sans doute développée au fil d'une vie de négociation commer-*

ciale, se dit Gaëlle. Attitude partiellement démentie par les regards inquiets qu'il jetait successivement à chacun des deux policiers, comme s'il cherchait à extraire des indices de l'expression de leurs visages.

— Que me vaut la visite de deux officiers de polices un samedi de si bon matin ? engagea-t-il d'un air enjoué.

— Nous allons vous demander de nous suivre pour vous auditionner à propos d'une affaire en cours, engagea Fred.

— Malheureusement, je crains que cela ne soit pas possible aujourd'hui. Nous recevons les enfants et petits-enfants à déjeuner et je dois aider en cuisine. Je peux très bien répondre à vos questions maintenant à condition que ce ne soit pas trop long.

— Ma formulation vous a sans doute induite en erreur, reprit Fred patiemment. Nous souhaitons vous entendre et vous devez nous suivre. Aucune charge ne pèse actuellement contre vous. L'audition devra néanmoins être enregistrée, transcrite puis dûment signée de votre part.

— Suzanne, beugla Burlat pour toute réponse, appelle notre avocat. Nous avons ici deux flicaillons qui font du zèle.

Puis, s'adressant aux policiers : « Je me suis montré coopératif avec vous. J'accepte de répondre à vos questions ici même et suis d'accord pour faire une déposition officielle en début de semaine prochaine. Mais là vous dépassez les bornes. Pas question de vous accompagner au commissariat ce matin. Vous ne pouvez pas faire irruption comme ça chez les gens et vous comporter en apprentis dictateurs. C'est un véritable abus de pouvoir. ».

— Je vais oublier ce que vous venez de dire, répliqua Gaëlle cinglante, et faire comme si nous n'avions rien entendu. Il est neuf heures quarante-cinq. Vous êtes officiellement placé en garde à vue. Nous vous suspectons de tremper dans une affaire de blanchiment potentiellement en lien avec une affaire criminelle. Vous pouvez faire appel à votre avocat qui pourra vous assister tout au long de la procédure ainsi qu'à un médecin si vous le souhaitez. Vous aurez accès au procès-verbal d'audition et serez en droit de présenter vos propres observations au Procureur de la République. Avez-vous bien compris ou souhaitez-vous que je répète ?

— Vous êtes des grands malades. Vous n'avez aucun droit de me traiter de cette façon. Je me plaindrai à vos supérieurs.

— Monsieur Burlat, reprit Fred d'un ton posé, vous ne nous laissez guère le choix. Nous agissons en flagrance dans le cadre d'une enquête pour meurtre. Nous vous suspectons d'être en lien avec des auteurs d'actes criminels et une des fonctions de la garde à vue est de vous empêcher de contacter d'éventuels complices. Votre avocat vous le confirmera. Nous nous conformons strictement à la loi qui vous autorise, comme vient de vous en informer ma collègue, à transmettre d'éventuelles remarques au bureau du procureur.

— Nous vous laissons deux minutes pour passer des chaussures et un veston, ajouta Gaëlle en sortant ostensiblement ses menottes. Ne nous obligez pas à utiliser la force pour vous contraindre à obtempérer.

— Mon Dieu, lâcha Suzanne Burlat, je t'avais bien dit que tes fanfaronnades finiraient par nous attirer des ennuis.

— Les hommes devraient écouter plus souvent l'avis des femmes, conclut Gaëlle. Le monde ne s'en porterait que mieux.

Lorenzo, l'avocat de Burlat, prit tout son temps pour se manifester. Il se pointa au SRPJ à midi passé. Il ressemblait à un croque-mort. Ce qui n'était pas forcément de bon augure pour les clients qu'il défendait. Il était grand, maigre et avait l'allure dégingandée d'un adolescent attardé, malgré la soixantaine qu'il portait allègrement. Il était tout de noir vêtu : costume, cravate et chaussures, seules sa chevelure grisonnante et sa chemise d'un blanc immaculé faisaient exception. Ses manières étaient douces et distinguées. Il était affable et d'une irréprochable politesse. Tout le contraire de Burlat.

Fred le connaissait. Il savait qu'il valait mieux ne pas se fier à son allure et, surtout, ne jamais baisser sa garde avec lui. Le bavard était un filou de première à la réputation bien établie. Il avait quelques célèbres malfrats dans sa clientèle et aucun problème avec sa conscience. Spécialiste des coups tordus, il n'avait pas son pareil pour traquer la moindre erreur de procédures de manière à en tirer avantage. La loi du 14 avril 2011 avait profondément transformé les règles de la garde à vue, conférant à tout individu le droit de se faire assister par un avocat. Elle imposait au policier un délai de deux heures avant d'auditionner tout suspect sous peine de nullité de la procédure. Lorenzo souhaitait profiter de ce laps de temps pour mener à bien l'entretien confidentiel avec son client.

Fred programma l'audition pour seize heures. Il n'était nullement pressé d'entendre le suspect. Burlat, comme beaucoup de ses concitoyens manifestait une incompréhension et une colère, aujourd'hui de plus en plus fréquentes, à l'égard des forces de l'ordre. Un petit séjour derrière les barreaux ne manquerait pas de lui remettre les idées en place. La plupart des personnes gardées à vues se comportaient de la sorte avant de se déballonner progressivement face à la réalité cellulaire. L'isolement conduisait généralement les moins coriaces à adopter une attitude plus coopérative. Burlat n'avait rien d'un gros bras. Fred en était sûr. La tristesse du plateau-repas qui lui serait servi, en lieu et place du somptueux déjeuner familial, contribuerait également à renforcer son désir de quitter au plus vite une pension d'aussi piètre qualité.

À seize heures précise, le suspect pénétra dans la salle d'interrogatoire accompagné d'un agent. Son avocat l'attendait sans mot dire. Gaëlle mit en route la caméra enregistreuse après avoir précisé la date, l'heure et l'intitulé de l'audition. Sylvie et Œil de lynx avaient fait le déplacement, la commissaire également. Ils suivaient tous trois l'interrogatoire derrière un des écrans de la salle de contrôle.

Fred débuta par un appel à la raison en direction du gardé à vue.

— Monsieur Burlat, nous vous entendons car nous avons de bonnes raisons de penser que vous détenez des informations susceptibles de faire avancer une enquête criminelle.

— Mon client n'a jamais refusé de répondre à aucune de vos questions, réagit Lorenzo.

— S'il vous plaît Maître, laissez-moi poursuivre.

Puis, s'adressant à Burlat : « Si vous répondez honnêtement, nous n'aurons aucune raison de vous maintenir ici plus que nécessaire. Vous pourrez rentrer chez vous dès la fin de cette audition ».

— Monsieur Burlat, reprit Gaëlle dans un numéro de duettiste parfaitement huilé. Reconnaissez-vous avoir rencontré un prénommé Alain Régnier et pris un verre avec lui au bar « Hemingway », jeudi deux juillet en fin d'après-midi ?

— Oui, effectivement. Mais je ne vois pas ce que cela vient faire avec mon arrestation.

— Laissez-moi poursuivre ! Admettez-vous lui avoir proposé les services d'une de vos connaissances pour rapatrier en numéraire des fonds placés dans différentes banques étrangères ?

Avant même que l'avocat ne lui pose la main sur l'avant-bras pour le retenir de parler, Burlat se prit les pieds dans le tapis, lâchant rouge de colère.

— Alors comme ça, c'est ce salopard de Régnier qui m'a vendu. Jamais je ne l'aurais cru capable d'une telle bassesse. Chirac avait bien raison. Les amis de trente ans sont décidément les plus dangereux.

Gaëlle, qui n'en attendait pas tant, sauta sur l'occasion.

— Vous avouez donc avoir abordé le sujet avec Alain Régnier

— Monsieur Burlat n'a rien dit de tel, s'empressa de temporiser Lorenzo. Vous surinterprétez sciemment une manifestation d'indignation de sa part somme toute légitime.

— Pas du tout, Maître. Votre client vient de reconnaître, si je reprends ses propres termes, avoir été vendu par son ami. Notez bien qu'à aucun moment, il ne s'est plaint d'avoir été trompé ou diffamé. À aucun moment, il n'a nié la déposition de Monsieur Régnier.

Puis, s'adressant directement au suspect : « Monsieur Burlat faudra-t-il vous confronter à notre témoin ? Une dernière fois, reconnaissez-vous oui ou non la véracité des propos rapportés ? ».

— Face à la tournure que prend cette audition, répliqua Lorenzo, mon client n'a pas d'autre choix que de faire valoir son droit au silence.

— Calmons le jeu, si vous voulez bien, intervint Fred. Nous enquêtons dans le cadre d'une affaire criminelle pas sur de la fraude fiscale ou du blanchiment d'argent. Nous pourrions très bien oublier définitivement cette histoire. Il y a cependant une condition…

— Nous sommes prêts à entendre votre proposition, reprit l'avocat plus posément.

— Alors écoutez bien notre offre car elle sera de courte durée et, en cas de refus nous ferons appel à nos collègues de la financière qui éplucheront l'ensemble des déclarations de votre client sur les trois dernières années. Ils analyseront tous ses mouvements bancaires, ses dépenses en exigeant les différentes factures. Ils passeront sa vie au crible. Soyez assuré que nous n'hésiterons pas une seconde à leur demander de mener des recherches extrêmement poussées le concernant ainsi que ses proches. Et vous savez comme ils peuvent être pointilleux quand on les y encourage. Je vous rappelle juste que le blanchiment de fraude fiscale est passible de trois-cent-soixante-quinze-mille euros d'amende et de cinq ans d'emprisonnement. Êtes-vous vraiment prêt à prendre ce risque Monsieur Burlat ?

— Mais qu'est-ce que vous voulez à la fin ? explosa-t-il.

— Nous ne voulons qu'une chose : le nom du contact qui organisait le rapatriement des fonds.

— Et après vous me laisserez tranquille ?

— À l'unique condition que vous vous montriez franc avec nous et ne nous orientiez pas sciemment dans une mauvaise direction.

— Ce type n'est pas vraiment un enfant de chœur et il a probablement des complices. Qui vous dit qu'il ne s'en prendra pas à moi ?

— À aucun moment votre nom ne sera cité devant lui. Nous nous y engageons. Nous mettrons sur pied une filature qui devrait nous permettre de l'interpeller sans faire apparaître de lien avec vous. Vous n'avez rien à craindre de ce côté.

La messe était dite. Lorenzo sollicita la permission de s'entretenir quelques minutes en tête à tête avec son client. Leur délibération ne dura que peu de temps. De retour dans la salle d'interrogatoire, Burlat cracha le morceau sans se faire prier.

— Il s'appelle Blain, Georges Blain. C'est moi qui lui ai fourni, il y a quelques années, le mobilier de sa boîte pour un bon prix. C'est comme ça que nous nous sommes connus. Et puis de fil en aiguille, il m'a proposé de faire affaire avec lui et j'ai fini par accepter. Des petites sommes d'abord et puis comme tout marchait bien des plus grosses.

— Décrivez-nous comment se passait le transfert des fonds.

— Je recevais Blain dans mon bureau. Il arrivait avec un ordinateur sécurisé pour effectuer le virement. Une fois fait, il me remettait la somme en liquide. Il était toujours très prudent. Les succursales créditées étaient généralement des établissements relais qui transféraient l'argent dans d'autres banques qui, elles-mêmes le viraient à d'autres pour brouiller les pistes. Il y a fort à parier que ces comptes n'existent plus depuis longtemps.

Gaëlle soupira longuement soulignant l'antipathie qu'elle éprouvait pour le personnage.

— Vous avez cité le nom des Cuvier au cours de votre échange avec Alain Régnier. En quoi les Cuvier seraient-ils mêlés à cette affaire ?

— Je n'en sais fichtrement rien. Je suppose qu'ils ont, tout comme moi, profité de cette opportunité. Blain a juste cité quelques familles connues qui profitaient de ses services, sans doute pour me convaincre. Je n'ai fait que le répéter à mon vieil ami. Enfin mon ex-vieil ami.

— Et quelles sont ces familles ?

— Hormis les Régnier, Blain a juste cité les Bèchevin qui règnent sur le transport ainsi que les Lavoret dans l'hôtellerie.

— C'est tout ce qu'il vous a dit ?

— Oui, je ne sais rien de plus.

— Bien, nous allons mettre tout cela par écrit et, dès que vous aurez signé votre déposition, plus rien ne vous retiendra ici.

— Une dernière petite chose, conclut Fred concernant d'éventuels fonds qu'il vous resterait à l'étranger. Je vous invite à régulariser votre situation le plus rapidement possible avec l'administration fiscale et à nous faire part des démarches que vous avez engagées. Dans le cas contraire, le papier de votre déposition pourrait bien s'égarer pour atterrir dans d'autres services. Vous comprenez ce que je suis en train de vous dire ?

La réponse tarda à se faire entendre. Burlat finit par prendre la parole comme à contrecœur.

— Oui, j'ai bien compris…

18

Ouverture

— **Quel abruti !** lâcha la commissaire. J'ai horreur de ces types affublés d'une conscience à géométrie variable. Ils minimisent systématiquement les entorses à la loi dès qu'ils peuvent en tirer bénéfice. Je regrette déjà l'arrangement passé avec lui.

— Nous sommes tous d'accord là-dessus, reprit Fred. Et j'ai bien peur que notre ami ne reprenne assez rapidement ses petits arrangements avec l'administration fiscale. Charge à nous de lui maintenir la pression pour qu'il régularise sa situation ou, du moins, une partie de ce qu'il doit toujours. Je ne me fais aucune illusion à son égard. Cela étant, j'ai bien l'intention de m'occuper personnellement de son cas.

— Nous voulions qu'il nous donne un nom, réagit Gaëlle, et c'est ce qu'il a fait. À nous, maintenant, de vérifier la fiabilité de cette info.

Sylvie, toujours aussi véloce, pianotait sur l'ordinateur portable qu'elle ne quittait pratiquement jamais. Elle avait déjà collecté nombre de renseignements et localisé l'adresse du suspect.

— Notre homme est propriétaire d'un ancien site commercial dans la zone industrielle de Vénissieux-Corbas. Il s'agit d'un ensemble comprenant plusieurs bâtiments. Il a transformé, il y a cinq ans, un ancien hangar en salle de concert où se produisent chaque samedi des groupes à la mode. Il s'agit d'une petite structure qui accueille environ cinq cent personnes. Il dispose d'une licence de troisième catégorie les autorisant à vendre sur place des boissons non alcoolisées ainsi que de la bière ou du vin. Je suppose que cela doit bien contribuer aux bénéfices.

— Autre chose ?

— Oui, Blain a fait un séjour derrière les barreaux. Plus précisément à la maison d'arrêt de Lyon-Corbas.

— Il n'a pas dû être trop dépaysé. Il connaissait bien le quartier.

— Il a pris trois mois ferme en mars 2017 pour avoir fourgué de la méthamphétamine et de la cocaïne. Sa boîte a été l'objet d'une fermeture administrative de six mois suite à ces événements.

— Tu sais comment s'appelle son commerce ?

— Oui, le QG. Tout un programme pour un public d'habitués.

— Comment un établissement de ce genre peut-il survivre à une telle interdiction ? demanda Œil de Lynx. Il faut avoir les reins drôlement solides pour ne pas fermer boutique après une telle condamnation. Est-ce qu'il possède d'autres entreprises ?

— Rien d'officiel en tout cas si j'en crois les registres du commerce et des sociétés, conclut Sylvie.

— Voilà qui est intéressant, réagit la commissaire. Les salles de concerts de cette taille, même avec une buvette ne dégagent pas des bénéfices astronomiques. Possible que le bonhomme cache quelque chose. Ce que semble d'ailleurs accréditer son incarcération.

— Probable, poursuivit Fred, mais pour le moment, il ne s'agit que de spéculations. Aucun élément concret, mis à part les assertions de Burlat, ne relie Blain à notre enquête.

Le lien est beaucoup trop ténu pour justifier une arrestation. Nous avons impérativement besoin d'en savoir plus avant d'aller le cueillir.

— Nous allons le marquer à la culotte, renchérit Gaëlle. En apprendre le plus possible pour éclaircir ce qu'il a à voir avec cette affaire.

— Je ne voudrais pas jouer les rabat-joie, lâcha la commissaire, mais il est tout à fait possible que ce lien, s'il existe, ne soit pas pertinent. Il se peut qu'un des Cuvier ait bien trempé dans cette magouille, mais que cela se limite à de la fraude fiscale, sans aucun rapport avec le meurtre du fils ou l'enlèvement de la petite Chloé.

— C'est possible, mais nous n'avons rien d'autre pour le moment. Tu as son adresse Sylvie ?

— Il habite au 128 rue de la Bouvardière à Feyzin. Une seconde, le temps que j'entre ses coordonnées dans Google Earth. Voilà, c'est fait. Il s'agit d'une villa qui s'élève sur deux étages non loin de la D307. Impossible de se tromper, la maison est de style oriental avec un toit en forme de pagode tout à fait typique. Il y a même une piscine circulaire creusée à même la terrasse sur l'arrière. Ce type a l'air d'être un original.

— Et pour la surveillance ?

— Il y a trois places de parking sur la route principale avec une assez bonne visibilité sur l'entrée de la maison.

— J'y fais immédiatement envoyer une voiture banalisée pour occuper la place, intervint la commissaire. Vous n'avez pas les ressources suffisantes pour une veille H24. Je vais vous adjoindre deux équipes de deux agents en renfort pour la semaine. De toute façon, cette filature ne pourra pas s'éterniser.

— Nous en aurons effectivement bien besoin, la remercia Fred. Nous pourrons ainsi organiser des rotations de quatre heures. J'ai l'intention de commencer la surveillance dès ce soir. Quand peut-on compter sur vos hommes ?

— Le préfet m'a assuré que cette enquête était prioritaire et qu'il convenait de mobiliser tous les moyens disponibles pour la mener à bien. Ces renforts arriveront dès demain matin. Vous disposerez également d'un contingent d'heures supplémentaires à utiliser autant que nécessaire, ainsi que du soutien de l'ensemble de la Section Criminelle. N'hésitez pas à nous solliciter.

La vache, se dit Œil de Lynx, *il semblerait bien que tous les morts ne se valent pas*. Il garda cette fois la réflexion pour lui. Il se souvenait trop bien de la façon dont la patronne l'avait recadré la dernière fois qu'il avait formulé tout haut un tel constat. Inutile d'en remettre une couche. « Chat échaudé craint l'eau froide ».

— Est-ce qu'on met en place une procédure d'écoutes judiciaires ? voulut savoir Sylvie.

— Non répliqua la commissaire, pas pour le moment, le lien avec le crime n'est pas suffisamment étayé pour la justifier. De plus, si notre homme a quelque chose à cacher, il est plus que probable que lui et ses complices utilisent des portables à cartes prépayées qu'ils renouvellent fréquemment. Nous verrons où nous en serons mardi quand un juge d'instruction prendra le relais. Il est peu probable qu'une telle procédure s'avère nécessaire.

Sylvie, l'œil toujours rivé à l'écran, poursuivait ses recherches internet tout en participant activement à la réunion.

— Un concert est programmé ce soir à vingt-et-une heures avec les « Free Birds », un groupe de rock local.

— Tu as dit les « Free Birds ». Ils ont quelque chose à voir avec Lynyrd Skynyrd, interrogea Gaëlle tout émoustillée.

— Ce n'est pas spécifié sur le programme qui cite juste

quelques standards : *« Simple man », « The ballad of Curtis Loew », « Sweet Home Alabama ».* À mon avis ils reprennent deux ou trois titres de différents groupes bien connus.

— Putain j'y vais !

— Capitaine, la rappela à l'ordre la commissaire, modérez votre enthousiasme s'il vous plaît.

— Dans ce cas, je t'accompagne, rétorqua Fred. Œil de Lynx, tu prendras la relève à trois heures. À ce moment, nous serons en planque devant la maison.

— Et moi alors ? râla Sylvie.

— Toi, tu te débrouilles déjà pour nous dégotter deux billets et sans sortir ta carte de police si possible. Tu peux également faire équipe avec Œil de Lynx, je préfère que la surveillance se fasse en binôme. Vous vous abstenez de toute intervention. Vous notez simplement les allées et venues de Blain et le filez s'il bouge.

À vingt heures trente, il fallait déjà jouer des coudes pour accéder au QG. Plusieurs centaines de personnes se pressaient à l'entrée de la salle de concert. La petite foule était canalisée par des barrières métalliques qui serpentaient avant de la scinder en trois files. La queue se résorbait à la vitesse d'un escargot. Pourtant chacun semblait faire preuve d'une belle patience. Fred se demandait comment des gens apparemment aussi calmes pouvaient se déchaîner avec un tel enthousiasme dès que la musique commencerait à pulser.

Il n'avait plus assisté à un concert rock depuis la visite des Pink Floyd à Gerland en 1994. Cela ne datait pas d'hier. Il n'avait cependant aucun doute sur le fait que les passionnés d'aujourd'hui ressemblaient comme deux gouttes d'eau aux groupies d'il y a vingt-cinq ans. Il suffisait pour s'en convaincre de regarder sa coéquipière qui piaffait d'impatience telle une adolescente au visage rayonnant. Fred avait du mal à comprendre une telle exubérance. C'était un habitué des clubs de jazz à l'ambiance feutrée où les puristes osaient à peine accompagner du pied le tempo, attendant religieusement la fin de chaque morceau pour signifier leur approbation. Rien à voir avec le public du QG.

Depuis les attentats du Bataclan, la sécurité avait été considérablement renforcée. Le moindre sac devait être ouvert afin d'en examiner le contenu, ce qui ralentissait grandement l'accès à la salle. Même s'il semblait à Fred que les vigiles ne faisaient pas preuve d'un enthousiasme débordant pour remplir leur mission. Ils agitaient dans le dos de chacun et avec la même nonchalance, le détecteur de métaux censé repérer la moindre bombe de fabrication artisanale. Pas sûr qu'un terroriste ne puisse passer entre les mailles du filet. Il avait presque envie d'aller les engueuler pour les rappeler à l'importance de leur tâche.

Au bout de quarante-cinq minutes leur tour arriva enfin. Gaëlle présenta son sac avec obéissance et lui, ouvrit sa veste en signe de bonne volonté. Ils présentèrent leurs billets. Sylvie n'avait pas démérité pour se les procurer sur un site de revente au double de leur prix. Peu importe, ils étaient dans la place. Ils pénétrèrent dans un vaste hall qui faisait office de buvette et ouvrait sur la salle de concert. Les gens s'y agglutinaient, nullement pressés d'aller prendre place. Trois filles plutôt sexy s'occupaient du service. La plus jeune ne devait guère avoir plus de vingt ans. Elles étaient vêtues à l'identique d'un jean skinny et d'un tee-shirt, trop petit d'une taille qui moulait leur poitrine avec, un Q dessiné en gros sur le sein gauche et un G sur le droit. Elles s'activaient à servir nombre de clients qui se bousculaient pour une bière pression, servie dans un gobelet en plastique, qu'ils avaient du mal à ne pas renverser dans la bousculade. Les boissons devaient être consommées sur place avec interdiction de les emmener dans l'auditorium. Un entracte d'une demi-heure était programmé. Consommation oblige.

Deux doubles portes munies de barres anti-paniques étaient grandes ouvertes permettant d'accéder à la salle de concert par le fond. Cette dernière avait l'aspect d'un fer à cheval dont l'extrémité donnait sur la scène éclairée de multiples projecteurs. Le pourtour était constitué de gradins en forme d'escaliers qui descendaient, en marches successives, vers la fosse. Bien évidemment, il n'y avait aucun siège. Chacun pourrait se trémousser à l'envi.

Tout mis bout à bout, le concert débuta avec une heure de retard. Blain, qui semblait dans son élément, monta sur scène pour présenter le groupe et chauffer le public qui n'en avait nul besoin. Il s'effaça sous un tonnerre de hurlements et d'applaudissements qui s'éteignirent progressivement quand les Free Birds entamèrent une reprise ébouriffante de « *Break On Through to the Other Side* » des Doors. Suivi de nombreux standards de groupes mythiques des seventies. Fred reconnut quelques titres comme « *Satisfaction* » des Stones, ou « *Smoke On The Water* » de Deep Purple. Guère plus. Il balayait la salle du regard à la recherche de Blain qui avait disparu. Il l'aperçut à nouveau pendant l'entracte en train de bavarder avec quelques habitués avant de le perdre nouveau au cours de la seconde partie du concert. Inutile de compter sur sa coéquipière. Gaëlle, visiblement aux anges était déchaînée et hurlait avec la foule des aficionados. À un peu plus de minuit et demie, Blain remonta sur scène pour remercier chacun et annoncer les prochaines manifestations. Les lumières s'allumèrent et la foule se mit en mouvement vers les portes d'évacuation sans même attendre la fin des annonces. Les musiciens remballaient leurs instruments en des gestes mécaniques mille fois exécutés. Le soliste discutait avec le patron du lieu qui avait l'air satisfait. À son tour Fred entraîna Gaëlle vers la sortie.

— Qu'est-ce qu'on fait maintenant ? lui lança-t-elle.

— On attend un peu sur le parking et puis on va planquer devant chez lui. Pas question de se faire repérer.

— Et s'il ne rentre pas ?

— C'est un risque à courir, mais on est un peu trop voyant ici. Mieux vaut l'attendre à son domicile.

La planque faisait partie du boulot et n'avait rien d'une sinécure. La plupart des flics détestaient ça. Il ne s'y passait généralement pas grand-chose et l'attente pouvait s'éterniser. Les minutes s'égrenaient en un lent compte à rebours. L'ennui allongeait les heures et le sommeil gagnait du terrain au fil de l'avancement de la nuit. Heureusement Gaëlle était d'humeur volubile. Elle était même intarissable sur ses groupes rock favoris. Preuve s'il en était que la musique nourrit l'âme et adoucit la vie. Fred l'écoutait poliment, autrement dit d'une oreille distraite. Il avait toujours eu cette capacité qui lui permettait d'enregistrer mentalement une conversation tout en étant capable de penser à tout autre chose. Cela lui avait bien souvent sauvé la mise. Combien de fois, à l'école, son instit croyant le prendre en flagrant délit de rêverie lui avait demandé de répéter ce qu'il venait de dire, déçu qu'il soit capable de redire au mot près ce qui venait d'être énoncé. Il songeait à Éva qui, elle aussi appréciait ce genre de musique. Depuis qu'ils avaient aménagé ensemble, elle prenait un malin plaisir à écouter en sa présence les groupes qui avaient bercé leur jeunesse, entreprenant de le convertir progressivement au hard rock. Le discours de Gaëlle se superposait agréablement à cette réminiscence. Étonnant que les deux femmes, qui comptaient le plus pour lui, partagent les mêmes goûts musicaux.

Fred commençait à désespérer, quand Blain se pointa au volant d'un break Audi noir de forte cylindrée. Il était presque deux heures. Il déclencha l'ouverture du portail automatique sans sortir du véhicule et se gara devant la maison. Il n'était pas seul deux filles l'accompagnaient. Difficile d'en être sûr, malgré l'éclairage extérieur qui s'était déclenché automatiquement. Fred crut reconnaître la plus jeune des serveuses.

— C'est pas bon pour nous ça, lâcha Gaëlle. Avec deux filles, notre gaillard risque d'en avoir pour un moment. Ce petit monde va s'occuper agréablement à faire des galipettes pendant que nous, on va être condamné à poireauter comme des nases. Autant aller leur tenir la chandelle pendant qu'on y est

Puis, deux minutes plus tard.

— Et si on mettait de la musique pour passer le temps.

La plus jeune des deux filles s'appelait Cécile et elle détestait son prénom. C'était son père, grand fan de Nougaro[1], qui avait insisté, contre l'avis de sa mère, pour le lui donner. La première chose qu'elle avait faite dès qu'elle avait su lire avait été d'en chercher l'origine dans un dictionnaire. Elle avait lu avec difficulté : « Cécile vient du latin cæcus qui signifie aveugle. Prénom parfait pour une personne égarée à laquelle on ne révèle pas tout du monde, voire, que l'on trompe ».

Et pour la tromper son père n'avait pas fait dans la demimesure l'abreuvant de câlins avant que ses mains ne devien-

1. Cécile, ma fille est une chanson de Claude Nougaro sortie en 1963 et reprise à de nombreuses occasions.

nent plus baladeuses à partir de ses six ans. Premier baiser à sept, première fellation à huit, première pénétration à neuf. Sa mère savait, ou du moins se doutait de quelque chose, mais, comme souvent dans ces cas-là, n'avait rien dit. C'est elle qui aurait dû s'appeler Cécile. Comment une mère pouvait-elle ne pas s'inquiéter quand un père s'arrogeait le droit exclusif de donner le bain à leur petite fille ? Crainte du qu'en-dira-t-on, dans un lotissement ouvrier où tout finissait par se savoir, ou amour inconditionnel d'un homme quoi qu'il fasse et quoi qu'il en coûte ? La question restait ouverte.

Comme souvent dans ces cas-là, le salut vint de l'école. La maîtresse de CE_2, croyant bien faire, avait demandé à ses élèves de représenter, en art plastique, une personnalité importante à leurs yeux. À se demander ce que les enseignants peuvent parfois avoir en tête ? Cécile représenta son père sexe à l'air et bien dressé. Sa sincérité provoqua un certain malaise dans la classe et ne fut pas récompensée à sa juste valeur. Jamais son dessin ne fut exposé au milieu des autres. Au lieu de cela, elle fut rapidement expédiée dans le bureau de la psychologue scolaire qui ne tarda pas à convoquer ses parents, puis à rédiger un signalement au procureur de la République.

Contre toute attente, son adolescence fut plus paisible qu'attendue. Elle se déroula au sein d'une famille d'accueil raisonnablement aimante qui en plus d'elle s'occupait de trois garçons plus jeunes. Elle y trouva son compte en aidant aux tâches ménagères, mais surtout en s'évadant chaque fois qu'elle en avait la possibilité dans des livres. Elle lisait avec boulimie et avait toujours plusieurs bouquins à portée de main. Ses lectures étaient éclectiques alternant récits de vie et science-fiction. Ses préférences allaient cependant à l'heroic fantasy qui lui permettait de s'évader hors du temps et de l'espace vers d'autres univers, significativement plus accueillants. Dès sa majorité, elle avait compris qu'il valait mieux couper les ponts avec sa nouvelle famille. Elle aimait bien son père adoptif, toujours gentil et attentionné avec elle. Mais sa mère adoptive veillait au grain, d'autant plus que le corps de femme de la gamine s'épanouissait en une féminité qui ne laissait pas indifférente les garçons de son âge, voire quelques hommes mûrs du quartier. Cette mère de substitution la surveillait régulièrement du coin de l'œil limitant, autant que faire se peut, les contacts avec son mari. Après tout, une mauvaise fille reste une mauvaise fille et un malheur est si vite arrivé…

Cécile était aujourd'hui en troisième année de psychologie et travaillait à mi-temps dans un Monoprix. Pas facile de concilier travail et étude même si elle n'avait pas le choix. Beaucoup de ses copines étudiantes salariées finissaient par lâcher la fac, découragées face à la difficulté de la tâche. Pas question pour elle d'en faire autant. Depuis ses dix ans, elle s'était fixé une mission, une revanche sur la vie en quelque sorte. Elle deviendrait psychologue. Elle partageait un petit F2 en colocation à Bron avec Myriam sa meilleure amie. Myriam était serveuse chez Pizza Hut et s'occupait, les soirs de concerts, de la buvette du QG. C'est elle qui l'avait recommandé à Blain pour qu'il l'embauche et c'est elle qui l'accompagnait ce soir au domicile du patron.

Cécile savait très bien ce qui l'attendait. Myriam l'avait briefé. Blain était gay et ne s'embarrasserait pas de préliminaire. Il la prendrait par-derrière et sans le moindre ménagement. Peut-être même qu'il la frapperait de quelques claques bien senties sur les fesses. « C'est comme au salon de l'agriculture », lui avait-elle dit, « les mecs aiment palper le cul des vaches pour se donner du courage ». Ça ne durerait pas longtemps et, cerise sur le gâteau, elles auraient droit à une ligne de coke et le pourboire friserait les deux cent euros. « Chacune ?», avait-elle demandé. « Chacune » avait répondu sa copine. Aussitôt elles avaient topé là.

La relève arriva plus tôt que prévu. Sylvie et Œil de Lynx se pointèrent avec un bon quart d'heure d'avance dans une Mégane de service gris métallisé. Gaëlle démarra le Cayenne pour leur céder la place au moment où les deux filles sortaient bras dessus, bras dessous. Heureusement, elles semblaient pas mal éméchées et ne firent pas attention aux mouvements des véhicules se contentant de prendre place dans leur taxi qui venait d'arriver. Fred sortit son smartphone pour prévenir Sylvie qu'ils les prenaient en filature.

— Je me suis planté lâcha Gaëlle. Leur petite fiesta ne s'est pas éternisée aussi longtemps que prévue. Ce type est un goujat incapable de fignoler le travail. On n'invite pas deux jolies filles comme ça pour les foutre dehors à peine deux heures après avoir commencé les réjouissances et en pleine nuit de surcroît. Il aurait quand même pu attendre le matin et leur offrir un petit-déjeuner avant de les renvoyer dans leurs pénates.

La route était déserte. Gaëlle suivait la Mercedes blanche à bonne distance pour ne pas se faire repérer. Le taxi se déplaçait tranquillement en respectant les limitations de vitesse. Il emprunta la D 95 vers Vénissieux, puis la D 383 en direction de l'aéroport Saint-Exupéry. Il s'engagea enfin sur le boulevard Léon Bonney une fois arrivé dans Bron. Puis tourna à gauche dans la rue Roger Salengro avant de s'arrêter devant un immeuble de six étages. Gaëlle se gara juste derrière et se précipita pour franchir le portail en même temps que les filles, les accompagnant jusqu'à l'ascenseur.

— Rude nuit ? engagea-t-elle.

— Pire que ce que vous pouvez imaginer, répondit la plus jeune. Vous allez à quel étage ?

— Tout en haut au sixième.

La fille appuya sur le bouton du quatrième, puis du sixième. Comme souvent, personne ne dit mot pendant la montée. Juste un « au revoir » de politesse ponctué d'un « bonne nuit » quand les filles sortirent. La porte se referma et l'ascenseur poursuivit sa course. Une fois au sixième Gaëlle appuya à nouveau sur le bouton du quatrième, attendit que la minuterie s'éteigne puis, parcourut le couloir à la recherche d'un rai de lumière sous une porte. La tâche n'était pas facile à cause des paillassons. Elle repéra finalement une source lumineuse à travers l'œilleton d'une porte, alluma la lumière du couloir, sortit son smartphone et prit une photo. L'étiquette en dessous de la sonnette indiquait : Myriam Frémont et Cécile Beuchat.

19

Traque

Le débriefing débuta à neuf heures. Outre les membres du groupe ainsi que la commissaire, Fred avait invité Aurélie Lagrange, la directrice de l'équipe technique, Roland Leroy, commandant à la Section des Stupéfiants et du Proxénétisme, ainsi que le capitaine Calmel de la brigade de recherche et d'intervention (BRI).

— Bonjour à toutes et à tous engagea la commissaire. Cela fait maintenant soixante heures que nous avons mis Blain sous surveillance et je vous ai réunis ce matin pour définir conjointement les modalités d'une intervention interservices. J'ai décidé, après en avoir longuement discuté avec le commandant Brazier, de bousculer le tempo en donnant un bon coup de pied dans la fourmilière. D'où votre présence à tous ce matin.

— Autrement dit, précisa Calmel, vous souhaitez organiser une descente dans cet entrepôt. Pourtant, à la lecture du dossier, il y a peu d'éléments qui relient Blain à votre affaire.

— Vous avez tout à fait raison capitaine, répliqua la commissaire qui n'aimait pas être contredite, mais c'est justement cette absence de lien qui, de mon point de vue, justifie une intervention.

— Et comment cela, demanda Leroy qui ne comprenait

pas clairement où Sandrine Jacquemin voulait en venir, ni d'ailleurs la raison de son invitation à cette réunion ?

— Comme vous venez de le dire, nous n'avons aucune certitude concernant l'implication de Blain. Pourtant nous travaillons, depuis presque trois jours, dans cette direction sur l'unique base d'un témoignage indirect. Cette surveillance mobilise une bonne partie de nos ressources et j'estime qu'il est grand temps de vérifier si nous sommes dans le vrai ou si, au contraire, nous faisons fausse route.

— Et la neutralisation des deux hangars attenants à la salle de concert devrait répondre à cette question ? interrogea Calmel.

— Nous le pensons, intervint Fred. Les allées et venues de Blain dans ces bâtiments laissent à penser qu'il se livre à des activités délictueuses qui justifieraient à elles seules cette opération. L'espionner davantage ne nous en apprendra pas forcément plus sur son compte.

— Je comprends, poursuivit Calmel qui avait une longue expérience de collaboration avec le groupe crime[1], et cette intervention serait prévue pour quand ?

— Si nous nous fions à ce qui s'est passé ces deux derniers jours, cet après-midi à quatorze heures.

— Vous nous faites un rapide déroulé de l'histoire avant d'aborder les modalités d'action, reprit Leroy espérant y voir plus clair.

— Nous avons commencé à filer Blain, poursuivit Fred, samedi 4 juillet à vingt et une heures au QG, sa salle de concert. À deux heures du matin, il était de retour chez lui avec deux filles que nous avons identifiées comme Myriam Frémont et Cécile Beuchat deux serveuses de sa boîte.

— Elles n'ont, a priori, rien fait de répréhensible, rajouta Gaëlle sur un ton enflammé, si ce n'est d'avoir cédé à une partie de jambes en l'air avec leur patron. Certains s'arro-

1. Se reporter aux deux opus précédents.

gent encore un droit de cuissage qui donne envie de leur botter le cul !

— Capitaine, la rappela à l'ordre la commissaire, ne nous éloignons pas trop du sujet voulez-vous…

— Filles, poursuivit-elle toujours énervée, avec qui Blain a sûrement passé un agréable moment, enfin pour elles je ne sais pas. Leur petite sauterie s'est déroulée dans sa villa située au 128 rue de la Bouvardière à Feyzin. Fait intéressant, cette maison semble très au-dessus de ce que pourraient rapporter les seuls revenus d'une salle de concert.

— Il en a peut-être hérité, tenta Leroy…

— Non, ses deux parents sont encore vivants. Nous avons vérifié ses comptes au Crédit Lyonnais et, n'y avons trouvé ni rentrée importante, ni trace d'aucun crédit. D'après la Banque de France, il n'est référencé dans aucune autre banque, du moins sur le territoire national. Ce qui interroge sur la manière dont il a pu acheter cette jolie villa.

— D'après mes recherches, commença Sylvie, Il s'est porté acquéreur de la maison en 2013, date à laquelle il a commencé à payer la taxe foncière du bien. J'ai identifié le notaire qui a enregistré la transaction. Il s'agit de Maître Villier. Ne connaissant pas ses liens éventuels avec Blain, nous ne l'avons pas sollicité pour obtenir des éclaircissements par crainte d'une fuite.

— Vous avez bien fait, réagit Calmel. Moins il y aura de personnes dans la boucle et mieux ce sera…

— Nous avons commencé à remarquer des allées et venues suspectes dès dimanche, poursuivit Œil de Lynx. À sept heures, Blain est allé directement dans la zone industrielle de Vénissieux-Corbas. Nous pensions qu'il avait à faire dans sa salle de spectacle, mais il s'est rendu directement dans l'un des hangars attenants, puis dans l'autre. Il y a retrouvé un homme déjà sur place. Il est resté sur zone jusqu'à onze heures, puis y est retourné un peu avant treize heures. À quatorze heures précises, il a reçu la visite d'une Mercedes blanche avec deux types à l'intérieur qui sont repartis environ quatre heures plus tard. Le même manège s'est répété lundi ainsi que ce matin. Ce qui nous incite à suspecter une activité illicite…

— Peut-être qu'il y stocke tout simplement des accessoires ou du matériel pour ses concerts, reprit Leroy toujours sceptique.

— Nous y avons pensé, intervint Gaëlle. Mais cela ne tient pas. Les groupes amènent avec eux leurs amplis, consoles et baffles ainsi que leurs instruments. Reste les sièges amovibles qui sont installés pour certaines représentations, mais là encore, d'après des photos que nous nous sommes procurées, il n'y en a jamais dans la fosse. Seuls les gradins en sont pourvus, ce qui ne nécessite pas un espace de stockage aussi conséquent.

— Le problème principal, intervint Aurélie, la responsable de la PTS, c'est que la visibilité sur les hangars était mauvaise en raison de l'éloignement de la route et qu'il n'était pas facile de s'approcher sans risquer de se faire repérer. C'est pourquoi nous avons fait appel à un VAIC[1] que nous utilisons depuis lundi matin. Ce qui nous a permis d'affiner nos observations. Nous disposons de ce drone depuis seulement trois semaines et c'est notre première utilisation en opération.

— Et tu as des images, lança Calmel qui semblait subitement très intéressé par l'engin.

— Oui, reprit Aurélie. Le drone reste en vol stationnaire à quatre-vingts mètres d'altitude. Son autonomie est de cinq heures et il est quasiment silencieux. Sa caméra orientable est à forte définition. Suffisamment pour lire une plaque d'immatriculation ou faire de la reconnaissance faciale.

1. **V**ecteur **A**érien d'**I**nvestigation **C**riminelle est un drone initialement mis au point par la gendarmerie

— Impressionnant, lâcha Calmel. Tu peux nous faire une démonstration. J'aimerais constater cela de visu.

— Oui, c'est pour cette raison que je suis là.

Aurélie connecta son ordinateur portable au câble HDMI du vidéoprojecteur fixé au plafond, puis déroula les stores à l'aide de la télécommande pour occulter la pièce. Une fois fait, elle lança la vidéo. Les toitures de trois hangars, recouverts de tôles d'acier laquées couleur tuile, apparurent à l'écran. L'image était d'une netteté incroyable. Une clôture grillagée entourait l'ensemble des bâtiments avec un double portail coulissant qui ouvrait face à l'entrée de la salle de concert. Cette dernière apparaissait horizontalement en haut de l'écran. Les deux autres constructions étaient disposées, en dessous, face à face et perpendiculairement à la première. Un compteur numérique égrenait les secondes indiquant : « 7/07/2020. 9h27mn32s »

— Comme vous pouvez le voir, la qualité est au rendez-vous…

— Merde lâcha Calmel, on est en direct.

— Effectivement, répondit Aurélie avec fierté. Le drone est actuellement en action. L'opérateur le pilote depuis le véhicule de surveillance garé dans la zone industrielle de Vénissieux-Corbas.

— Peux-tu faire un périphérique de chaque hangar ?

— Je contacte le pilote en mettant mon smartphone sur haut-parleur pour qu'il nous entende, et lui transmets la requête. Nous n'avons pas encore la possibilité de le piloter depuis les locaux du SRPJ, mais je ne désespère pas d'y arriver un jour.

Dès la consigne passée, le drone élargit son champ de vision comme s'il prenait de l'altitude. Il se rapprocha des deux hangars puis, en fit lentement le tour zoomant en un lent traveling des murs d'enceintes.

— Je m'en doutais, réagit Calmel. Les entrées des deux bâtiments sont en face l'une de l'autre et il y a une issue de secours à l'arrière de chaque hangar. Il conviendra d'y poster deux hommes pour bloquer toute tentative de fuite. Je suppose que le but de l'opération est bien d'interpeller tous les zozos qui se trouveront à l'intérieur.

— C'est le but, réagit Fred. C'est pourquoi nous avons besoin du drone pour vérifier si les suspects sont bien sur place, combien ils sont et où ils se trouvent.

— Autant vous dire tout de suite que je n'aime pas trop la configuration des lieux, ajouta Calmel. Les hangars sont grands, probablement avec du mobilier et des recoins ménageant des possibilités de se mettre à couvert pour faire feu sur mes hommes. Nous ne savons rien de la disposition intérieure et ne sommes pas à l'abri d'une mauvaise surprise. En tout cas, nous aurons absolument besoin de ces images en temps réel. Il est préférable de concentrer nos forces sur un seul des bâtiments et pour cela, nous devons avoir la certitude que tous les suspects y seront localisés. Pour plus de commodité, nous appellerons « hangar un » la salle de spectacle, puis en tournant dans le sens horaire « hangar deux » celui qui apparaît en bas à droite puis, « hangar trois » le dernier le plus à gauche.

— Entendu, réagit Aurélie.

— On ne sait même pas s'il y a une alarme anti-intrusion ?

— A priori non, répliqua Aurélie. Du moins pas à partir de ce qu'on peut voir en zoomant au maxi. Ceci dit, on est sûr de rien…

— Par contre, il y a des caméras au niveau de l'entrée principale, précisa Gaëlle. Nous les avons repérées en allant au concert.

— Le plus sûr est de passer par l'arrière, conclut Calmel, en découpant le grillage à la cisaille de manière à leur tomber dessus par surprise.

Tout le monde acquiesça, c'était lui le responsable de l'assaut.

— Est-il possible de remonter un peu le temps, demanda Leroy, j'aimerais bien pouvoir visualiser l'arrivée de nos lascars.

Aurélie pianota quelques secondes sur son ordinateur et l'image bascula à la date du « 6/07/2020. 13h57mn00s ». Le compteur se mit à défiler. Une Audi A6 Avant noire entra dans le champ contourna la salle de spectacle pour s'arrêter entre les deux hangars. La caméra zooma sur le visage du conducteur au moment où il sortait du véhicule. Arrêt sur image. Il s'agissait bien de Blain. Un homme apparut à la porte pour l'accueillir, mais de façon trop fugace pour distinguer son visage avant qu'ils pénètrent tous deux dans le bâtiment.

À quatorze heures douze, la Mercedes pénétrait dans l'allée menant au « hangar trois ». La caméra du drone zooma sur la plaque d'immatriculation avant de faire un arrêt sur l'image : « FE-309-ZC ».

— La plaque correspond à la voiture de Manuel Hidalgo, précisa Fred. Petit caïd qui contrôle le quartier Mermoz et la vente de cannabis dans le huitième. Il est accompagné d'un de ses lieutenants que nous avons identifié comme Stéphane Rozière.

— Merde alors ! lâcha Leroy.

— Tu comprends pourquoi nous t'avons invité.

À treize heures trente, la camionnette de la BRI était sur zone avec cinq policiers à bord en plus de Calmel. Suivaient trois voitures accueillant les six OPJ du groupe crime ainsi que Leroy. Au total douze hommes pour interpeller des suspects présumés dangereux. Quatre si tout se déroulait comme les deux jours précédents. Trois flics par malfrats. C'était le ratio standard pour minimiser les risques liés à l'interpellation de personnes réputées dangereuses et susceptibles d'être armées. Les hommes de la BRI (ex-antigang) étaient dans leur élément. Il s'agissait de professionnels surentraînés qui maîtrisaient aussi bien le combat à mains nues que la descente en rappel du haut d'un immeuble. Ils maniaient aussi bien le Glock sur cible mouvante que la mathématique du tir longue distance. Leur mission était d'intervenir lors de crises majeures qui menacent la sécurité et l'ordre public. Il n'y avait pour eux aucun risque de chômage partiel à l'horizon. Vêtus d'une combinaison noire avec gilet pare-balles et casque à visière, de protections aux épaules, coudes et genoux, de gants anti-coupures et de rangers, leur allure était inquiétante. Tout fan de la saga *« Star Wars »* les aurait assimilés à une escouade de *stormtroopers* ayant troqué leur armure blanche contre une tenue à la *Dark Vador*. Deux d'entre eux avaient un bouclier posé au sol. L'arsenal était à l'avenant : pistolets Glock 17 et 26 fixés à la ceinture (un de chaque côté), fusils d'assaut Heckler & Koch, fusils à pompe calibre douze pour deux d'entre eux, grenade incapacitante M84. L'heure était grave et la tension palpable dans l'attente du passage à l'acte. L'adrénaline fouettait le sang électrisant le corps avec un arrière-goût acidulé en bouche. Pourtant les hommes plaisantaient comme si de rien n'était ou plutôt comme s'il fallait se comporter comme tel. Chacun visualisait son rôle de manière à l'exécuter à la perfection, le tout sans trop penser aux risques. La poisse ne demandait qu'à s'inviter à la fête. Inutile de la laisser s'insinuer dans les têtes. Rien n'était joué d'avance et la mort n'était jamais totalement exclue de la partie. Tous le savaient et l'acceptaient. Sinon mieux valait ne pas rester dans la brigade.

À quatorze heures seize précises la Mercedes se pointa avec une régularité de métronome. La tension monta aussitôt d'un cran. Le top action était imminent. Calmel suivait sur un écran d'iPad les images retransmises par le drone. La voiture contourna la salle de spectacle par la gauche pour venir se garer entre les hangars situés à l'arrière. Deux individus, les mêmes que sur la vidéo de la veille, en descendirent tranquillement, jetant, de manière réflexe, un regard à gauche puis à droite avant d'entrer dans le hangar trois. C'était le scénario idéal pour la BRI, le bâtiment n'avait pas de fenêtres sur l'arrière ce qui permettrait de pénétrer dans l'enceinte sans se faire repérer. Le fourgon pila dans l'angle mort de la clôture, impossible de l'apercevoir depuis l'entrée. Quatre policiers en bondirent. Deux munis de cisailles à longs becs découpèrent prestement le grillage, les deux autres prenant position en repli, fusil d'assaut pointé, pour les couvrir. En trente secondes, une large ouverture était découpée. Ensuite tout alla très vite. Personne ne prit garde à la moto qui les dépassa en ralentissant, puis accéléra à nouveau s'éloignant rapidement. Personne n'imagina que le conducteur s'arrêterait une fois hors de portée de l'escouade de flics sur le bord de la chaussée. Qu'il sortirait son smartphone et composerait le numéro de Blain avant de repartir en faisant décoller la roue avant comme au départ d'une course. L'ordre donné était sec et claquait comme un coup de fouet. Il ne laissait la place à aucune discussion :

— Hidalgo amène les flics avec lui, ça grouille de partout, arrache-toi de là et vite !

Blain n'eut pas le temps de demander la moindre précision. La réception était mauvaise et le boss avait déjà raccroché. La stupéfaction le clouait sur place. Il n'avait pas bien tout compris. Est-ce que ça grouillait de keufs ou est-ce qu'il fallait simplement se grouiller. Merde, il se sentait pris de court. L'explication de texte serait pour plus tard. Il se mit à hurler :

— On est repéré, les flics arrivent, on se barre et on la ferme quoi qu'il arrive.

Le caractère laconique et en partie brouillé du message avait laissé place à des interférences. Ni Blain ni ses complices ne s'imaginaient menacés d'un véritable assaut. Chacun envisageait plutôt une paire de keufs venant vérifier on ne sait quoi. Hidalgo et Rozière défouraillèrent aussitôt leur artillerie, Blain s'enfuit vers le fond saisissant une kalachnikov laissée là au cas où. Il abandonna sans vergogne Lamy dont le rôle était de s'occuper des plantations. Face à l'urgence, il n'y avait pas la place de se soucier du petit personnel. Chacun faisait au mieux pour sauver sa peau. Les hommes de Calmel s'engouffrèrent silencieusement dans la brèche. Jérôme Delevoy et un Brigadier de la BRI se séparèrent du groupe et prirent place à l'arrière du bâtiment pour surveiller l'issue de secours. Ce dernier prit position, genou à terre, fusils d'assaut pointé vers la porte. Il fit signe au jeune lieutenant de s'écarter suffisamment de lui. Inutile de faire cible commune. L'escouade se dirigea en deux files vers l'entrée du hangar. Les hommes de tête se protégeaient derrière un bouclier avec meurtrières, Calmel à peine en retrait, les autres suivaient derrière.

— Police, on ne bouge plus ! hurla le capitaine.

Rozière se retourna face à la meute, Beretta à la main et fit feu. Sa balle s'écrasa sur un bouclier. Il reçut en retour quatre impacts en pleine poitrine et tomba mort avant que son doigt ne se contracte sur la détente une deuxième fois. Hidalgo et Lamy s'arrêtèrent instantanément mains levées. En moins de dix secondes, ils furent désarmés et menottés.

Au même instant Blain écrasa de sa hanche la barre antipanique et bondit à travers la porte de secours comme un diable qui sortirait de sa boîte AK-47 en avant. Delevoy pointa son Sig Sauer dans sa direction, sommant le fuyard de s'arrêter. Il n'eut pas le temps de finir sa phrase qu'une rafale de 7.62 le cueillit en pleine poitrine. Il s'écroula. Blain fut, à son tour, stoppé net dans son élan. Le projectile, tiré de manière non létale par le collègue de la BRI, lui éclata la clavicule droite en traversant l'épaule, incapacitant l'ensemble du bras. Il fut aussitôt désarmé et immobilisé sans ménagement.

Fred se précipita vers Jérôme. Deux balles avaient percuté son gilet à une vitesse de près de sept-cent mètres par seconde libérant une énergie de deux mille joules chacune. Une troisième lui avait entaillé le bras. Le pauvre était complètement sonné et respirait avec difficulté. À deux doigts de tourner de l'œil, il n'arrivait pas à articuler le moindre mot. Comme si le choc avait entraîné un reboot de système interne qui prenait tout son temps pour redémarrer.

Un des hommes de Calmel s'approcha avec une trousse de secours. Formé aux premiers soins, il lui banda le bras en compressant la blessure. Le pivota en position de sécurité pour dégager le harnais et le soulager.

— Votre gars a du pot lança-t-il à Gaëlle et Fred. Les nouveaux gilets pare-balles Odin intègrent une plaque de niveau quatre qui protègent des FAL, M16 ou AK-47. Avec toute autre protection, il serait mort.

Merde, se dit Fred. *Cela fait cinq ans qu'on se battait pour les avoir et seulement trois mois qu'on les a touchés. À quoi tient la vie d'un flic...*

La commissaire débarqua en même temps que les deux ambulances. Un de ses hommes avait été blessé. Elle se devait d'être là. Elle tenait de plus à superviser les opérations. Il y avait eu mort d'homme et cela changeait la donne. L'IGPN[1] serait saisie pour diligenter une enquête administrative. Tout devait être fait dans les règles. Elle n'aimait pas les avoir dans les pattes et ferait le nécessaire pour leur simplifier la tâche. Seule façon de s'en débarrasser au plus vite. Heureusement, le relevé des faits excluait toute possibilité de bavure. Les tirs mortels relevaient sans ambiguïté d'une légitime défense. De plus ils étaient le fait de la BRI. Aucun de ses hommes n'avait ouvert le feu. Son plus grand soulagement fut de constater que Delevoy n'était pas gravement blessé. Il se remettrait rapidement.

L'urgentiste diagnostiqua plusieurs côtes fêlées ainsi qu'un vilain hématome à la poitrine. Il expliqua qu'il devait passer un scanner et se faire suturer le bras. Le mieux était de les accompagner à l'hôpital. Delevoy ne l'entendait pas ainsi et répétait à tout un chacun que tout allait bien ; qu'on pouvait lui faire un pansement sur place, comme s'il avait besoin de rassurer tout autant lui-même que les autres.

— Arrêtez de jouer les John Wayne d'opérette ordonna la commissaire. Vous venez de vous faire tirer dessus. Vous êtes blanc comme un linge. Alors non, vous n'allez pas bien. Vous allez vous taire et laisser les médecins faire leur travail. Non seulement vous allez à l'hôpital, mais considérez-vous dès à présent en arrêt de travail pour une période qui restera à déterminer. Maintenant grimpez dans cette ambulance et disparaissez avant que je me mette en rogne pour de bon. Je me charge de prévenir votre mère.

1. Inspection Générale de la Police Nationale.

Le lieutenant s'installa à l'arrière, refusant de s'allonger sur le brancard. Les deux infirmiers prirent place à l'avant sans demander leur reste. La commissaire héla le premier fourgon du SAMU qui avait pris en charge Blain. Elle s'approcha à grands pas du véhicule.

— Comment va le blessé, demanda-t-elle s'adressant au médecin urgentiste qui s'apprêtait à grimper dans le véhicule.

— Il est en état de choc. La balle lui a traversé l'épaule. Elle a pulvérisé la clavicule et déchiré les ligaments coraco-claviculaires. Nous avons stabilisé la blessure, mais Il faut l'emmener à l'hôpital Édouard Herriot où il devra être opéré d'urgence. Votre gars va s'en tirer. Il lui restera probablement des séquelles au niveau de la mobilité de l'épaule. Sans parler des douleurs.

— Vous avez idée de quand nous pourrons l'interroger ?

— Pas avant l'intervention en tout cas. Ce sera au chirurgien de décider. Peut-être ce soir, mais n'y comptez pas trop. Plus probablement demain matin.

Sandrine Jacquemin regarda l'ambulance s'éloigner ne pouvant s'empêcher de penser sans aménité aucune : *Ce fumier a mitraillé sans hésitation un de mes hommes d'à peine vingt-six ans. J'espère bien qu'il va souffrir à en pleurer et le plus longtemps sera le mieux !*

Fred vint à sa rencontre et la sortit de sa rumination.

— Nous avons du nouveau commissaire. Œil de Lynx a fouillé l'Audi de Blain et a déniché un Browning Buck Mark .22 dans la boîte à gants. Le même calibre que celui utilisé pour assassiner Alain Cuvier. Nous tenons peut-être notre assassin.

Habituellement la commissaire insistait pour que l'on nomme chacun par son grade suivi de son nom de famille.

Pour une fois, elle ne releva pas faisant comme si elle n'avait pas entendu.

— Bien commandant. Je ne peux m'empêcher de penser à ce qui serait arrivé à Delevoy si Blain avait tiré un poil plus haut ou plus bas. Par moments, je me demande si les dieux ne jouent pas aux dés avec nos vies.

Fred l'avait rarement vue aussi songeuse. Il ne dit rien attendant qu'elle se reprenne.

— Ne vendons pas la peau de l'ours, poursuivit-elle. Il s'agit d'un calibre très courant. Insistez auprès de la balistique. Il nous faut les résultats sous vingt-quatre heures. J'espère que nous touchons au but.

— Et ce n'est pas terminé, si vous voulez bien me suivre.

Fred entraîna la commissaire dans le deuxième hangar dont les hommes de Calmel venaient de forcer la porte. L'intérieur du bâtiment était transformé en une vaste serre chauffée qui intégrait un système d'irrigation ainsi qu'une ventilation avec des extracteurs d'air comprenant de larges bouches disposées à intervalles réguliers. Les plants de cannabis n'étaient encore que de jeunes pousses. C'est pourquoi la température et l'humidité étaient relativement élevées avec une senteur entêtante d'humus mêlé d'engrais. Dès qu'ils arriveraient à maturité l'hygrométrie ne devrait plus dépasser quarante à cinquante pour cent et la température resterait comprise entre dix-huit et vingt-quatre degrés afin d'améliorer le rendement ainsi que la qualité de la marchandise.

— D'après Leroy, il y a environ six mille pieds et, vu l'état du matériel, ce n'est probablement pas leur première récolte. Toujours selon lui, cela représenterait un chiffre d'affaires de près de quatre millions d'euros par an.

— Ce n'est pas surprenant, reprit la commissaire. Cultiver l'herbe est devenu beaucoup plus rentable que de l'importer. C'est notre première saisie de cette ampleur sur Lyon. Habituellement elles s'effectuent plus au nord dans un triangle Lille, Bruxelles, Amsterdam. Là où les zones industrielles désertées sont nombreuses. Il faut croire que le marché est en pleine extension. Et pour le hangar où a eu lieu l'interpellation ?

— Il était en cours d'aménagement. Visiblement nos gaillards avaient pour projet de développer leur activité. C'est sans doute pourquoi ils s'y retrouvaient régulièrement de manière aussi discrète. Difficile de faire appel à des artisans pour mettre en place une telle installation.

— Nous savons maintenant pourquoi Blain prospectait auprès des bourgeois friqués. Il avait besoin de blanchir l'argent issu de son petit trafic.

— Des valises de billets en contrepartie de virements sur des comptes à l'étranger ou en cryptomonnaie, poursuivit Gaëlle. Les salopards qui fraudaient le fisc savaient pertinemment qu'ils touchaient de l'argent sale. Comme toujours, mieux valait détourner le regard de ce qui était susceptible d'attiser quelques remords. J'ai bien envie d'aller botter le cul à Burlet.

Une nouvelle fois la commissaire ne réagit pas aux propos de sa subordonnée. Bien au contraire.

— Moi aussi, conclut-elle. Cette journée nous aura au moins permis d'avancer. Vous me tenez au courant de la moindre évolution.

— Comme toujours commissaire, lança Gaëlle qui n'avait pas sa pareille pour saisir la balle au bond. En attendant, nous filons à l'hosto prendre des nouvelles de Jérôme et s'enquérir de quand nous pourrons interroger Blain. C'est lui la clé de cette affaire.

Le motard s'était arrêté cinq cent mètres plus loin sur un promontoire lui permettant d'observer la scène. Le quatre cylindres en ligne de la Suzuki Hayabusa tournait au ralenti en un bourdonnement feutré. Sans doute une des motos les plus rapides du marché. Une des plus racées également. Hayabusa désignait en japonais le faucon pèlerin dont la tête était représentée en silhouette sur le carénage. Son idéogramme kanji était peint sur chacun des flancs. L'oiseau était capable d'atteindre les trois cent kilomètres heure en piqué. Vitesse que dépassait de plus de dix kilomètres heure le monstre mécanique à son effigie. Le téléphone qu'il avait en poche n'avait pas vibré, signe que Blain avait échoué à berner les keufs. L'important était maintenant d'évaluer les dégâts. Ce qu'il craignait le plus venait de se produire. Il observait de loin le ballet des flics et le mouvement des ambulances. Il décida de les suivre à bonne distance. Il vérifia que son harnais était bien en place sous son blouson et que l'arme n'avait pas bougé. Une balle était déjà engagée dans le canon. Il actionna la première d'une pression de son pied gauche sur le sélecteur et lâcha délicatement l'embrayage démarrant sur un filet de gaz. Inutile de sonoriser tout le quartier. Il ne tenait nullement à se faire repérer.

Les ambulances avaient actionné de concert gyrophares et sirènes en traversant Vénissieux à quatre-vingts kilomètres heure au lieu des trente autorisés. Jérôme ne comprenait pas pourquoi la sienne s'entêtait à suivre celle de devant comme s'il y avait la moindre urgence le concernant. Manquerait plus qu'ils se plantent. La journée avait déjà été assez pourrie comme ça. Il s'en voulait de s'être laissé avoir comme un bleu. Il aurait peut-être pu tirer plus vite. Mais l'aurait-il fait avec autant de précision que le collègue de la BRI. Pas sûr, il n'avait jamais fait d'éclat au stand de tir.

Peut-être parce qu'il n'aimait pas les armes qu'il trouvait bruyantes et sales. Il empoignait toujours son Sig Sauer avec une certaine répugnance. Sûr que cela ne devait pas aider.

La moto leur emboîta le pas sans la moindre difficulté. Elle fonça sur l'avenue Pinel réduisant sa vitesse uniquement pour griller les feux rouges. Elle ralentit une fois arrivée dans le boulevard Rockefeller avant de tourner à gauche sur la place d'Arsonval. Le pavillon N de l'hôpital Édouard Herriot venait d'être rénové. Une rampe inclinée courait sur une cinquantaine de mètres afin d'y rouler les brancards jusqu'à l'entrée. Les deux ambulances dans un ballet bien rodé exécutèrent un demi-tour pour présenter leur arrière face aux accès. L'infirmier et le médecin urgentiste déplièrent les pieds télescopiques du brancard où était allongé Blain de manière à l'engager sur la pente.

Au même instant la moto bondit dans un rugissement strident, se faufilant entre les véhicules en un gymkhana effréné. Elle sauta la bordure du trottoir et fonça droit sur le médecin qui fit un bond de côté et chuta lourdement. Elle pila face à l'infirmier toujours agrippé à la civière. Le motard en combinaison de cuir et casque intégral porta la main sous son blouson et en sortit l'automatique. Ses paroles cinglaient aussi violemment qu'un coup de poing.

— Recule ou je te butte !

Le soignant bloqua le frein du brancard et obtempéra, préférant installer une distance respectable entre lui et l'agresseur. Deux coups de feu claquèrent, secs, définitifs, tirés à moins de trois mètres de distance. Le premier brisa le sternum de Blain déchiquetant poumon, artères et veines sur le passage de la balle. Le second lui perfora la tête au niveau du nez décalottant l'arrière du crâne, tapissant la civière de matière cérébrale et de sang. L'homme remballa prestement son flingue et démarra comme si de rien n'était. Le tout n'avait pas duré plus de trente secondes.

Jérôme avait la main sur la poignée de porte quand il entendit le bruit strident, puis le toussotement rauque du quatre cylindres qui décélérait à deux pas du fourgon. Son bras droit était douloureux et tout ankylosé. Il actionna le levier avec sa main gauche et ouvrit la portière. Il était à moins de dix mètres du drame et réalisa instantanément ce qui se passait. Le motard pointait son flingue en direction de Blain et appuya deux fois sur la détente. Jérôme perçut, comme dans un film de Tarentino, le tressautement du corps à chacune des détonations. Il distingua clairement l'éjection des douilles. Le temps s'était ralenti comme si les balles n'avaient pas seulement troué les chairs mais également perturbé l'équilibre spatiotemporel de l'endroit. Il sentit l'odeur âcre de la cordite et ne put réprimer son cerveau d'en réciter la composition telle qu'il l'avait apprise pour son examen de police : *« soixante-cinq pour cent de nitrocellulose, trente pour cent de nitroglycérine et cinq pour cent de vaseline »*. Merde ! Qu'est-ce qui lui prenait ?

Il sauta maladroitement du fourgon et croisa le regard du tueur. Du moins le supposa-t-il, la visière fumée de son casque étant rabattue. L'assassin avait rangé son arme et ne manifesta aucune velléité de la sortir à nouveau. Jérôme s'imagina qu'il lui souriait et cette pensée le mit mal à l'aise. Le temps reprit subitement son rythme et tout s'accéléra à nouveau. Le motard fit rugir sa mécanique en donnant des gaz, toujours au point mort, comme pour hurler un cri de guerre avant de mettre la machine en prise pour démarrer.

Jérôme sortit maladroitement son Sig Sauer, actionna avec difficultés la culasse. Son bras droit était hors service. Il transféra l'automatique dans sa main gauche, vérifia que la trajectoire était dégagée et tira trois balles à la file. La moto était déjà à vingt mètres au moins. Rien ne se produisit. Il avait raté sa cible. Ses jambes tremblaient. Il abaissa l'arme, le bras pendu le long du corps oubliant de la rengainer. Il aurait mieux fait de s'entraîner davantage.

Le Cayenne croisa une moto rouge qui roulait bien au-delà de la vitesse autorisée. Ni Gaëlle, ni Fred n'y firent attention. Ils avaient d'autres chats à fouetter. Elle pila net à l'entrée des urgences comprenant instantanément que quelque chose n'allait pas. Une petite foule de soignants s'y pressait curieux de savoir ce qui s'était passé.

— Nom de Dieu, lâcha Fred quand il aperçut Jérôme à proximité du brancard, l'arme toujours à la main.

Ils bondirent du véhicule et coururent à sa rencontre. Gaëlle se saisit délicatement de l'automatique avant d'enlacer le jeune homme.

— Ça va ? lui demanda-t-elle.

— Je l'ai raté, répétait Jérôme en boucle. J'ai complètement foiré mon tir.

— Cela arrive, même aux meilleurs d'entre nous.

Elle l'aida à s'asseoir sur le rebord du trottoir et chercha Fred des yeux tout en sécurisant le pistolet. Il était à proximité du brancard et examinait le corps. Il lui fit un signe de tête négatif. Leur témoin clé ne parlerait plus. Une fois de plus, il s'était fait distancer par le tueur. Elle sentit l'impuissance et la rage la gagner. Une canette métallique de coca se trouvait malencontreusement sur le sol.

Elle shoota dedans, l'envoyant valdinguer contre la roue arrière de l'ambulance.

20

Œil pou œil

Jamais les policiers du SRPJ n'avaient été aussi rapidement opérationnels sur une scène de crime. Fred avait fait accompagner Jérôme aux urgences. Il avait ensuite téléphoné à la commissaire qui, contre toute attente, avait lâché un « bordel de merde » rageur en apprenant la nouvelle. Il avait enfin prévenu la PTS ainsi que le légiste pendant que Gaëlle faisait refluer les curieux. L'ambiance n'était pas à la fête. Chacun partageait le sentiment de s'être fait coiffer au poteau par le meurtrier. La résolution de l'enquête semblait à portée de main une demi-heure plus tôt. Et voilà qu'à la faveur des derniers événements, elle leur échappait à nouveau. Le découragement s'insinuait doucement dans les esprits laissant entrevoir la possibilité d'un échec. Les flics ne gagnaient pas toujours, c'était la règle.

Sandrine Jacquemin avait immédiatement contacté Claudine Basso, la divisionnaire aux commandes du commissariat du troisième, pour l'informer des arrière-plans de l'affaire. Cette dernière avait déployé sur place un brigadier et deux gardiens de la paix afin de sécuriser la zone. Il y avait quelque chose d'étrange à les voir poser des rubalises qui obstruaient l'aire d'accès des urgences d'un des hôpitaux les plus fréquentés de la ville. Tout cela provoquait un joyeux bordel dans un ballet d'ambulances habituellement rigoureusement chorégraphié.

Karim Hachaoui, le légiste, fit une entrée remarquée au volant de sa Mercedes-Benz SL de collection. Il allait, été comme hiver, au volant de son cabriolet rouge vif dont il baissait la capote chaque fois que le temps le permettait. Cela le changeait des longues heures passées aux abords des chambres froides et à l'éclairage artificiel des néons. Originaire d'Alger, il aimait la lumière du soleil qui illuminait les yeux jusqu'à l'éblouissement et brûlait la peau. Elle lui rappelait sa jeunesse. Jamais il ne se plaignait des chaleurs caniculaires. Elles ne l'incommodaient tout simplement pas.

Il n'avait cure non plus des complications de circulation du jour et slaloma, comme si de rien n'était, entre deux ambulances passablement déboussolées par les perturbations engendrées par la police. Le fourgon de la PTS le suivait de peu, visiblement moins à l'aise pour se frayer un chemin.

Grand, presque maigre, Karim Hachaoui était toujours tiré à quatre épingles. Costume en laine, chemise blanche amidonnée, immuable sacoche en cuir Hermès vieille de vingt ans qu'il tenait à la main gauche. Seule sa gauloise sans filtre toujours fichée au coin de ses lèvres détonnait. Il respirait la fumée autant qu'il l'aspirait, ce qui l'obligeait à fréquemment plisser des yeux pour ne pas pleurer. Il souleva le ruban et jeta sa cigarette avant de s'approcher du cadavre.

— Paraît que vous me faites déplacer pour rien, c'est que j'ai encore trois cadavres à ouvrir.

La formule était de pure circonstance. Karim était le patron de l'IML et tout le monde savait que la plupart des autopsies étaient effectuées par ses collaborateurs. Il se déplaçait cependant sur chaque scène impliquant le groupe crime. Fred était son ami depuis plus de trente ans. Le seul aurait-il pu ajouter. Il lui devait bien ça. De plus, il adorait charrier Gaëlle.

— Effectivement poursuivit-il. Je n'ai pas grand-chose à vous apprendre. Fracture de la clavicule gauche avec déchirure des ligaments. La blessure n'était pas létale et votre homme aurait facilement survécu si les circonstances n'en avaient décidé autrement. Les deux autres impacts ne lui ont laissé aucune chance, mais ça, vous l'aviez déjà compris tout seul. Concernant la plaie au thorax, la balle a tranché l'aorte. Au regard de l'écoulement sanguin, je pense que l'assassin lui a tiré en premier dans la poitrine, puis dans la tête. Rien qu'avec cette blessure, ce pauvre type serait mort.

— Ce pauvre type, comme vous dites, était un vrai salopard qui méritait amplement ce qui lui est arrivé.

— Je n'en doute pas une seconde, chère amie.

Gaëlle détestait la feinte condescendance du légiste. Elle savait que tout cela lui était destiné et avait pour seul but d'amuser le toubib. Elle ne comprenait pas pourquoi elle se sentait atteinte, incapable de répliquer. Comme dans un jeu du chat et de la souris dans lequel elle aurait toujours le rôle de la petite musaraigne. Et chaque fois, l'issue était la même. Il lui souriait avec un petit clin d'œil complice. Elle ne marchait pas, elle courait aurait dit sa mère.

— La blessure à la tête est plus intéressante, poursuivit le légiste en terminant d'enfiler ses gants. D'après la trajectoire, le projectile a pénétré par la cloison nasale, a traversé le lobe temporal puis le pariétal avant de fracturer le crâne tapissant le brancard d'une bouillie de matière cérébrale et de sang.

« Comment peut-on trouver cela intéressant ? » se dit Gaëlle, se gardant bien de formuler la moindre réflexion à haute voix.

— Le coup a fracassé la boîte crânienne au niveau de la

suture pariéto-mastoïdienne. À cet endroit l'os est extrêmement résistant. En le brisant la balle a perdu l'essentiel de son énergie. Sans doute s'agit-il d'un projectile de moyenne puissance.

Il s'agenouilla au sol examinant minutieusement le dessous du brancard.

— C'est bien ce que je pensais, confirma-t-il. Un véritable coup de chance. Aidez-moi à faire pivoter le corps.

Il se saisit d'une pince chirurgicale dans sa sacoche, examina le matelas recouvert d'un coulis cérébral peu ragoûtant qui commençait à sécher. Il introduisit délicatement son instrument dans un trou du rembourrage et en extirpa une balle partiellement déformée.

— Et voilà le travail, jubila-t-il en exhibant fièrement sa trouvaille.

Fred lui tendit un sac à scellés dans lequel il déposa l'ogive.

— L'autopsie ne vous apprendra pas grand-chose de plus. Juste de la paperasse à ajouter au dossier.

— Tu ne serais pas en train de marcher sur mes plates-bandes, s'exclama Aurélie Lagrange qui n'avait rien manqué de leur manège et fondait sur eux à la vitesse d'un jet supersonique.

— Tant qu'à faire, autant que je ne me sois pas déplacé pour rien. Je vous laisse entre de bonnes mains. Quand tu en auras fini avec le corps, fais-le moi livrer à la morgue. Ah, j'allais oublier. Il y a un téléphone dans la poche gauche de son pantalon.

Il accompagna ses mots d'un nouveau clin d'œil pour Gaëlle et, sans plus rien dire, s'éloigna en direction de sa voiture.

— Quel comédien, réagit la policière avant de s'emparer

du téléphone qui n'était qu'un vulgaire modèle à clapet de petite taille.

Elle le glissa à son tour dans un sac à scellés avant de le tendre à Aurélie. Fred l'imita avec celui contenant la balle. La directrice de la PTS les déposa dans une mallette munie d'un fermoir à combinaisons.

— Qu'est-ce qu'on a d'autre ? poursuivit Gaëlle nettement plus à l'aise avec l'ingénieure.

— Assez peu de choses en fait et nous allons pouvoir rendre assez vite cette zone à l'hôpital. Nous avons relevé une trace de pneu de moto sans doute laissée au démarrage de l'engin. Nous avons fait des prélèvements et nous analyserons la composition de la gomme pour en déterminer la marque, même si cela ne mènera sans doute pas à grand-chose. D'après tous les témoignages, ce motard n'a fait qu'un bref arrêt. Il n'est pas descendu de son engin, n'a pas relevé la visière de son casque et est resté ganté. À quoi bon s'échiner à chercher des traces quand il n'y a rien à trouver…

— Vous avez récupéré les douilles ?

— Oui, toutes les deux. Vu leurs positions elles ont été éjectées de l'arme par la droite. Elles mesurent 17,3 millimètres de longueur pour un diamètre au collet de 9,5 millimètres.

— Il s'agit donc de .380 ACP ou neuf millimètres court. Karim avait raison, cette cartouche délivre une énergie d'environ trois cents joules contre plus de cinq cents pour du parabellum. Vous n'avez trouvé aucune empreinte je suppose.

— Non rien. À mon avis, les cartouches ont été astiquées avant d'être introduites dans le chargeur avec des gants.

— Le même calibre que celui qui a servi à dégommer Marquis. Peut-être encore un des fameux Walther PPK.

— Nous allons faire des tests balistiques et serons en mesure de vous le confirmer dès demain.

— De notre côté, nous allons récupérer les vidéos. Il y a deux caméras qui couvrent l'entrée du bâtiment.

Aurélie était une femme de parole. Les résultats arrivèrent dans la boîte mail de Fred mercredi à dix heures. Il appela Gaëlle aussitôt tout en tapant un rapide message de remerciements à la responsable de la PTS. Fred savait qu'elle avait supervisé elle-même ces recherches. Sans doute en bossant jusqu'à pas d'heure. Aurélie vivait pour son travail. Elle ne ménageait jamais sa peine.

— Alors ? demanda Gaëlle en se laissant choir dans le fauteuil faisant face à celui de son supérieur.

— Comme on pouvait s'y attendre, le téléphone est un modèle à carte prépayée. Blain n'avait même pas jugé bon d'en protéger l'accès avec un code. Il a reçu un appel de seize secondes à quatorze heures vingt-trois précise, juste avant l'assaut. Quelqu'un l'a donc prévenu de notre arrivée.

— Ce qui explique le fait qu'ils étaient sur leur garde et que Rozière ait immédiatement fait feu sur les hommes de Calmel.

— On peut penser que le motard passait par là ou avait rendez-vous avec la bande et qu'il nous a vus. Il a aussitôt prévenu Blain qui en a profité pour prendre la poudre d'escampette.

— Motard qui aurait ensuite filé l'ambulance jusqu'à l'hôpital pour liquider son complice sans préavis. Il ne pouvait prévoir qu'il y aurait une descente. Il a dû improviser son acte dans l'urgence. Ce qui veut dire que ce type est prêt à tout et qu'il ne manque pas de sang-froid. Il frappe quand il est acculé, et tue ses proies sans sourciller, comme un crotale.

Fred ne savait pas si les serpents à sonnette fronçaient

des sourcils. Il partageait, par contre, les assertions de sa coéquipière. Le scénario commençait à prendre forme. Les enquêteurs, à leur manière, étaient des faiseurs d'histoires. Ils imaginaient constamment des scripts qui avaient pour but de modéliser des événements dramatiques, enjambant les multiples inconnues tout en s'appuyant sur les indices et faits récoltés. Plus l'enquête avançait, plus le canevas s'affinait, prenant corps, jusqu'à se superposer parfaitement à la scène originelle.

— Et pour les calibres ? poursuivit Gaëlle.

— Nous avions raison. Le Browning Buck Mark .22, trouvé dans la voiture de Blain, est bien l'arme qui a servi à assassiner Alain Cuvier.

— Nous savons maintenant qui était Reagan. Si on résume, Blain, alias Reagan, est bien l'assassin d'Alain Cuvier et le complice de Marquis dans l'enlèvement de la gamine. Reste à savoir si c'est lui qui a refroidi, ou plutôt grillé, son complice et surtout, qui l'a éliminé lui, pour qu'il se taise à jamais ?

— Le problème c'est que nous sommes face à une équation et que nous n'avons plus aucun suspect pour la résoudre.

— Et concernant le calibre qui l'a dézingué ?

— Les stries et le marquage sur l'ogive ainsi que l'empreinte du percuteur sur la douille sont compatibles avec un Walther PPK. Après il est toujours possible que cela ne soit qu'une coïncidence. Ces pistolets ne sont pas rares sur le marché.

— Peut-être, mais je prends le pari que cette coïncidence ne doit rien au hasard et qu'il s'agit plutôt d'une opportunité. À mon avis, le tueur avait l'occasion de se procurer ces armes de manière anonyme et ce, auprès de Grognard et Millet, notre duo de flics corrompus.

— Qu'est-ce qui te fait penser cela ?

— La question est plutôt pourquoi le Walther ? C'est une arme d'esthète, à la puissance de feu limitée. Un automatique de petite taille, presque efféminé. Quel malfrat aurait envie d'une pétoire pareille ? Tu connais les mecs. Tout ce qu'ils veulent c'est exhiber leur gros machin. S'ils ont le choix, ils feront dans le démonstratif avec un .45 ou un .357 magnum ou alors, s'ils préfèrent la sophistication, ce sera plutôt un Beretta, un Glock ou un Ruger. À mon avis, l'occasion a fait le larron. Il avait tout simplement la possibilité de se procurer des PPK et rien d'autre. Peut-être que nos deux flics pourris n'avaient que ça à lui proposer.

— La réponse serait donc l'opportunité. Admettons. Nous savons que Grognard et Millet étaient très sélectifs dans leurs contacts. Ils ne fourguaient leurs armes qu'à des collectionneurs en qui ils avaient toute confiance. Jamais ils n'auraient pris le risque de distribuer leur camelote à des gens douteux. N'oublions pas qu'ils étaient flics et que leur trafic avait pour seul but d'arrondir leurs fins de mois.

— Ce qui signifie que celui que nous recherchons n'est peut-être pas un truand de bas étage, mais quelqu'un se cachant derrière un paravent de respectabilité. Toute la question est de savoir comment on va le coincer ? Peut-être que les enregistrements de vidéosurveillance nous en apprendront un peu plus. Sylvie et Œil de Lynx bossent dessus depuis ce matin. Allons voir où ils en sont.

L'histoire commençait à prendre forme. Gaëlle et Fred rejoignirent leurs collègues dans la salle vidéo. Ils les trouvèrent tous deux installés derrière un moniteur informatique incurvé de trente-quatre pouces. Sylvie lança la vidéo qui ne durait pas longtemps. Les deux caméras encadraient l'entrée des urgences. Elles étaient situées à l'arrière de la scène de crime. La moto déboulait sur la droite du moniteur, bondissait sur la rampe d'accès, freinait brutalement laissant un peu de gomme sur le ciment, bousculant le médecin urgentiste qui chutait. Le motard apparaissait de dos.

— Arrête le défilement, lança Gaëlle, on devrait voir la plaque.

— On a déjà essayé, réagit Sylvie en zoomant. Elle est masquée par un cache qui semble en tissu épais, avec un cordon à la base pour le nouer. Un peu comme un sac de billes que les mères confectionnaient dans le temps à leurs gamins. Le type avait tout prévu pour ne pas se faire repérer.

— Merde ! lâcha Gaëlle. Ça aurait été trop facile.

Impossible d'apercevoir le tireur sortir son arme avant qu'il ne la pointe sur l'infirmier. Celui-ci prit le temps de sécuriser le brancard avant de reculer.

— Arrête et zoome sur l'arme, demanda Fred.

Chacun regardait l'arrêt sur image avec attention. L'angle n'était pas très favorable et le grossissement floutait les détails.

— Difficile à assurer, mais il pourrait bien s'agir d'un Walther PPK.

Chacun écarquilla les yeux avant d'obtempérer. Sylvie relança le défilement. Les tirs apparaissaient en mode silencieux. Le fait qu'il n'y ait pas de micro pour enregistrer le son rendait la scène plus difficile à supporter. On devinait les détonations à la flamme sortant du canon, suivie du tressautement du corps transpercé par la balle. Deux coups de feu rapprochés de quelques secondes. Juste le temps de changer l'angle et d'ajuster le tir. Une exécution en direct. La moto démarra au moment où apparaissait Jérôme pistolet à la main. Tout le monde remarqua qu'il perdait du temps à manœuvrer la glissière. Le véhicule avait quitté le champ pendant qu'il visait avec son Sig Sauer dans la main gauche. Il fit feu trois fois avant de rabattre son bras le long du corps. Il semblait accablé.

— Le gamin s'en est bien sorti, conclut Fred d'un ton définitif qui n'appelait aucun commentaire. Autre chose ?

— M'est avis qu'il s'agit d'une Suzuki Hayabusa, lança Œil de Lynx.

Le brigadier-chef était un motard accompli. Personne ne mit en doute son expertise.

— Nous travaillions justement là-dessus à votre arrivée, poursuivit Sylvie. J'ai croisé les protagonistes de cette histoire avec le fichier des cartes grises du même modèle de deux-roues…

— Et, réagit Gaëlle qui s'impatientait…

— Antoine Cuvier en possède une.

— Bordel de Dieu ! lâcha-t-elle.

Il n'y avait aucun policier à la grille du domicile des Cuvier. Gaëlle dut montrer sa carte face à l'œil de la caméra pour que l'agent de permanence déclenche l'ouverture du portail. Fred qui connaissait l'enthousiasme de sa coéquipière se résolut à la mettre en garde.

— Nous y allons en marchant sur des œufs. Nous n'avons aucune charge contre Antoine Cuvier. Aucun élément autre que le fait qu'il possède une Suzuki du même modèle. Ce qui ne signifie sans doute rien…

— J'ai compris le message chef. Disons que nous venons les informer, par pure courtoisie, de l'avancée de l'enquête avant qu'ils n'en prennent connaissance dans la presse.

— C'est tout à fait cela. Et arrête de m'appeler chef, tu sais bien que j'ai horreur de ça.

— Oui, chef !

Fred soupira. Sa coéquipière était susceptible. Il le savait et l'avait bien cherché. Il ne dit rien. S'excuser n'aurait fait qu'aggraver les choses. Henri Cuvier, Hélène Desmarets-Cuvier ainsi que Chloé déjeunaient dans une petite salle à manger du rez-de-chaussée. La cuisinière, qui était venue leur ouvrir, s'occupait de servir ce qui ressemblait à un baeckeoffe de canard avec de nombreux légumes.

— Excusez-nous de vous déranger en plein repas, nous souhaitions vous informer des derniers déroulements de l'enquête.

Chloé fut la plus prompte à répondre.

— Jabba est dans la voiture ?

Fred sourit.

—Malheureusement non. Je pense qu'il doit être comme toi en train de prendre son repas.

Henri Cuvier et sa belle-fille se levèrent, les invitant à les suivre dans un salon attenant. Deux canapés en vieux cuir se faisaient face, de part et d'autre d'une table basse en bois d'ébène. Fred leur fit un compte rendu détaillé des derniers événements omettant seulement d'évoquer qu'ils suspectaient Antoine. Il insista sur le fait que Blain et Marquis étaient bien les malfrats qui avaient enlevé Chloé et assassiné Alain Cuvier.

— Ainsi, ils sont tous les deux morts, répéta le vieux. Au moins justice est faite de ce côté. Et vous n'avez aucune idée de qui peut être l'assassin de ce Blain ? C'est sûrement lui le commanditaire de toute cette affaire. Il faut absolument le mettre hors d'état de nuire.

— Nous nous y employons sans relâche, poursuivit Fred. Vous pouvez me croire.

— Je n'en doute pas. Je vois bien que les choses avancent.

— Votre fils n'est pas présent, nous aurions souhaité lui poser une ou deux questions.

— Antoine est un électron libre. Il ne déjeune jamais à la maison. Pas sûr qu'il soit là pour le dîner. Je peux lui dire que vous souhaitez le voir.

— Ce ne sera pas nécessaire, intervint Gaëlle. J'ai entendu dire qu'il pratiquait la moto ?

— Le terme est faible. C'est un passionné doublé d'un collectionneur. Il a aménagé un garage en forme d'atelier pour s'en occuper.

— Je vais vous demander un immense service, Monsieur Cuvier. Pourriez-vous me le faire visiter, je suis moi-même une grande amatrice…

— Vous ne préférez pas le faire en sa présence ?

— S'il vous plaît…

Difficile de refuser quoi que ce soit à Gaëlle, se dit Fred, *surtout quand elle supplie avec ses immenses yeux de biche*. Un homme reste un homme et le vieux ne semblait pas insensible au charme ravageur de sa coéquipière. Il se saisit d'une télécommande accrochée à un tableau de clés et se contenta d'un : « suivez-moi ». Ils traversèrent la maison et sortirent par une porte située à l'arrière de l'immense demeure. Ils marchèrent un peu plus de deux cent mètres avant d'arriver face à une construction récente munie d'un portail coulissant sur rail. Le vieux appuya sur sa manette, la longue porte en aluminium s'ébroua.

Il alluma les rampes au néon qui illuminèrent le vaste garage. Quatre motos étaient impeccablement alignées. Gaëlle s'approcha, s'improvisant connaisseuse. Heureusement que les constructeurs avaient le bon goût d'afficher en toutes lettres leur signature sur le réservoir. Elle se contenta d'énumérer :

— Une Triomphe Rocket, une Kawasaki Z900, une Ducati Streetfighter et une BMW.

Elle cala sur l'allemande. La marque ne faisait pas

preuve de beaucoup de pédagogie en ne précisant pas de quel modèle il s'agissait. *Fierté teutonne qui se prend pour le centre du monde,* se dit-elle. Juste ce petit logo circulaire que tout le monde connaissait avec ses deux triangles bleus et blancs aux couleurs de l'état libre de Bavière. Rien d'autre.

Deux motos étaient immobilisées. Une Harley trônait sur un pont élévateur, son bicylindre en V déposé. La Suzuki Hayabusa rouge était maintenue par une béquille arrière. Un câble effiloché était posé sur le tapis en dessous de la bécane qui attendait d'être réparée. Fred s'approcha de l'engin, actionna la poignée. L'embrayage n'était pas en prise. La moto était en panne.

— Vous savez depuis quand cette Suzuki est en réparation ?

— Aucune idée, répondit le vieux. Vous pouvez revenir quand vous voudrez. Antoine répondra mieux que moi à toutes vos questions.

Gaëlle remercia, une nouvelle fois, le patriarche.

— Merci encore pour votre gentillesse, Monsieur Cuvier. Je suis ravie de la visite. Nous n'allons pas abuser plus longtemps de votre patience. Nous devons vérifier qu'il n'y a aucun souci avec l'agent de surveillance et puis nous vous laisserons.

Le vieux éteignit les lumières, puis actionna la fermeture du portail se saisissant du bras de Gaëlle avant qu'elle ne s'éloigne.

— Mademoiselle, peut-être un jour serez-vous disposée à m'expliquer à quoi rimait votre petit manège.

Le gardien de la paix de permanence était assis face à un moniteur qui visualisait l'entrée de la propriété. Il se dépêcha d'enlever ses écouteurs et de ranger son smartphone dans sa poche quand Gaëlle et Fred lui rendirent visite. Il les salua avec une déférence coupable.

— C'est bien vous qui étiez de surveillance hier matin ? engagea Fred.

— Oui j'assure le service de six heures à quatorze heures.

— Est-ce qu'Antoine Cuvier est sorti hier matin avec une de ses motos.

— Absolument. Il était un peu plus de huit heures. Il le fait chaque matin sauf quand il pleut.

— Est-ce que vous vous rappelez de la couleur de la moto ?

— C'est que je n'y connais pas grand-chose en motocyclettes.

— Je vous demande juste sa couleur, insista Fred qui commençait à perdre patience.

— Vous savez, chaque jour il sort avec une différente. Alors non, je ne pourrai pas vous dire. Je n'ai pas fait attention.

— Quel con lâcha Gaëlle en ouvrant la porte côté conducteur du Cayenne. Je me demande à quoi servent les tests de recrutements dans la police si c'est pour accepter pareils abrutis. Tu l'as vu ! Il préfère visionner des films sur son smartphone plutôt que de faire son boulot.

— Sur ce coup, je partage ton opinion.

— C'est rageant. J'ai pris sur moi pour ne pas le baffer.

— Et pour la moto, tu en penses quoi…

— À mon avis, ça pue la mise en scène. Ce type nous mène en bateau.

— Là encore, je suis d'accord. Tu as remarqué la propreté du garage. Alors pourquoi laisser traîner un vieux câble d'embrayage si ce n'est pour justifier que sa machine était hors service depuis un certain temps. Il ne lui aura pas fallu plus d'un quart d'heure pour le démonter. Nous avions impérativement besoin du témoignage du planton de service pour étayer notre hypothèse et avoir une légitimité à interroger Antoine Cuvier. Nous repartons bredouilles, avec rien du tout, que dalle, nada…

Les deux policiers se retrouvaient dans la pire situation que puisse rencontrer un enquêteur : connaître l'identité du coupable, mais ne rien avoir dans son jeu pour le faire tomber. Si l'enquête continuait sur cette lancée, il y avait de bonnes chances pour que ce salopard s'en sorte sans la moindre poursuite.

Le moral n'était pas au beau fixe et le reste de la journée fut à l'image de la matinée : morose. Toute l'équipe se mobilisa pour passer en revue les différentes pièces du dossier : analyse technique des scènes de crime, comptes rendus du légiste, bilans financiers, PV d'interrogatoire. Le constat s'imposa lentement mais sûrement. Ils n'avaient rien trouvé. Fred encourageait pourtant ses hommes à poursuivre. Quelque chose leur échappait forcément. À dix-sept heures trente passées, il renonça et invita chacun à rentrer chez soi. Peut-être que la nuit leur porterait conseil. Il aurait aimé y croire. C'était plus qu'une supplique, presque une prière. Comme à son habitude, il quitta son poste le dernier, saluant l'équipe de nuit puis prit l'ascenseur qui descendait au parking. Il ouvrit la portière du Cayenne avant de la refermer sans même monter à bord. C'était trop con. L'histoire ne pouvait pas se terminer de cette manière. Il regagna en courant son bureau, se saisit d'une copie du dossier, puis retourna à sa voiture. Il savait à quoi il allait occuper sa soirée.

Il trouva Éva dans la cuisine. Le chien était couché sous l'avancée du plan en granit qui servait également de table. Il avait le regard implorant de l'animal qui espère un geste miséricordieux de sa maîtresse. Si possible accompagné de quelque chose de consistant à grignoter. Sa tâche était, semble-t-il, d'une plus grande importance que l'arrivée de Fred à qui il accorda à peine un regard. Ce dernier disposait d'un peu de temps. Il s'installa à son bureau et commença à lire le dossier une nouvelle fois.

Éva confectionnait des hamburgers maison à la mode « Big Fernand » sous l'œil attentif de Jabba. Elle avait elle-même préparé les buns saupoudrés de graine de sésame, râpé des tranches de courgettes qu'elle faisait revenir à l'huile d'olive avec des oignons et des champignons. La tomme de Savoie fondait doucement dans une casserole pendant qu'elle confectionnait la sauce. Incorporant l'huile au jaune d'œuf qu'elle émulsionna au batteur électrique avant d'y ajouter quelques tranches d'oignon rouge, une dose de ketchup, quelques gouttes de Tabasco, une larme de vinaigre et deux doigts de sauce Worcestershire. Elle appela Fred avant de trancher les buns pour les mettre au grill. À partir de là tout irait très vite et mieux valait être prêt à les déguster. Elle confectionna six burgers. Deux chacun. C'était jour de fête y compris pour le chien qui lui avait tenu compagnie tout au long du processus, attentif à ses moindres gestes. Ils mangèrent sur la terrasse profitant de la lumière de fin de journée, malgré la chaleur persistante. Sourirent quand Jabba ayant tout avalé en mode turbo revint vers eux quémander quelques morceaux.

Fred raconta les derniers éléments de l'enquête. L'impasse dans laquelle tout le groupe se trouvait. La culpabilité probable du fils Cuvier. L'horreur pour le vieux si tout cela se confirmait. « Et dire que maman sort avec lui » ajouta

Éva qui se faisait du souci pour sa mère. Ils finirent tranquillement leur verre de bourgogne avant qu'elle n'apporte le dessert. Elle avait préparé des mi-cuits au chocolat qu'elle passa au four pendant que Fred s'occupait des cafés. Double dose pour lui, il en aurait bien besoin.

Il insista pour faire la vaisselle qui débordait de l'évier. Il lui devait bien ça. Impossible de cuisiner sérieusement sans utiliser de nombreux ustensiles. Elle savait qu'il travaillerait tard. Elle l'attendrait en visionnant une comédie, puis en compagnie d'un bon roman. Elle venait de recevoir : « A Private cathedral » de James Lee Burke. Vieil auteur à l'écriture flamboyante dont elle dévorait les ouvrages depuis plus de trente ans. Fred rejoignit son bureau, parcourut trois heures durant l'ensemble des PV et pièces du dossier sans rien y trouver avant de la rejoindre au lit.

Il eut du mal à trouver le sommeil. La fatigue mêlée à la frustration de ne pas avoir réussi à découvrir ce qu'il espérait le tenait éveillé. Les éléments de l'enquête n'arrêtaient pas de tourner dans sa tête en une sarabande qu'il n'arrivait pas à contrôler. Il avait raté quelque chose, en était sûr, mais était incapable d'en identifier les contours. Un peu comme un mot ou un nom que l'on sait connaître sans parvenir à le retrouver. Il avait beau ressasser tous les PV qu'il avait lus et relus, l'insight tant désiré ne se laissait pas attraper, se jouait de lui.

Éva dormait depuis longtemps. Elle était dans ses bras, nue, ses fesses collées contre son ventre. Elle avait l'habitude de s'endormir dans cette position qu'ils affectionnaient tous deux. Un vrai moment de bonheur. Il percevait la douceur de sa peau et la chaleur de son corps. L'odeur de ses cheveux lui évoquait la cannelle. Le bercement de sa respiration régulière suffisait habituellement à le faire lâcher prise et s'abandonner dans les bras de Morphée. Rien de tel aujourd'hui. Tout son corps était tendu. Il s'obligeait à l'immobilité de peur de briser le sommeil de sa compagne. Il resta un long moment ainsi avant de sombrer.

Le rêve s'empara de lui sans qu'il ne s'y attende. Sournois, il l'entraîna vers des contrées qu'il savait hostiles. Pas à pas, insensiblement chaque palier à la fois plus attirant et inquiétant que le précédent. Glissant insensiblement vers un cauchemar paré des oripeaux du désir qui, une fois arrachés, béaient sur l'horreur.

Sarah la fille d'Éva se tenait dans l'encoignure de la porte. Elle était nue. Que faisait-elle là ? Elle aurait dû être enfermée à double tour dans la prison médicalisée qui incarcérait les criminels souffrant de troubles psychotiques[1]. Le rêve n'en avait cure, il suivait sa propre logique, ses propres règles, se dispensant des contraintes de l'espace et du temps, transposant signifiants et signifiés à sa propre convenance. Tous les moyens lui étaient bons pour arriver à ses fins.

Elle s'approcha du lit, accentuant un déhanchement sensuel et indécent, ses seins étaient petits, laiteux avec des aréoles excessivement pigmentées. Elle tenait dans sa main droite un couteau de cuisine qui ne présageait rien de bon. Un de ceux qu'on prénomme couteau du chef. Fred secoua Éva pour la réveiller. Rien n'y fit. Le rêve menait la danse imposant son rythme et sa cadence. Il n'était pas prêt à faire le moindre compromis, tissait sa toile insensiblement plus épaisse et plus profonde enserrant sa proie en une anesthésiante immobilité.

Sarah grimpa sur le lit avec une souplesse féline. Agenouillée, elle s'approcha du couple, saisit sa mère par les

1. Se reporter au premier opus de la série : « Les femmes ne plaisantent pas avec l'amour ».

cheveux et lui trancha la gorge. Un torrent de sang jaillit chaud et poisseux se déversant sur lui. Il tentait d'en contenir l'épanchement avec ses mains. Barrage insignifiant face au flux bouillonnant du liquide qui s'écoulait en même temps que la vie qui abandonnait ce corps tant désiré.

La douleur le paralysait, l'empêchait de hurler. Sarah posa sa main sur sa poitrine et l'enfourcha. Sa peau était froide et visqueuse comme celle d'une anguille, ses jambes comme des tentacules s'enroulaient autour des siennes. Par il ne savait quel sortilège son sexe gonflé lui faisait mal. Elle s'empala dessus dans un râle. Ouvrit sa main gauche déversant sur lui de petites pilules multicolores. Son traitement sans aucun doute. « Comme tu le vois, je ne le prends plus, tu aurais dû le savoir, depuis longtemps, t'en rendre compte ». Il hurla à plusieurs reprises : « mais comment aurai-je pu le savoir ? ». Elle lui répondit d'un ton doctoral : « le refoulement est la forme suprême du déni » et lui planta le couteau en plein cœur.

Il hurla à nouveau avec plus de force. Éva le secoua. « Réveille-toi », lui intima-t-elle. Il était en sueur. Ses derniers mots résonnaient comme une litanie : « il ne pouvait pas savoir ». Éva se retourna et se rendormit aussitôt. Il fut soulagé qu'elle ne lui demande pas de lui raconter ce qui l'avait terrorisé à ce point. Les plaies concernant sa fille étaient loin d'être cicatrisées. Le serait-elle un jour d'ailleurs ? Il ne tenait pas à raviver une douleur qui, régulièrement, lui brisait le cœur.

Il se remémora ses anciennes lectures de Freud. Quel enquêteur hors pair, pour avoir réussi à extirper patiemment du sens de tout ce bazar. Il comprit alors ce qui lui avait échappé. Plagiant l'expression fétiche du commissaire Bourrel, il lâcha un : « Bon Dieu mais c'est bien sûr[1] », tout en répétant : *il ne pouvait pas savoir, et pourtant il savait.* La solu-

1. Expression tirée de la série télévisée « les cinq dernières minutes » dans laquelle le commissaire Bourrel utilisait cette formule à chaque fin d'épisode quand il résolvait l'énigme policière.

tion n'était pas cachée, il l'avait sous les yeux depuis le début. Un peu comme dans la lettre volée d'Edgar Allan Poe. Il se leva délicatement et retourna à ses dossiers. C'est à ce même endroit que le retrouva Éva deux cafés à la main. Il n'était pas encore sept heures.

Il attendit patiemment une demi-heure avant de contacter Gaëlle, puis composa le numéro d'Henri Cuvier pour le prévenir qu'ils souhaitaient lui poser quelques questions ainsi qu'à Hélène Desmarets-Cuvier et son fils Antoine. Pouvait-il faire en sorte que chacun soit présent. Ils ne tarderaient pas à arriver et ne les retiendraient pas longtemps. Vingt minutes plus tard, Gaëlle arriva chez lui toute excitée. Fidèle à elle-même, ses premiers mots furent : « Un final à la Agatha Christie où tu convoques tout le monde pour confondre le coupable. Putain j'y crois pas ! ». Elle embrassa Éva, flatta machinalement le chien sans même réaliser qu'habituellement il l'impressionnait. Un café l'attendait. Elle l'engloutit en soufflant dessus à chaque gorgée afin de ne pas perdre de temps.

Il leur fallut moins d'un quart d'heure pour rejoindre le cours du docteur Long où résidaient les Cuvier. Temps qu'ils consacrèrent à affiner leur stratégie. Fred pensait être capable de bousculer Antoine Cuvier. C'était un coup de poker qui méritait d'être tenté même si rien ne disait qu'il réussirait. Le fils Cuvier était coupable. Fred en était sûr à présent. Le salopard avait prouvé qu'il avait de la ressource, ne se laissait pas facilement déstabiliser et que rien ne l'arrêtait. La partie s'annonçait serrée, mais il n'y avait pas d'autres options que de la jouer. Les policiers avaient une bonne main, mais c'était loin d'être un carré d'as. Tout reposait sur les comptes rendus d'audition. Encore fallait-il que les trois protagonistes ne leur aient rien caché.

Le chien était de la partie. Éva partait à Paris pour ses affaires. Fred ne tenait pas à le laisser seul à la maison. Il savait que sa présence ferait une heureuse. La gamine l'adorait. Il ne serait donc pas trop de trois. Mieux valait la tenir éloignée de cette confrontation.

Le gardien de la paix leur débloqua instantanément la barrière avant même qu'ils se présentent. Il tenait sans doute à racheter son incurie de la veille. Gaëlle se gara en un coup de frein rageur juste devant l'escalier. Le vieux les attendait sur le perron. Il leur serra la main, l'air bougon.

— J'avoue ne plus très bien comprendre vos méthodes, commandant. J'espère sincèrement que vous savez ce que vous faites. Nous vous attendons dans le petit salon.

— Nous vous remercions Monsieur Cuvier, engagea Fred. Si vous le voulez bien, nous allons commencer par auditionner Madame Desmarets-Cuvier seule. Nous vous entendrons ensuite avec votre fils.

— Je tiens à préciser que je n'apprécie pas vos méthodes. Si Françoise ne vous avait chaudement recommandé, je ne me plierais pas une seconde à votre petit jeu. Vous vous conduisez comme si nous étions suspects de quelque chose. Tout cela en plus de votre manège d'hier. Inutile de vous dire que je n'aime pas beaucoup les cachotteries.

— Je comprends votre agacement. Soyez certain que notre seul but est de découvrir la vérité. Si vous le souhaitez, nous vous expliquerons notre démarche avant de prendre congé.

Nullement amadoué, le vieux les laissa en plan, appelant son fils à le rejoindre. Hélène Desmarets-Cuvier les attendait assise sagement sur le canapé. Elle se leva à leur arrivée.

— Madame Desmarets-Cuvier, invita Fred, les questions que nous allons vous poser sont de la plus haute importance.

La précision de vos réponses est essentielle à l'avancement de l'enquête. Nous vous demandons donc de nous répondre avec la plus grande franchise.

— Je vous écoute.

— Lors de votre première audition du vendredi 26 juin, vous nous avez révélé que votre beau-père vous avait informé que les ravisseurs exigeaient un report de la commercialisation du neuroclasil et que c'était votre meilleure chance de récupérer Chloé vivante.

— Oui, c'est exact.

— À part les ravisseurs, vous et votre beau-père, qui aurait pu être au courant de cette seconde exigence ?

— Personne, absolument personne, du moins ce vendredi. Henri m'avait recommandé de n'en parler à quiconque. Qu'il en allait de la survie de Chloé.

— Vous êtes certaine, intervint Gaëlle avec douceur, de ne pas avoir abordé le sujet avec votre beau-frère. Vous veniez de perdre votre mari. Votre fille s'était fait enlever sous vos yeux, vous deviez être effondrée.

— Oui, je l'étais et je le suis encore. À chaque réveil, je suis dévastée de ce qui est arrivé à Alain et je tremble pour ma fille. J'ai beaucoup pleuré ce soir-là. Mais non, je n'ai rien dit à Antoine. J'en suis absolument certaine.

— Bien, c'est ce que nous voulions vérifier avec vous. Comment va Chloé ?

— C'est difficile pour elle. Beaucoup de ses amies ne viennent plus la voir. Leurs parents sont réticents à répondre positivement à ses invitations. Cette affaire a fait beaucoup de bruit et ils ne sont pas tranquilles.

— Vous pouvez lui dire que Jabba est en bas et qu'il serait heureux de jouer avec elle. La voiture n'est pas fermée.

— Je suis sûre qu'elle va être ravie.

— Vous voulez bien prévenir Henri Cuvier et son fil que

nous les attendons.

Le vieux ne desserrait pas les dents. Il refusa de s'asseoir manifestant sa mauvaise humeur en faisant les cent pas dans la pièce. Son attitude contrastait avec celle d'Antoine qui, tout sourire, affichait une décontraction que reflétait sa tenue : polo largement déboutonné, veste légère en toile de couleur beige, pantalon en lin et chaussures bateau portées pieds nus.

— Monsieur Cuvier, engagea Fred en direction du père. Vous nous avez déclaré lors de votre déposition du vendredi 26 juin qu'une des exigences des ravisseurs portait sur le report de la mise en vente du neuroclasil. À qui avez-vous communiqué cette information le soir du drame ?

— À ma belle-fille, j'ai estimé qu'elle avait le droit de savoir car ainsi nous avions un véritable levier sur les ravisseurs pour qu'ils nous restituent Chloé vivante.

— En aviez-vous parlé à votre fils ici présent ?

— Bien sûr que non.

— Et pour quelle raison s'il vous plaît ?

— Le report du neuroclasil risquait de nous mettre sur la paille. Nous devions impérativement réunir les trois millions d'euros de la rançon et je craignais qu'Antoine refuse de contribuer financièrement s'il savait l'entreprise en difficulté.

— Je vois que la confiance règne au sein de notre famille, lâcha l'intéressé avec amertume. Décidément tu ne m'auras jamais fait confiance.

— Monsieur Cuvier, poursuivit Fred cette fois en direction du fils. Dans votre déclaration faisant suite au drame, vous nous avez affirmé, je vous cite : « l'enlèvement et la rançon ne sont qu'un prétexte… Leur véritable but est d'attaquer Bio-Cuvier en torpillant la commercialisation du Neuroclasil ». Ma question sera donc simple. Comment aviez-vous connaissance de cet élément qui ne vous sera officiellement annoncé qu'à la réunion de famille du samedi 27 janvier, c'est-à-dire lendemain ?

— Je ne sais pas moi, peut-être par ma belle-sœur…

Haussant le ton Fred poursuivit.

— Elle nous a affirmé le contraire avec certitude. Je répète donc ma question. Comment pouviez-vous savoir quelque chose que vous n'étiez pas censé savoir ?

Gaëlle, qui connaissait la musique, prit le relais donnant à ses propos la tonalité administrative de circonstance.

— Monsieur Cuvier, il est huit heures quarante-trois. Vous êtes officiellement placé en garde à vue pour le meurtre de Georges Blain, pour complicité dans les meurtres d'Alain Cuvier et de Paul Marquis, pour complicité d'enlèvement sur la personne de Chloé Desmarets.

— Nom de Dieu, hurla le vieux. Ça ne peut pas être toi. Tu n'aurais tout de même pas fait assassiner ton propre frère. Regarde-moi et dis-moi que ce n'est pas vrai.

La messe était dite. Un sourire pervers illumina le regard du fils contemplant son père.

— Tu nous avais éloignés de la succession en créant ta foutue fondation. Tu as préféré donner les clés de l'entreprise à Alain, ne m'en laissant que des miettes avec la seule branche vétérinaire. La moins rentable soit dit en passant. Et même ta grosse salope de belle-fille me serait passée devant si je n'avais rien fait. Cette femme t'a ensorcelé avec sa foutue gamine. Tu te conduis comme un vieux gâteux et, crois-moi, c'est misérable.

À partir de là, tout dérapa. Henri Cuvier fondit sur son fils poings serrés prêt à en découdre avec lui. Avant même que Gaëlle ou Fred n'aient le temps de réagir. Antoine sortit l'automatique glissé dans son dos et l'abattit sur le crâne du vieux qui s'affala au sol. Il mit aussitôt les policiers en joue.

— C’est bien ce que vous vouliez n’est-ce pas ?

— Ne faites pas de bêtise, tenta Fred. Maintenant posez cette arme et rendez-vous. La partie est terminée et vous savez bien que la fuite n’est plus une option.

Fred s’en voulait de s’être fait avoir comme un bleu. La situation leur échappait et prenait une tournure catastrophique.

— Avec plus de vingt millions d’euros en monnaie numérique, je crois que je vais tenter ma chance.

— Réfléchissez, vous n’irez pas bien loin et ne ferez qu’aggraver votre situation.

— Je n’ai besoin que de quelques heures et ne suis plus à quelques cadavres près. Je vais commencer par vous commandant en un geste de miséricorde, ce qui vous évitera de voir mourir votre collègue.

Il pointa son arme sur Fred. Le coup de feu retentit avec une violence inouïe. Antoine, sous la violence de l’impact, fut projeté contre le mur. La chevrotine double zéro lui transforma le bas-ventre en une bouillie sanguinolente. Le deuxième coup, tiré avant même qu’il ne s’écroule, lui laissa un trou dans la poitrine dans lequel on aurait pu passer le poing.

Hélène Desmarets-Cuvier épaulait le vénérable Verney Carron calibre 12 à chiens apparents. Celui-là même avec lequel elle s’était entraînée à faire feu sur les portraits de Nixon et Reagan le lendemain du drame. Elle appuyait toujours sur la détente. S’il y avait eu une troisième cartouche, elle aurait tiré à nouveau. Encore et encore.

Les larmes ruisselaient sur son visage. Fred s’approcha d’elle et se saisit de l’arme. Il la prit dans ses bras. Elle sanglotait.

— Nom de Dieu, réagit Gaëlle. C’était moins une !

21

Épilogue

Henri Cuvier survécut à la violence du coup. Il reprit connaissance avant l'arrivée du SAMU et refusa catégoriquement d'être conduit aux urgences. La situation était terrible pour lui. En moins de dix jours, il avait perdu un fils et compris que l'autre était un assassin. Non seulement Antoine s'était attaqué à lui, mais il avait commandité le meurtre de son propre frère. Sans parler de celui de Blain ni de ce qu'il s'apprêtait à commettre. Comment accepter d'être marqué de la sorte dans sa chair au crépuscule de sa propre vie ?

Comment se pardonner, de n'avoir rien vu de ce qui se tramait non seulement dans sa famille, mais sous ses yeux, dans sa propre maison ? Sans doute n'avait-il pas fait ce qui était nécessaire, peut-être n'avait-il jamais été un bon père. Il restait pourtant persuadé d'avoir bien agi en plaçant son entreprise sous la protection d'une fondation. Jamais il n'aurait imaginé que cela provoquerait de pareils remous chez ses enfants. Il ne remettait pas non plus en cause son inclination pour sa belle-fille et son profond attachement à sa petite-fille. Il considérait au fond de lui Chloé comme sa véritable héritière et vivait sa relation avec elle comme une bénédiction. Les liens du cœur s'avéraient-ils plus puissants que ceux du sang ? Et si, au final, c'était la leçon que lui avait apprise la vie. Ou plutôt sa vie car tout cela n'était pas transposable, ne valait que pour lui. Une morale en forme de conclusion à une existence qui avait défilé aussi vite qu'une fable racontée aux enfants.

Comme souvent la douleur poussait à se poser mille questions, à se remettre en cause, à se demander ce qu'on avait bien pu faire de travers. Être vieux apportait si peu de réponses, si peu de sagesse. Le constat était amer. Il était inenvisageable de quitter le navire en pleine tempête, d'aller perdre son temps à l'hôpital, allongé sur un lit alors que sa place était ici, là où s'était produit l'irréparable.

L'urgentiste était déstabilisé face à une telle détermination qui l'amenait à bousculer ses propres cadres de référence. Habituellement les malades ne rechignaient pas à ce point face à l'autorité médicale. Il décida finalement d'obtempérer après avoir posé un pansement, effectué un examen neurologique sommaire et avoir formulé les recommandations d'usage. En l'état, rien ne justifiait une hospitalisation contre la volonté de son patient. Et puis le blessé n'était pas n'importe qui.

Pour Henri, l'urgence était de réconforter sa belle-fille, de la remercier de lui avoir sauvé la vie ou plutôt pour la leur avoir sauvée à tous. Il n'y avait aucun doute dans son esprit. Antoine s'était préparé au pire et serait bien passé à l'acte. Il ne s'était jamais rendu compte que son fils était un véritable sociopathe. Il monta péniblement jusqu'au deuxième et frappa à la porte de l'appartement. Il attendit un « oui » d'assentiment avant d'entrer. Hélène était dans le salon, affalée sur le canapé. Elle avait les yeux rougis. Le bruit d'une télévision provenait de l'une des chambres. Rien qu'aux dialogues, on devinait qu'il s'agissait d'une vidéo destinée à Chloé, sans doute un dessin animé. Le vieux s'approcha et s'assit à côté d'elle. Il posa sa main sur la cuisse de sa belle-fille en un geste paternel. Puis la prit dans ses bras. Elle se lova contre lui, pour un temps, redevenant une enfant guère plus âgée que sa fille.

Ils ne dirent rien pendant un long moment. Puis, reprenant contenance, il lui confessa qu'elles étaient maintenant sa seule famille, qu'il ne voulait pas les perdre. Hélène lui avoua qu'elle venait de tuer son fils. Que cela marquerait leur relation à jamais. Qu'elle n'avait pas encore décidé si elle resterait dans cette maison qui avait été le théâtre de deux meurtres. Peut-être n'était-ce pas le meilleur endroit pour élever une petite fille. Elle ne savait pas encore que Chloé en déciderait autrement tout en fixant ses propres conditions.

Fred était sonné également. Pas facile de surmonter l'instant où la mort vous regarde droit dans les yeux avec son sourire d'invite. Pas facile non plus d'affronter le déferlement d'émotions qui survient dans l'après-coup, une fois que l'adrénaline est retombée et que l'on réalise qu'il s'en est fallu de vraiment peu. Il savait que cela pouvait arriver, que cela faisait partie des risques du métier. D'une certaine manière, il y était prêt. Du moins pour lui. Il culpabilisait d'avoir entraîné Gaëlle dans ce merdier, d'avoir sous-estimé la détermination d'Antoine Cuvier. Il savait qu'il avait fait preuve de légèreté, peut-être même d'orgueil. Il devrait dorénavant porter ce fardeau.

Le meilleur moyen de faire face était encore de poursuivre l'enquête. Les dernières pièces du puzzle se mettaient en place. Aurélie lui confirma que le numéro de série du Walther correspondait bien à une des armes détournées par Grognard et Millet. L'ensemble du groupe crime était à pied d'œuvre au troisième étage. Il y retrouva Gaëlle qui supervisait la perquisition de l'appartement d'Antoine Cuvier. Ils mirent rapidement la main sur trois boîtes de munitions de calibre 9 millimètres court déposées dans un tiroir de bureau. Elles n'étaient même pas cachées. Ils fouillèrent le moindre recoin pendant plus de deux heures, feuilletant chaque livre de la bibliothèque à la recherche d'une trace qui aurait permis de localiser le magot qu'avaient accumulé Georges Blain et Antoine Cuvier. Ils saisirent son ordinateur à l'intérieur duquel la PTS confirmerait la présence d'une application : « Electrum Bitcoin Wallet », permettant de stocker et d'échanger des bitcoins. Ils ne découvrirent aucun code, aucun portefeuille physique permettant d'accéder à ce compte. Antoine Cuvier emporterait dans sa tombe les clés de son magot. Les vingt millions d'euros étaient définitivement perdus. Ils erraient à tout jamais dans le grand livre comptable partagé et public que constituait la blockchain.

Il était un peu plus de onze heures quand Gaëlle et Fred descendirent d'un étage pour rendre visite à Hélène Desmarets-Cuvier. Ils lui devaient beaucoup et tenaient à le lui dire. Elle balaya d'un geste leurs remerciements leur proposant un café qu'ils acceptèrent volontiers. Ils prirent place sur l'un des deux canapés en cuir rouge encadrant la table basse en bois d'ébène. C'est le moment que choisit Chloé pour surgir de sa chambre comme une fusée. Elle ne semblait pas affectée par les derniers événements et était accompagnée de Jabba qui se comportait déjà comme un habitué de la maison. Fred l'avait un peu oublié. Le chien vint se coucher à ses pieds. Chloé s'assit entre eux deux avant de s'adresser au policier sans la moindre transition.

— Maman a tué oncle Antoine car c'était une mauvaise personne.

— Ta maman est très courageuse. Elle nous a sauvé la vie.

— Oui et moi je lui ai dit que je voulais un chien comme Jabba et que je ne souhaitais pas changer de maison pour rester avec Papy.

— Je vois que vous savez tout de nos confidences, reprit Hélène apportant un plateau avec trois expressos fumants. Nous allons rester ici encore un moment. Les deux pièces du bas seront provisoirement condamnées avant d'être entièrement rénovées, même si les traces de ce qui s'y est passé ne sont pas près de disparaître.

— Les enfants ont une sacrée capacité de résilience, intervint Gaëlle. Elle n'aura pas trop d'une mère et d'un papy qui l'aime.

— Et d'un chien, ajouta Chloé qui savait que la partie n'était pas définitivement gagnée.

Au moment de prendre congé, Fred prit Hélène à part laissant Gaëlle et Chloé sortir avec le chien.

— Je préciserai dans notre rapport que les deux coups de feu ont été tirés presque simultanément. Il y a eu mort d'homme au cours d'une intervention policière. Il est possible que l'IGS soit saisie. Je ne veux pas qu'il y ait d'ambiguïté concernant la légitime défense. Vous comprenez ?

— Je crois oui. Pour ne pas qu'il soit dit que je me suis acharnée en lui tirant dessus une deuxième fois…

— Le légiste est un ami. Son rapport ira dans le même sens. Vous avez déjà eu suffisamment d'ennuis. Inutile d'ajouter des préoccupations supplémentaires.

Il lui tendit la main pour la saluer. Elle ne s'en saisit pas mais l'enlaça déposant un baiser sur sa joue, lui soufflant à l'oreille : « merci pour tout ».

— Je crois que ce serait plutôt à moi de vous remercier.

Ils se sourirent.

La journée était loin d'être terminée. La commissaire les attendait dès qu'ils pénétrèrent dans les locaux du SRPJ. Elle les convoqua dans son bureau pour un remontage de bretelles en règle. Ils l'avaient rarement vue aussi furieuse.

— Nom de Dieu, vous vous croyez dans une série télé. Comment deux enquêteurs aussi expérimentés peuvent-ils jouer leur vie à pile ou face avec autant de désinvolture ? Il faudra quand même m'expliquer un jour pourquoi vous y êtes allés sans renfort et sans même porter vos gilets ?

Gaëlle bouscula Fred pour répondre à sa place, soulignant qu'elle était partie prenante de cette intervention.

— Sans une dose de provocation, jamais Antoine Cuvier n'aurait craqué. Il fallait le déstabiliser et le prendre par surprise. Sans quoi il aurait très bien pu argumenter que personne ne lui avait soufflé l'information concernant le report du neuroclasil. Qu'il s'agissait d'une simple intuition de sa part, qu'il se doutait que le laboratoire était visé, peut-être par des concurrents malveillants. S'il s'en était tenu à cette version, jamais nous n'aurions pu le coincer. Et, sans preuve, il aurait été vite remis en liberté. Ce que nous avons tenté était la seule façon de faire tomber ce salopard.

La réponse de la commissaire les prit tous deux de cours.

— Comprenez-moi bien, ma priorité est bien que les enquêtes aboutissent, mais pas au détriment de la sécurité de mes hommes. Rien ne justifiait de prendre de tels risques. Et fourrez-vous dans le crâne que je ne suis pas prête à annoncer le décès de deux de mes meilleurs flics à leurs familles. En attendant vous allez me prendre des congés. On ne se remet pas sans dommage d'avoir frôlé la mort d'aussi près. Et ce n'est pas une requête, mais un ordre. Côté conseil, je vous recommande chaudement de contacter le SSPO[1] pour mettre des mots sur ce que vous venez de vivre. Maintenant débarrassez-moi le plancher avant que je ne me mette en

1. Service de Soutien Psychologique Opérationnel.

colère pour de bon.

Éva accueillit l'obligation de vacances avec enthousiasme par un : « et si on partait demain ». Elle savait que les parents de Fred emmenaient régulièrement leur fils en congés au bord de la mer du Nord. Il lui avait souvent parlé de ces plages immenses au sable d'une finesse incomparable. En bonne fille du sud, elle n'en connaissait que les stéréotypes liés au vent et à la grisaille. En deux clics elle réserva une grande villa nichée en forêt du Touquet et organisa sans tarder les préparatifs. La maison était spacieuse et ils pourraient inviter quelques amis. Elle ne doutait pas que Gaëlle et sa famille accepteraient de leur rendre visite. Une grande maison n'était rien sans des enfants claquant les portes et dévalant les escaliers.

Fred ne fut pas au bout de ses surprises quand Éva lui avoua avoir loué un avion pour s'y rendre. L'appareil les attendait sur le tarmac. Il s'agissait d'un monomoteur Daher TBM 900 aux lignes fluides et racés qui pouvait accueillir six personnes. Rien de trop avec le chien. Les bras lui tombèrent quand il vit Éva s'emparer des commandes en s'installant à l'avant à côté d'un vieux pilote au visage buriné d'au moins soixante-cinq ans.

— Je te présente Didier Bourdais qui a été mon instructeur. Il y a plus de dix ans que je n'ai pas piloté. J'ai jugé préférable qu'il nous accompagne. Il se chargera de convoyer l'avion au retour.

— Tu veux dire que tu sais faire voler cet engin ?

— Oui, mon garçon, reprit Bourdais en lui serrant la main, et je peux vous dire qu'elle était bigrement douée.

Fred boucla sa ceinture, vérifia que Jabba était bien installé pendant que l'avion roulait. Il s'agrippa au fauteuil quand Éva poussa les gaz, freins serrés. Le monomoteur accéléra et décolla. Avec une vitesse de croisière de plus de quatre cent kilomètres heure, il ne leur fallut pas plus d'une heure trente pour amorcer leur descente vers la piste goudronnée qui longeait la Canche selon une orientation sud-est nord-ouest. Le contact avec le sol fut un peu ferme, sans néanmoins provoquer de rebond. Fred soulagé était écœuré. Le chien, comme à son habitude, roupillait.

Sur le chemin de la maison au volant d'un Renault Koleos de location, il se décida à aborder le sujet.

— Tu ne m'as jamais dit que tu savais piloter.

— C'est une vieille histoire, j'ai commencé à prendre des leçons après notre séparation. Au début pour me changer les idées, puis c'est devenu une vraie passion. J'avais oublié à quel point j'aimais voler.

— Je suis impressionné.

— Pour ta gouverne, je sais aussi barrer le voilier de mon père et j'ai mon permis moto…

Fred était abasourdi. Manquerait plus qu'elle sache jouer du piano et danser le rock acrobatique. Mieux valait ne pas poser la question sous peine de voir ses représentations, une nouvelle fois, bousculées. La villa au toit de Chaume était située avenue de Picardie. La pelouse était digne d'un gazon anglais. Aucune clôture ne la séparait des maisons adjacentes, signe que l'on était entre gens de bonne compagnie. *Le chien allait adorer*, se dit Fred, *les voisins sans doute moins*. Le propriétaire les attendait pour la remise des clés en échange d'un chèque de caution avec quelques zéros. Ils se changèrent rapidement, Éva était impatiente de marcher les pieds dans l'eau. Fred lui avait vanté les longues promenades de bord de plage qui n'avaient pour limite que la fatigue du marcheur. Elle ne fut pas déçue. La journée était chaude, le vent modéré et le sable fin et presque blanc sous les rayons du soleil. Ils allaient bras dessus bras dessous, le chien gambadant à leur côté. Fred en oublia presque le tintement de son smartphone annonçant un SMS. Il ouvrit le message et sourit en le montrant à Éva. Un magnifique mastiff de presque trois mois posait malicieusement assis sur son train arrière. Il semblait minuscule sur la photo, mais devait déjà peser pas loin de vingt kilos. Dans trois mois, il en ferait déjà plus du double. Il n'était pas difficile de deviner l'expéditeur du message. Chloé était arrivée à ses fins.

Deux minutes après, le téléphone sonna. Elle était au bout du fil.

— Elle a trois mois et c'est une chienne, annonça-t-elle sans préambule.

— Elle est vraiment magnifique, lui répondit Fred.

— Je l'ai appelé Leia, comme la princesse. J'ai pensé que quand elle serait grande elle pourrait se marier avec Jabba, enfin tu vois ce que je veux dire. Enfin s'il est d'accord…

— C'est une très bonne idée. Je suis certain qu'il sera d'accord. Dès qu'elle sera adulte tu pourras faire les présentations.

— J'étais sûr que tu dirais oui.

Elle raccrocha sans rien ajouter.

Qui aurait pu imaginer pareille histoire. Princesse Leia faisant des enfants avec Jabba the Hutt.

FIN

Besançon. 13 novembre 2019 - 12 décembre 2020

REMERCIEMENTS

Pierre Bayard dans sa critique policière avance, preuves à l'appui, que de grands auteurs tels Agatha Christie ou Conan Doyle se sont régulièrement trompés dans l'identification des véritables assassins dans bon nombre de leurs ouvrages. Sans aller aussi loin, ce qu'il y a de frappant avec l'écriture romanesque, c'est que progressivement vos personnages vous échappent pour gagner en autonomie. Au bout de quelques lignes, si vous prenez le temps de les écouter, ce sont eux qui en viennent à vous dicter les contours de l'histoire, à vous interpeller sur les contradictions ou les incohérences du texte ou à protester s'ils n'occupent pas la position qui leur revient de droit.

En ce sens, mes romans débutent généralement par une scène de crime sans que je sache encore tout à fait qui en sera l'instigateur. J'essaie de me placer dans le rôle de l'enquêteur et d'examiner toutes les possibilités tout en avançant l'écriture.

Cette façon de faire n'est pas toujours confortable et parfois même génératrice d'angoisse quand je me demande si je serai capable d'arriver au bout des quatre-vingt-quinze-mille mots nécessaires ou si l'imaginaire va se gripper et l'écriture caler lamentablement au milieu du gué.

Je voudrais témoigner ici toute ma reconnaissance à Claire Izard, présidente d'IGB Édition pour sa confiance.

Je remercie mon vieil ami Gilbert Brégeard, pour l'attention qu'il a porté à ce texte.

Je suis également redevable à Chantal Guyonvarc'h pour sa lecture attentive du manuscrit, ainsi que Patrick Thomas, commandant de la DGSI à la retraite, qui a contribué à rectifier de nombreuses erreurs liées aux procédures pénales que je m'obstine à commettre. Celles qui subsistent m'incombent entièrement.

Je remercie enfin mes fidèles relecteurs qui m'ont grandement encouragé à poursuivre : Chantal Béligat, André Didierjean, Hervé Guyon, Laurie Marigo, Claire Monsillon, Arnaud Simard, ainsi qu'Élodie Pauline et Bérangère pour leur soutien.

Enfin rien de tout cela ne serait possible sans Nicole et Nicolas, mon épouse et mon fils. Sans leur confiance et leur soutien indéfectible, je n'aurais jamais pu mener ce projet à son terme.

IMPRIM'VERT

Imprimé en France par le groupe CORLET
Numéro d'impression : 22050197
Dépôt légal : juin 2022
pour le compte de

IGB EDITION